2015

短篇小说
中篇小说
散　文
报告文学
中国文坛纪事

2005

2010

21世纪年度散文选

2015

散

文

人民文学出版社编辑部／编

人民文学出版社

图书在版编目（CIP）数据

2015 散文/人民文学出版社编辑部编选. —北京：人民文学出版社，
2016
（21 世纪年度散文选）
ISBN 978-7-02-011424-5

Ⅰ. ①2… Ⅱ. ①人… Ⅲ. ①散文集—中国—当代 Ⅳ. ①I267

中国版本图书馆 CIP 数据核字（2016）第 035426 号

责任编辑　杜　丽
装帧设计　刘　静
责任校对　杨益民
责任印制　王景林

出版发行　人民文学出版社
社　　址　北京市朝内大街 166 号
邮政编码　100705
网　　址　http：//www.rw-cn.com

印　　刷　三河市鑫金马印装有限公司
经　　销　全国新华书店等

字　　数　321 千字
开　　本　880 毫米×1230 毫米　1/32
印　　张　12.125　插页 3
印　　数　1—5000
版　　次　2016 年 5 月北京第 1 版
印　　次　2016 年 5 月第 1 次印刷

书　　号　978-7-02 011424-5
定　　价　33.00 元

如有印装质量问题,请与本社图书销售中心调换。电话:01065233595

出　版　说　明

我社自 1980 年起,曾经编选和出版过《1980—1984 年散文选》《1985—1987 年散文选》《1988—1990 年散文选》和《1991—1993 年散文选》,受到文学界和广大读者的好评。一九九四年后,这项工作一度中断。进入 21 世纪,散文创作仍然欣欣向荣、气象万千,成为文学园地一道亮丽的风景。为了及时总结年度散文创作的实绩,向读者集中推荐优秀的散文作品,进而为新世纪的文学积累做出我们的贡献,我社决定恢复年度散文的编选和出版工作。

恢复出版的散文年选总冠名为"21 世纪年度散文选",每年编选一册。编选范围为当年全国各报刊上发表的散文作品,入选篇目以发表时间顺序排列。此项工作得到了许多著名文学评论家和编辑家的支持和帮助,并且提出了很好的编选意见,我们在广泛阅读的基础上,充分参考专家们的意见,严格进行编选。在此,谨向诸位专家深表谢忱。

我们希望读者通过这个选本,不仅能了解本年度散文创作的总体概貌,而且能集中欣赏和阅读这一年里出现的最优秀的散文作品。我们的努力是否达到了这样的效果,真诚地期望得到文学界和读者的批评和建议。

人民文学出版社编辑部

目　　录

你好，水仙花

贺 捷 生

春节进入倒计时，窗台上的那两盆绿色植物，也像约好追赶那个日子似的，在噌噌地长。它们青葱，鲜嫩，静若处子，阳光透过玻璃照进来，修长而又紧密簇拥的叶片，翡翠般晶莹，就像一束束绿色的光，从清水卵石间洁白的根茎中射出来。早晨醒来，看见它们比昨天又长高了，长茂盛了，我总会情不自禁地问候一声：你好，水仙花。

其实，我是在问候一个人，一个藏在远方的人。

这个人知道我喜欢水仙花，每年都给我寄这些状如洋葱头的花种来，整整寄一麻袋。渐渐地，我的朋友们，比如每天伏案写作的张抗抗，就像生物钟似的，每到春节前差不多的日子，就会准备好精美而雅致的花盆，等着我打电话过去，告诉她花种到了。但那个藏在远方每年给我寄花种的人，却从来不留地址，都是先捎给他在北京的某个客户，再通知我派人派车去取回来。我至今不知道这一麻袋的水仙花种，是坐飞机来的，还是坐火车或近几年才有的高铁来的。

和他偶尔见过的一面，过去三十四年了。记得是 1981 年初冬，当时我老伴李振军同志还精力旺盛，活得丰富多彩，他除去担任部队政治部领导外，还酷爱书法和花草，算个书法家吧，上

1

上下下结识许多具有同样情趣的朋友。一天,他接到彭冲同志的夫人骆平大姐打来的电话,说彭冲同志和她共同的故乡福建漳州在中山公园举办水仙花展览,邀我们一块去看水仙花。骆平大姐老资格了,比我出生还早一年参加革命,人们不知道的是,这个在风雨中奔走一生的妇联老同志,还是个老到的水仙雕刻师。我们当然不会放过这个机会,从香山坐上车直奔中山公园,按约定在水仙展厅与彭冲同志和骆大姐会面。

骆大姐把故乡来北京举办水仙花展览的一个行家介绍给我们,说他是某某花木公司的经理,姓朱,叫朱江兴,水仙培植和雕刻远近闻名。站在面前的朱师傅,不到三十岁,典型的南方中等个,唇上一溜忙得没来得及刮去的小胡须,说话闽地口音很重。我和他握手,他先在衣服上擦了擦,再慌忙伸出来,满是老茧的手又大又有力。"不敢当,不敢当。"骆大姐话未说完,朱师傅局促地说,他是个农民,地地道道的放牛娃出身,没有文化,小学都没有毕业。这是改革开放农民刚刚进城的年代,许多人羞于说自己是农民,朱师傅却唯恐别人不知道他是种地的,这种与土地相称的憨厚与诚实,让我感到亲切。说话间,他把我们领到一张台子前,边说边雕起水仙花来。他说,养水仙看似简单,但要把它们侍弄好,养成漂亮的盆景,在该开花的时候开花,也不是一件容易的事。水仙花生长的关键在雕工,在雕刻的力度和部位,比如你想让它往左边长,在葱头的左边雕一刀;你想让它往右边长,在葱头的右边雕一刀。不然,它们会一直往上长,最终养成一盆蒜苗,开不出几朵花不说,而且绝不会在你想让它开花的时候开。但是,雕刻又必须把握好深浅,雕深了会伤了主干,雕浅了不起作用。如此讲解和演示一番,他把刚雕过的水仙送给我们。我收下水仙,要给他钱,他像被火烫了似的慌忙推辞。说能把首长们请来观赏,是彭书记和骆大姐给他的天大的面子。我觉得不给钱不妥,怎么能占农民兄弟的便宜呢?正在推让中,骆大姐说,水仙花是朱师傅诚心要送的,钱他肯定不收。李主任不是写书法吗？笔墨都备好了，给他题幅字吧。我老伴说那好，当场为他写了副对联。他看着对联上的字，不敢评论，一个劲地说好好好。临别的时候，当着彭冲同志和骆大姐的面，他说：贺大姐喜欢水仙，我以后年年给你寄。当然，当时他就这么一说，我也就这么一听，谁会把这种即兴说的客套话当真呢？

那年春节，我家是在满屋子飘浮着沁人心脾的清香中度过的。我们住部队制式房子，装修非常简单，也没有像样的家具，朱师傅送的水仙花摆在会客室最显眼的地方，长得特别鲜亮，欣欣向荣的叶片，如同炉火纯青的水墨画家画出来的，浓淡相宜，每一片绿叶都伸展在恰到好处的位置；冰清玉洁的花，一团团，一簇簇，繁盛而不拥挤，像谦谦君子，与碧绿的叶子相得益彰。家里有了这盆花，平静的生活便有了主题，有了亮色。走在路上，都感到身上飘着一股香味。

我就是从那年开始养水仙花的。我喜欢它们的淡雅，它们的矜持，它们的不事喧哗，甘于寂寞。爱屋及乌，我当然也希望自己具有它们那样的品格，那样的高雅。之后三十多年，每当春节到来前，我都要养几盆，放在窗台上、茶几上。这几乎成了一种精神寄托，一种虔诚的念想。这三十多年，我们的国家和每个人，都发生了巨大变化，经历了许多事情。我们当年同去中山公园看水仙花展览的四个人，如今只剩下我还活在世上，也到了八十岁了。

今年再次收到朱师傅捎来的花种，我感慰莫名，唏嘘不迭，心里想，三十多年过去，当年从漳州带着清纯的水仙花走进北京的朱师傅，也该岁满花甲，步入老人的行列了吧？难得他一诺千金，在长达三十多年的岁月中，年年如期给我寄水仙花种，而且每次都寄一麻袋来，而且从来不留通讯地址。你想，一个老实巴交的农民，在三十多年前随口说一句话，竟如此郑重地记在心里，如此信守自己的名誉，这是一件多么温馨动人的事！

就因为年年给我寄水仙花,我同朱师傅有了时断时续的电话和短信联系。内容无非是:"贺大姐,花种捎来了,请去某某地方找某某领。""朱师傅,花种收到了,请告诉我你的通讯地址。"蹊跷的是,电话或短信每每到此,他都有意无意绕开了,有时推说客户来了,下次再说,有时干脆像一条鱼,刚一冒头便沉进深海,等来年再冒出来。我明白,他还像当年那样害怕我给他付钱,或回赠他什么礼物。在他看来,自家苗圃培植的水仙花,每年给看望过他的人捎几苑过去,表达的是他的心意,就像城里的人每年给朋友寄贺卡,只说明他依然记得对方,想着对方;如果用它们换取礼尚往来,就不厚道了。

有时候,我们也在电话里说点别的。比如,我会问他家里的日子过得好不好?经营花木压力大不大?需要不需要我为他做点什么?他总是说家里好,公司也好,什么都不需要。虽然他开的是家族公司,但兄弟妹妹都听他的,没有别人家常遇到的那些糟心事。

后来,从零零星星的消息中,我寻章摘句,基本复原了他的人生履历:朱师傅的家乡漳州市龙海县九湖镇长福村,素有种花卖花的传统,但经过我们都知道的几十年折腾,这门传统产业完全荒芜了。政府允许种花卖花后,在老父亲的带领下,他家重操旧业,五兄妹在自家的五分自留地里种起了四季橘、扶桑、三角梅、茉莉和榕树等花木。排行老三的朱师傅因性情温和,苦累无怨,又能诚实待人,便由他挑着去漳州城里卖。漳州的街街巷巷走遍了,他便壮着胆子,坐上火车,把花弄到厦门去卖,福州去卖。渐渐地,他家的花,进了上海,进了北京。进的还不只是寻常百姓家,而是亚运村和人民大会堂这样的国家圣殿。1981年来中山公园参加花展的时候,他已经像模像样地办起了名为"万兴园艺"的家庭公司。尊逐渐年老的父亲为经理,他当副经理和法人代表。他看准的事,承揽的业务,无论赚钱还是倒贴,兄妹们从无怨言。几年过去,村子里家家经营花木,原本的长福村改为由陆定一同志题名的"百花村"。在竖起巨大牌匾的同时,开满鲜花的村庄也成了漳州花木交易的集散地。但村庄兴旺了,竞争也激烈了。这时,又是他让这个面临挑战的家转危为安:那一年,他随团去东南亚考察,发现一种叫海枣的树种,很适合国内老百姓家的门前屋后栽种,还可以当美化城市的绿化树,当即买了种子回来繁殖。此举让他的家族公司异军突起,直到今天,他培植的海枣树仍然畅销不衰。朱师傅对花木的热爱,还体现在他特别能开拓花的种类。很长一段时间,国内市场的鲜切花配叶品种异常单调,只有满天星一枝独秀,他试着把铁树、针葵、肾蕨引入配叶种类,结果大受欢迎。更神奇的是,有一次,他无意中发现村子野地里生长的一种排骨草,有用来做鲜切花配叶的前景,便一蔸蔸挖回来,在公司的苗圃里进行驯化,最终得到北京、天津、上海等大城市商家的认可。1990年,他家独自出产的这个排骨草鲜切花配叶,被亚运会列为指定产品。

许多年后,朱师傅的家族公司兴旺发达,拥有员工一百多人,承租了八百多亩土地辟为花木生产基地,构建塑料大棚四万平方米,与北京、上海、天津、广州的上百家花木公司建立了业务往来,产品外销十多个国家和地区。而且,作为固定资产,在他们的花木基地,还存有四百亩四万多棵海枣大苗。朱师傅自己,更是获得了无数的荣誉。最风光的,是被推举为百花村的党支部书记、漳州市花卉协会会长。

最让我惊讶和佩服的是,由朱师傅作为主心骨支撑的家族公司,三十多年不离不散,堪称奇迹。我们知道,产业搞大了,账上有了大把的钱,别说朋友合伙开的公司,即使父母创下的家业,最后闹得兄弟分家、反目成仇的,也屡见不鲜。能共患难不能共富贵,好像是我们这个民族挥之不去的陋习。在漳州花木界名声响亮的朱师傅家却不这样。我推算过,农村人日晒雨淋,夜以继日,排行老三的朱师傅都六十多岁了,他劳累了大半生的大哥和二哥,早该是白发苍苍的老人了。比他小几岁的四弟和三十三岁才结婚但从未离家的妹妹,也都年过半百了。问题是,他们都有自己的妻子或丈夫,自己已经成家或正要成家的孩子,就不会出现这样那样的矛盾吗?但五兄妹情深义长,没有任何人提分家。拥有二十多口人的这个大家族,依然在一栋房子里住,在一张桌子上吃饭。在公司,老大老二和四弟各管一摊,都对当家的朱师傅负责。在家里,由妹妹朱红枣任总管,不管哥嫂还是弟媳,都得听她的。饭由谁做呢?四个媳妇轮流做,一人一个星期。她们不光要负责家人的一日三餐,还要给工人们准备饭菜。四个女人谁病了,谁临时进城办点个人的事,另外三人自动补缺。客户随时上门来拉货,遇上吃饭的时候,有劳动能力的都会放下碗筷去忙碌。因此,家里长年开流水席。听说,有人依据现代企业的管理经验,建议他们也追赶潮流,在家人中设立股份制。五兄妹没有一个赞同,说兄弟如手指,一搞那个股份制,就分你我他了,一个家也就散了。

听到这些消息,我为朱师傅和他们的家族公司感到由衷的高兴。现在说到农民,说到农民的家族企业,就说他们观念落后,没有现代意识;都希望他们做大,做强,做到城里去,做到世界上去。为什么不能遵照他们自己的意愿,在本乡本土,全家人和和睦睦地经营下去,传承下去呢?要知道,家和万事兴,是中国传统伦理道德中的一种最高境界。就像朱师傅说的,家和了,事兴了,还有什么可求的?

春节前,我托朋友给朱师傅打电话,告诉他今年捎来的水仙花种又收到了,并再次提醒他,我现在还没有他的联系地址。这次,他爽快地给了地址。原来,他在报纸上看到我出版了一本新书,还得了好几个文学奖。他对我的朋友说,可不可以请贺大姐也给他寄一本书?而且希望我在送给他的书里,签上名字。

哦,这个再也不在远方藏着的人,这个几十年就像他培育的水仙花那样谦卑,那样保持着清水洗尘本色的人,他对我的要求,是这样的朴素,这样的轻微!正因为这样,在寄给他的那本书上,我不仅签了我的名字,还写下了我每天看到水仙花时的那句问候:

"你好,水仙花!"

(原载 2015 年 2 月 16 日《人民日报》)

不能忘却的追忆

陈 忠 实

走进小岗村

　　至今依然记得，六年前的清明节刚刚过去，我随中国作家访问团走进安徽省小岗村时，心情很不平静。这个小小的小岗村，悬在我心里足足有三十年了，今日终于得着机缘走进来了。

　　我说小岗村悬在心中三十年，不是夸张。三十年前的1978年，秋末冬初，我从一场规模很大的修建"大寨田"的会战工地上下来，调进区文化馆这种比较清闲也更显松散的文化单位，已经基本确定要把文学创作作为主业的人生志向。桌子上、枕头旁，摊开着契诃夫和莫泊桑的书，而睡梦里常常冒出我在平整土地或是修筑防洪河堤工地上的这事那事，一时尚不能从我在人民公社（即今乡镇）工作过整整十年的感觉里调整到这安静的书桌上来。大约就是这个时候，我听到私下里窃窃议论着的一个小道消息，说安徽省已经在农村实施包产到户的"大包干"政策了。直白说来就是"分田到户"了，再透彻说来就是恢复到20世纪50年代农业合作化之前的单家独户种庄稼的形态了，习惯称呼为"单干"。这个小道消息不胫而走，不仅在农业这个系统工作的人议论纷纷，不仰仗土地吃饭的城里人也纷纷热议，对生活在公社体制下的农民的心理瓦解更是不言而喻的。我那时候尚不知道小岗村，窃窃私议发展到沸沸扬扬的小道消息，只是笼

8

统地说着安徽,有的说正在搞"大包干——分田到户"的试验;有的说是农民自发搞"分田到户",安徽省官方睁一只眼闭一只眼默许农民的越轨行为;还有的说法很夸张,安徽省已全面推行"分田到户"了……之后不过两三年,小道消息已经作为中央一号文件下达了,"农业生产责任制"在全国农村实行。我也曾作为落实"责任制"的工作组成员驻到渭河边一个村子里,让农民把生产队饲养室的骡马和黄牛牵回家去,把大块土地切割成一条一块划归一家一户……那时候,我记住了小岗村。这个向中国农村近三十年的集体化体制——从农业生产合作社到人民公社——发出挑战的小岗村,引发了随后被称作"农业生产责任制"的堪称翻天覆地的伟大改革。

在小岗村村外的田野上,我们一行来到一座别致的展览馆门前,上书"大包干展览馆"。我看到这个名称便怦然心跳了,及至走进展馆,在看到那幅被放大了的秘密盟约时,竟有一种屏息的感觉。秘密盟约仅有两三行文字,即要搞分田到户的"大包干",上面有这个不足二十户人家的生产队的十八个干部和社员的签名,而且每人都按上了自己的指印。我反复默读着那几行简短的文字,久久凝视着那十八个签名和指印,心中涌起的是一种神圣的景仰。秘密盟约最后一句文字申明,如果此举暴露而招致某人坐牢或杀头,其子女由所有签名者共同帮助抚养到十八岁。这无疑是一个生死盟约。生死盟约的十八个结盟人,在签写自己的名字再按上手印的那一刻,都有了坐牢乃至杀头的心理准备。而能促使这个不足二十户的小村庄的十八户当家男人豁出命来要搞土地"大包干",任谁都会想到他们的光景怎样难以为继……姑且不评说其精神和意义。

我的眼光最后停驻在"严俊昌"的名字上,他当时是小岗村的生产队长,秘密联盟是他一手策划的,由他亲自向各家各户的男主人征求意见,获得呼应,就形成了这个堪称共生死的约定。任谁都会想到,一旦"大包干"的秘密盟约暴露,首当问罪的肯定就是他严俊昌了。任谁也都会想到,小岗村一旦分田到户,土地分割成一块一绺,一家一户的男女主人在自家分得的田块里耕耙、播种、除草,与集体化的大帮人群劳动的场景相对照,不几天秘密盟约就会大白于天下,这是无法掩盖更无法保密的事。严俊昌难道连这样简单的事都会马虎吗?显然不会。这就让我想到,明知遮掩不住却仍然要做,就是冒死心态了。看着盟约上他的名字,我的心里已经泛溢出伟大的感觉。

见到这位伟大的农民严俊昌,是在第二天的座谈会上。一张方正的脸,一双明澈的眼睛,还有尤为突出的大脑门,头顶是基本全白的头发,我便看到一个睿智却也更为坚实的形象。他已六十六岁,我看到他的服装,是质地不错的西装,当属今天的农民普及了的服饰,我在欣慰的同时,更多的是恍如隔世的感慨。

我们村的安徽菜贩

自进入小岗村,或许自下火车踏上安徽省的大地,我的脑海里便浮现出一个安徽人来。掐指算来,竟然是近五十年前的事了。

这是习惯上称作"三年困难时期"的头一年,即 1960 年。我正读高中一年级,某个星期六从学校回到家里,在村子里遇见一个挑着空筐的陌生人,看样子是刚刚在集市上卖完菜归来。我也不大在意,村子里有陌生男女过往是常有的事。而这个挑着空筐的陌生人连连和我的两三个乡党打招呼,而且是一种让我听来十分生涩的外地口音,让我难免好奇,便问和他说话的乡党,这是哪里来的菜贩子。乡党随口说是安徽人,又着重加一句,难民。

我随后就知道这是一个不远千里从安徽逃难来到我们村子的难民。据说他先找到我们村子的主事人——党支部书记和生产队长,想从我们生产队的蔬菜地里趸菜卖菜,书记和队长都同意了。据说两人同意接纳这个安徽人的因由基本一致,于公事说,生产队每天可以少派一个赶集卖菜的劳力。顺便说明一事,自从实行农业合作社以来,我们村这个独立生产队就开辟了一块七八亩的蔬菜种植地，种植时令蔬菜，春夏有韭菜、菠菜、茄子、大葱、洋葱、豆角、西红柿、芹菜、辣椒、大蒜等，秋冬有白萝卜、红萝卜、白菜、冬葱、香菜等。少量给社员分配享用，主要是给生产队增加收入。我们村周边的河川和白鹿原上有三四个规模大小不等的集镇，几乎每天都有逢集的镇子可以销售蔬菜，生产队每天都要派出六七个甚至十多个社员挑着各种蔬菜上原或过灞河赶集去卖菜。这个安徽人从菜园里趸买了蔬菜，生产队每天就可以节省一个卖菜的劳动力了，但也不能不说我们生产队的当家人对这位安徽"难民"的恻隐之心。这个安徽人便在我们村住下来，每天傍晚从集镇上卖完菜回来，马不停蹄直接进入菜园，趸买两筐各种蔬菜，第二天一早就挑着菜筐赶集去了……他竟然在我们村子一住就是四五年。

我约略了解他，是在他到我们村不久的那年暑假。我从学校放暑假回到家中，几乎每天都能看到这个早上挑着装满蔬菜的竹筐出村、傍晚挑着空筐回村的安徽人。我家门前不过三五十步就有一面小坡坎，坡坎下有一孔年代久远的窑洞，曾经是我家隔壁一户人家的磨坊，一个圆形的石磨盘，两块同为圆形的磨石，曾经是村民磨麦子的好去处。不知何年何月窑洞的后壁发生坍塌，便没有人再进这孔危窑磨麦了。多年过去，尽管这孔危窑再没有发生坍塌，却也没人来磨麦了。这个安徽菜贩就住在这孔废弃的窑洞里，他每天出门卖菜、傍晚回来，都要经过我家门前。暑假里我可以参加生产队劳动挣工分了，每逢阴雨天不能出工，便有同村伙伴相约打扑克，往往选中这孔窑洞。阴雨天安徽菜贩也不能赶集卖菜，就只好待在窑里。我曾和他聊天，他尽管姿态很谦诚，却总是不多说一句话。我其实也就问一些无关痛痒的话，譬如，你跑这么远路到我们这儿来买菜卖菜，何不在自家村子做这买卖？他大约支吾着说，他的老家生意不好做之类的话，搪塞一下。我大约也问过这样的事——你一年四季不在生产队出工劳动，生产队会允许你出门卖菜给自己挣钱吗？会不会扣下分给你的口粮？他依旧支吾着说他们那里的生产队管得不严，可以外出，不指望生产队分粮了。我之所以会问这些,是依着我们当地的政策戒律产生的疑问,当地的农业生产队不允许社员私自出门做任何为自己挣钱的事,如有违犯,就不给他乃至全家人分配口粮。我仍不死心,又把曾经听说他是逃难的"难民"的话题提出。他没有否认,却仍然支支吾吾着说是先遭旱灾又遭水灾,颗粒无收……我大体相信了他的说辞,那时不仅安徽省遭灾,整个中国已经陷入"三年困难时期",自然灾害是一个重要原因,我们村子也陷入饥馑年月,瓜菜代食,谷糠充饥,且不赘述。

二十多年过去,这个早已被遗忘的安徽菜贩,突然在某一天从记忆深处浮现出来,竟让我惊讶半日。那是20世纪80年代初某日,我到区上开会,主题是学习和落实中共中央一号文件,即在全国农村实行"农业生产责任制"。会上放映了一部中国农村发展现状的资料纪录片,其中有一组镜头是拍摄"三年困难时期"安徽省某些村子的景象,整个村庄已人去村空,村子中的道路上长满荒草,一个特写镜头映现的是一户人家围墙里的杆状野草,竟然长到高过围墙高过围墙里的房子的窗户,快要接上房檐屋瓦了,这样荒芜的屋院连成一片……低沉的解说词告诉观众,村民全部逃荒要饭讨活路去了,尽管没有说饿死人的事,观众大约都会想到这是不可避免的。我在看着那一组令我惊诧的惨景时,突然想到毛泽东的两句诗——"千村薜荔人遗矢,万户萧疏鬼唱歌。"这是毛泽东在得知消灭了血吸虫病的喜报后乘兴写下的七律《送瘟神》中的两句。他老人家大约怎么也想不到,血吸虫病造成的那种惨不忍睹的景象,几年之后又在中国乡村出现了。自然灾害是一个因素,更重要更直接的因素当数大跃进和人民公社,这是乡村不识字的乡民都明白的事……我在看到安徽乡村村巷和屋院里的荒芜景象时,就想到那个安徽农民,甚至想象他也许就是纪录片中某个院子的主人……

我已不记得这个安徽农民的名和姓了,却还有他的粗略印象,大约四十出头,中等个头,扁平脸膛,光头,那双眼睛从来也未见过怒色。他和村子里的人碰面,点头说一句客气话便不停脚步地走过去了。他傍晚在菜园里选购几种蔬菜,需得淘洗的就在地头的水车井边淘洗干净,再挑回那孔窑洞,第二天早晨便挑着装满蔬菜的两只竹筐上原或过河赶集去了。他的这种营生持续了四五年,和我们这个不足五十户人家的小村子的男女老少都再熟悉不过了,却突然在某一段时日,村人发现这个安徽人不见了,似乎缺失了什么,互相打问他的去向。他是 20 世纪 60 年代中期某一天悄没声息离去的,据说是包括我们村子在内的地区即将开始搞"四清运动"的诸多传闻风声鹤唳,"三年困难时期"稍得宽松的农村政策又收紧了,阶级斗争的锋芒又显露了,安徽人胆怯了,溜走了……我和村人一样不大在意他的离去。现在在我看到纪录片上那些长满荒草的村巷和屋院时,不仅想到这个安徽菜贩,而且很自然地想到他的家庭,他的父母妻儿到哪里去了,我尽管不敢猜想他们的结局,却不由得心里发冷。

看着严俊昌领头搞的秘密盟约,及至第二天见到已着西装的严俊昌本人,我都想着那个安徽人。前者冒死联名密约分田到户,后者隐身逃难到千里之外的村子里贩菜谋生。他们在生存危机来临时各自选择了求生的途径,也让我加深了对他们的理解,尤其是对严俊昌这位伟大的农民。

惊天动地"万言书"

在我走进小岗村"大包干展览馆",看到秘密盟约时,我的脑袋里还浮现着陕西户县农民杨伟名。严俊昌是 1978 年要搞分田到户的,采取的是秘密结盟的方式,盟约文字不过两三行。而杨伟名是公开地建议,把一份名曰《当前形势怀感》(亦称《一叶知秋》)的"万言书"投递给各级政府和相关领导,从最底层的人民公社直送到市、省以至中央,文章里不乏哲思色彩的辩证和具体建议。座谈会上见到严俊昌时,杨伟名因为那份"万言书"而被迫自杀的惨象浮现在我眼前。这一刻,我顿然悟到一个尤为关键的时间概念,即 1978 年这个非同寻常的年份。严俊昌们的幸运就在于秘密结盟在 1978 年,而杨伟名的悲剧概出于 1962 年这个特殊的年份,及至更不堪的随后发生"文化大革命"的 1968 年,他已陷入绝境,只好吞下毒药……

在走进小岗村之前的 2005 年岁末的寒冬时月,我曾到陕西户县寻访杨伟名这位被许多高人称为"伟大的农民思想家"的足迹。

此事发端于 1962 年春天。这是"三年困难时期"最困难的年月,且不赘述乡民吃糠咽菜甚至剥树皮撸树叶拔野草填腹充饥的惨景。杨伟名时任陕西省户县城关公社七一大队党支部委员,担任大队文书、会计和调解主任,在"三年困难时期",他和支部书记贾生财、大队长赵振离多次交谈如何摆脱困境。他们尽管也相信中央关于造成"三年困难"的几条原因,却也有自己最直接的疑问。在水丰土厚的渭河流域的关中平原,除非百年才可能遇到的特大旱灾能够导致广泛的生存绝望,一般不会发生如此普遍且持久的饥荒,人们记忆里最近的一次旱灾,已经是近半个世纪之前的事了。况且在民间早就流传着"金周至银户县"的民谣,户县在关中平原都算得上白菜心的好地区,今年的旱灾虽有发生,但灾害程度根本比不得三十多年前那场连续三年滴雨未下的灾难。他们三人在商议如何尽快走出困境的时候,自觉或不自觉地都看到了公社体制的问题和弊端,尤其是"干活不计工分,吃饭(集体食堂)不要钱"的"共产主义"。几经交谈几经讨论,他们三人形成了走出困境的几条举措,决定由杨伟名写成文字稿。

这里对杨伟名做一点儿简要介绍:1922 年农历年末出生在户县北街一个小磨坊家庭,十到十四岁先后在县城两家私塾馆就读,从《三字经》《幼学琼林》等读起,又熟习《四书》《五经》中的《书经》《诗经》等,生性聪慧,背记古文五十余篇,奠定了深厚的文字基础。即使因贫穷辍学,他也一边种庄稼一边借来邻居好友的高小、初中、师范和农业专科学校的课本自学。1946 年 7 月,闻一多被国民党当局杀害,时为乡村邮递员的杨伟名在《陕西商报》发表悼念文章。1949 年初加入中国共产党,西安解放后,党组织选派他到咸阳地干班学习培训,无疑是进入地方基层队伍的途径,却被妻子抱住双腿不得离家,随之脱离了党组织。解放后,杨伟名积极参与并组建互助组和初级、高级农业生产合作社,1957年再次加入中国共产党。直到大跃进和农村实行人民公社化,他一直任会计、文书,后来当选支部委员。从互助组到人民公社,他都是积极参与并组织建设,而且把自家较为宽裕的房子腾出来,给村子里做食堂。在大跃进和人民公社体制开始出现许多问题时,他依然以负责任的姿态绝不盲从,写文章予以纠正。比如针对当时发生的不仅反科学也近乎不懂常识的"小麦密植",他写下《谈谈小麦播种量》予以纠正。"三年困难时期"发生的"物资供应困难",他写成七千余字的《关于处理目前"物资供应困难"问题的建议》,不仅提出良好意见,而且一针见血地指出造成困难的主要原因是"人为因素"。针对党政机关不重视人民来信来访的现象,他写成《致县委信》,指出作为"脑"的领导机构,应当重视作为"耳目"的基层干部和群众的意见。1962年4月写《目前农村工作十谈》时,他已经写下十余篇针对农村人民公社各种偏颇现象的建议文章。他的《目前农村工作十谈》刚写完三谈,便停止下来,开始写作《当前形势怀感》这篇近万言的文章,于5月10日完成。内有十三个小标题,分别为:前言、忆"撤退延安"、处方、腰带、改造与节制、恢复单干、进与退、走后门、市场管理、烦琐的哲学、双程轨道、提建议有感、后记。

麻烦和后来的自杀悲剧,概出于这篇《当前形势怀感》亦称《一叶知秋》的文章。

包括《当前形势怀感》以及杨伟名此前的十余篇文章,都收入社会科学文献出版社出版的《一叶知秋——杨伟名文存》一书中,我不必再赘述其全部内容,仅点出《怀感》一文中令我尤为感动到惊讶的两点。一是他竟然敢于提出"恢复单干",即包田到户,这是任谁都知道碰刀刃的事,他却直白地呈报各级党政领导。联想到十六年后严俊昌秘密结盟的事,是做了杀头坐牢的精神准备的,杨伟名等三人却敢于把《怀感》送到从公社到中央的各级领导手中,难道没有考虑如严俊昌们的严重后果吗?再一点是,他关于20世纪50年代的认识,提出了"社会主义初期建设任务"的概念,也与今天科学论定的"社会主义初级阶段"相类似。

杨伟名把《怀感》寄出后,很快就引发了用今天的话说是"正能量"的积极反响。中共陕西省委办公厅在《人民来信来访反映》内刊上予以选载,陕西省委宣传部的机关刊物《宣传动态》也摘要刊登,无疑是给各级领导作为决策的参考。尤其值得一提的是,时任咸阳地区专员的王世俊很赞同《怀感》,亲自给杨伟名回信说"感谢你对国家大事的关怀",告诉他"这封信连日前一封建议信一并印发各有关部门和同志,供他们研究问题时参考……"而且把《怀感》和附信印发给咸阳地区的几位领导参阅,破例把杨伟名这个农民聘为该地区政策研究室研究员。西北局第一书记刘澜涛也有非常举动,指示西北局办公厅主任陶信铺专门到户县和有关人士谈话,并聘请杨伟名为西北局机关刊物《西北建设》杂志通讯员。由此可以判断,刘澜涛肯定读过《怀感》,尽管没有见到他的表态话语,也未能得知陶信铺和户县有关人士传达的刘澜涛书记的指示内容,但仅就聘请杨伟名为《西北建设》杂志通讯员而猜测,起码是很重视杨伟名《怀感》的建议,也颇关心农民杨伟名这个人才。然而,恰恰是刘澜涛关于杨伟名《怀感》的相关资料,竟然在随后的"文化大革命"中导致另一个毫不相干的年轻人的灾难,也成为杨伟名的致命一击……

杨伟名和《怀感》的命运,不久就发生了逆转,不是一般的逆转,而是惊天动地的逆转。在《怀感》写成并寄出之后的同年8月,中共中央在北戴河召开中央工作会议,且不说会议的主旨,单说毛泽东主席的一段讲话,直接点到杨伟名的《怀感》。毛泽东以文章中有"一叶知秋,易地皆然"的话题说:"一叶知秋,也可以知冬,更重要的是知春、知夏……任何一个阶级都讲自己有希望。户县城关公社写信的同志也讲希望……"毛泽东主席又问对户县三个党员的来信回答了没有,并甚为郑重地申明"共产党员在这些问题上不能无动于衷"。我读到毛泽东这段讲话时，首先敏感于其中"任何一个阶级都讲自己有希望"这句致命的定性语言，这无疑是把杨伟名等三个党员的来信看成是另一个敌对阶级的声音了。有了毛泽东主席的指示，8月份的北戴河会议刚一结束，9月初就有处理此事的工作组进驻杨伟名所在的户县七一大队了，而且是一个由省、市、县、社四级党委负责人组成的工作组，对杨伟名等三名写信人开始教育纠正的工作。

1962年8月上旬，在北戴河参加中央会议的陕西省省长赵伯平给陕西省委打电话，询问杨伟名等三人《一叶知秋》的事，当属他亲自聆听了毛泽东主席讲话后的反应。

1962年8月16日，省委办公厅《人民来信来访反映》随即全文刊登《怀感》，送省委常委阅读。前次该刊所做的《摘编》，是供各位领导克服"三年困难"决策的参考，此次全文刊登显然是供批判之用。

1962年9月7日，省委一位副秘书长和省委宣传部一位副部长，与咸阳专署一位副专员，以及户县县委书记四人一起和杨伟名等三人谈话，且有四次，指出《一叶知秋》的错误。

1962年9月13日，中共户县县委将《一叶知秋》印发给县级机关和城关公社机关支部，明确在通知中指明其在"两条道路斗争"中的观点、立场是非常错误的。

在这样由省到县的连番谈话纠正错误的过程中，三人中最年轻的大队长据说没经历过如此严峻的大场面，最早表态认识错误了。支部书记贾生财起初尚想不通自己所犯的错误，在各级领导的连番谈话指明其错误的过程中，也表示知错认错了。杨伟名在最初一次谈话时，竟然神情自若且甚为自信地表示自己认识无错。工作组把杨伟名视为重点对象，不仅和他谈话，而且和村里的所有党员谈话，在普通社员中召开座谈会，指出单干的错误导向，党员和大多数社员一致表态集体化不能分解为"单干"，杨伟名陷入孤立。经过甚为艰难的思考，他写下了一纸检讨书，名曰《亲切的教导，深刻的一课》。

在三个写信人先后认识错误之后，接着便是程序化的关于这个事件处理意见的汇报。户县县委对地委、地委对省委宣传部、省委宣传部对省委、省委对西北局以及中央就三个写信人的处理意见，共同的观点是三个党员主张"恢复资本主义道路，是严重的政治立场错误"。之后，各级领导在各种会议上都有涉及这个事件的讲话，指出其错误是"退到资本主义道路"，最严厉的是省委第一书记在省委一次全会上说："杨伟名们分田到户的观点是十分荒谬的，十分反动的。"就我能见到的各级文件和领导人的言论，这一句是最严厉且最严重的，即"荒谬"和"反动"，而且足足是"十分"。

在处理杨伟名等三人的最后结论形成时，从县委、地委到省委的监委会意见完全一致："杨伟名等三名党员对自己的错误做了检讨，认识很好，且他们只是向组织反映情况，没有实际行动……党内不给纪律处分。"此事终算了结，支部书记贾生财调离七一大队，到竹器社任厂长；原大队长赵振离接任支部书记；杨伟名大约依旧做原来的文书、会计等工作。写到这里，我竟有一种感动，一封惊动毛泽东主席的户县三个党员的来信，也已被毛主席定性为"另一个敌对阶级的声音"，这个事件搞得从户县到咸阳专署到陕西省委再到西北局几乎"手忙脚乱"，况且有省委第一书记"十分荒谬十分反动"的定性，处理意见却是"不给党内纪律处分"。我感觉到一种温情，一种包容的温情，也应该是处于"三年困难"特殊时期各级党委和领导人对此前狂热的"大跃进"造成的灾难的反思的效应。

杨伟名从此再未写过一篇文章，尽管仍继续着读书看报的爱好，却不写字了，似可理解。他也再无出奇之举，平静地生活着，颇动兴致地为一张全家照赋诗一首："一胎两女喜孪生，不幸离母襁褓中。居鳏孤楚难抚养，乳娘分忧感衷情。流水光阴匆匆过，双双各长十齿龄。今朝依傍欣合影，愁絮收敛露笑容。"这首诗大体体现着杨伟名此一时段的心情，前妻所生的孩子已长到十岁，他忽然动情赋诗，着意在不幸中遇到的后妻对孩子的"乳娘分忧感衷情"，"愁絮"表面是说丧妻后无人养育孩子的忧愁,内里显然也更有《一叶知秋》引来的麻烦到此时基本淡静,能够将"愁絮收敛"且可以"露笑容"了的宽慰。我揣测他能在这样短的时间里调整到可以"露笑容"的良好状态的因由,自然在于他本人的襟怀和自信,也在于他贤惠的妻子在此间尤为知心尤为小心的照料和关爱,然而,更关键的一点当在于各级党组织结论里的"不给党内纪律处分"的决定。

我在户县杨伟名的村子搜集他的素材时,人们讲了他的诸多趣事轶闻,仅述一例。某年他和队干部没收了一户社员的边角地,那位社员堵到他家门前破口大骂。杨伟名不仅既劝又压妻子的火气,而且别出心裁地端了一壶茶水送出门去放到骂人者面前,不言自明的意思是:你尽管骂吧,骂得口干舌燥了,喝口茶再接着骂……后来被一些高人誉为"农民思想家"的杨伟名,生活中是这样宽怀柔肠,也当是他能很快走出《一叶知秋》招致的麻烦的个性因素。

相对平静地过了四五年,"文化大革命"开始了,成为他无法逃躲的致命灾难,却是因为一桩他意料之外的事件。

绝望终未绝

"文革"伊始,贾生财和赵振离成为"走资派",被批斗被夺权。而基本不在党政权力范畴内的杨伟名也未能幸免,就因为他的那份《一叶知秋》。他被造反派定性为修正主义分子,又升级为反革命分子,大门上被贴上办丧事才写的白纸对联:单干单干,才能发家致富;修正修正,赫鲁晓夫祖宗。被游街又被批斗,随之实行无产阶级专政,把他和"地富反坏右"排在一列的位置。在此大灾大难面前,杨伟名的心态如何,无疑是我顶关注的一点。他的儿子杨新民告诉我一件事,过春节时,杨伟名把造反派贴在他家大门两边的阴纸对联撕掉,清洗干净,写下鲁迅先生的"横眉冷对千夫指,俯首甘为孺子牛"诗句,自然用的是喜庆的红纸。不仅如此,他在大门两边的围墙上也贴出了他的"大字报",南边是毛泽东主席的七律《送瘟神》,北边是自赋七绝一首:"砥柱触天立中流,时光如涛荡泥土。无私无畏即自由,真理在胸笑在手。"我钦佩杨伟名的情愫,概出于如此灾难性逆境中的"砥柱中流"的刚烈和胆魄,也就无需再猜想他面对游街、批斗和与"地富反坏右"五类敌对分子为伍的心情了。时过不久,造反派们把心思集中于夺权,一个农村生产大队的权已不能满足造反派们的胃口,目标转移向公社这个党政机关,更在乎户县这个地方性的大机关。顺便说一句,作为咸阳地区一把手的王世俊,已经被斗被整得死去活来,其中一条罪状就是支持杨伟名"万言书"建议的包产到户,是"为复辟资本主义大造舆论"等。此间,无权的杨伟名作为"五类分子"的"死老虎",已不在造反派们心急火燎夺权的焦点之内,反倒被"冷清"地搁置一边去了。杨伟名冷眼观看,静观运动的态势,但他大约丝毫也预料不到的一件事发生了。一个造反派大学生找他来了,进而酿成两人撼天动地泣鬼神的悲剧。

这位大学生名叫刘景华,是西安冶金建筑学院的学生,也是"西安地区大专院校红卫兵统一指挥部"下的一个造反派成员。该组织授命他组建一个调查团,调查整理并形成对西北地区最大的走资本主义道路的当权派且有叛徒之说的刘澜涛的定罪材料。刘景华曾有文字坦言:"我出身于穷苦人家,是毛主席等老一辈无产阶级革命家打下了江山,我一个农民的儿子才得以上大学……我就无条件地站在以毛主席为首的无产阶级革命路线一边,一颗红心两只手,党叫干啥就干啥。党叫我领导红卫兵调查'走资派'的罪行,是对我的信任,我坚决执行。"于是,他很快组建起十二人的调查团,来到西安南郊长安县细柳公社姜仁村,开始着手调查。姜仁村是1964年"四清运动"时刘澜涛选择的"蹲点村",三年后的1967年9月,刘澜涛已被"军管会"拘押,且押到姜仁村接受造反派的调查。刘景华带领他的十二名团员赶到姜仁村来了,这个满怀"忠心"的红卫兵调查团领队刘景华,在翻阅了作为西北地区头号"走资派"兼叛徒的刘澜涛的揭露材料后,首先对刘澜涛最致命的叛徒问题产生了怀疑。尽管他未说明怀疑的具体事件,但是我推想,肯定是那些揭露材料多属"莫须有"和虚妄之作,缺失最基本的可靠性,也就缺失了可信性。他的怀疑成为一桩颇揪心的困惑,想找人交流却又不能,因为谁都会意识到这是为刘澜涛翻案的大忌讳,况且他的身份是调查团的团长。刘景华隐匿着不无痛楚的怀疑,继续翻阅刘澜涛的罪恶材料,其中有一条涉及包庇户县反革命分子杨伟名的事件。他得知刘澜涛不仅没有处分杨伟名,而且指派西北局办公厅主任陶信镛亲自到户县和有关人士谈话,不仅把杨伟名的《怀感》刊登在《西北建设》杂志上,还破例聘请杨伟名为该杂志的农民通讯员。刘澜涛当年这种作为高级领导人尊重人才的美德和眼睛向下的良好作风曾经成为美谈,现在却成为罪恶。关键在于刘景华对此事发生极大兴趣,怀着已有的疑问,当即找到《怀感》阅读。他自述的读后感是这样的:"我认为这篇文章本质地分析了当时我国农村的经济形势,一针见血地指出了造成这种困难局面的原因,并提出了解决困难的办法……"刘景华就"决定去户县见见杨伟名"。几日前,在对刘澜涛的叛徒问题产生怀疑后,刘景华曾急于和人交谈辩白此事而不能,且郁闷郁结,随之看到杨伟名《怀感》事件也竟然牵涉到刘澜涛的罪证材料时,他终于遇到了一个可以交谈乃至倾吐衷情的对象。他肯定知道这是一个叛逆的决定和行为,不堪设想的后果也是明白在眼前的。我便尤为感动、感慨于这位难得的独立思考者——刘景华的大无畏精神,尤其是在"文革"最疯狂的夺权背景下。这是从陕西贫困山区走出且怀着感恩忠心的大学生刘景华的反叛,面对的是铺天盖地的"刘澜涛不投降就叫他灭亡"的叫嚣,他要去找杨伟名,这就注定了他年轻的生命别无选择亦无可逃遁的悲剧。

刘景华只身来到户县,两次找过杨伟名。第一次是在七一村的大队办公室里(此时的杨伟名是被判为"死老虎的五类分子",何以会待在大队办公地,我猜大约是被看管),刘景华和杨伟名竟然一见如故,有资料说"促膝相谈"(我猜想刘景华大约是以造反红卫兵的身份为伪装,才可能有与杨伟名谈话的机会)。两人"促膝相谈"一个上午还不能尽兴,杨伟名领着刘景华到他家吃了午饭又接着谈。第二次仍然是刘景华赶到杨伟名家里长谈。在第一次和第二次交谈的间歇，发生了一件大事，红卫兵造反组织正式给刘澜涛形成"叛徒走资派"的结论时，不仅专案组和造反头目意见完全一致，"中央文革"也已有了明确的表态，但刘景华竟然发言说"刘澜涛不是叛徒"。刘澜涛被定性为叛徒的材料上报中央，刘景华当时被严重警告。刘景华不服气，又到户县和杨伟名交谈倾诉。还是在他们两次会面的间隔期，两人还有多次通信交流，可见他们达到怎样相见恨晚水乳交融的状态。然而，他们谈话的内容只有他们自己知道，信件也在后来的灾变中被家人焚毁了。仅我能看到的资料，只笼统地说到杨伟名此时已不顾个人安危，公然指出"文革"是"盲人骑瞎马，夜半临深池"，说学习《毛选》的口号"急用先学、立竿见影"是教条主义，说"阶级斗争""反修防修"和"文化大革命"是极"左"路线的极端发展。这是杨伟名和刘景华交谈和信件的只言片语，总算留下了一些见出杨伟名的思想锋芒的珍贵文字。我想杨、刘两人能如此投机，当属"英雄所见略同"，而对刘澜涛定性"叛徒"的反对意见，便是刘景华的思想导致的行动。他的这种行动仍不能倾泻义愤，竟而拍案而起，他把由刘澜涛莫须有的叛徒冤案引发的对"文革"的彻底否定和反对，写成十余张大字报，张贴到古城西安的钟楼上，这是西安的心脏部位。大字报引发惊天动地的反响，很快被公安人员揭走。刘景华被逮捕，判处死刑，但不知因何故没有立即执行。刘景华被囚整整八年，到粉碎"四人帮"后才获释平反。

由刘景华案的牵涉，杨伟名陷入灭顶之灾。原本他已不在造反派夺权焦点之内，甚至造反派懒得再批再斗这只"死老虎"。但刘景华被逮捕后，他和杨伟名来往和通信的事也露了底儿，以他所在学校西安冶金建筑学院为主的造反派追到户县，联合户县的造反派，对杨伟名展开前所未有的"武斗"。造反派给杨伟名认定的罪名是"反革命分子刘景华的黑后台"，又是"杨刘反革命集团"。之前杨伟名被本地红卫兵批斗时，据说只有低头弯腰的惩罚措施，尚未动用武力。但这回被大学生造反派批斗时,由"文斗"兼加"武斗"了。批斗地点选定在城关公社院内,造反派质问并声讨他和刘景华的"反革命言论",却不准许他回答,更不允许他申辩,干脆不容他开口。红卫兵造反派要他向毛主席下跪,他不跪。造反派扇他耳光,用拳头捶打他,用脚踢他,从背后踢到他膝盖弯里,他跌倒了也跪下了。杨伟名的妻子放心不下,又去不了批斗现场,只好让女儿杨新慧去。杨新慧不敢到批斗现场,偷偷躲在后窗,看到这样一幕:杨伟名膝盖跪着的竟是铡草的铡墩(底座),而且垫着烧焦的煤渣。女儿看到乱拳乱脚乱打乱踢的景象,吓得逃走了。这样的批斗连续两场,时在1968年5月5日和5月6日。和批斗中被打罚跪等身体所受的折磨摧残相比,更致命的是杨伟名在造反派的叫嚣声中得知,刘景华已被逮捕,且判了死刑。

杨伟名和妻子当晚双双自杀,这是1968年5月6日夜发生的悲剧。

杨伟名的儿子杨新民和两个女儿至今清楚地记着当晚发生惨剧的过程和细节。杨新民告诉我5月6日傍晚,被整整批斗了一天的父亲回到家中,吩咐他把两个出嫁的姐姐叫回来,却不说有何事。妻子已做好晚饭,杨伟名不吃。杨伟名夫妇和两个出嫁的女儿、儿子杨新民在一个简短的全家团圆见面之后,他便安排三个儿女到右边卧室休息睡觉,他们夫妇常住左边隔间卧室。杨伟名的女儿告诉我,弟弟新民尚未成年,父母让睡就睡着了。姊妹俩觉得蹊跷,根本无法入眠,随后听到厨房有拉风箱烧锅的响动,她俩便来到厨房,见母亲在灶下烧锅,问母亲天这么晚了烧锅干啥。母亲说烧开水。她俩更奇怪了,说电壶(暖水瓶)里有开水呀。母亲便不耐烦,让她俩少管闲事快去睡觉。姊妹俩也未再追问便回屋去了,却依旧难得入眠。不久又听到木楼上有响动,姊妹俩又问谁在楼上干啥。母亲说她取个东西,又催她俩睡觉。到半夜时分,刚刚入睡的姊妹俩被一阵很痛苦也很大的呻唤声惊醒,慌忙爬起来跑到父母卧室前,但是推门推不开,门栓反插着,煤油灯也被风吹灭了。大女儿杨彩英情急之下从后门出去爬上后窗,砸破窗玻璃进入屋内,闻见呛人的农药味,慌乱中点亮煤油灯,就看见父亲杨伟名和母亲刘淑贞并排躺在炕上,已无声息,两人的胳膊还挽在一起……我听到此,做记录的手抖得写不成字。

姊妹俩随后才明白,母亲烧水是为了净身,父母的卧室地面上还留着泼洒的水痕,父母都从内到外换穿了一身干净衣服。母亲上楼是取剧毒农药,木楼是作为生产队的保管室沿用着,既存有种子,也有杂物,还有杀虫除菌的剧毒农药。姊妹俩懊悔不迭,曾有疑心,却仍然粗心大意,没想到会发生这样的惨剧。从杨伟名被批斗完回家,到他和妻子双双烧水净身换干净衣服,再到他们夫妇喝下剧毒农药,整日整夜都下着雨。第二天,在某个公社造反派干部吆喝着"杨伟名是自绝于人民自绝于党"的声响里潦草下葬的时候,雨下得更大更猛了,真可谓天公垂泪。

在我理解,杨伟名的自杀选择,无疑是一种绝望,一种彻底的绝望。一纸补天济世的《怀感》,把自己弄到这种死不下活不旺的处境姑且不论,而且把一个从穷山沟里跨进高等学府的刘景华害苦了——不是一般的惩戒处罚,而是坐以待毙!杨伟名曾有对《怀感》理论坚持不改的精神自信,也有面对批斗乃至跪铡墩等忍受肉体折磨的刚强,却承受不了彻底的绝望,且不说以生命之躯对"文化大革命"的控诉……我在户县采访结束时,想去杨伟名的墓前致礼,掬一捧黄土撒上他的坟冢。杨新民无奈地告诉我,原本潦草埋葬的坟堆,后来被一家小工厂征地建厂时抹去了,连他也找不到准确位置了。我便退一步想到,把杨伟名的思想和品格以及由此发生的时代性悲剧形成文字,权且当作那一抔无处抛撒的黄土。

这是 2005 年岁末年初,已经是天寒地冻的隆冬时节。从户县回到西安,我便急于寻访刘景华。我多方打问,得知刘景华平反后一直在广州某高校任教,电话联系倒也未有周折。我说明前往拜访意图,他很爽快地应诺,只是时间稍微推后,他正忙于学生期末考试,还要阅卷。他说春节要回老家,到时可以见面,也免去我劳神费事跑远路的折腾。我便和他约定待他春节期间回来见面。我等待他的电话,想到他从远方归来,又是春节,亲朋好友难得一聚,但我怎么也想不到,农历大年初二晚上接到他打来的电话,竟然说他检查出肺癌。我一下惊呆了。他又缓缓地告诉我,已经做过手术,恢复尚好,只是回不了老家了。我哪儿还有"纠缠"他的心思,连连劝他专心养护身体,采访之事暂且不管。他说手术做得很成功,术后恢复很好,约我一月后去广州见面。

刘景华家住广州老城区一条窄巴的巷道里,临街两边全是卖各种生活品的小铺。几经打问,终于找到一幢平顶住宅楼房,抬头看见楼台上站着一位男子往街巷张望,看见我时便问是不是西安客人。我当即招手应声。我走到他站立的平台,握手问好之际,看见他满头稀疏花白的头发,胖瘦适中的脸上呈现着沉稳平和的气色。我依旧难以抑制激动的情绪。他领我走进他的屋子,住室很宽敞,家具摆饰不见豪华,质朴实用。我和他坐下交谈,他谈到往事,不仅神闲气静,而且更显得淡漠。我意识到不单是时移世易痛定之后的超然,更当属他对把整个民族和国家陷入灾难的"文化大革命"的蔑视。他说话断断续续,我已经不再提问,不忍心看他说话的艰难,也怕过细地谈到曾经遭受的折磨使他伤心动情,肯定会影响正在恢复的病体。我能见到他已经很荣幸。告别时握着他的手,再看着那稀疏花白的头发,脑海中又浮现出那个在西安钟楼张贴声讨"文化大革命"檄文的风华正茂的刘景华,竟有泪水涌出……

2014 年 7 月 19 日二府庄

又及:近十年前,先后寻访了杨伟名和刘景华,原想写块稍大的东西,却终未成事。遗憾且不论,这两位陕西乡党的伟迹一直搁在心底,竟成一种纠结。近日发生自我宽宥心思,作退一步想,把就我所知的他们的事迹记述下来,既向他们致敬,也注入我的文字存留。

(原载《人民文学》2015 年第 1 期)

黑伍：一群人在波光里被时光遮蔽

陈 洪 金

一

很多时候，我的脑海里总是飞翔着一群游鱼，它们如同掠过天空的大雁，在我的心底留下淡淡的影子，填充了我在寂静时刻的枯坐。这时候，我还会想起一片水光，在马群一样奔腾不息的流浪上闪烁。黑伍，就是承载了这一切的村庄，它蜗居在程海北面的沙滩边，沉默不语的神色，总会被许多人忽略，视而不见。是的，黑伍作为程海的附属物，当我们从程海南面向北望去，弥望的是一片广阔的水域，黑伍根本无法吸收到足够的目光，让我们去关注它。当我们从三川坝驱车登上那个叫作哨丫口的小小关隘，迎面闯进眼帘的还是青色的程海和黛色的远山，只等我们把目光收回来，才会关注到身边的山脚下，隐藏着这个被我们唤作黑伍的村庄。无论是从北往南去那个叫作毛家湾的地方，还是从南往北，从另一个叫作清驿的村庄回到三川坝，黑伍总是会横挡在我们的行程上。即使是这样，我们坐在车子里，从黑伍参差不齐的屋群中间扬尘而过，往往不会有过多的停留。于是，在我们不经意地关注这个叫作黑伍的村庄的时候，经常会感觉到无话可说。但是，渐渐地，当我一回回用审视的目光去猜度它，打量它，却发现，黑伍其实有太多可以被我写进文字里，并且存留下来的事物。

关于黑伍,我在记忆里滑行,竟然会刹不住追忆的惯性,一下子就回到了童年。在我的故乡三川坝,每到稻浪铺地的盛夏,黄灿灿的阳光照着绿汪汪的田野,作为一群光身子浮上池塘水面的孩子中的一个,我会看到一辆马车缓慢地经过我们堆放在岸边的衣服,向着我们的村庄吱吱呀呀地进村。马车上坐着一对夫妻,男人手里挥动着一根柳枝,漫不经心地赶着马向前走,女人高声地对着村庄里的门楣和屋檐高声叫唤:卖日喽——卖日喽——在那个被称为大集体的年代,村子里很少有外地人进来。掩饰不住强烈的好奇心,我们纷纷从池塘里钻出来,穿上衣服,飞跑着跟上去。马车在村子中央一棵大树下面停下来,我们围上去,才发现,马车里装了整整一车鱼。这时候,我们终于知道,女人的叫唤声其实是:卖鱼喽——卖鱼喽——在我们的村庄里,"日"这个词,往往是被嵌进脏话里骂人的。而现在,它却被一个女人一本正经地用来高声叫唤,孩子们童真的脸上顿时洋溢着一种邪意,怪腔怪调地学着女人的声音,此起彼伏地跟着高叫着:卖日喽——卖日喽——女人听出了我们的别有用心,便来驱赶我们。我们远远地避开了,但还是继续用我们稚嫩的童音高叫着:卖日喽——卖日喽——听到叫唤声,村子里的女人们知道黑伍人来卖鱼了,便三三两两地出来,围住马车,叽叽喳喳地打量、问价。据大人们当时说,那个年代,尤其是在夏天,黑伍人从程海里打捞出太多的鱼,附近卖不出去了,就用马车拉着,翻过哨丫口,沿着麻冲、清泉、梁官、麦场、中洲、西湖、金官、杨伍等越来越向北的村庄,一路上卖过来。那时候,鱼太多,有钱买的人家却很少,但终归是有人买的。一些鱼,以五分钱一市斤的价格,从马车里被放进一个个女人的手里,拿回家去,村庄里便弥漫着鱼的香气,引诱着一群孩子早早地从田野回到家里,不停地吞咽着馋液,饥饿的野猫一样守在灶台面前。从那个时候开始,我便记住了,在我的家乡三川坝南面的山那边,有一个叫作黑伍的村庄,那里紧靠着程海,男人打鱼,女人卖鱼。

我的记忆回返到少年时代,那些被书本、校园、同学点缀着的时光里,只有一个小小的片断是跟黑伍有关的。在某个需要我凝神默想才能计算出确切年月的冬天,我们一群少男少女,不知道是谁出的主意,便骑着自行车,向着程海飞奔而去。每一辆自行车,都是男同学骑车,女同学坐在后面。每一对男女都是一脸的青春和一本正经,内心里却萌动着暗暗的情意。当我们从哨丫口欣喜地看到程海地,便夸张地欢呼起来,一阵少男少女特有的感叹之后,才发现,黑伍正被程海的浪花一阵紧接一阵地拍打着,它早已无法再退缩,只能蜷缩在山脚与沙滩之间,用庄稼和村道收揽潮湿的空气。十多辆自行车承载着二十多个少男少女,迫不及待地向着程海边奔去,当青春的脸孔照映在水里,赤脚踩进松软的沙子里,这个叫作黑伍的村庄,就被我们称为程海,而不是别的什么地方。在水里随波漂浮着,我被打湿的眼睛,看见远处的水域,一些木船零零星星地随着波浪漂荡着,船上的人不停地向着水里抛撒渔网。渔船回返岸边的时候,我们看到了船里用竹篓装着的鱼。一群满脸好奇的中学生,围着那些被大大小小的鳞片包裹着的鱼,看着它们在阳光里蹦来跳去。渔民告诉我们程海湖里特有的鱼类的名字:大鲤鱼、白鲦鱼、压鲦鱼、红翅鱼、丁钩鱼……在餐桌上,我们确实吃到过程海湖里打捞出来的鱼,但是,在我们眼里,它们都只是冒着诱人的香味的鱼,根本没有具体的名字。而这一次,在程海边,我们看到的是刚刚离开深水,还张着嘴试图呼吸空气的活生生的鱼。渔民在岸边拴好木船,收起他们的劳动成果,回到黑伍村里去了,我们又回到水里,仰起头来,看着水上高远的蓝天。蓝天上没有一丝云彩,只有那深邃的蓝,让我的目光无法穷极,却在心里畅想着天的尽头,那谜一样的空阔。远处的群山,影子倒映在程海的湖水里,水面平静的时候,我甚至可以从水面上看到山顶上的森林、山坡上的岩石、半山腰上的村庄,以及从村庄里一直延伸到水边来的弯弯曲曲的羊肠小道。一些细碎的波纹荡过来,所有的这一切都随之成为银白色的碎片。等到水面再次平静下来,所有刚刚看到过的景物,就又在水面上出现了。当我回头转向岸边时,看到坐在岸边的女同学们,脱了鞋子,挽起裤腿,在浅水里走来走去,那些在我少年时期美丽如花的女同学的身影,至今都还模模糊糊地记在心里。

二

　　黑伍不仅仅守着一片湖水。作为云南境内第八大淡水湖泊,程海飞溅的浪花,把水气带到岸上,便形成了云南高原上常见的湿热气候。在程海之畔,沙滩之上是黑伍,这个村庄的周围便是一片斜坡,从山脚下一直延伸到水边,黑伍村就以它密密麻麻的屋群点缀在这个斜坡的中途。一条窄窄的公路沿着海水与群山的走向,从北向南,蛇行而去。在路的两侧,我们看到的是生机勃勃的庄稼地——水稻、玉米、辣椒、茄子、大蒜、黄瓜、西红柿、花生、甘蔗、白菜、韭菜,在那些田块里,庄稼们以叶子、根茎、果实的形态,铺满了黑伍村外的每一寸土地,让水分从土壤里很快被吸收到植物里去,携带着来自大地的营养,迅速分布到了叶片和果实上,与温暖的阳光在汁液里相遇。庄稼们不停地生长着,当它们不断地成熟,在村外陪伴它们的,便是日夜劳作的黑伍村里的农人。

　　是的,黑伍村里的男人和女人,都是远远近近的村庄里最为勤劳的农人。上天给了黑伍村一片四季不停地生长着植物的土地,这样的生存环境,似乎也在迫使他们一刻也不能停止下来,只有不断地播种,浇灌,守望,收获,出售,把汗水滴洒成了沟渠里流淌的水流,他们才能够配得上这片肥沃的土地。于是,每一次路过黑伍村外的田野,总会看到村子里的人在田间地头忙碌着。路边堆放着刚刚从地里采摘出来的果蔬,红红绿绿的,圆圆润润的,纤细修长的,沾水带露的。还有一些已经结完果实的田块,马上被平整出来,重新划埂平畴,撒下新的种子,等待着一场新雨过后,再生长出新芽、新叶、新藤,然后再一次开花结果。所有的这些细节,都有黑伍村里的人们一刻不停地跟那些植物们厮守着,如同在履行着彼此不离不弃的誓言。这样的土地,这样的农人,用百年的时光,在程海的岸边,积累了群山之间的富足。

　　这样的勤劳,在水畔,在田畴,很久以前就有文人,诗意地记

录了黑伍的村里人彼时的情形。如今我们翻阅永胜的各种地方史志,信手拈来的便是以下的文字:

> 郡城南关坡西下,周围八十里,名程海,又名黑伍海,产鱼种繁。沿海一带,树影烟环。夜间,家家烧竹燃灯,渔于海上。始则灯火数点,淡若疏星,继而火炬齐燃,明如白昼。舟或顺水奔腾,则流光急电;舟或随波荡漾,则倒影摇红。渔灯所至,程海增辉,名胜中之上乘也。

> 落日衔山尽,渔灯彻夜浮。鲸珠明野岸,萤火乱晴洲。望影初疑月,鸣榔始识舟。烟痕回望合,处处蓼花秋。

> ……

肥沃的土地往往催生一茬又一茬婚姻。这个村子里的女人,因为她们的勤劳,总是被周围的村庄里的人夸赞与称道。而这个村庄里渐渐成长起来的少女,总是早早地被提亲的媒人盯住,争相娶去,成为远远近近的村庄里的媳妇。因此,每一年的冬天,黑伍村往往有喜事接连不断地到来。炊烟、鞭炮、对联、喜帖,把黑伍村的冬天装点出了一派喜气洋洋的神态,太阳还没有从村子东边的山顶上升起来,迎亲的队伍便从南面的期纳,或者北面的三川坝向着黑伍浩浩荡荡地走来了。人们兴高采烈地跨进黑伍村里某一家农户,迎接了一位羞怯的新娘,拜别了她的父母,然后又喜气洋洋地离去。一个女人的出嫁,同时也带去了她在黑伍村子里最为寻常的勤劳。在山之别侧,在水之另岸,黑伍女子在另一个村庄的居守,随着时光的流逝,她们用自己的勤劳,为黑伍这个紧贴着程海的浪花与涛声,与之相依为命的村庄,赢得了百年不衰的荣耀和口碑。

三

在烟波浩淼的程海边,黑伍这个被我们用来为一个村庄命名的词语,往往会给人们造成一种习惯性的理解。因为,在永胜,甚至在云南的许多地方,伍、营、所、卫,这样的字眼,往往会嵌进一个又一个地名里，成为彩云之南这一片被群山和江流挟裹着的土地上的历史痕迹，纪念云南汉民族在遥远的岁月里的一次规模浩大的迁徙——许多云南人都知道，在明朝初年，曾经有一个被后人称之为"洪武调卫"的军事行动，在云南被明朝开国皇帝朱元璋的大军消灭了残破的元朝重臣梁王巴扎瓦尔密的势力之后，随即在云南屯守，数以百万计的中原和江南汉族地区的军人，遍居云南绝大部分交通要道和沃村肥野。这些居留在云南的军人，种子一样撒落在云南各地，形成了新的村落。而这些村落的名字，大多以伍、营、所、卫来命名，至今依旧暗含着军事驻地的冷峻与威严。在这样的习惯视角下，黑伍，真是太容易被当作是当年那场军事屯守的旧地名了。

然而，当我们把黑伍这个村落专门当作一个审视的对象，在古籍里去翻阅它，在野地里去倾听它的时候，终于发现，这个隐藏在程海腋窝里的村庄，它不经意地留在现实里的一些蛛丝马迹，却又如同一个线团里纤细的线头，越往外来，越才发现线的另一端，还有许多曾经被我们误读的往事。比如"黑伍"这个名词，在方圆数十里之内，许多人把村庄旁边的程海，更多地称为黑伍海，甚至在一些古籍里，还有黑坞海、黑雾海之类的说法。在众说纷纭之下，我的朋友周荣新先生，用他的一段文字，为我掀开了这片水域和这个村庄意义非凡的久远往事。他说："用傈僳话讲，'黑'指傈僳族大姓居民'黑咱扒'（亦即永胜、华坪境内的海姓'黑傈僳'），音'坞'，指'地方'，合起来，即为'黑咱扒居住的地方'……所谓'黑坞'，只是傈僳话'HeWu'的记音、谐音。"周荣新先生还列举了黑伍周边的村庄朵果、蒲米、潘浦、洱良、崀峨等我们从汉字的字面无法理解的地名在傈僳话里的意思，比如朵果是水好的地方，蒲米是出产甜瓜的地方。

如今遍地汉人的黑伍，当它作为两个紧紧地拥抱在一起的音节，在几百年以后，终于回到了它们在傈僳语里的原乡，对于这片土地来说，却是有着非同寻常的意义的。在很多时候，作为居住在云南的汉族人，当我们回望这片高山峡谷之间的土地的时候，往往只会把"洪武调卫"当作一个特殊的起点，去缅怀和追溯我们的那些来自中原或江南汉地的祖先。而再往历史的深处探寻,我们这些汉族人,往往对云南此前的历史是非常模糊而迷茫的。我们只知道,在六百年以后,"洪武调卫"使得我们这些汉族人的祖先洪水一样涌进云南,改变了云南少数民族灿若星群的状态,汉族从此成为云南的主体民族。而当我们要去更加深入地去探究在六百年前的本土居民的分布情况,也许是由于"洪武调卫"强大的遮蔽,同时由于此前的历史距离我们更加遥远,我们不能把那段辽远的历史看清楚。于是,在我们云南人的视线里,云南的历史被"洪武调卫"分割成了两段。"洪武调卫"以来的往事,我们可以从汉民族的方言、服装、习俗里看到一直延续到现在的痕迹。甚至于,我们还可以找到大量的族谱、墓碑和口述史,使得云南汉民族在云南的栖居,变得亲切可触。而在"洪武调卫"之前,云南星群密布的少数民族群落,我们翻遍了史籍,比如《史记》《华阳国志》《汉书》《唐书》《宋史》,我们所能够搜寻到的,往往只是一些章节和片断。这些散落在主流志书里的文字,让我们花费了很大的精力去淘滤,去摘录,然后就像做拼图游戏一样把它们攒接起来。纸张翻卷之际,我相信,所有经历了这样的劳作的人们,他们的目光是疲惫的,他们的信心是不确定的。于是,更多的人,则把自己的目光转向田野,转向生活在现实里的少数民族群众,去观察、去倾听,希望他们能够从各少数民族群众的讲述里,找到一些材料,帮助他们向着历史的最深处泅渡。

由此,周荣新先生借着傈僳族同胞的讲述,让我们真正地了解到,黑伍这个同时命名了一个村庄和一片水域的名字所具备的重大意义。这个名字,仿佛是从历史的尘埃里倔强地探出头来的某个古人的额头,通过它的轻吐的音节,让我们终于发现,黑伍、程海,以及附近更加广阔的峡谷、坪坝、山坡,在"洪武调卫"之前,曾经居住着的是傈僳、纳西、普米、白、藏等众多的民族。而在那一个又一个久远的年代,这些民族,曾经有着僰人、白夷、猓猡、西番、磨些等这样一些在汉字里很生硬冷僻的名字。就是这些有着这样一些名字的人们,千百年来,在这一片土地上，与他们的牛羊、野兽、飞鸟、游鱼一起，一代又一代地在狩猎、网罗、采摘、收藏等拙朴的劳作里度过了一年又一年。这些民族的祖先们，在这片土地上，除了劳作，还讴歌、吟唱、祭礼、求爱、痛哭、忧伤。所有的这一切，由于许多民族都不曾用文字像汉族一样记录下来，而只是留在他们的古歌里，留在他们的创世纪里，留在他们的唱经中，用语言代替了文字，用音乐代替了笔画，并且，随着时光太久远，它们早已被历史的尘埃深深地覆盖着、埋藏着，远远地绕开了我们的文字，我们也便很难再发现它们的秘密了。于是，我不禁感叹：其实，相对于那一段从鸿蒙时代就已经启程的岁月，"洪武调卫"以来这短短的六百多年，简直是非常微不足道的一瞬间。

就拿黑伍这个名词来讲吧。我根本无法想象，那个遥远的漫长岁月里，程海作为人类的同伴，它的波浪以一个又一个百年、千年，拍击着傈僳人、纳西人、白人、藏人的梦境，见证了不同的民族在成为这片土地上的居守者之前的狼烟、飞箭、咒语。程海的波光，究竟辉耀了多少个族群以各领风骚几百年的方式，在这片土地上，游牧、捕捞。这个紧贴着沙滩而存在的村庄，在它被傈僳族命名为黑伍之前，究竟还有多少个陌生的名字，曾经被哪个部族用他们自己的语言，亲切地称呼了多少年。多少年以后，曾经又被哪个另外的部族更换了名字，又亲切地称呼了多少年？然而，当时光流淌到我们的脚下，单凭黑伍这个名词，我们至今还在称呼着的名字，它在傈僳语里的含义重新回到我们的面前，这就已经足够了。它的重新回归，已经在温和地提醒我们，这一片土地，曾经有着许多我们知道的或者不知道的主人。通过它的指向，我们已经把目光绕过那曾经的遮蔽，伸到了更加幽暗的历史。

黑伍依旧平静，我心已经欣慰。

（原载《散文》2015 年第 1 期）

再见，马关

祝 勇

一

丁汝昌自杀那一天，公元 1895 年 2 月 13 日，李鸿章接到朝廷的任命，成为大清王朝的议和大臣，赏还翎服、黄马褂。但李鸿章的脸上不见丝毫的喜色，他知道，所谓的议和，不过是城下之盟的好听说法而已。日本要的不仅仅是钱，这一点，没人比李鸿章更清楚。然而倘若割地，不要说朝廷不答应，连他自己都不会答应；至于赔款，户部又拿不出银子。让他去议和，还不如直接让他下地狱呢。

思量再三，李鸿章怯怯地向朝廷提了一项要求——让翁同龢与他同去。整天嚷嚷着打仗的不是你翁同龢吗，如今战败，你怎么变成缩头乌龟了？但翁同龢是绝对不会承担这个责任的，推脱道：若我此前办过洋务，此行必不辞。今以生手办重事，怎么行呢？

此时李鸿章心里定然只有苦笑——如今你终于知道自己是生手了，既然如此，当初又凭啥在北洋的事务上插自己的手，掣别人的肘？

我在《盛世的疼痛》中说，李鸿章不敢打这场战争，一说是他想保存实力，因为在大清官场，实力就是本钱，此说固然有理，但当年李鸿章率淮军攻打太平天国，一路冲锋陷阵，为何不保存

34

实力？因此，最重要的原因，是他看到了大清海军的实力已经不是日本的对手。双方装备的对比，不过是一些枯燥的数字，到了战场上，就意味着生灵涂炭。对这些数字，太后不感兴趣，皇上不感兴趣，翁同龢不感兴趣，只有李鸿章心知肚明。

但是以翁同龢为代表的主战派却咄咄逼人。打胜了，证明他们正确，打败了，自然有别人背黑锅。更重要的原因是，翁同龢的真志向并不在斗日本，而在于斗倒李鸿章。他曾说："正好借此机会让他（李鸿章）到战场上试试，看他到底怎么样，将来就会有整顿他的余地了。"

李鸿章沉默良久，才说：割地是不可行的，谈不成我就回来。

话音落处，一片静寂。

没有人回答。

二

下关是一座美丽的城市，我们在本州和九州两岛之间往返，下关是必经之地。它位于本州岛最南端的山口县，与九州岛隔着一湾窄窄的海峡，即关门海峡。有一条山阳道，就紧贴着关门海峡伸展，干净的街道，仿佛每天都被海峡的风沐洗过，时而有年轻的恋人，趴在步行道边的栏杆上，眺望对面的九州岛。抬头看天，关门大桥凌空而起，早已把天堑变成通途。但在丸尾公园和火山公园之间的御裳川，道边却排列着五门火炮，扼守着海峡，显示着这座城市因其地理位置而在历史中占据的独特地位。

水产和水果都是这座城市的特产，所以在这座城市里生活的人，不仅独占着水天一色的美景，他们的口福也令人望尘莫及。我们拍摄了唐户市场。与我们国内的幽暗腥腻的水产品批发市场不同，这家下关市最大的水产品批发市场，就像是一座巨大的水族馆，各种鱼类在透明的容器内摇头摆尾，即使是冷冻的水产品，也都摆放在精致的器皿里，像花道一样一丝不苟。我想起自己曾经在巴塞罗那的菜市场内游荡，周围蔬果丰美、鲜花绽放，仿佛身在一个丰饶的花园里，巴塞罗那的菜市场，颠覆了我对菜市场的传统印象。唐户市场也是一样,在这里转悠,不仅容易激起无限的食欲,更会激发起对生活的渴望。

夜幕降临的时候,我们坐在海边的料理店里,喝清酒,吃河豚。河豚是下关的特产,每年产量约十二万吨,占日本全国的百分之九十,因此被称为"河豚之乡"。在海边,店铺一家挨着一家,许多都经营河豚。现实生活的场景,似乎遮蔽了与历史的联系。但历史不可能被割断,它就藏在河豚里,近在眼前。

李鸿章来时,谈判地点春帆楼就是当地著名的料理店。它的早期主人藤野玄洋曾在这里开设医院,他死后,他的夫人又在这里开设了一家料理旅馆,以毒河豚这道名菜而闻名日本。伊藤博文曾多次来这里品尝,流连于这里的春光帆影,提笔写了"春帆楼"这个店名,它的牌匾,至今保存在"日清讲和纪念馆"内。楼主病逝后,下关人林平四郎于大正九年(公元 1920 年)买下这座楼,在门口立了一块"讲和碑",请在《马关条约》谈判时担任内阁书记官长的伊东巳代治写了碑文。这块碑如今还竖立在春帆楼的庭院里。

春帆楼内,觥筹交错,李鸿章想必也吃过河豚,只不过以他当时的心情,端不动伊藤博文为他接风的酒杯。那一年李鸿章已是七十三岁,像他效忠的帝国一样衰老,而伊藤博文才五十四岁,年富力强,眉宇间有一种逼人的气势。李鸿章这匹瘦马,几乎拉不动大清帝国这驾破车了,马将死,车将翻。

此时,我心情放松地坐在海边的料理店里,心里想着一百一十九年前的李鸿章,突然感到有一种罪孽感,觉得自己是那么的没心没肺,有点对不住他老人家。此时他若推门进来,不知会对我怒目而视,还是为我们生活在这样的一个时代里而深感庆幸。

三

公元 1895 年 3 月 15 日,李鸿章带着皇帝"承认朝鲜独立、割让领土、赔偿军费"的授权,从天津出发,19 日抵达日本下关。20 日展开谈判,是双方约定的,所以李鸿章在给朝廷的电报中说："起程须扣算到日,不先不后,乃得体。"虽为战败国使臣,身系国家命运的李鸿章,依然不忘保持体面。

李鸿章和伊藤博文不是第一次相见。三十多年前,19世纪60年代初,伊藤博文还是个二十多岁的小青年,受"黑船"事件的刺激,取道上海,前往西方学习。那时的上海,正是李鸿章的天下。公元1862年,李鸿章带着刚刚成立的淮军,在安庆北门集合,沿长江而下,直抵太平军聚集的上海。谁也不会想到,正是这群被蔑称为"大裤脚蛮子兵"的安徽子弟兵,以七千打十万,一举占领了上海。李鸿章也迎来了他一生事业的高峰,办洋务,建海军,一发而不可收。

那时二人是否见面,我们已无从查考,但伊藤博文一定会知道李鸿章的威名。

又过了二十多年,到了19世纪80年代,大清帝国海上之梦被溃烂的官场一点点地腐蚀,已经趋于黯淡了。但这个沉落梦想却仿佛跷跷板,把日本的野心跷起来。公元1874年,日侵台湾。五年后,占领琉球。又过了十年,到了公元1884年,为了解决大清帝国和日本在朝鲜问题上的纠纷,李鸿章和伊藤博文在天津进行了谈判,签订了《天津条约》,规定同时从朝鲜撤军,"今后朝鲜国若有重大变乱事件,清日两国如要派兵,须事先相互行文知照。"正是这一条款,为后来的甲午战争埋下了伏笔。

正是这次会面后,李鸿章提醒总理衙门:"大约十年之内,日本富强必有可观,从中土之远患而非目前之近忧,尚祈当朝诸公及早留意是幸。"

而伊藤博文对清国则有着完全相反的预言:"有人担心三年后中国必强,此事直可不虑,中国以时文取文,以弓矢取武,所取非所用;稍为更变,则言官肆口参之。虽此时外面于水陆军俱似整顿,以我看来,皆是空言。"

意思是说,中国人还在用八股文来选拔文官,用弓箭来选拔武官,他们所学的,在当今世界上已没有用武之地;纵然有人想稍作改革,也会被言官们骂得一文不值。虽然从表面上看他们在整顿陆军海军,但在我看来,都是些空话。

无论李鸿章，还是伊藤博文，对对方的判断都准确无误。不同只在于，伊藤博文的判断成了日本的共识，而李鸿章的判断则被视为危言耸听、为自己建北洋捞资本。十年后，双方的预言都得到了验证，一张谈判桌，分开了截然不同的命运，一为刀俎，一为鱼肉，李鸿章深刻的痛感，无人能够体会。

李鸿章看见案板上的河豚，就等于看见了自己。

孙郁说他："他知道大清帝国衰微的结局，但一面又在修补着那个世界，竭力挣扎在东西方文化之间。他在受辱和自尊间的平衡点里，重复了古中国庙台文化与市井文化的精巧的东西""内心的体味复杂是无疑的了"。

说白了，就是死马当活马医罢了。

<h1 style="text-align:center">四</h1>

许多历史书中引用的春帆楼的照片都是错误的，我也被误导了很多年，直到抵达实地，才弄明白这一点。那座有着歇山式屋檐的土黄色建筑，频频出现在各种历史读物中，但它并不是春帆楼，而是"日清讲和纪念馆"，是 1937 年建立的。在它的旁边，正对海峡的山坡上，才是春帆楼的原址。门口立着一块史迹碑，方形的碑柱上，用楷书刻写着：

史迹春帆楼日清媾和谈判场

木构的春帆楼，当地一家著名的料理店，已经在 1945 年的一场大火中消失，如今在原址上建起的，是一座现代化的酒店，红男绿女出入其中，历史在他们的脸上不落一丝痕迹。一百二十年前与清国的那场战争，许多日本人不感兴趣，所以旁边的那座"日清讲和纪念馆"，尽管是公益博物馆，却连专门的服务人员都没有，访者更是寥寥无几。出于拍摄的需要，我们提前与管理部门——下关市教育委员会联系，提交了拍摄申请，他们才派了一名女秘书，带着一串钥匙前来给我们开门。这让我觉得有点像中国某些县城的博物馆或纪念馆，只有漂亮的房子，却是门可罗雀,无人问津。

我们早早就等在门口,准备好拍摄器材,没有等来女秘书,却先等来一场微雨。那时虽然已是暮春,而且身处日本的南方,但微风中依旧带着一丝寒气,从海峡上吹过来,冷冷地掠过面颊。春帆楼在阿弥陀寺町的半山上,被一片葱绿簇拥着。站在春帆楼的门口,可以看见海峡的一个片断,像大片中的某个特写。有巨型的货轮,还有日本自卫队灰蓝色的军舰,从海峡中缓缓通过。

当年之所以选择春帆楼作为谈判地点,正是因为这里是炫耀日本军力的最佳地点。透过春帆楼的窗子,就可以看见海峡里游弋的日本军舰。那些军舰从北洋舰队的炮口下死里逃生,此时却给清方谈判代表造成了巨大的心理压力。

那些军舰,和伊东巳代治碑文中的文字形成某种呼应关系。他用中文写下这样的话:"呜呼!今日国威之隆盛,实滥觞于甲午之役!"在日本,很少看到中文标识和说明书,"日清讲和纪念馆"特别使用中文,可以理解为对中国参观者的关照,也可以理解为某种刺激。因为这个纪念馆,对于中国人有着不同的意义。正是在春帆楼,我们的国家一度失掉了辽东半岛、台湾、澎湖列岛,失去了对朝鲜的宗主权,还赔偿日本军费两亿两白银,养肥了日本军国主义,把杀人刀磨得更快,再来大肆屠杀中国人。公元1899年,戊戌政变失败、亡命日本的康有为乘船从关门海峡经过,远远地望见春帆楼,满怀伤痛地吟出四句诗:

> 碧海沉沉岛屿环,
> 万家灯火夹青山;
> 有人遥指旌旗处,
> 千古伤心过马关。

女秘书准时出现了,打开那扇关闭已久的木门,出现在我们面前的,是一间面积不算大的展室。但所幸有了这座纪念馆,当年谈判现场的所有文物才没有在春帆楼大火中烧毁,它们被提前转移到这里,完全按照原样陈列。展厅的灯光并不明亮,但展厅中央那张长条形的谈判桌依旧赫然入目。谈判桌上,当年的笔砚依旧摆放在原处,李鸿章座位下的痰盂也在。这样一个封闭的场景很容易造成某种错觉,仿佛此时只是暂时休会,一分钟以后,谈判者就会走进来,各就各位。一百多年的时光仿佛被抽空了,幽冥中,我仿佛听到了李鸿章的咳嗽声。

李鸿章一行在公元1895年3月20日下午三时抵达春帆楼。《时事新闻》记者写道:"李鸿章略感风寒,仍决定下午三时与我全权会见。二时半许,在县警察官护卫下,李鸿章一行乘小野田丸蒸汽船到达阿弥陀寺町镇守神社前。从船到栈桥之间需经过一段石阶,两名侍从谨慎挽扶李全权越之,实乃清国大员之风采。据闻李鸿章小病后面色健润,佩戴一副金缘白玉眼镜,上身着黑色官衣,下身茶缎裤子,足蹬薄靴,身高五尺六寸,高大过人。一行官员九名、护卫六名登上东栈桥。李经方先上陆和前来迎接的日本官吏寒暄,山侧聚集甚多遥望清国大人物的本地百姓。李鸿章乘坐专门预备的坐轿,李经方以下官员乘人力车,通过夹道整列的宪兵警卫,直接前去谈判所春帆楼。"

李鸿章先是在楼下小憩了片刻,然后超过预定时间五分钟后进入谈判会场。我想,这一微小举动绝对是有意而为的,它的潜台词,也许是要凸显自己的重要性——即使是一场任人宰割的谈判,也要摆出一副傲然的气度。

"日清讲和纪念馆"的展品中有一件锦绘《媾和谈判之图》,在这幅图画中,伊藤博文、陆奥宗光以及他们身后的三位日方通译官一律傲然站立,李鸿章、伍廷芳及清方通译官则弯腰鞠躬,媚态十足。这幅画透露出日本人当时某种狂傲的心态,只是这种自鸣得意在今天看来未免好笑。连展览的说明牌都不能不解释,这幅画只是从日本当时的视角描绘的。

那一天,伊藤博文见李鸿章进来,走过来握手致礼,然后按照事先摆放好的名签各自落座。

《东京日日新闻》的记者对现场环境有这样的描写:"春帆

楼的主人藤野已经离开,室内陈设金色屏风,摆置各种盆景显得幽静高雅,春帆楼周围配备警官宪兵严密警卫。"

李鸿章坐在谈判长桌一侧最大的红色靠背椅上,地上摆放他的名签:大清帝国钦差头等全权大臣、太子太傅、文华殿大学士、北洋大臣李鸿章。

他身边依次是:大清帝国钦差全权大臣、二品顶戴前出使大臣李经方,头等参赞官马建忠。

清方的对面,坐着日方谈判代表和书记官,分别为:大日本帝国全权弁理大臣、内阁总理大臣、从二位勋一等伯爵伊藤博文,大日本帝国全权弁理大臣、外务大臣、从二位勋一等子爵陆奥宗光,内阁书记官长伊东巳代治。

长桌顶端座位的名签上坐着头等参赞官伍廷芳、外务书记官井上胜之助。

对面的一端坐着:(大日本帝国)外务大臣秘书官中田敬义、外务省翻译官陆奥广吉。

双方翻译罗庚龄和楢原陈政分别坐在各自谈判代表身后靠墙的位置。

一阵寒暄过后,李鸿章直入正题:

"亚细亚洲,我中日两国最为邻近,且系同文,为什么要寻仇相争呢? 今虽暂时相争,总要以永久友好为目的。假如彼此寻仇不已,冤冤相报,则对中华有害,对日本也未必有益啊。试看欧洲各国,纵然军事强盛,也不轻易言战。我中日两国,既然同在亚洲,就应当学习欧洲。假如我们两国使臣能够认识到友好的重大意义,就应努力维护亚洲大局,永结和平;如此,我亚洲黄种之民,就不会被欧洲白种之民所侵蚀了。"

伊藤博文答道:"中堂之论甚合我心。十年前,我前往天津,与中堂谈到过这个议题,中堂至今竟然丝毫没有改变(但两国还是交战了),本大臣深为抱歉!"

李鸿章说:"那时聆听贵大臣谈到这点,不胜钦佩;更值得钦佩的,是贵大臣致力于变革旧俗,日本才发展到今天。至于我国,被旧俗所限制,改革未能如愿以偿。当时,贵大臣曾经劝我说,中国地广人众,变革之事应当循序渐进。转眼之间,十年过去了,中国却依然如故,对此,本大臣更应该抱歉! 深感心有余,而力不足。贵国的军事完全按照西方模式训练军队,各项政治,也日新日盛;此次本大臣进京时,与士大夫辩论,深知我国只有彻底改革,才能真正地自立。"

李鸿章是明白人,一眼就看穿了这场战争输在哪里。军事的失败只是表象,政治的失败才是本质。只是李鸿章这根老蜡烛,油尽灯枯,他的风度,丝毫改变不了谈判桌上的弱势地位。结果早就摆在那里了,像一场无法摆脱的宿命。李鸿章早就看到了这一点,所以他采取了拖延战术,不能让日本人的便宜来得太轻易了。他手里没有任何谈判的本钱,但他有的是耐心。而日本激进青年、右翼团体"神刀馆"成员小山丰太郎射向他面部的那一枪,刚好给了他拖延的理由。这场拉锯战一直进行到4月10日,在病榻上辗转的李鸿章对割让辽东半岛、台湾以及二亿五千万两白银赔款的要求表示强烈反对。

遗憾的是,清国的密电码已被日本人掌握,李鸿章此间发给朝廷的电报全部被日本破译,日本人对李鸿章的底牌了如指掌,终于以武力相逼,向李鸿章发出最后通牒。

4月15日,双方第六轮和谈,这次会议持续了五个小时,李鸿章以近乎哀求的语气,请伊藤博文这个老朋友给个面子,伊藤博文却像《沙家浜》里的刁德一,"一点面子也不讲"。李鸿章请示朝廷,得到光绪皇帝"即遵前旨与之定约"的旨意后,决定屈负天下骂名,答应第二天签约。

主要条款是:一、中国承认朝鲜独立,废除中国对朝鲜的宗主权;二、割让辽东半岛、台湾及澎湖列岛;三、中国赔款库平银两亿两;四、增开沙市、重庆、苏州、杭州为通商口岸;五、日本人得以在中国通商口岸从事工艺制造;六、在订约后一年内中国分两次交清壹亿两赔款,并在重新签订通商行船章程前,日本派兵占领威海卫。

一切都尘埃落定了,李鸿章挂着拐杖,徐徐站起身,对伊藤博文说了句:"没有想到阁下是这样严酷执拗之人。"说罢,转身离去。

五

李鸿章下榻的地方,叫引接寺,距离春帆楼只有三百米。是一座公元 1560 年建、本尊"阿弥陀如来"的古刹。从引接寺到春帆楼,有一条蜿蜒的山路,是当年日方为李鸿章的安全和方便而专门修建的。这条路现在是一条柏油路,弯弯曲曲,一面是山体和春帆楼的水泥围墙,另一面是悬崖边的水泥栏杆。山路边竖着这条路的路牌,白地蓝字,上写:"李鸿章道"。

回环曲折的道路,暗合着李鸿章千愁百转的心情。李鸿章此去,知道等待他的是什么样的前景,一切都已经注定了,不可能再有奇迹。

他归来的时候,江山将不再完整。

他曾经的梦想,也被肢解得支离破碎。

签约的消息传到台湾,"绅民奔走相告,聚哭于市"。台湾巡抚唐景崧向朝廷苦谏:"请俟臣等死后,再言割地。"但日本的军舰还是来了,没有人挡得住。丘逢甲撤离前,痛苦万状地写下:"宰相有权来割地,孤臣无力可为天。"

台湾从此成为"亚细亚的孤儿",近百年后,仍有人唱:

> 多少人在追寻那解不开的问题
> 多少人在深夜里无奈地叹息
> 多少人的眼泪在无言中抹去
> 亲爱的母亲这是什么道理

但这样的心如刀绞,这样的长夜痛哭,都是一百多年以前的事了。时间拉开了我们与往事的距离,对于在复兴路上奔走的中国人来说,我们民族的历史早已翻开了新的一页,昔日的伤痛也早已愈合。但是,在李鸿章道上徘徊,踩着他从前的脚印,我却在想,对当年的亲历者来说,失败则构成了他们的全部命运。他们被这样的命运吞噬了,再也没有反手的机会。

他们的目光很难穿透眼前的黑暗,去奢望未来。

六

公元 1895 年 4 月 17 日上午十时,清日两国正式签订《马关条约》。条约签订后,李鸿章一日也不想多留,于当天下午三时三十分乘船离开下关。

第二天,伊藤博文在春帆楼举行答谢会,热烈祝贺《马关条约》的成功签署。伊藤博文在演说中说:"今天具有历史意义的《下关条约》,在诸多外国势力的关注下,我陆海军仰赖天皇陛下的威严,取得了古今未曾有过的殊荣。它在世界上壮大了日本的名誉和国威,此乃国家之喜、民众之幸,请诸君永远记住今日在下关诞生的历史荣誉。"

此后的每年 4 月 17 日,春帆楼二楼的谈判现场都会公开展览。

为了庆祝这个"古今未曾有过的殊荣",8 月 5 日上午,在东京的皇宫,明治天皇亲自为甲午战争中的"功勋"授予勋爵。被授爵的"功臣"包括:

侯爵:伊藤博文、山县有朋、西乡从道、大山严;

伯爵:野津道贯、桦山资纪;

子爵:川上操六、伊东祐亨;

特赐菊花章颈饰、特叙功二级、赐金鸡勋章:彰仁亲王;

叙大勋位、赐菊花大绶章:伊藤博文;

特叙功二级、赐金鸡勋章、赐旭日桐花大绶章:山县有朋、大山严、西乡从道;

特叙功二级、赐金鸡勋章、赐旭日大绶章:野津道贯、桦山资纪;

特叙功二级、赐金鸡勋章、叙勋一等,赐旭日大绶章:川上操六、伊东祐亨;

明治二十七八年战役建功者授赐年金千圆:彰仁亲王、山县有朋、大山严、西乡从道、野津道贯、桦山资纪、川上操六、伊东祐亨。

外交大臣陆奥宗光被授予正二位勋一等伯爵,只是当年陆奥宗光重病卧榻,不能参加荣誉授受仪式。十九天后,陆奥宗光病逝,时年五十三岁。

以战争的方式赚取外汇,这让紧追西方大国的日本找到了新的经济增长点。伊藤博文和陆奥宗光从此被视为民族英雄,在春帆楼和"日清讲和纪念馆"之间的空地上,我看到了这两个人的青铜雕像,表情坚毅,目光如炬,胸怀祖国,放眼世界,仿佛在为日本开拓着万里波涛。

在马关,日本取得了令人满意的收成。这时,伊藤博文一定会想起老师吉田松阴的音容笑貌、谆谆教诲。这时他再回想老师对日本的预言,一定会感到无比神奇。

那时,有一股神奇的力量在伊藤博文、陆奥宗光身体里回旋,让他们越来越躁动不安。"日清讲和纪念馆"成立时,和谈时担任外务大臣秘书官的中田敬义挥笔写下四句诗:

> 和成耀世国辉扬,
> 恢廓宏图自是张。
> 号祖当年折冲处,
> 乃存旧迹永斯彰。

与他得意的表情相对的,是中国人痛楚、茫然的目光。

就在日本封官晋爵之时,在大海的对岸,大清帝国陷入一片愁云惨雾。在《马关条约》签订的第十二天,大清皇帝颁布谕旨,将一系列官员革职,听候查办。他们是:林国祥、叶祖珪、邱宝仁、李和、林颖启、林文彬、黄鸣球、陈镇培、潘兆培、蓝建枢、吕文经、何品璋、李鼎新、马复恒、牛昶昞、严道洪等。

令人费解的是,官僚们对于这场惨败的总结,居然是不该建海军。三个月后,署理直隶总督王文韶奏:"北洋海军武职实缺,自提督、总兵至千、把、外委,总计三百一十五员名。现在舰艇全失,各缺自应全裁,以昭核实;并将关防印信钤记一律缴销。仅存之'康济'一船,不能成军,拟请改缺为差。"

至此，北洋舰队作为一个建制，在历史中被一笔勾销了。

其实早在 3 月 12 日，皇帝就发布上谕，裁撤了海军衙门，连海军内外学堂也不放过，那份迫不及待，与他宣战时的急迫如出一辙：

> 总理海军事务衙门奏，岛舰失陷，时局艰危，遵议更定海军章程，非广购战舰巨炮不足以备战守，非合南洋统筹不足以资控驭，非特派总管海军大臣不足以专责成。目前各事未齐，衙门暂无待办要件，拟请将当差人员及应用款项暂行停撤，以节经费。其每年应解海军正款，亦请统解户部收存，专为购办船械之用。又奏，海军内外学堂亦请暂行裁撤。均依议行。

当日本通过"近代第一次对外战争的全面胜利……进入军国崛起的时代"，大清帝国却以因噎废食的方式，为自己的军事近代化历程草草画上句号。

此消彼长之间，两国的命运已彻底逆转。

担任大清海关总税务司职务的英国人赫德说："恐怕中国今日离真正的改革还很远。这个硕大无朋的巨人，有时忽然跳起，哈欠伸腰，我们以为他醒了，准备看他做一番伟大事业。但是过了一阵，却看见他又坐了下来，喝一口茶，燃起烟袋，打个哈欠，又蒙眬地睡着了。"

七

一切都不出所料，李鸿章回国之日，众怒已经排山倒海。打仗时他们不愿出头，谈判时他们不愿同往，愤怒声讨李鸿章，他们个个争先恐后。

其实这样的声讨，在中日交锋伊始就不绝于耳了。光绪二十年七月二十六（公元 1894 年 8 月 26 日），丰岛海战和平壤战役失利后，给事中余联沅在奏折中一口气给李鸿章罗列了好几条罪状，他言辞激烈地说：

从前法人滋事,该督彷徨无策,幸而不北来。当其时该督谓无海军,以致不能出海,于是创办海军,糜帑千数百万,而至今不能一战。是李鸿章之贻误大局者……

只是随着《马关条约》的签订,这些声讨变本加厉,李鸿章一夜之间成了"千夫所指"。光绪二十一年(公元1895年)四月初八,福建提督程文炳在《请重订和议折》中慷慨陈词:

……奴才窃闻三月二十三日,李鸿章与日本所议条款,赔给兵费二万万两之多,已为历来和约所未有;割地则由鸭绿江西至营口,东至黄海二千余里之远,尤为万国公法所不容。其尤甚者,索台湾以据全海之关键,通长江以擅东南之利益,各口创设机器制厂以夺我中国之利权,使我无以筹饷,无以练兵,不出十年,财殚力竭,拱手而成坐亡之势。揆其用心狠毒,是即金源谋宋之故智。彼亦明知中国之大,人民之众,非其旦夕所能图,唯假和之一术以懈我天下之兵,竭我天下之财,一旦以片言渝盟,即再如今日之征兵调将,联数十万之众与之角战而不能矣。昔汉臣诸葛亮有言"不伐贼,王业亦亡。坐而待亡,孰与伐之?"今日之势,战则犹有可转之机,和则恐成浸弱之势。与其掷二万万金以资敌,不如以此饷兵,何兵不可练?以此结邻,何邻不可交?且闻彼国行用纸币,巨债累累,势绝不能持久。中国即再用兵一二年,东南财赋所入犹可撑拄,何至赍之巨费,奉之奥区,尽畀以天下之利权,全予以江海之门户?此约一成,不但京师无以立足,辽沈不能庇根,窃恐各国从此轻量朝廷,纷纷效尤,各索其所近之疆土,五裂四分,天下可将不可问矣。……

户部给事中洪良品在《请罢和备战片》中写道:

李鸿章重受国恩,其养淮军,造机器,设海军,每岁糜费无数,一旦尽化乌有。皇上未加以重罪,宜如何奋发天良,以仰纾宵旰之忧?乃始则昏愦骄蹇,坐误不问;继因不主和议,深怀怨望。今奉命出使,独秉全权,竟不顾体统之损失,大局之败坏,唯该逆之言是从,举中国之土地、财赋皆轻以许之,如此狂悖至极之约款,擅自画押,上达天听,以要挟恫喝,是固皇上简命时所不及料也。若谓草约已定,不能中止,则该逆要盟,使臣专命,未奉纶音,未钤御宝,岂足为据?无庸以违约失信为疑。……

在他们眼里,李鸿章无疑已经成为"举中国之土地、财赋皆轻以许之"的卖国贼,李鸿章百口莫辩,轮船抵达天津后,就称病不起。

李鸿章无奈地写道:

十年以来,文娱武嬉,酿成此变。平日讲求武备,辄以铺张糜费为疑,至以购械购舰悬为厉禁。一旦有事,明知兵力不敌而浒于群哄,轻于一掷,遂至一发不可复收。……知我罪我,付之千载。

公元 1901 年,八国联军入侵北京之后,李鸿章再次被清政府推向谈判桌,签订了这个帝国最大一单卖国条约后,终于油尽灯枯,在北京贤良寺吐血而死。

八

1909 年,辞去朝鲜总监职位的伊藤博文有着很好的心情。8 月里,他陪同朝鲜皇太子到日本北部旅行。他们从水户出发,经仙台、盛冈,出青森、渡海去北海道,行至新冠,又从秋田,经山田、福岛回到东京。此时,他又决定前去"满洲"旅行,他丝毫不会想到,一颗复仇的子弹,正在哈尔滨车站对他拭目以待。

伊藤博文一行于 10 月 18 日到达大连,凭吊了当年的旅顺战场。25 日到长春,在清国道台府中晚宴后,当夜十一时登上东清铁道为他特别准备的花车,前往哈尔滨。清晨醒来时,火车已行至哈尔滨郊外。伊藤博文匆匆用罢早餐,点上一根雪茄,一缕幽香围绕着他,让他神清气爽。此时的他丝毫不知,他距离死神,只有一步之遥。

九时十五分，花车进站，俄国财政部长上车迎接，二人在车厢里谈了二十分钟，然后下车，应俄国财长的请求，检阅俄军仪仗队。伊藤博文踏上冰凉的站台，检阅之后，与前来欢迎的政界显要们挥手致意，握手寒暄，一切都与预想的没有区别。只有那名刺客，是他从来未曾想到过的。那是一个剪了头发、身穿西装的年轻人，就在伊藤博文离门口只有十几步的时候，他突然从人群中冲出来，对准伊藤博文，连射几枪。

宪兵们一拥而上，将刺客摁倒在地，当场拿获。

刺杀者，朝鲜义士安重根。

伊藤博文中枪后，脸上毫无表情，若无其事地又向前走了十四五步，走到车站门口，突然跪倒。

有人把他抱起来，迅速地转移到车厢里。小山医师急忙取出绷带，将伤处紧急包扎，但鲜血很快浸湿了绷带。伊藤博文说道："大概枪弹射进身体里边去了，是什么人干的？"

有人答："听说是朝鲜人。"

他脸色骤变，冷汗顺着面颊流下来。

小山医师附在他的耳边，问："请喝一点儿白兰地，好吗？"

不到半个小时，他的呻吟就停止了。

他不再呼吸。

我们在东京宪政纪念馆找到了当时日本新闻杂志《太阳》"伊藤博文遇难特辑"。"特辑"中对刺杀经过有详细的报道。报道说，伊藤博文抵达那天，为了营造宽松自由的气氛，他的身边没有带太多的宪兵。这一天，日本人可以在哈尔滨车站内外自由出入，对于安重根来说，这是千载难逢的好机会。由于朝鲜人的相貌与日本人难以区分，他因此混进站台，挤进了欢迎的人群，向伊藤博文开枪。

《太阳》杂志报道说，第一发子弹穿透了肺部右上方，第二发子弹从第七肋骨间水平穿过，第三发子弹从右肘关节外侧射入，在经过第九肋骨、肺部和膈膜的层层阻隔之后，在左肋之下停止了它的旅行。

其余三发子弹留给了随行的诗人杏槐南、川上总领事和

"满铁"理事田中。

此外，还在另外两人的衣服里，各发现一发子弹。

这样算来，安重根在极短的时间内，至少开了八枪。

在宪政纪念馆，保存着其中的一粒子弹。这粒子弹，应当是伊藤博文去世后，从他的体内取出来的。面对着这粒小巧的子弹，我心生疑惑——它为什么不是尖头，而是圆头？后来看了资料才知道，子弹的尖端是事先被行刺者锉掉的，还做了十字形的凸凹，这样一来，其杀伤力比达姆弹还要厉害。从行刺者精心准备的子弹中，可见他们对伊藤博文的深刻仇恨。

这是朝鲜人为伊藤博文准备的最隆重的礼遇，他们以这样的方式来回敬日本对朝鲜的"帮助"。

欢迎仪式马上变成了"欢送"仪式。那辆花车把伊藤博文的遗体载回大连——八天前，他刚刚在那里登陆。遗体装入一个三重的木棺内，被抬上日本战舰"秋津洲"号，于 11 月 1 日驶抵横须贺。当天送到灵南坂的官舍中。又从横须贺搭乘火车，运抵东京新桥驿，全程皆有仪仗兵目送，日本皇室成员全部赶到新桥驿迎接。

11 月 4 日，在东京日比谷公园，为伊藤博文举行了国葬。包括大清帝国在内的各国代表参加了国葬。

甲午战争的两个主角——李鸿章和伊藤博文，以各自的方式，相继谢幕。

在他们的死讯里，新的世纪拉开了序幕。

（原载《江南》2015 年第 1 期）

梦 昆 仑

吴 连 增

一

小杨坤得知爸爸将去南疆,到昆仑山上搞地质勘测,他一直处在兴奋之中。

号称"万山之祖"的昆仑,在小杨坤的心目中,是一个崇高而神秘的形象,在爸爸即将登临它的时候,更让他产生了种种好奇和联想,还有几分莫名的担忧。

爸爸告诉他,为了让南疆各族农牧民摆脱贫困,尽快过上好日子,国家决定开发叶尔羌河流域,要在那里建十个梯级电站。爸爸杨松青所在的新疆水利水电勘测设计研究院接受了这些工程的地质勘测任务后,抽调十几名专家组成了水电综合踏勘队。爸爸是总地质师,人称杨工,是这个团队不可或缺的角色。

他问爸爸去多久,爸爸说,要看工作顺不顺利。那里地势高,空气稀薄,气候多变,会给地质勘测工作带来许多麻烦。不过,爸爸是个"老地质",对这次昆仑之行充满信心。大学毕业二十多年来,他几乎跑遍了新疆,天山、阿尔泰山,伊犁河、塔里木河、和田河、开都河、额尔齐斯河,都留下了他斑斑驳驳的足迹,只有同昆仑山、叶尔羌河还是头一回打交道。

杨松青一直是儿子崇拜的偶像。拥有一个走南闯北的爸爸,小杨坤感到很荣耀,但每次和爸爸分手,却又平添几多牵挂。

他总想和爸爸多亲热几天，可爸爸总是那么忙，眼看要出发了，他还把单位做不完的活拿到家里来做，每天都加班到很晚。爸爸曾答应去昆仑山之前给他下载一个好玩的游戏，还要陪他看一场电影、吃一次汉堡包。可一忙起来，他全忘在脑后了。

"爸爸，一家人在一起多好呵，为什么老出差呀？"这样的话题，儿子不知说过多少遍了，爸爸只能以歉意的微笑回答儿子："谁让你爸爸是个地质师呢。"

吃过晚饭，小杨坤一直凝视着爸爸用过的那顶红色遮阳帽和爬山用的手杖。他把遮阳帽戴上，把玩着手杖，爱不释手。爸爸说：你要是喜欢，这些东西都归你了，算是爸爸给你的临别礼物，以后想爸爸了就拿出来看看。

听说爸爸明天就要离开乌鲁木齐，小杨坤脉脉含情地挤在爸爸和奶奶中间，尽情享受着爱的甜蜜。奶奶深情地看着孙子，对儿子说："你平时没有时间和孩子亲热，今天就多陪陪他吧。"小杨坤顺势搂住爸爸的脖子，悄悄地说，他要和爸爸在一个床上睡一宿呢。

妈妈知道孩子在撒娇，便和丈夫相视一笑。杨松青长期从事野外工作，他们的婚期曾一拖再拖，结了婚，蜜月还没过完，他就返回工地了。孩子小时候见他总是躲躲闪闪地喊他"叔叔"，不肯叫"爸爸"。孩子稍大一些，父子在一起的时间也很有限。所以每当临别之际，父子俩都要睡在一张床上亲热一番。这已成为惯例。可第二天早晨，当孩子醒来，哭着闹着要找爸爸时，那才是让人更加心酸的一幕。

小杨坤毕竟已经是个六年级的学生了，当他睁开惺忪的睡眼，发现爸爸不在时，并没有哭，只是若有所失地朝昆仑山方向凝望了一会儿，就上学去了。

二

源于莽莽昆仑之巅的叶尔羌河，沿着层层叠叠的山谷，一路蜿蜒而下。两岸道路崎岖，尽是悬崖峭壁，越往前走，路况越差。

踏勘队驱车行至昆仑山脚下就搁浅了。先遣人员虽从当地牧民手里租赁了几峰骆驼,也只能用于驮运勘测仪器和生活物资,他们自己必须像全副武装的登山队员一样,沿着曲曲弯弯的牧道,一步一滑地往上攀登。

夕阳西下时分,杨松青突然想起,还没给儿子打电话呢。他和儿子是有约定的,只要能通话的地方,每天都要通一次话,哪怕只是在电话里互相听听声音。

杨松青拨通了儿子的手机。他不想给孩子渲染踏勘队一路跋涉有多么艰辛。走这样的路,对地质队员来说是家常便饭。他要告诉儿子的是,昆仑山并不像人们想象的那么神秘可怕。尽管到处都是起伏的山峦、奇形怪状的沟壑,有的地方甚至寸草不生,但在他的眼里仍然是个让人百看不厌的宝山。她实在太美了,尤其是早晨,当层层山峦被薄雾笼罩时,整个山谷就像仙境一般。人在山上走,像腾云驾雾似的,飘飘然,好不潇洒!

儿子听了大笑,说爸爸还会作诗呢。爸爸又说,想不到昆仑山上还有一条叫杏子沟的山谷,杏树还没完全长出叶子来,杏花倒先开了,漫山遍野,一片灿烂,爸爸真的想写一首诗呢。

杨松青一面爬山一面兴高采烈地向儿子述说观感,有点上气不接下气。儿子问他,是累的还是哪儿不舒服吗,你怎么喘得这样厉害?……话没说完,电话断了。

这是杨松青进山以来头一次跟儿子通话,也是最后一次。踏勘队到这儿,已经走出了电信服务区,传输信号越来越微弱了。并非是"报喜不报忧",免得让家人牵挂,他真的是对昆仑山一见钟情。这是他的职业习惯,无论走到哪里,他都能在荒凉和朴素中看出辉煌和诗意来。他常说,地质队员走的是别人没走过的路,别人到不了的地方,他们却能捷足先登、一睹为快。他一直为自己的职业感到自豪。

然而,万万没有想到的是,就在他们越过大坂、奋力向高峰攀爬的途中,杨工突然出现了感冒症状。起初只是低烧,头有点晕,和多数人出现的"高山反应"差不多,他根本没把这事放在心上。多年来,为了适应野外作业的恶劣环境,他一直都在坚持冷水浴，身体一直挺棒的，自信不会在这样的时刻突然感冒。但两个领队从他爬山有点气喘吁吁的样子，已经感到势头不大对，便找了个避风之处，劝他先歇息一下。可他一步都不肯停，还打起精神唱起了信天游《黄土高坡》，并不时和大家开个玩笑。

为了不影响团队的情绪，他总是一副若无其事的样子。他要让你相信什么事都没有，有一点高山反应是很正常的，"咬咬牙，就闯过去了"！——这是长期野外生活磨炼出来的性格，不管遇到什么样的逆境，只要能忍耐，就绝不会后退半步。

但有点医学常识的人都懂得，在高原患感冒，是很危险很可怕的，一旦不能控制，将很快发展为肺水肿，直至心力衰竭。副领队赵晶是踏勘队里唯一的女性，是主动请缨来昆仑山的。她的丈夫是个医务工作者，因此她对杨工的身体状况格外敏感，也格外关注。

当晚，踏勘队在一个叫明斯坤的地方宿营时，杨工的病情明显加重，夜里还不停地咳喘。赵晶给他吃了感冒药，精神才有些好转。

直到这时，杨工还惦记着明斯坤三级电站选址的事，他一直担心这个电站的坝址是否存在断裂问题。断裂是个很复杂的地质现象，处理不当将严重影响工程质量，给工程留下可怕的隐患。

早晨起来，他非要和大家一起到现场去看看。他笑着说，你们不知道踏勘的"踏"是一个"足"字边吗？这就是要求我们必须迈开双脚走到现场，进行脚踏实地的考察，不到现场算什么踏勘队员？……

话音刚落，还没站稳，他突感一阵晕眩，差点跌倒。几个人连忙把他扶住了。

赵晶发现他又开始低烧，已经体力不支。和王治建领队商量后，决定用租赁的骆驼尽快把杨工往山下送，并通过卫星电话立即向院领导报告，请求上级速派直升机紧急救援。

不巧的是，杨松青被扶上驼背，翻越一座大坂时，沙尘暴突然席卷而来，豆大的石砾漫天飞舞。塔吉克族驼工奇拉克把他紧紧地抱在怀里,他还是坐不稳,身子被狂风吹得东倒西歪的,每前进一步都很艰难。直到黄昏时分,踏勘队在牧民废弃的一间石板屋前停下来时,沙尘暴还在继续肆虐着。

据当地牧民讲,这样的沙尘暴一日不停必刮三日,三日不停必刮七日。

由于恶劣的气候影响,待命的直升机一直不能起飞,最佳的抢救时机已经错过,他们只得一面等待地面救援,一面尽最大努力实施自救。

三

"……爸爸,我的好爸爸,你没事儿吧?累了就坐下休息一会儿。"小杨坤一直为电话里听到爸爸的喘息声而忧虑重重,夜里做梦,还不停地给爸爸提醒。他的梦有时很荒诞、很恐怖,不是梦见踏勘队被洪水围困,就是遭遇暴风雪,爸爸始终处在危险之中。有时他被梦惊醒,却不愿向妈妈说出梦境,只是暗自为爸爸祈祷。可妈妈一眼就猜出儿子的心事:"你是不是又想爸爸了?"

儿子点点头:"爸爸啥时候才能回来呀,我还等他下载游戏呐。"

四

大家七手八脚地将杨工从驼背上搀扶下来,抬进石板屋,给他测体温、量血压、喂药、输氧……

晕眩中的杨工不停地说着一些关于网络、计算机新概念的呓语。过了一会儿,他又奇迹般地十分清醒,和大家谈工作,忆往事,滔滔不绝。说到几年前在帕米尔高原的康西瓦他是如何顶着感冒完成勘测任务时,还显出很轻松的样子,笑眯眯地宽慰大家:"你们不要紧张,我在高原不是头一回感冒,我不会倒下的!"

看到杨工有说有笑的样子,大家如释重负,纷纷向奇拉克提出能否就近找个乡村医生。奇拉克很愿意帮忙,很快找了一匹马就朝温泉沟牧区出发了。

事情的发展完全出乎人们的意料,请来的库木力医生给杨工检查了一下身体,竟向大家报告了一个非常震惊的消息:杨松青的病已发展为肺水肿,生命垂危。……

大家一下子惊呆了。我们的杨工才四十二岁呀,正是奋发有为的年纪,难道真的没救了吗?

片刻,杨工已陷入昏迷,再也没有睁开眼睛。

五

那天,小杨坤放学回来,一进屋,就发现妈妈和奶奶正在窃窃私语。不知怎么回事,见他进来反而什么话都不说了。班主任老师和同学们也常以异样的目光对他察言观色。

自从和爸爸的手机失去联系之后,有关爸爸的所有信息,小杨坤一无所知。而在这之前,妈妈和奶奶已经接到杨松青病危的通知,她们生怕他承受不住这残酷无情的打击,便一直瞒着他。

小杨坤从种种异常中已经觉察到家里可能发生了什么事儿,但他又不愿相信这是真的。他特担心奶奶能不能经得起这样的挫折。记得,奶奶几年前就说过,爷爷也是搞水电工作的,在额尔齐斯河畔干了一辈子,后来在一次意外事故中不幸以身殉职。奶奶把痛苦一直埋在心底,若是自己的儿子再有个三长两短……他不敢往下想,也不愿相信自己的那些梦是真的。

然而,就在这天夜里,小杨坤又做了一个更神奇的梦,梦见自己和爸爸身上都长了翅膀,爸爸在昆仑山上翱翔,他在后面紧紧地追赶。飞呀飞呀,爸爸突然变成了一只矫健的雄鹰,飞向了慕士塔格峰,再也没有回头。

小杨坤被梦惊醒,伤心地哭了。他把这个梦说给妈妈,说给奶奶。他发现,她们在安慰他时,还是躲躲闪闪地,像是藏着什么秘密似的。直到设计院为爸爸举行葬礼,一切才真相大白。

看着一个个花圈、一副副挽联在眼前飘动,他确认爸爸真的一去不复返了。他一手拉着妈妈,一手拥着奶奶,向着爸爸的遗体缓缓地走了过去。就在他瞻仰爸爸的遗容时,他猛然发现,梦境中翱翔在昆仑山上的那只鹰,好像又出现在眼前。他在心里喊了声"爸爸",眼泪便夺眶而出。

奶奶把他搂在怀里,不停地为他擦眼泪。老人好像有许多话要说,却一句也没说出来。其实,更需要安慰的是奶奶,她中年送走爷爷,晚年又失去爱子,人生的两大不幸她都遭遇了。但老人异常坚强,她不仅为这个地质之家的两代人的默默奉献感到骄傲,也为孙子的那个梦感到异常欣慰。

小杨坤搀扶着奶奶回到家里,躺下后久久不能入睡。他随手拿出爸爸送给他的遮阳帽、登山手杖,放在身边反复端详着,摆弄着。

这时,昆仑山在他的眼里,不仅是一个崇高的形象,更是一座令他无限遐想的圣地。那只背负青天、鹏程万里的雄鹰,是他永远不会遗忘的梦。

(原载 2015 年 1 月 7 日《人民日报》)

我走过的道路

邓 友 梅

老朽八十有二,脑细胞退化,近老年痴呆,为少闹笑话,少说错话,正自令封笔,落得个自在,好友周明突然来电,要我写篇稿子谈谈"走过的路"。我说我已做了封笔决定,他说决定很好,但要写完这篇再执行。友命难违,可是走八十二年的漫漫长路,回头望去曲折遥远,都找不出路口了。从哪儿说起呢?

我祖籍是山东省平原县,就是当年刘备当县长时,发现有人刺杀他,吓得从城墙下水道爬出去的那个平原县。虽然刘备当了皇帝以后,在下水道口上雕了"龙门"两字,可当地人民的生活难度一点儿也没改变,闯关东成了改变生活的唯一出路。我父亲十一二岁时就随着乡亲下了关东,在东北拉洋车时,被一个奉军军官叫去给他拉包年,给予士兵待遇,从此当上了东北军。直奉战争随奉军进关,到了天津,在天津结了婚。奉军返出关外时他开了小差,留在天津打工,所以我1931年出生于天津。在天津长到十二岁,上高小一年级时,我爹和日本工头打架遭到逮捕,全家就逃回了山东老家,我从这里走上"人生之路"。

在老家要继续上学,我村没学校,姑母村里有所小学。我就住到姑姑家上学。姑姑那村较大,东头有汉奸据点,驻着伪军和"区公所",姑姑家和学校都在西头,夜里有穿便衣的八路军和侦察人员来去。村人都热情接待。但学校却只有初小一二三年级。老师听说我已上五年级,在课堂上没什么可学的,就叫我帮着写黑板报,看学生作业,他们从中辅导我。这些事都是在教师工作室做,我也就知道了他们在课堂外的活动。

我只读过四年小学,我读小说是从看张恨水、刘云若的言情小说和《十二金钱镖》等武侠小说开始的。我十一岁从出生地天津回到故乡山东后,由于故乡是抗日根据地,在党的抗日救国号召和教育下,我十二岁就参军当了交通员。只干了一年就赶上精兵简政,部队发给我家四十斤小米、几丈粗布,令我复员。并要我尽快离开老家,怕鬼子"扫荡"抓住我。既是为了我的安全,也是怕我经不住考验。我就到天津投亲,从此流浪在天津街头。碰上街头有打着旗招工的,不讲条件也不要铺保,我见机会难得,求着人家把我收下,谁知拉上船就被送到了日本。干了一年多,美国飞机把日本工厂炸毁了,没活可干,日本人又把我们送回中国,打算叫我们再在他们在中国开的矿山上劳动。中国人回到中国后就有办法了,我在几个工人带领下逃出工厂参加了新四军。

我在天津流浪时,街头有出租小说的。租一本小说一天才收几分钱。我打零工吃饭,别的娱乐玩不起,只有租书还租得起,就读起了小说。为消遣读书,又没人指导,唯一的选择就是好看。《薛仁贵征东》《江湖奇侠传》《红杏出墙记》《旧巷斜阳》,碰上什么看什么。看着好看就看完,不好看第二天换一本。就这样开始养成了读书报的习惯。

在日本当牛马,见不到中文书报。回国参加新四军后,一开始在连部当通信员,见到书报真是如饥似渴。我当通信员,营长见我爱读书挺高兴,不光表扬我,到团里开会时还专门上宣传科替我找书,日本投降后部队要把一些没机会上学的小同志送进学校去补习文化,营长抢先要了个名额,把我送进了根据地一所中学脱产学习。可我当兵当野了,穿一身军装跟人家老百姓孩子一块坐在课堂里念书,怎么也坐不稳当。碰巧军文工团排戏缺少个演小孩的演员,找了几个孩子面试,人们见我会说国语(那时还不叫普通话),脸皮又厚,而且是部队送来代培的,没有军籍问题,一张调令我就成了文工团员。

小孩的戏不多,没戏演时我管小道具——点汽灯,最多的是藏在幕后小声念剧本给台上提词。这样人家演一个戏我等于念了一个剧本，念多了无意中受到了编故事、写对话的熏陶。那时演的戏多半是小歌剧和秧歌戏，于是也学会合辙押韵。解放战争打起来后，文工团开到前线做火线鼓动工作，不能正式搭台演戏了，只能在战场即兴演出。行军时部队走路我们就站在路边唱歌数快板。看到什么要现编现演。我们新四军文工团许多演员来自上海，一板一眼地演戏是专家，可没干过火线鼓动，不会扭秧歌，更不会编快板，我就靠我提词学来的本事试着干。看见从路上走过来的是炊事班，我就打着板儿说："炊事员真能干，又做菜来又做饭。同志们吃得香又香，又打鬼子又缴枪。"团长一看我比上海来的大演员还编得流利，以后除了点汽灯，还叫我参加编写小节目。有一回我数快板叫前线报纸编辑听见了，他说："喂，你编的这段还不错嘛。把它写下来交给我好吧？"我说："我会说，叫我写有的字我还写不出来。我说你记行吗？"这样我说他用文字记，他拿回去过两天在报纸上印出来了。那位编辑又拿着花生、柿子来找我说："这是你那篇快板的稿费，不过这稿子是我替你写成文字的，还给你做了挺大的修改，得咱们俩一块吃！"这就是我发表的处女作和拿到的第一笔稿费。

新中国成立后，我从部队转业，调到北京文联，在赵树理手下工作。1951年我参加赴朝鲜慰问团的创作组，写了一篇小说，赵树理看了马上拿到《说说唱唱》发表了。不久到了"八一"建军节，赵树理让我再写一篇小说配合，我赶写出一篇又发表了。从此我就往写小说这行奔了。开头写一篇发一篇，我觉得当作家并不难。只要有生活，再从理论上补充点知识就能闯出路来。于是我就加班猛补文学理论。这才知道写小说首先要注意主题的思想性，考虑作品的教育性；要塑造典型人物，要体现时代精神……我这才知道写小说还有这么多说道，于是就按这些规矩去写。说来令人伤心，从此写的东西竟写一篇被退一篇，一年多的时间竟一篇小说也没发出去。我这才发现写小说并不那么容易，以前乐观得早了点。

赵树理、王亚平等认为我虽有文学细胞，但文化根底太差。

恰好中国作协开办的文学研究所（后改讲习所）第二期招生，便决定派我去学习。

当时中央文学研究所所长还是丁玲，这所就是她创办的。丁玲同志访问苏联，蒙斯大林接见，斯大林问她："中国有没有培养作家的机关学校？"丁玲说没有。斯大林说："你参观一下我们的高尔基文学院吧。"丁玲参观后，才知道这是专门为有生活积累但缺乏正规教育的青年作者们创办的学校。她觉得中国也有一批这样的作者需要补课。回来以后向中央做了汇报。最后是毛泽东主席点头，建立了中央文学研究所。专收参加革命较早、写过不错的文学作品但没受过正规教育的青年作者。第一期学员有陈登科、马烽、胡正、李若冰等。陈登科最为典型，这时他已发表了《活人塘》，这可称作现代文学史上的著名作品，但它是在汪曾祺整理退稿时偶然发现的。他看了觉得有意思，就拿给赵树理看，老赵看了，认为基础很好，就亲自动手修改，还替他重写了个开头。陈登科的小说虽然写得不错，可他那笔字比天书还难认。不光写得草，还自己创造字。稿子里有好几处的"马"字下边都没有四点。汪曾祺看着那部稿子发愁地吸了半盒烟都猜不出念什么，念"马"吧，没有四个点，前后句子也连接不上，不念"马"应该念什么呢？恰好康濯从他身边经过，他叫康濯猜，康濯看了说："我猜念'趴'，马看不见腿不是趴下了吗？"写信问陈登科，他说他创造的这个字就是"趴"。当时文学研究（讲习）所收的就是这类人。

进了文学讲习所后，我认真读书，一天最少要读十几个小时的书。所里规定如果不上课，每天阅读书籍不低于五万字，我每天都读七万字以上。所里没有专职老师，学哪一门就请哪一门专家来讲。如讲屈原，主要就请游国恩讲，学莎士比亚就请曹禺讲。听曹禺先生讲课比看他的戏还有意思，非常精彩。但听完回去自己写起作品来，他讲的学问却一点儿也用不上。当时我和曹禺先生住同院儿，吃饭在一个食堂。有次回家，在吃早饭时我和他坐在一起。他问我大家对他讲课有什么反映？我说："您讲课大家很爱听，但真的写起来，为什么都用不上？"曹禺先生说:"小邓,我写了一辈子,一讲你们都用上了,我吃什么呀?"我说:"您的秘诀不告诉别人——总可以传授给我吧!"曹禺笑笑说:"说真的,作家的真本事都用在写上,真要讲,一个钟头就说完了,你们规定一课讲两个半小时,只好一多半时间讲废话!"我又问:"那一个小时的要点是什么呢?"他说:"一个小时也没有,也就有十五分钟。其实十五分钟都用不上,就一句话:你想学着写剧本,就背上三个剧本,背得滚瓜烂熟,背熟了再写,就跟原来不一样了,别的没窍门。"我后来才明白他说的是实话,学写作其实跟学骑自行车一样,看人家怎么骑你就怎么骑,骑不好就挨摔。摔着摔着就会了。想学写小说,就读好小说,读通了再写,就跟不读的时候不一样。

　　文学作品有没有客观标准? 当然有。有历史和社会评价问题。我们提倡读名著,读思想性、艺术性较高的作品。但作为一般的读者,有权利选择自己较为喜欢并与自己阅读水平接近的书籍来读;个人喜欢看的书读来就印象深。以我个人的体会来说,也正是自己曾喜欢读的书籍,对自己以后的文学创作起到很大作用。

　　在文学讲习所学习外国文学,必须读的书有但丁的《神曲》、歌德的《浮士德》。《浮士德》是郭沫若先生翻译的。作家是名人,翻译家也是名人,但我读不进去,一看就打盹,什么也记不住。如果只有背好《浮士德》才能写诗的话,我这一辈子也当不了诗人。学习歌德的阶段,我桌上放着《浮士德》,抽屉里放一本爱看的武侠小说,没人时打开抽屉看武侠小说;一看所长丁玲走来了,就收起抽屉装着读《浮士德》。

　　所长召开座谈会,了解学员读书情况,有人已给我汇报,说邓友梅从不认真看课程内的书,却偷着看武侠小说。丁玲很开通,她说,没关系,有的作品知道一下就行了,有的作品爱读就多读两遍。对于作家来说,只有读得进去的作品才会起作用。真正起作用的作品是能接受的作品。经过一些年的创作实践,我的体会是:读书像听收音机,每个人都有他接受的频道,不是这个频道就不能接受。读得进去的作品写作时有意无意会去模仿它。没有一个人开始写作不是模仿的，但人的学习水平、接受水平是会不断提高的。后来托尔斯泰的著作、巴尔扎克的著作我也读了不少。

文学理论有没有用？有用。只有写作写到了一定的程度，回视自己的创作的时候，再用文学理论去衡量，再作思考，才起作用。

在文学讲习所学习时我的导师是张天翼同志。我问他，作家怎么养成观察生活、捕捉题材、捕捉形象的技能。他说，记日记。你每天从宿舍到课堂（当时在鼓楼，宿舍与课堂隔着一条马路），一个月要走几十趟。你给自己提个要求：每天找出一件新景象，过去没注意到的地方重新注意，每天记一条，看看能记下多少条，这样能逼着你自己去发现过去看不见的东西。另外，在记的时候，想说什么偏不那么说，而设法让人看了得出你的结论。比如你想说一个女人很漂亮，你就不说"漂亮"两字，你只写她的形象出来，让别人读后感觉真是漂亮。你想骂一个人，也不骂他，但写出来让人读后感到这家伙真不是人。从那以后，我养成了记生活手记的习惯。对社会、对人生总想多看多了解。天翼同志说，观察要不带情绪，要非常客观，这样才接近真实，并能引起别人同感。当了右派以后，不敢再往本上写笔记了，怕被拿出来歪曲解释，作为抗拒改造的罪证。就每天睡觉前把看到的事在脑子里过一遍，重新思维一遍。经过两年多，没有记录，好多事都忘了。但没有忘的恰是最值得记忆的。

我从文学讲习所出来以后，写了一篇小说《在悬崖上》（1956年秋）发表在《处女地》，接着被《文艺学习》转载。当时红了一阵，我也有点晕乎，觉得这回真是要当作家了。1957年赵丹来找我，约我把这篇小说改成电影剧本，他先付一千块钱订金。我正闷头改写剧本，全国作协叫我去开会。一共通知了四个人，我、林斤澜、刘绍棠、从维熙。作协两位领导跟我们四位年轻人谈话，内容就一个，就是要正确认识自己的责任，响应号召参加大鸣大放。作为青年人，作为共产党员，你们不带头谁带头？什么时候不能写作，非这几天写？什么时候不能下乡？非现在下乡？当时刘绍棠正准备第二天下乡去，票都买好了，只好把票退了；我也把正写的剧本停下了，响应党的号召参加大鸣大放。

过了几天，到5月16日那天，报纸上登出《这是为什么》。反右正式开始了，紧接着报纸上批判刘绍棠。有一天我在南河沿碰见王蒙同志。他对我说："邓友梅，你可要小心，你跟我不一样，我比较谨慎。你太爱乱说，现在反右了，你要注意一点。"过了没半个月，王蒙也被揪出来了。我当然不敢多说话了。这时领导又来找我谈话，说你当不当右派就看你自己的表现了。现在要批评刘绍棠，这是党对你的考验。看你是什么表现？我很想借着批判刘绍棠撇清自己，于是准备了一个发言。我对刘绍棠"反党言行"并不知道，只知道他下乡时，要让家里人蒸点馒头带着去。乡下饭难吃，到老百姓家吃饭也麻烦，所以下乡去总带着几斤馒头。我批判他时就给他上纲说：刘绍棠，你深入农村生活，还带着馒头！你还能像农民的儿子吗？底下听众一听就鼓掌。正在鼓掌时，走上来一位领导者宣布说："大家不要鼓掌，邓友梅也是右派。"这时我才知道，自己早被定成右派了。早知道就不来开会了。

从此二十二年没有再写东西，也没有再做写东西的准备。连日记都不写，整整二十多年，除去写思想汇报和认罪书，没动过笔。

"文化大革命"中我又重新戴上了右派帽子，到1976年对我宽大了一点了，摘掉右派帽子，便让我提前退休。退休后我回到北京，这时已妻离子散。家中只有我一个人。派出所还老让我汇报跟什么人有接触，又有什么运动思想。我只好每天到"陶然亭"躲着。"陶然亭"有一批划到另册的人天天一块打拳。那里有大喇叭可以天天听广播，所以没事就爱上那儿去。陈毅同志去世的时候，我心里很难过。我从小在新四军军部，认识陈毅同志，当了右派以后，无处可诉，就给陈毅同志写了一封信。没过一个月，单位领导找我谈话，说陈毅同志回信并说只要有政策给右派摘帽子，第一个就给我摘。这使我非常感激。听到他去世，我心中非常难过。但又无人可倾诉，我就断断续续把回想起他的一些小事记了下来。没有题目，只是些片断。粉碎"四人帮"后，茹志鹃到北京开会，专门来看我。在给她做饭时，为了叫她能安稳地坐着，没别的事好叫她干，就找出这几篇乱写的东西给她看。谁知她看完后竟说："你把它改成小说好不好？"我说："改小说干什么？没有人会发表我的东西。"她说："你改出来我拿去试一试，不说我们认识，争取先发表出来。万一发表后有人反对，就承认情况调查不细，疏忽了。"我考虑没必要叫她替我冒险，她说："你才四十岁，既没工作单位又没事可做，这怎么行？《光明日报》发表的《实践是检验真理的唯一标准》听说大有来头。局势也许会好转……"我照她说的改了篇小说。

小说改了两遍，她认为可以发表了，给我劳动改造时的工厂写信，请保卫科替我写了一个证明："此人劳动改造期间没发现新的罪行。"既然没有新罪行，茹志鹃就给我在《上海文学》发了，起名叫《我们的军长》。没想到"四人帮"刚打倒后第一次全国小说评奖，《我们的军长》被评了个一等奖。

接着，刘绍棠、从维熙、王蒙等陆续回到了北京，重新动笔写作了。一下子引起极大轰动，成为新时期文学的一景。

这时我已经四十多岁，好不容易从被群众专政状态中解脱出来，又拿起笔来冒险值不值得？我要认真考虑，要写就得写出点模样来。若只是写两篇文章在报刊发表一下，没多大意思，就犯不上花这工夫了。写作好比跑马拉松，起跑的时候有上万人，跑到一半连五千人也剩不下了。到最后五公里坚持下来的人怕连百分之一都没有。到冲刺阶段只有三五个人了。若不跑到冲刺就不要跑。文学的冲刺是怎样冲法呢？中国人爱随大溜，而文学就绝不能随大溜。王蒙写意识流被注意，我就绝不能跟着写。就算跟着写得也有点模样了，人家也只会说"邓友梅不错，写得有点像王蒙了"。我四十多岁的人弄个"像王蒙"有什么劲？刘绍棠写运河我也不能跟着写运河。我必须找一找有哪些东西是他们没有而我有的。要用自己所长胜别人之所短，经过衡量比较，我终于琢磨出自己的强项。王蒙是北京清华园长大的,他父亲是大学的知识分子,他生活在知识区,对北京小市民的生活没我了解地道。刘绍棠也是北京人,但他是通县农村人。我虽然不是北京人,但来北京很早,一进北京就参加做安排旧皇亲贵族生活的工作,熟识了一部分八旗子弟。小时候从大人嘴里听说的旗人都是又爱吃,又爱吹,讲求面子却没本事挣钱的一族。我们参加安排八旗子弟的工作后,发现以前对他们的看法不全面,甚至有成见。旗人平均的文化艺术修养比我们汉族人高。再进一步细了解,在琴棋书画、音乐戏剧、消闲美食文化等方面,学问很深。一个非常有文化教养的群体怎么垮到这么穷困的地步呢?原来清朝一入关,掌握了全国的政权,皇帝就下了一道圣旨:满族统一了中国,全民族成员都有功,从此旗人男子一出生就有一份俸禄。从今后旗人不许做生意,不许学手艺,不许种田。学文要当文官学武要做武将,起码也在旗里吃一份钱粮!这是胜利者的特权。恰恰是这特权带来了悲惨后果。一旦清朝帝制倒台,没有了政权撑腰,他们的后代连混饭的本事都没有了。要饭都不行,因为他们拉不下脸来。"文革"中我被定为反革命,在工厂劳动改造,气温零下四十度,没有住处。花一百四十块钱买了个地震棚居住。有一个京剧团的朋友竟要求和我来同住,他也被打成反革命,因为他是大清国驻欧洲某国钦差大臣的女婿,是大清国内务府大臣的嫡孙。他没地方住,溥仪被赶出宫就在他爷爷任上。他连买地震棚的能力都没有,只好找我搭伙。我们在一个炕上住了四五年。我从他那里感受到不少旗人贵族的特色。文学是语言艺术,光熟悉生活不行,还要有表现生活的特色语言。打成右派后,好几年我在北京劳动。家住右安门,在德胜门外工作,每天下工路过天桥,我都到茶馆听说书。故事我都知道,就是为了听艺人用北京土话述说故事的功夫,因此我比王蒙、绍棠更能熟练地使用北京市民口语。我发现掌握北京语言,了解旗人生活状态,和他们比这是我的特长。我就试着用北京市民的心态、语言描述北京人的故事,先试着写了个《话说"陶然亭"》,发表后反响甚佳。接着又写了《寻访画儿韩》《烟壶》《那五》。同时也没有放弃写其他熟悉的生活,只是写别的用另一套语言。只有写北京人的生活我才用北京土语。其实我写战争花的工夫最大，我认为那才是主旋律，歌颂革命英雄人物，写革命历史，但除了《我们的军长》《追赶队伍的女兵》两篇作品得了奖，其他都没有什么反响。说实话，我写北京题材的作品时最省劲儿。写京味作品，我只注重有趣和有味，更多着眼于过去的时代、消失的历史。写《烟壶》时本没有想写爱国主义，后来觉得光写艺人的生活经历分量不大，就加上了反对帝国主义内容。但只是着眼于那样的历史背景下普通人的生活命运。北京从元朝起作为国都几百年，任何一家老百姓的起落兴衰都跟全国的政治局势、全世界的政治局势紧密联系在一起，只要认真地反映了一家百姓的命运，就能把那一时代的整个历史背景折射出来。过去学了文艺理论，总想用小说去套理论，所以写不好小说。只有当你的小说无意去套理论，而所表现的生活让人得出这样的结论时，这才是小说真正起的作用。

我写京味儿作品，也写战争历史作品，为什么花费力气大的一些作品反而不一定好？我想，读者读书首先要选有趣的，有趣才好看，我写京味小说，首先是想怎样把它写得好看。看来要把小说写好看，就要写你自己最熟悉的，与你的性格最易呼应又是你最易于表现的生活素材。生活内容复杂多样，但不是所有的都能写成小说。最体现本质意义的才是最值得写作的，但同样的事物从不同的人眼里看来感觉却未必一样。同样一座山，画家感觉很美，很有价值入画；而地质学家就可能觉得它不含矿产因而没有开采价值；交通方面的工程师则从修路的难度上考虑它的地位。作家深入生活，就要找有美学价值的东西观察，有意义的东西不一定写出来都好看。作家要善于发现有艺术含量的生活素材。张天翼同志让我养成随时观察有趣事物的习惯。第一是有趣，但光有趣也不行，还要有益，要有益于世道人心。看了我的小说，总要起到愿意当好人不愿当坏人的作用才好。在我的所有小说中，百分之九十是大路货，只有百分之十是我特有的产品。我的体会是，哪篇小说写得特别顺，哪怕晚上不睡觉也要把它写出来，这篇小说故事的结构、情节安排基本上就是好的。写得顺说明酝酿得成熟。但在语言上要想写出特点就必须反复加工认真修改，这是苦功夫。别人说过的话最好不要说，非说不可就改个说法。真正讲究文字的是中短篇小说，有一句废话都很刺眼。长篇就比较松弛点，长篇小说没有废话的很少，也很难。中短篇小说可以做到像鲁迅先生所说没有一个多余的字和标点符号。

20世纪50年代看苏联小说很多，我的《在悬崖上》就受其影响。一次我问老舍先生，为什么我的小说进步不大？老舍先生说："是你在语言上没下功夫。瞧这段话：从远处慢慢走来一个飘摇着两条腿甩着手上挎着一个包的眼睛发亮的女士。你念着顺嘴吗？你自己念着都打奔儿，别人看着能顺溜吗？以后你写完稿子自己先出声地念两遍。你自己念着不打奔儿了，别人就看着顺溜了。"这以后我写完小说就大声念，念着绕嘴的地方就必定改顺它。这些都是技术问题。技术功夫是较容易练的。心理上感的功夫难练。要发现自己最善于感受的场景，要研究你对哪种生活境界最敏感。在文学界哪种题材的作品一走红，许多人都跟着写，这是笨办法。人家能写好的你不一定能。我的小说很少写景，因为我写不出像样的风景来，这可能与我小时候的经历有关。小时候到日本去当苦力，日本河山很美，但没有心情欣赏，关心的是少挨点打。后来到新四军当兵，成天行军打仗，最关心的是路好不好走。我写不出风景，写小说时就尽量避着。但我比较敏感人情世故，就特别注意观察这些方面，发挥自己的长处。我比刘绍棠大五岁。七十岁的老人和六十五岁的老人看来差别不大。可是六岁的小孩子和一岁的孩子看到的世界就大不一样了，日本投降那年我十四岁。我六岁上小学时绍棠还不会说话。从七岁到十四岁我还看到了旧中国什么样，1949年一进北京，我看到了老北京的模样。描写起旧北京来我就比绍棠有更多的直接感受。发掘自己的宝藏很重要。每个人如果认真审视自己，都会有自己的特有经历、特有感受和生活积蓄，要静下来寻找自己的长处，谁先认识到这一点谁就先走一步。

写作是可学不可教的,大学设文学系可培养教授,但很难培养作家。写作靠悟性,读多了,写多了,可能会悟出来,功夫不负有心人。

　　还有一个中国文学走向世界的问题。外国文学新的写作思维方式要不要学? 要学,但不要死学。学习写作,首先要模仿。什么叫模仿好了? 即叫人看不出你在模仿别人就是好了。学习别人写作,要学得让人看不出来。让人家觉得你是自成一派。工业生产要标准化,文学千万不要标准化。文学没有绝对的标准。诺贝尔文学奖也没有绝对的标准。谈西方文化,外国人是权威;谈中国文化,中国人是权威。西方学者曾经问我,中国人什么时候能得诺贝尔文学奖? 我回答:"有两个条件,少一个都不行。第一我们要写得更好。第二你们各位的东方文化水平要提高一点。"我们要有自信。你越去迎合他们,他们越看不起你。在文学上我们也要向西方学习,学习新的创作思维观点;但在小说的写法上,还要坚定地按照自己的写法写。

　　百花齐放,日本出樱花,中国也要种樱花,种得再好也不是你的特点。可是中国有菊花,有牡丹,这就有自己的一席之地。个人与整个文坛,中国文学与世界文学,也是这么一种关系。搞文学,必须发挥自己所长,要发挥自己特有的审美的和表现美的观念和手法。

（原载《时代文学》2015 年第 1 期）

天堂里漾动文学的芬芳

哈　若　蕙

　　贤亮先生走了。痛悼之情瞬间袭来。

　　脑海中闪出的第一幕是与贤亮先生的最后一面。那是2013年12月6日上午,在银川镇北堡西部影城百花堂(第十三届中国金鸡百花电影节论坛会址),参加张贤亮先生无偿授权小说《灵与肉》电视剧改编权签约仪式。那日的百花堂依旧典雅芬芳,一百部电视机组成的电视墙依旧散发着无可抵挡的气场,颇具中国古韵的独轮车车轮和拥有百年历史的门板制成的一排排座椅,静候着参会的嘉宾。时间还早,我和其他几位朋友熟门熟道地先在百花堂古雅博儒的会客厅候场,不一会儿贤亮先生陪同自治区有关领导谈笑风生地步入百花堂,我们快步迎上。贤亮先生依旧爽朗精神矍铄,见了我则乐呵呵地向周围的人们介绍:"哈哈……这是小哈,现在是文联的领导了,我认识她的时候她还是小姑娘……"寒暄应答间春风拂面暖意融融。当贤亮先生陪同领导们坐下继续交谈时,不期然听到先生朗声笑言:"我已经得了癌症,今天的签约……"顿时愣住,恰巧贤亮先生的助理马红英女士在旁,扭头忙问:"贤亮主席这是怎么说,拿自己开玩笑啊?!""是真的,肺癌,已经确诊,而且是晚期有扩散……"随即举行的张贤亮先生与宁夏电影集团的签约仪式隆重温馨,而我于百感交集中只能用相机留下当日当时凝固的瞬间……

　　仿佛是冥冥之中的引领,近来宁夏的文学活动中,总是不由得要讲到张贤亮、想到张贤亮。今年是宁夏文联《朔方》文学杂志创刊五十五周年，我们筹办了座谈会并启动了首届《朔方》文学奖评奖。我和编辑部的同仁们筹划，为表达对张贤亮先生的敬意，感谢他对《朔方》、对宁夏文学的引领与彰显，首届《朔方》文学奖将"特别贡献奖"授予张贤亮先生，并委托冯剑华老师（贤亮先生的夫人、《朔方》原主编）向贤亮先生敬禀。8 月 18 日晚，首届《朔方》文学奖颁奖典礼在气韵祥和的镇北堡西部影城百花堂举行。正值中国作协"中国梦的多民族影视文学呈现·2014 中国少数民族当代文学论坛"在银川举行，颁奖典礼嘉宾云集。张贤亮获得的"特别贡献奖"由中国文联副主席、中国作协名誉副主席、中国作家协会少数民族文学委员会主任、中国笔会中心会长丹增颁发。遗憾的是，正在北京看病的贤亮先生没能在现场，但是，看着大屏幕上贤亮先生卓然的风采和享誉新时期文坛的一部部力作，所有的心都在为先生的健康祈福。

怀着深深的敬意，带着编辑部同仁的委托，我上台宣读了评奖委员会给予贤亮先生的授奖词：

"宁夏出了个张贤亮。"

从《四封信》到《邢老汉和狗的故事》，再到《灵与肉》，正是从《朔方》出发，张贤亮走上腾飞之路，不仅奠定了自己在当代中国文坛的坚实地位，而且成为享誉世界的作家。在他的影响和带动下，宁夏文学有了跨越式的发展，也使《朔方》有了较高的知名度，成为一份备受关注的文学期刊。多年来，他又以反哺的方式，眷顾《朔方》，眷顾宁夏文学，诠释着自己作为"宁夏名片"和"文学大树"的深刻意义。

的确，作为新时期宁夏文学的第一代作家，张贤亮三次获得全国优秀小说奖，他的九部小说被改编成电影或电视剧，被译成三十余种文字在世界各国发行。尤其是他的《灵与肉》（《朔方》1980 年 4 期）发表后，反响强烈，随即荣获全国优秀短篇小说奖，并被改编为电影《牧马人》，成为一个时代文学的记忆。张贤亮的出现，不仅是《朔方》的骄傲，也使宁夏文学从此具有了中国当代文学的高度。张贤亮作为"宁夏名片"和"文学大树"的深刻意义，以及他长期以来对《朔方》、对宁夏文学强有力的影响和带动作用将会得到人们永远的珍重。

也是在现场，我与搭档刘畅朗诵了张贤亮先生的《灵与肉》片断，一片沉寂中，那个时代的文学的经典，那部作品所传达的凄美苍凉与人生的况味，在每个人的心中激起难以平复的波澜……

一夜难眠。眼前眼后尽是与贤亮先生交往的点点滴滴。二十五年前，我还在宁夏广播电视大学任教，宁夏电大、宁夏文联作协联办的首届"文学创作专业作家班"开学典礼，请来了贤亮先生为学员们上第一课。二十二年前的8月，宁夏电大承办的全国电大中国现代文学师资培训会在银川举办，办会地点就在当时唐徕小区东大门北侧的劳动人事厅招待所。数十位代表均是做现当代文学教学的老师，张贤亮的《绿化树》《河的子孙》等作品已是电视大学课程中必讲的重点，到银川来能见到张贤亮一面无疑是所有代表们的心中所愿。那个夏日的晚上，我们的联欢会已在欢快地进行中，不爽约定，手拎着一袋打包剩饭的张贤亮先生，就在此时迈进了会场。顿时，将春风、温暖和快乐化作飞扬的浪花……六年前，时在宁夏人民出版社工作，为编辑策划"鲁迅文学奖·张贤亮自选集"——《一切从人的解放开始》（宁夏人民出版社2008年版），那个早春之日，与宁夏作家郭文斌及出版社的女编辑戎爱军一道去镇北堡西部影城拜会贤亮先生。那天的贤亮先生兴致极好，带我们漫步于他一手创办亮点频出的西部影城，不时停下细加介绍，并戏言"今天由我这个董事长亲自为你们做讲解……"在先生古意幽然的府宅前留步、合影，贤亮先生就那么笑盈盈地与我们站在一起。去年8月，西北塞上斑斓的季节，中国作协鲁迅文学院第六期少数民族文学创作培训班（2013·宁夏）在银川举办。8月20号上午我们请贤亮先生与学员们对话，那日，位于银川近郊植物园附近的森淼培训中心教室气氛异常活跃。尽管，当日的贤亮先生也曾私下说这几日身体略感不适,但课堂上的他仍手衔香烟,神采飞扬,妙语连珠中散发着他独有的精神气质。

"许多人说二十二年劳动改造是您的财富,因此成就了您的今天。"

"这话荒谬至极。苦难只会磨灭人,毁灭人。没有二十二年,我照样可以创作出大作品,这就是作家的'天赋'与'禀赋'!"

"请把文学作为一种终身的精神文化追求。每个作家均应有一份自己的坚守,才会汇成文学的多样性。"

"心里可以有一份荒凉,但必是经历过繁华富贵之后的荒凉,那是一种大境界……"

那日,他还忙里拾闲对我说:"看过我在《南方周末》7月25日的《雪夜孤灯读奇书》吗?去读读吧。"

是的,我读了,怀揣着许多的感怀,想再见先生时与他交流,可是,没有"再见"了。在"贤亮先生病情稳定,治疗见好"的信息中我们始终心存期盼,但还是在9月27日下午听到了贤亮先生猝然仙逝的消息。随即,赶去殡仪馆与贤亮先生做最后的道别。

小而肃穆的灵堂内,祭香缕缕、花圈垂哀,静卧于平棺内的贤亮先生戴着漂亮的裘皮帽,身着缀着白色手绢的黑西装,还是那样的有风度,"您真的就这样走了吗?"凝望着先生那宛如安睡、平静的面容,轻轻地,我对贤亮先生说:先生,您一路走好!天堂里会因您漾动起更多的文学的芬芳……

(原载《朔方》2014年第11期)

馕

阿拉提·阿斯木

馕是维吾尔族人最早的饮食财富。为什么这么说呢？因为这个馕没有消失，至今也是喂养我们的一个亲切的存在。只要是馕，在任何地方看到它，都是我们眼睛里的温暖。我们是馕的民族。

馕的打制方式都一样，只是它的形状有大有小。大馕，一般指的是直径五十厘米，厚约一厘米左右，馕面红润，馕底金黄，花纹悦人的馕。这里说的花纹，是用一种叫作切克库西（馕戳）的东西在馕面扎花纹，直径五厘米大小，原始的材料是鸡翅上的粗羽头，现在都是木制的了，形成花纹的材料是铁制的。这几年，随着旅游业的发展，也出现了直径一米左右的特大馕。比如在库车，这种馕已经成了一种产业。游客们提着五个一打、十个一打的纸箱包装馕，回去送人，共同享受特大馕的新奇。这种馕不好打，我见过那种特制的馕坑，要上到一个台阶上打，半个头在馕坑里，伸长手往坑面巧妙地摁贴，都是技术活儿。馕面有讲究，放有红花。漂亮，好吃。但是在东疆和北疆都没有这种样式的特大馕。其他地方的维吾尔人打制的还是传统的大馕、小馕、油馕、牛奶馕和窝窝儿馕，还有艰苦年代的扎格尔馕（玉米面馕）。现在的青年人基本上没有见过这种馕。一次，我买了一个扎格尔馕回家，儿子看了，说，爸，这是什么东西？我说，是扎格尔馕，当年我们就是吃这种馕长大的。油馕是用清油和面，牛奶馕是用牛奶和面，盐适中，只有在出远门的时候，才打制这种馕,原因是干了不硬,仍然香脆。

1982年,我从伊犁到乌鲁木齐参加新疆作家协会的一个改稿班,老婆给我打了一面袋牛奶馕。那时候到乌鲁木齐有七百公里的路,要走两天。交通是老式的轿车,冬天没有暖气,第一站是二台,第二站是五台。过了吃饭时间,食堂就没有东西可吃了,口袋里面的钱就成了纸片。这时候,馕就是佳肴了。招待所是有二十多个床位的礼堂房,我们坐在摇晃的铁床上,吃个自带的馕,也是一种很实在的安慰。

改革开放以后,馕的种类多了,特别是小馕。直径十厘米的、五厘米的小馕一路走红。馕面是芝麻,也有的是放葵花仁、红花的,艺术品似的诱人,香脆甘甜。在库车,还可以品尝馕面放胡萝卜的馕,红润润的,上眼,看着就有食欲。肚子饱着也要买上几个带回家。在尉犁县还可以吃到五厘米大小的旅游馕,按公斤卖,是用混合油打制的精馕,混合油是清油和羊尾巴油,好吃,是早餐的好食品,也是送人的好东西。

所有的馕都是圆的,这是因为天圆地方之说吗?圆,在各个民族的文化中是恒久的神秘和诱惑。在维吾尔族的饮食文化中,馕是最值得骄傲的存在。特别是在民间红白喜事中,在上任何佳肴之前,第一个上的东西是馕;饭菜没有备好,救急的东西也是馕。因而主人特别重视馕的打制。以前,馕都是各家自己烧坑打制。后来条件好了,都从街上买了。目前我在南疆的一个乡驻村,我们走访农民家时,我发现几乎都没有馕坑。这变化也太大了,如果农民也不打馕买现成的,那花销就大了。从前,自家打制的馕清香,主要是发面用的引子是一代代留下的纯天然的面引子。而现在都用发酵粉了,人们也都习惯了。

馕在中亚许多国家都是主要的食品。我在一部纪录片中见过伊朗人卖馕的情景:一个汉子一手扶着头顶上的一摞馕在街上游走。视觉上的感受像是薄馕,像和田地区乡村特制的卡客气馕(薄馕),五十厘米左右大。在市场转悠着卖,也是一景。1999年,我们到哈萨克斯坦国的阿拉木图市开农贸洽谈会,在一个叫阿勒屯沃尔达的市场品尝过当地的馕,特香,是就着烤羊肉吃的。馕和烤羊肉是分不开的,吃烤羊肉的时候就着馕吃,才能吃出烤肉的味道。阿拉木图的面粉都是旱田粉,不施肥,纯天然的,麦种播下去,全靠雨水灌溉。新疆北部也有大量的旱田,基本上在北山坡一带,播完种子,撤回村庄,夏收组织青年人收割。原先,有条件的人家都找旱田粉,用旱田粉做出的拉条子吃着有劲,味纯。再就是吃包子,面发好,馅儿是羊肉洋葱,面筋道,吃到嘴里就是梦中的味道了。

馕在新疆的历史源远流长。十几年前,在新疆的哈密、且末出土了三千年前的馕。这说明,馕是新疆人的传统食品。馕的前身是家家户户在土炉前余烬里烤制的馍,后来发展成了在炉内打制的馕,也打烤包子,最后就发展成了现在的这种打法了。新疆各民族人民都喜欢吃馕。新疆有一道凉菜叫"皮辣红",即皮芽子(洋葱)、辣椒、西红柿拌成的凉菜,只放盐。刚出坑的热馕就着这种凉菜吃,再喝一碗奶茶,那滋味让人精神焕发,热血沸腾。新疆的哈萨克族、塔塔尔族、塔吉克族、柯尔克孜族、乌孜别克族都离不开馕,都是世代打馕吃馕的民族。汉族、回族、锡伯族也已经习惯吃馕了。香是一方面,重要的是方便。早餐来得快,晚饭不想动手了,买两个热馕拌一盘皮辣红,也是换一种口味,一顿小滋润了。

馕是旅行家必备的干粮。长途旅行,馕是唯一让人放心的食物。有馕陪着,心里不慌。民间有说法,出门在外,馕是让人心静的伙伴。饿了,吃一块馕就不孤独了。因而有人烦闷的时候吃馕,是自我调节。1976年我在惠远乡插队的时候,每隔几个月回一趟家,房东大妈都要送我一个托卡其馕(小馕),二十厘米左右,说,孩子,带上,路上做伴。

打馕是个很辛苦的行当。勤奋的馕师傅都是早起晚睡。几乎在新疆所有的城市,热馕供应市场的最佳时间都是在黎明前的拂晓时分。顾客买回去当作早餐,好赶时间上班或开始一天的营生。馕师傅都是晚上发面,清早徒弟烧馕坑。南疆是烧柴火,馕香。北疆以前是烧艾曼阔拉伊(艾蒿),现在都烧煤炭了。徒弟们把馕坑烧亮,火候调节好了,店里的面馕也做好了。徒弟们往馕坑前送面馕，师傅弯着腰往馕坑里面摁贴，最后盖好坑口，焖二十分钟左右就可以出坑了。清香的馕味飘过来，极度吸引人。而打制窝窝儿馕，要焖半个小时，窝窝儿馕厚，五六厘米的样子，直径十多厘米，中间有两厘米大小的一小窝儿，也就被称为窝窝儿馕了，这是意译，维吾尔族语是格尔达。窝窝儿馕一般都是吃肉喝汤的时候享用，泡在肉汤里，吸收油星，吃一口馕，咬一口肉，嘴巴、食道、肠胃都在一条线上滋润，是另一种小刺激。早年，这种馕打得硬，不好掰。掰开泡肉汤或奶茶也是另一种滋味。现在的窝窝儿馕更漂亮了，馕面抹着牛奶，暗火烤制，馕面红彤彤的，抢眼，但是硬度没有了，小孩子也能掰开了。时间让有些事物变换了模样，但是新的美诞生了，像岁岁迎接春天的报春花，恒久祝福温暖的人间。

打馕最大的投入应该是师傅、徒弟们投入的人力。从这一点讲，那个三块钱、五块钱的一个馕，卖十块钱、二十块钱也不贵。打馕是极其辛苦的行当，因而馕市上都是男人打馕。在私家打馕吃的那个时期，都是妇女打馕，十几年下来，在热火无形地侵蚀下，一些妇女都患上高血压症了。可见，打馕是极劳累的行当。

刚结婚的那年里，我也打过馕。妻做帮手，说我打得好。那个时候爱听老婆的夸奖，就经常表现自己。两个礼拜一坑馕吃完了，妻发面，我就烧坑打馕。后来邻居告到我母亲那里去了，说我给老婆打馕。母亲严厉地制止了我，说，你是男人，给你娶女人是要给你打馕的，要振作起来！这是我最后警告你！从那以后，我就洗手不干了，吃现成馕了。妻想起这事，至今骂那些告密的人。

1989年回于田老家的时候，天天中午在叔叔的馕店吃烤肉包子，类似窝窝儿馕那么大的烤肉包子。这和一般的小方形的烤包子是两码事儿。名称上有区别，一个是烤肉包子，另一个是烤包子。这是和田民间独有的吃法，大多数人就蹲在馕坑周围吃热的，没有茶水，大家习惯喝凉水吃包子。我也体验过，喝凉水吃烤肉包子的确过瘾。叔叔自己不打馕，也不打烤肉包子，儿子和徒弟们支撑两个馕店。他会吆喝,主要是他的馕和烤肉包子个儿大,实惠,有自己多年的老顾客。他的徒弟每天中午给我准备的是两个烤得红光满面的烤肉包子,每个两边捏有两个小耳朵,那是记号,是特意为我包的,里面肉多,而且是精肉。我就坐在馕坑边和顾客们一起吃,享受最原始的氛围。这时候,烤肉包子刚刚出坑,叔叔就站在路沿上,开始吆喝了:男人们、汉子们! 这就是你梦中的烤包子! 我就是买买提伊明南瓜! 那个叫买买提伊明南瓜的汉子就是我! 看一看、尝一尝! 不香不要钱! 不要钱也不香! 叔叔的外号叫南瓜,小时候在市面上卖切块熟南瓜,就留了这么个金黄的外号。

　　馕坑有大有小,制作方法也讲究,也是一种民间智慧。伊宁市有一条街叫"馕坑巷子"。做馕坑的高手都居住这个巷子里。读中学的时候,我常到同学王旭家里玩,就过这个巷子。匠人们在路边和泥做馕坑。是从一个叫吉日格朗的地方运来的黏土,与羊毛和在一起,匠人们在泥巴上反复地踩踏踩蹦,泥巴和羊毛交融在一起后,师傅就做大泥坨子揉,而后做成二十厘米宽,厚五厘米,长两米的泥片,圈在地上,决定馕坑的大小。安置好底座后,就往上一层层地续泥片,做到第二层就暂停,要等到第二天晒干后,再继续往上续泥片。最后收口,口径五十厘米左右。馕坑做好后,晒上一个月就能出售了。那个时候,我和父亲买过馕坑,记得是八九块钱一个,拉回去放好,煤火炼烧。烧到烫手的时候,在馕坑外面抹厚泥,再往里摁贴拳头大的石头。这石头打馕的时候起保温作用,最后馕坑外围砌墙,直径一米多的馕坑算在里面,总面积也就两米五左右,人坐在上面,弯腰打馕,这是最原始的馕坑。现在的馕坑已经有好几种了,烧制的馕坑用的是制作腌菜缸的材料,结实,耐用。1985 年,我们在北京少数民族文学培训中心学习的时候,自己做过砖块馕坑,这是没有办法的办法,大家早餐吃不到馕,就想了这么个办法。1988 年在达坂城第一次看到了用钢板切割焊成的钢板馕坑,漂亮,馕打出来,馕底平整金黄,视觉效果极佳,也是一种成功的改造。如今在乌鲁木齐,这种钢板馕坑早已普及。据说能烧七八个年头。

与只能用两年的土馕坑比,这馕坑便是贵族馕坑了。

馕在维吾尔族人的意识里是神圣的。孩子吃馕的时候,父母教育孩子说,注意馕渣不要掉地上了,长大了眼睛会瞎的!这是吓唬娃娃的话,很管用。背后的教诲是,要节约粮食,和"谁知盘中餐,粒粒皆辛苦"是一样的道理。

馕在民间文化里有众多的说法。有许多值得研究和交流的比喻和隐喻,这些比喻直接或间接地体现了维吾尔族民间文化中最美好的一面。有一种说法是"这家伙是一个不懂得珍惜馕的东西"。背后的意思是说,这是一个不正干的人。另一个说法是"他是个一馕搞不成两馕的人",意思是这个人没有能力。还有一句是"我们是吃同一个馕长大的朋友",意思是同患难的朋友。有一个词儿,叫"馕袋子",指的是好吃懒做,邋遢。还有一句是"这小子有两个馕一个敲手鼓了",意思是这人浮躁,不实在。有关发誓的馕语是这样说的:"我可以给你踩馕","让馕打我"。说明此人在这件事上是清白的。在维吾尔族人漫长的生活中,这些熟语通过一代代人传承下来,变成了今天文学语言中最为生动亮丽的文化财富。而馕,是衔接从前和当代的一个神绳。

1996年的冬天,真的是馕救了我们。我们从奎屯出发,来到果子沟的时候,风雪把路堵死了。果子沟是通往伊犁的唯一山路。我们的车夹在中间动不了。我们在车上冻了两天,不敢开暖气,汽油没了,那命就也没了。仅仅是大雪掩埋山路不可怕,主要是大风狂吹,四周一片黑暗,只能在手表里看到时间,这是一种致命的恐惧。我们在车里窝了一天,探情况的人回来,我们伸出头询问情况,他们都说一辆车也没有动,没有希望。更重要的是没有吃的东西,饿着心更慌。半夜的时候,司机突然说,对了,后备厢里有馕。一句话让我的心亮堂了。原来出发的时候,司机的朋友送他几个馕和一些苹果,我们在两天多的时间里得救了。苹果就馕吃,我们的情绪稳定了。第二天上午,出现了几个卖馕的人,一个一块钱的馕卖二十块钱,他们是从霍城县过来的人,坐车来到果子沟前,然后徒步走过来。人们开始急切地掏钱买馕的时候,我们的司机说,这就不是做买卖了。

"文革"的时候不允许卖馕。公家馕店里的馕要凭粮票买。没有两百克一张的粮票你就吃不了馕。这对出门在外的人来讲是最大的困难。因为那时候的粮票比钱厉害。因而出现了"黑市"这个词儿。其实没有那么黑,就是个卖馕活命而已。伊宁市的某条街是最隐秘的地方,馕娃儿们(馕师傅)在怀里藏掖着馕卖,在那个著名的群众电影院的对面,卖馕的人相互观察着转悠,在眼睛里寻找需要馕的真顾客。因为市场纠察员常常扮成买主,抓那些卖馕的馕娃儿。抓住了就没收馕,一天的生计就没有了。我见过纠察队员抓馕娃儿的情景,纠察员抓住馕娃儿的衣领,搜身没收那么几个可怜的馕。馕娃儿很可怜,绝望的眼神怒盯着纠察队员不敢吭声。现在,那个酸楚的历史过去了,馕解放了,只是在我们的记忆里还存留着曾经吃不饱饭的回忆。

记得是我读初中的时候,母亲要我到那条街的水磨去磨面,下午要打馕。是爸爸从乡下搞来的一袋白玉米。那天,水磨人很多,要排队,到了天黑的时候,我才磨上。回来时,母亲烧好的馕坑早就凉了。那天晚上,家里没馕,从邻居家里借了一个白面馕,和家里剩下的几块扎格尔馕一起,凑合了一顿。我至今还记得自己背着面袋走在星星下的那个情景。幸福是容易遗忘的,唯有艰难的记忆常常在静夜逼我们回忆从前,像一个神秘的后视镜,给我们一些启示。

馕是简单、实惠、廉价的食品。近年来南疆地区发生了几次地震,救灾的最好食品是馕。政府也好,民间也好,大家都组织打馕送灾区。各地的馕装卡车运往灾区,是第一时间的安慰。灾民也好,救灾人员也好,都能一个馕一瓶矿泉水填饱肚子,然后投入紧张的救灾活动。汶川、玉树地震的时候,新疆的慈善家和爱心人士也组织打馕,送到了灾区,也宣传了新疆的馕。从中我们可以看出,天下的人们同情、支援灾区的本性是一样的,而馕是最美的媒介。这是人类共有的美德。

维吾尔族人结婚做宗教仪式的时候,小伙子要在女方面前吃一块盐水馕。块馕浸泡在盐水里,阿訇念完尼卡(婚礼诵经)

后,女方端来盐水馕请新郎品尝。寓意为馕和盐是生命必需的元素,新人们今后就是共患难的一家人了。这是一种非常美好的礼俗,它象征着今后甜蜜的生活。我结婚的时候也是这样,块馕简直就是一块盐巴,咽不下去,但伴郎解释要求我咽下,因为它是吉祥和幸福的象征。

馕是维吾尔族人饮食文化中的灵魂。无论何种形式的饭局和宴会,馕都是最先登场。馕被品尝过后,那些绝美的佳肴才能出现在餐桌上。只是那些手抓肉、烤全羊、烤鸽子、烤鹅、烤鱼们不知道在它们之前,馕已经安慰过客人们了。因为我们习惯了先用馕垫肚子保护胃,再享用其他强营养的食品。

有一种说法,馕即命。有关的传说是这么说的:很早很早以前,村里经常发生灾荒,因为路途遥远,王宫里的救灾馕不能按时到达,要饿死很多人。有一年,一位长老丰收后在自家的墙里储藏了许多馕。过了几年,闹荒的时候,他把墙推倒,拿出那些干裂的馕,泡在水里,分发给村里的大人小孩,救活了全村的人。这个传说的关键词是,馕是不怕干旱的食品,易储存,也是生命的象征。

去年,我们新疆作家采风团到台湾采风,我们四个吃清真餐的维吾尔族作家,在九天的时间里,全靠馕支撑。大家都带有馕和炒羊肉、核桃仁、葡萄干,除了在台北吃了几次清真餐以外,全吃馕和当地的水果,因为别的城市没有清真餐馆。台北第二家清真餐馆只有牛肉面,师傅姓马,长得富态,说是河南的回民,是当年国民党的小兵,十几岁的时候就来台湾了。九天的时间里,因为有馕,肚子没有饿着,就是没有菜不是滋味。但心情是愉快的,因为台湾是美丽的。

维吾尔族人结婚给女方备彩礼的时候,重要的一项就是馕。除了送耳环首饰,四季穿用的几套衣服外,做饭的一切食材都要送齐。做抓饭的米、油、盐、胡萝卜、柴火、喝茶的点心、水果糖、方糖(白砂糖制作,放茶里喝)、枣、葡萄干、杏干、馕、茶叶都要精备。每家都要接待几百号亲戚朋友。在这些东西里,馕是最重要的,面要发好,要打得漂亮,要像喜馕。馕和点心摆在茶盘里,端放在客人前面的时候,人人伸手第一次抓的东西是馕,而后才是其他,这是千年的习俗。可见,馕在维吾尔族人饮食中的位置不一般。

我们是馕的民族。婴儿时期,馕也是我们最早的乳汁。童年的时候,馕是我们随身携带的快餐,衣袋里、书包里,都是母亲给我们备好的馕;青年时代,我们贪玩,不按时回家,没饭了,馕是我们随时备用的晚餐;成年了,馕就是我们亲密的朋友,伴随我们的时间,保证我们在任何条件下不挨饿。我们和馕在一起。

馕是一种朴实的美。背后的东西是我们热爱生活、热爱劳作的双手。馕始终代表着维吾尔族人纯朴善良的性格,热爱生命,建设家园的本能,也是一种简约的饮食习惯的象征。馕陪伴我们一生。

到新疆来品尝一下我们的馕,我们的馕代表我们的心。

(原载《伊犁河》2015 年第 1 期)

錾磨师傅

耿 立

在这黄壤的平原深处生活的人,早晨或黄昏时候,谁没见过背着錾子褡裢的石匠,从村外如草绳的路上走来,苍老,深邃。

就有一天清晨,驴子在磨道一踏,一踏,一踏,四只蹄子仿佛要走碎那寂寞。有了褡裢的叮当轻轻地操了异地的方言在说:该洗磨了,让驴子也歇歇蹄脚。父亲一边用高粱杪子扫帚扫磨盘上的碎颗粒,一边应承:吁! 驴儿就住了踢踏,一副谦和的模样,眼睛被布蒙着。

这是一个平原里的人都熟悉的石匠,一年总有几回从村庄走过。他走过来,把褡裢从肩头一甩,锤子錾子互相碰响。父亲与石匠就在驴子前的空地上,各自提下裤裆,蹲下,互相递上纸烟,霞光的斑斓里有了剪影般的影子,映在磨道边的屋墙上。辣辣的烟雾弥漫着,很浓。

天到半下午,太阳的光减了力量,在阴凉里就有点冷。錾子和锤子单调的闷音叮叮当当响。磨盘上,錾子沿着原先的槽子,一点一点地拱。石匠师傅全然不在意我的存在,哼起歌子来:

"怀揣着雪刃刀,怀揣着雪刃刀,行一步,啊呀哭,哭号啕,急走羊肠去路遥,天,天哪! 且喜得明星下照,一霎时云迷雾罩。"

这曲调很熟悉,像平原的《大锅缸》,节拍沉郁慷慨,虽然是在师傅的嗓子眼里,但呼出的气却有一种破笼而出的挣扎,在叮当的錾子里穿行。

"疏喇喇风吹叶落,听山林声声虎啸,绕溪涧哀哀猿叫……"

在师傅的眼窝里,我看出了水珠,汪汪的,本是干涸的松皱的眼袋忽地明亮。

我问唱的什么?他放下锤子。"《夜奔》。"

"《夜奔》是什么?"

"就是夜里走路到梁山。逼得夜里走路。"

梁山,在我们平原的边缘上。父亲告诉我,在天晴的时候,能看到山影的,要是走着有一天一夜的路程。我总怀疑父亲的说法,但父亲到梁山换过地瓜干,却是确实的。但为何成为"夜奔",我还是不明白。师傅说,大了,有了识见,就会明白。

"俺呵!走得俺魂飞胆销,似龙驹奔逃。呀!百忙里走不出山前古道。"

在师傅静静歇息的时候,我就拿出一枚光光的"老鸹枕头",像珍宝似的给石匠师傅看。在平原的深处,孩子们没有多的识见,谁要是有一块奇异的石头,就会放在书包里,拿到学屋,就如拿出了山的一角。

师傅接过石头,拿起对着太阳一耀,里面就像是鸡蛋的内黄,红红的。看我对石头这样的神往,他答应下次再到我们村子的时候,给我捎来一块"化石猴"。

我问师傅见过山吗?他笑了,说他就从很远的深山里,在农闲的时候到平原来,凭着手艺叮叮当当地挣钱。在我的眼睛里,师傅是见过世面的人,很神秘,那一錾一錾的有节奏的声音,也像是魔力和韵调。

师傅说,大山里有一种不用驴拉的水磨,有水闸,有木轮子。早晨,把闸门一提,那蓄积一夜力量的水,就前赴后继地涌着爬上那木轮。师傅说木轮好大。我在师傅的出神里,能感受到那水磨,在四面都是褶皱的山坳里,像流淌的山歌一样。

平原外的一切是什么模样?师傅问我想跟他走吗。

"想!"

"为什么呢?"

"天天吃煎饼。"

师傅放下錾,把锤子放到磨盘上,"孩子,你还小。"他摸着我的头顶说。

"大山不好吗?"

这一问,好像捅到了师傅的苦处。他摇摇头,"你还小,哪里都有作难的时候啊,大了,等你见到山,经历了,就明白了。"我感到师傅的话极深奥,就想他许是不愿意带我去看山看水磨。

我有点想哭,就缠着他,让他等着我,等我长大了,到山里去找他,师傅乐了。

"也许等你长大,我就要入土了。"

听了这话,我心里更紧了。他要是入土了,山里我可不认识一个人了。我急急地说:"死不急嘛,你等我,我大了,见到山,你再死。"

师傅又乐了,他答应我,等我看到山,他再死。

"你家住哪里呢?"

这个问题好像是对我对他都同样的重要。

"褡裢錾子就是我的家,哪里有磨哪里就是家!"

这下可麻烦了,天底下哪里没有磨啊?有磨房的地方就有师傅,天下能洗磨,把磨钝的石磨一錾一錾,像重新绽开的牡丹芍药那样美丽的师傅也多了。

"那等我长大了,还是找不到你啊!"

"等你长大,我来接你!"

父亲看我如此的样子,就说拜石匠做师傅,将来能拿动锤子錾子,可以背着褡裢的年纪,就跟着师傅到平原外走动。于是,我恭恭敬敬地叩了头。父亲打了酒,杀了一只鸡,配上从地里摘下的还有黄花的黄瓜。

第二天师傅走了,我和父亲送他到村外的土路。一个光光的脑壳,一个褡裢,一把錾子叮当着远了。看见师傅走得更远了些,我喊了。细细一声"哎——",平原的回音很长,师傅回头一下,也"哎"了一声。后来那褡裢一闪一闪地摇起来,那光的脑壳就越来越显得小。步儿也像慢了许多,叫人感到那路就是人一世也走不完。天大极了，人小极了。平原好大啊。

这以后的日子，师傅在霜降的时候，都会来我们的村子。一次他真给我带来一个"化石猴"。这是一种薄薄凉凉、其貌不扬的灰白色石头，光滑椭圆的身上浅浅刻出几条线，就成了猴模猴样的脑袋瓜和狗儿一样上扬的尾巴。我把它和"老鸹枕头"放在一起。其实，我问过老师，他也不知道究竟是叫作"化石猴"还是"画石猴"。但它和师傅一样，平添了我对外面世界的神往。

每次师傅来的时候，总不会空手，带一些平原不常见的物件，煎饼、山核桃、榛子……他从褡裢里掏出那些东西的时候，总会说"我的小徒弟"。我发现师傅十分地珍爱师徒关系，在学屋里，我曾比较老师和师傅，觉得老师不会给我带来平原外的神奇，而师傅说，等我大一点，他就会给我打一把錾子和锤子，和他到平原外走一走。

师傅多大岁数了，我不清楚，但每次看他到平原的小村来，皱纹总深刻了许多，眼睛要眯缝了许多，光光的脑壳上，一些稀疏的发，在褡裢的衬托下，黑的更黑，白的更白。

也许，师傅给我的是平原外的牵挂。我把师傅当成了一种心里的依靠，谈起师傅，就谈起水磨，谈起很远的山。师傅到我们村子来了，又走了，我会几天激动得睡不着觉，半夜起来，常想着磨盘该錾了，什么时候的黄昏还会响起叮叮当当的声音，那时的黄昏也像有了诗意，被錾子声淹没的黄昏不是普通的平原的黄昏。当师傅走了，我会站在村外，看到师傅的身影变得越来越小，直到一个小黑点，最后，连褡裢也变得和平原的天地成了一体。

有一年，到了霜降，师傅没来，到了寒露，师傅还没来，村子里的几家磨都钝了，变得喑哑。我心疑师傅是否年纪大了，在不知哪个路口走着走着，就跌下不再起来。贴近年关的时候，我在村外看到了一个背褡裢的人，像是师傅，走近，却是另外的模样。他告诉我师傅死了，在一家的磨道里，拿着錾子，忽然一放锤子，一口气没上来，走了。

我听了,伤心地哭了起来,平原外牵念我的人走了,我对平原外的牵念也减了许多。我常想,也许,收我做徒弟,他本身是不当真的,但他对一个平原孩子的爱却是十分珍重的。也许师傅有许多的苦楚,我想到他第一次不自制地在一个平原深处的孩子面前唱起《夜奔》。后来,我在空余时,喜欢起篆刻,工具也置备齐全。我有一个愿望,哪天就刻一方肖像印章,内容是林冲在雪夜,斜背着长枪,枪端处,挑着的是酒葫芦,也是天黑得紧,雪也下得紧……

　　　　　　　　　　　　　（原载 2015 年 1 月 14 日《人民日报》）

随笔六则

车 前 子

痴人说梦

这时候,此地,如果出现一只乌鸦,是最有诗境的。

乌鸦是"寒鸦","寒"修辞"鸦",好;"寒"修辞"猿",也好。"寒"修辞"鸭",不好;"寒"修辞"猴",也不好。这种在心底唤起的好与不好,没有什么道理,大概就是文化了。

我刚巧手头有张谢无量书法图片,从网络上下载的,一个局部:

"白帝城头月咽处寒猿无量"。

残缺无限想象,又是白帝城,又是寒猿,听得见流水。

这时候的此地,一片雪后山水,墨色迷蒙,淡墨,枯墨,云气,天气。

没有一个人。

但是这时候有一个人在想,游山玩水,常常不如一杯茶在手,听隔座的高士五岳归来说山道水。山水是个梦,痴人说梦,更痴的人听梦。

梦破之际,艺术就产生了,诗啊画啊就产生了。

说梦的人肯定做过梦,这时候未必做梦;听梦的人肯定做过梦,这时候也未必做梦,那么这时候的做梦者谁呢?做梦者山水。山山水水的梦不会破,所以它们不产艺术,只生自然。

艺术是个"产"字，自然是个"生"字。

自然的确是个生字，我们不认识。

泥　巴

一个人用泥巴创造了陶罐，它像人的部分躯干：会因欢乐、悲伤或惊叫而松开或收拢肌肤。在火的手掌之中，成为容纳得下大河的胃口。

一个人用泥巴创造了楔形文字，我们至今最容易辨认的，也只是：

"泥巴"。

泥巴成为农业国家的象征。在清代，徐州大风早已停息，但汉高祖故乡的五色土，年年要向朝廷供奉，以做贡物、祭品。我们在案头清供水仙蜡梅自娱，而多年以前，皇帝匍匐天坛，抬眼望到金瓯里的彩色泥巴，会想起什么？这是一个国家向冥冥所能献出的一切——作为大地和大地上国家最为准确的概括。

泥巴是国家生长在体外的心脏。而航海的人，从碧绿的玻璃瓶拿出一块泥巴时，他就有了证据：把自己和乌贼以及玳瑁区别开来。

生命中的泥巴，哪怕多年以来没有水的滋润，早已干如草芥，但在这泥巴中还总能发现神圣手迹：我童年生活的模糊苍茫。现在我们都一尘不染，干净得要死。

——题记

巴黎公社使 20 世纪 70 年代的中国公社在我心目中是一个高唱《国际歌》的地方。我曾有一张有关巴黎公社的彩色画片，那年头，彩色印刷品稀少，除了领袖像，大都黑黑白白。在画片上，我用铅笔打上方格（像邻居美工所做的那样），小心翼翼地临摹着：社员们太多了，以致我失去耐心和内心。有几年暑假，我都在父亲的朋友那里——虎丘山下那个公社——每天晚上都喝稀饭，蚊子飞过粥碗之际，留下酱汁般的鹤影。一表三千里，我喊他表叔。表叔的住宅,屋后河流,房前是个打谷场。夜晚,纳凉的人在这里呼吸着空气中星星的凉水。记得走过桥去,是一片墓地,堆满了集体干草。集体干草之所以堆在墓地,也是防偷防盗的办法,比治保主任和民兵连长还要管用。在公社的夜晚,有一种敬天地畏鬼神的气氛。

我从没在夜晚走过桥去。我也没在夜晚去过河边:村里的妇女都在那里洗澡。拔节吧。抽穗吧。灌浆吧。洗净身体,但好像永远擦不去脚板底下的泥巴。她们又赤脚从打谷场上走过。一只硕大无朋的粉绿蛾子,在湿漉漉的头顶上飞,飞啊飞,它的翅膀像梧桐叶。一只生在20世纪70年代的昆虫,也会关注田头突然响起的高音喇叭:

"社员同志们注意,毛主席教导我们,'提高警惕,保卫祖国',现在,我把明天的天气情况预报一下……"

白天,我和公社里的孩子在墓地里玩,身上涂满泥巴,爬上草垛,让太阳曝晒。现在想来那些涂满泥巴的女孩,真如一长溜摆满货架而没有被打破的瓦罐。

泥巴在阳光里渐干渐硬,我们打赌,看谁先把臂腕上的泥巴刮光,其实是剥,剥自己的皮。我觉得疼,几乎要叫出声来。我们这些大地上的小孩,在意识深处,总想丢下泥巴,升往高处。

无云的高处,泥巴仿佛一架梯子,当我们由此登上的时候,它就落在了公社墙头。

看着垂垂老矣的祖母,我想起与她的两次外出经历。我与祖母有过两次外出经历,都是到铺镇那个地方。她的女儿女婿——我的姑母姑父,在隐蔽于铺镇的军工厂工作。那座厂三面高墙,还有一面临水,不急的流水,据说为汉水支流。我像一颗被钉住的骰子,永远三点:一点在家中,一点在厂区,一点在镇上小学。我"三点式"的铺镇生活,于是,我被三种语言领进糕饼店。家里:苏州话的云片糕;厂区:普通话的煎饼;而在学校,我不得不吞下铺镇方言,一些或冷或热的油馍。

方言是最初的泥巴,像婴儿身上的胎记。但铺镇方言对我而言,却是石块。一些石块。若有若无的,我受到另一种方言伤害:为与同学融洽,我操起他们的话来了;课间,我与另一位苏州同学用苏白交谈,他们就在一旁笑,一旁跳,并学鸭子呱呱叫。他们把我们喊作"鸭子"——针对我们的方言发音。现在我以为他们抓住了特点。

我想方言是会引起战争的,小范围内就是打架。这是为泥巴的战争。在铺镇小学里我使用苏白,就像收复失地。

外地生活产生"遍插茱萸少一人"的异客,异客无非是到了目的地的旅行者。旅行:一种丢失泥巴的行为。而类似旅行的写作——就是在不断找回最初的泥巴。方言形成思维,是到罗马最近的道路。没有方言的城市,必定是被制造出来的城市,像这个铺镇上的军工厂终于制造出一架军用运输机。

那天,我们都爬到厂区楼顶看它试飞:它挺着一个黄色的大肚皮,像从厂门口走过来的穿着旧军装的人。

再回到刚才话题,其实也是老话题:地方性是民族性的保证,方言思维又是地方性的证据。仿佛航海的人,从碧绿的玻璃瓶拿出一块泥巴。也就是说,在地球村里,每个国家都是一句方言而已,都泥巴大的一块。许多事情,和我在铺镇小学里所干的差不多。

我想起,不,应该说还记得另一次旅行。母亲抱我在膝,剥橘子吃。这也是我们母子迄今为止的唯一一次同在旅途。一只蜘蛛降落到母亲肩头,外祖父朝它喷口烟,云里雾里,蜘蛛高高在上地逃亡了。

蜗牛背着房子四处为家,而蜘蛛是扛着梯子的建筑工人,在这个世界的上面走动。

秋风,使他们的肉绛紫了。船舱外,纤夫们光着脊梁。这也是我迄今为止唯一一次见到纤夫。我现在已不记得他们是拉着我们的坐船呢,还是其他船只?到了黎里镇上,已是晚霞如血。其实这不是母亲的故乡,即也不是外祖父的故乡,是外祖父最后的工作地。外祖父渡过黄河之后,是一位地方越迁越小的邮政官。

　　头天晚上,我就发烧、腹泻、布满红斑。怕是水土不服。对我而言,是不服气这里的水土。反正我是结结实实哭闹一夜。一大早,外祖父就去请医生,母亲把我抱到门外,对着河水说:"让我儿子身上的不适掉到河里淹死吧。"

　　母亲常常会异想天开。现在也是如此。我觉得我的想象力,很大部分来自于母系社会。甚至影响到她的孙子。有一次,我儿子对他母亲说:"把你的心事通通扔到河里去,淹死它!"惊人的相像,并没有谁对他说过类似的话。我记得外祖父的屋前有座石塔,是经幢吧。孩子们折了纸飞机,看谁能掷过塔顶。就是经幢,但乡人们都叫它石塔。

　　掷过去,白色的一撇;掉下来,白色的一捺。处处有笔画,人啊,识字了。

　　黎里镇上的医生所开之药,迟迟不见效。外祖母说:"找苏州的土吧。"外祖母就把母亲的布鞋脱去,拔下银簪,先刮掉鞋底上她以为的黎里本地泥巴,接着,凑近一只空碗,精雕细琢般地往里刮她以为的苏州泥巴。刮得轻手轻脚,像是在擦,擦一根受潮的火柴。然后煎汤让我喝下。

　　习俗是民族文化的识字课本,也是对这个民族的心理暗示。对我这个孩子而言……我已忘记是不是产生效果。那一年,我三岁。而现在的我,早已相信,还可能深信:泥巴是我们的药。起码许多草药是从泥巴里长出来的。

下 午 鸡

　　大概已被吃掉了,这一只公鸡。前些日子,我常常听见它叫——在下午一两点钟,先叫上一声,这一声不但响,比开来的火车还长,有时竟能吓我一跳:我想着心事,它一叫,仿佛在我后背猛推一把,咚咚直跳,敲着小鼓。这也是"推敲"故事。公鸡有点像贾岛,不,更像韩愈。公鸡的叫声像韩愈的诗横空出世。韩愈与孟郊,有过联句,关于斗鸡的联句。唐明皇喜欢斗鸡,据说他是属鸡的。张宗子也曾喜欢斗鸡,据说他也是属鸡的。我想想我的朋友,有属鸡否?这都是一种联句,就像我与公鸡——在下午一两点钟,听它叫,看我跳。它先叫上一声,打破僵局,也是先声夺人,看看四边安静,没有反应,就沉默了。沉默一会儿,它又不甘心,就又叫起。这一回声音不响,却是一声连着一声:自言自语着,咕哝咕哝着,有点婆婆妈妈,全无燕赵之气,但有了家常味道。听着这样的鸡叫,不会闻鸡起舞,只想找一个人聊聊天。我独坐陋室,无人可聊,就试着与它说起话来。

我:你为什么早晨不叫,现在叫?
它:知道你睡懒觉,叫也白叫。
我:非要让我听见?
它:逗你呢。我也睡懒觉,起不来。
我:错过早晨,再叫有何意义?
它:不吐不快。
我:你也有不快?
它:我的不快就是不吐。
我:……
它:对一般公鸡而言,叫是歌唱,在早晨叫着,歌唱太阳升起、霞光万里,而我是不一般的公鸡,从不在早晨人云亦云,我只在下午叫,我把这叫看作吐,这个吐不是倾诉,是恶心,是呕吐。在下午呕吐,就是说……
我:什么事让你恶心?
它:过去为一般而恶心,现在为不一般而恶心。
我:你的不一般是不是遗传?
它:那当然。我的曾曾曾祖父是金岳霖喂大的。金岳霖,你知道吗?

这些天来,我没有听见它下午的叫声:大概已被吃掉了,这一只公鸡。不知其肉,是一般滋味呢,还是不一般滋味?
我常常听见它叫,在前些日子——这一年年底。

茉莉花茶

有一扇纸窗，桑皮纸糊的。我见过我所见过的最大一棵桑树，我就在它附近找梓树，没找到。女人烧香踏着宿雨回来，经过桑树下面，脸是绿的。我最爱女人的脸能够绿，或者女人的嘴唇能绿。我讨厌口红。我发明口绿。女人嘴唇是绿的，棱角分明竟然有些桀骜不驯，这很难。我见过一个嘴唇是绿的棱角也有些桀骜不驯的女人，但长着一副猫脸。我很害怕她蜷缩在腹部的爪子。

有一年，我访谈龙先生（还是卢先生？一位研究滇金丝猴的专家），他给我看滇金丝猴照片，大特写，滇金丝猴嘴唇是红的，尤其母猴嘴唇，红的，反正自从我见过母滇金丝猴嘴唇之后，我就觉得女人的红唇算什么啊！有许多还是口红。

不如口绿——滇金丝猴爱吃松萝，吃得再多，它们的嘴唇也不会绿，因为它们的嘴唇太红了。我觉得龙先生（还是卢先生？）近来的长相也像滇金丝猴，我有意要看他更早年的照片，有点像国宝，他以前是研究熊猫的。以前，我的邻居养了一条狗，他与狗越长越像，说得不含糊，就是他越长越像他养的狗，我问他为什么不是狗越长越像他，他说，那怎么行，我家宝宝多漂亮。有一天他从门缝里探出头向我打招呼，我六楼一直下到底楼后还没明白，老张家的狗什么时候会说人话了。你看老张和他的狗长得有多像。

老何邻居，一个嫁给台湾男人的苏州或苏州郊区女人，做太太了，生下的孩子也能用调羹吃饭了。调羹，这名字多好，能看到握调羹的手，手指甲上涂点粉红的指甲油。指甲不能绿，指甲一绿，就像大葱一样贱卖。现在多把调羹直呼勺子，或者为和大勺子区别，不乏精确地称之为小勺子。

苏州或苏州郊区女人常常爱嫁台湾男人，上海或上海郊区女人常常爱嫁欧美男人。一天我在饭桌上听人这么说，语调似乎有种等级，我正琢磨着，对面一人喘口气，他说，欧美女人常常爱嫁北京男人,咱们牛×。他大概是北京人了,听口音又像合肥人。我想欧美女人爱嫁北京男人和你这个合肥人有什么关系?瞎掺和什么啊。后来想想,北京真是首都,它能让来北京的外地人都觉得自己是北京人,它能让真正的北京人都觉得自己是国家主人翁。老何邻居,一个嫁给台湾男人的苏州或苏州郊区女人,等生下的孩子也能用调羹吃饭,不用她太操心之际,就养了二十几条狗。昨天我看看她像这条狗,明天我看看她像那条狗,她长乱了。

人宠爱什么,就会像他宠爱的东西——止不住的像。水墨画家越长越像他的毛笔,干时蓬蓬,一吃墨,就又脑袋削尖;油画家大都长得像是挤破的锡管。但也有几个水墨画家和油画家长得不分彼此,细看之下,发现他们长得都像钱,当然,还有些区别,有的更像美元,有的更像人民币。

有一扇纸窗,桑皮纸糊的。如果我有一扇桑皮纸糊的纸窗,我就请画灶头的根生在纸窗上画出花花绿绿的树、鱼、公鸡、凤凰、牡丹,花花绿绿得让那些抒情诗人看不懂,别以为他们已经看懂里尔克、瓦雷里或者但丁,就能看懂根生手笔。

有个记者采访著名诗人,记者把“但丁”写成“蛋钉”,是不是想吃“门钉”,这很好。“门钉”是我前几年爱吃的一种肉饼,名“门钉肉饼”。

有一扇纸窗,桑皮纸糊的,上面画出花花绿绿的树、鱼、公鸡、凤凰、牡丹,我就在纸窗下喝茉莉花茶。我是不爱喝茉莉花茶的,在画出花花绿绿的树、鱼、公鸡、凤凰、牡丹的桑皮纸糊的纸窗下,我才喝茉莉花茶。我没有画出花花绿绿的树、鱼、公鸡、凤凰、牡丹的桑皮纸糊的纸窗,而以画灶头为生的根生,也已死去多年。他是苏州虎丘乡人,享年六十三岁。

虎丘乡产茉莉花,现在也不产了,花农一是地少,二是挣不到钱。要发大财,要发大水,身前身后,越长越像。

全是闲笔

我写作，当然有想法，有山水。最为根本一点，也是谋生。正是在这一点上，我对写作充满感恩。所以我写这么多，像俗话所说，回报。

感恩是一种病，我一天不写些东西，全身难过。写作过程就是我的服药之际，膏丸丹散，各式俱全。从谋生出发，慢慢地有了想法和山水。觉得其中境界不仅仅是要活下去，还要活得好。活下去是谋生，活得好是想法。那么山水呢？气象，雄心，不一而足。

只是这全是闲笔。

一眨眼，我就四十四岁，全是闲笔，全是闲笔而已。

那日我在湖边，湖水蓝如烟，它会冲淡，它会消失的。身后是个菜园子，种着萝卜青菜。暮冬早春的青菜甘甜绵软，因为水气少。水是能淡不能浓的尤物。刚才我到湖边小路，看到几个稻草垛，同行的说，再不看就看不到了。一个小孩骑在木马上，摇啊摇，摇倒青梅，再摇倒碧桃。他穿着红棉袄，瘦小的身体像一串鞭炮，怪哉，我怎么会觉得穿红棉袄的小孩会像一串鞭炮挂在那里噼里啪啦响。再不看就看不到了，看什么。

此刻田野寂静，大人们过年过累，只有小孩还保持着精力。

也是疲倦的，我们几个出来聚餐，阳光很好哦，湖水蓝如烟，也是疲倦的。

去年下半年，我迷恋小品写作。也就是说，我写这么多年小品，我在去年下半年才想知道小品到底是怎么一回事。有时候我觉得小品是浓缩的一篇散文，有时候我觉得小品是放大的一首诗歌，有时候我觉得小品是在散文与诗歌之间的一个凉亭，风过去，雨过去，心情留下来。有时候我觉得小品是在散文与诗歌这山水之间的一个凉亭，大江纵横，群峰纵横，日光纵横，月色纵横，草木纵横，众生纵横……凉亭翼然，飘飘欲仙。

好的小品都有一股子仙气。也不是如此。前几天我写《喝杨梅酒的青年之七》，想写组诗，像画家不停地画静物，训练一座石膏像和几只苹果。《喝杨梅酒的青年之七》最后一句：有昨日的人才有美。

我想到这句诗，突然对小品有肌肤相亲之感。小品到底是怎么一回事，像我写诗二三十年，若要谈诗，从何谈起！我只能说写作即意会，有点搪塞，有点拮据，或许也正如此，如此才能写作，写下去。人要活下去也不是先弄明白活再活下去的，常常弄明白活却活不下去了。一个写作者，写作过程中游刃有余，而一旦谈论起写作又捉襟见肘，我相信这是好写作者。口若悬河滴水不漏谈论写作的写作者，我一方面很是敬仰，另一方面我也会走神。格言并不能解放人类——写作只是解放人类想象力的最大努力。

菜园子的草棚檐下挂着咸鸡咸肉咸鱼，日子过得不错。我老觉得他们过得比我好，这是我的豁达大度之处。

吃扁豆的习惯

一个人的饮食习惯像一个国家的文学习惯，是很难理解的。美国人喜欢的《红字》作者霍桑，只是个二流作家，情节上矫揉造作，漏洞多得像漏勺，美国人就是喜欢霍桑。爱伦·坡当然是天才，美国人并不喜欢他，与其说是不喜欢，还不如说是不信任。因为爱伦·坡的作品中没有霍桑的本土关怀，更多的是异国风情（老车注：对，就像我在北京街头见到西餐馆这类的异国风情，总是缺乏信任感）。

毛姆这么说。

饮食习惯中的很大部分划给了本土关怀，毛泽东身在怀仁堂，放眼的还是辣子和红烧肉。他在陕北多年，并没有爱上酸菜和油馍；他在北京这么多年，也没有爱上豆汁和"驴打滚"。

"驴打滚"，一种北京小吃。

本土关怀，作为饮食习惯中的世界观与地方性，是极其狭窄的，酸菜和油馍，豆汁和“驴打滚”，对毛泽东而言，就是“异国”风情了。而欧洲人为了表达他们文化的开放性，不远千里来到中国，在饭店里喝汤，也坚持要用筷子。对异国风情的迷恋或者爱好，或许是优越感的曲折表现。

罗兰·巴特说：“筷子在他们手里是飞翔的翅膀，到了欧洲人手里，无疑是拐杖，凄凉的是——还是双拐。但我宁愿拄它，比起刀啊叉啊这种屠杀的感觉，还是好。”

一个国家的文学习惯像一个人的饮食习惯，毛姆这么说。

（在散文里）毛姆说得很好，他本人的小说却不怎么样。他迫于压力或者是为自己辩白，他开始和多数人一起抬举契诃夫。我也是喜欢契诃夫的，我认为短篇小说在契诃夫之后，只有短篇，而没有小说了。现在多数人一起抬举博尔赫斯的短篇小说，我也是喜欢博尔赫斯的，但我还是更同意纳博科夫那句话“博尔赫斯——南美的一个小品文作家”，在纳博科夫那里，或许是轻视；而在我看来，真是独具慧眼，其中有纳博科夫对异国风情的拒绝，所以他长得也像一块红烧肉。

我准备写一篇有关扁豆的小品文，不料写到文学。我在准备扁豆素材的时候，突然想起契诃夫有个小说，他写他看到十几个中国人在一起吃扁豆，有一个人一定要把扁豆横着搛起后，才吃。像一艘船嘟嘟嘟地开进嘴里。

我不知道扁豆在扁豆学中如何划分，我只根据我的眼睛来区别扁豆。

紫色的，我叫紫扁豆。绿色的，我叫绿扁豆。粉色的，我叫粉扁豆。青色的，我叫青扁豆。红色的，我叫红扁豆。我有时候会把青扁豆和绿扁豆搞混。我从来没有把紫扁豆和红扁豆搞混过。白色的，我叫白扁豆。黑色的，我叫黑扁豆。

我喜欢紫扁豆。

叶子落下，黑扁豆爬满粉墙，“愿爱与慈悲/阖上它双眼”（乔伊斯《咏扁豆》）。乔伊斯不能用它来煮扁豆汤了。

我不论清炒扁豆还是红烧扁豆，都要放姜，一放放不少，否则我会觉得腥气(在蔬菜之中我觉得扁豆是最接近鸡鸭鱼蛋的植物,还有茄子,还有鱼腥草……),这是我吃扁豆的习惯。

(原载《黄河文学》2015 年第 1 期)

我的阿尔维德·法尔克式的生活

余　华

　　我最早读到的斯特林堡作品,是他的《红房间》,张道文先生翻译的中文版。那是 1983 年和 1984 年之间,二十多年过去了,有关《红房间》的阅读记忆虽然遥远,可是仍然清晰。斯特林堡对人物和场景的夸张描写令我吃惊,他是用夸张的方式将笔触深入社会和人的骨髓之中。有些作家的叙述一旦夸张就会不着边际,斯特林堡的夸张让他的叙述变得更加锋利,直刺要害之处。从此以后,我知道了有一位伟大的作家名叫斯特林堡。

　　当时我正在经历着和《红房间》里某些描写类似的生活,阿尔维德·法尔克拿着他的诗稿小心翼翼地去拜访出版界巨人史密斯,很像我在 1983 年 11 月跳上火车去北京为一家文学刊物改稿的情景,我和法尔克一样胆战心惊。不同的是,史密斯是一个独断专行的恶棍,而北京的文学刊物的主编是一位和善的好人。史密斯对法尔克的诗稿不屑一顾,一把拿过来压在屁股底下就不管了,强行要求法尔克去写他布置的选题,法尔克因为天生的胆怯屈从了史密斯的无理要求。屈从是很多年轻作家开始时的选择,我也一样。我的屈从和法尔克不一样,我是为了发表作品。

　　我至今难忘斯特林堡的一段经典叙述。法尔克从史密斯那里回家后,开始为那个恶棍写作关于乌尔丽卡·埃烈乌努拉的书,法尔克对这本书一点兴趣都没有,可是胆怯的性格和家传的祖训"什么工作都值得尊重",促使法尔克必须写满十五页,斯特林堡几乎是用机械的方式叙述了法尔克如何绞尽脑汁去拼凑这要命的十五页。与乌尔丽卡·埃烈乌努拉有关的不到三页，在剩下的十三页里，法尔克用评价的方式写了一页，他贬低了她，又把枢密院写了一页，接下去又写了另外的人，最后也只能拼凑到七页半。这段叙述之所以让我二十多年难以忘记，是因为斯特林堡在不长的篇幅里，把一个年轻作家无名时写作的艰辛表达得淋漓尽致。我读到这个段落的时候，自己也在苦苦地写些应景小说，目的就是为了发表，那个时代我还不能按照自己的意愿写作。了不起的是，斯特林堡几乎是用会计算账似的呆板完成了叙述，而我读到的却是浮想联翩似的丰富。斯特林堡的伟大就在这里，需要优美的时候，斯特林堡是一个诗人；需要粗俗的时候，斯特林堡是一个工人；需要呆板的时候，斯特林堡就是一个戴着深度近视眼镜的会计师……然后他写下了众声喧哗的《红房间》。

法尔克竭尽全力也只是拼凑了七页半，还有七页半的空白在虎视眈眈地看着他。这时候斯特林堡的叙述灵活而柔软了，可怜的法尔克实在写不下去了，他"心如刀绞，难过异常"，思想变得阴暗，房子很不舒服，身体也很不舒服，他怀疑自己是不是饿了，不安地摸出全部的钱，总共三十五厄尔，不够吃一顿午饭。在法尔克饿得死去活来的时候，斯特林堡不失时机地描写了附近军营和隔壁邻居准备吃饭的情景，让法尔克的眼睛从窗户望出去，看到所有的烟囱都在冒着煮饭的烟，连船都响起了午饭的钟声；让法尔克的耳朵听到了邻居刀叉的响声和饭前的祈祷。然后斯特林堡给了法尔克精神的高尚，法尔克在饥饿的绝境里做出了令人赞叹的选择，他将全部的钱（三十五厄尔）给了信差，退回了出版界恶棍史密斯强加给他的写作。"法尔克松了一口气，躺在了沙发上"，所有的不舒服，包括饥饿，一下子都没有了。

斯特林堡的这一笔在二十多年前让我震撼，至今影响着我。我那时候对为了发表的写作彻底厌倦了，这样的写作必须去追随当时的文学时尚，就像法尔克写作乌尔丽卡·埃烈乌努拉的故事一样，我也经受了心理的煎熬，接着是生理的煎熬，一切都变得越来越不舒服，我觉得自己的一切都走进了死胡同。然后与法尔克相似的情景出现了，某一天早晨我起床后坐在桌前，继续写作那篇让我厌倦的小说时，我突然扔掉了手里的笔，我告诉自己从此以后再也不写这些鬼东西了，我要按照自己内心的需要写作了，哪怕不再发表也在所不惜。接下去我激动地走上了大街，小小的屋子已经盛不下我的激动了，我需要走在宽阔的世界里，那一刻我觉得自己重生了。

《红房间》第一章里有关法尔克去"公务员薪俸发放总署"寻找工作的描写，是我和几个朋友当时最喜欢的段落。这个庞大的官僚机构里，门卫就有九个，只有两个趴在桌上看报纸，另外七个各有不在的原因，其中有一个上厕所了，这个人上厕所需要一天的时间。总署里面的办公室大大小小多得让人目不暇接，都是空空荡荡的，那些公职人员要到十二点的时候才会陆续来到。寻找工作的法尔克来到了署长办公室，他想进去看看，被门卫紧张地制止了，门卫让他别出声，法尔克以为署长在睡觉。其实署长根本不在里面，门卫告诉法尔克，署长不按铃，谁也不许进去。门卫在这里工作一年多了，从来没有听见署长按过铃。

我当时因为发表了几篇小说，终于告别了五年的牙医工作，去文化馆上班了。文化馆的职员整天在大街上游荡，所以我第一天上班时故意迟到了两个小时，没想到我竟然是第一个来上班的。然后我去一家国有工厂看望一位朋友，上班时间车间里的机器竟然全关着，所有的工人都坐在地上打牌。我对朋友说："你的工作真是舒服。"朋友回答："你的也一样，上班的时候跑到我这里来了。"

我第一次阅读《红房间》的时候，中国的出版市场还没有真正形成，也没有证券市场。出版界巨人史密斯无中生有地编造谎言捧红了古斯塔夫·舍霍尔姆，一个三流也算不上的作家，这个段落让我十分陌生，让我感到陌生的还有特利顿保险公司的骗局，当时我万分惊讶，心想世上还有这样的事。

我第二次阅读《红房间》已经时隔二十多年，四天前拿到李之义先生翻译的《斯特林堡文集》。一般阅读外国小说都会遇到障碍，李先生的译文朴素精确，我阅读时一点障碍都没有。我重读了《红房间》，又读了四个短篇小说，还有《古斯塔夫·瓦萨》，斯特林堡这个剧本里的戏剧时间，紧凑得让我喘不过气来，而且激动人心。现在当我重温二十多年前的阅读，写下这篇短文的时候，觉得自己仿佛成为了斯特林堡《半张纸》中的那个房客，这个要搬家的年轻人在电话机旁发现了半张纸，上面有着不同的笔迹和不同的记载，年轻人拿在手里看着，在两分钟内经历了生命中两年的时间。

　　我花了两天时间重读了《红房间》，勾起了自己二十多年来有关阅读和生活的回忆，甜蜜又感伤。过去的生活已经一去不返，过去的阅读却是历久弥新。二十多年来我在阅读那些伟大作品的时候，总是在不同时代、不同国家、不同语言的作家那里，读到自己的感受，甚至是自己的生活。假如文学中真的存在某些神秘的力量，我想可能就是这些。

　　我想到了另外的一个话题，别林斯基在评价托尔斯泰时，说《安娜·卡列尼娜》里的每一个人物都是托尔斯泰。别林斯基说出了什么是人的内心，那地方不是为了安放隐私，那是世界上最宽广的地方。内心的宽广让托尔斯泰写下了这么多不同的人和这么多不同的命运。与此相反，那些热衷于描述自己隐私的，其实不是在表达自己的内心，是在表达自己的内分泌。一个作家一生写下了众多的人物，这些人物可能都是他自己。当他离世而去后，"我们应该从他身上看到还在的人"。

（原载 2015 年 2 月 12 日《文汇报》）

冬雪覆盖着吐哈盆地

丁　燕

一

一个黝黑的南方男人艰涩地说："我从来没有见过雪。"

我记住了那种声调：因为焦灼，几近颤抖；因为羞涩，尽力克制。

那个瞬间令我愣怔——透过火车车厢的玻璃窗，看到纵横交错、如文身般紧扣于黄土地的积雪，它们如此肆虐，令我难以置信；它们如此庞大，更令我惊诧。强烈的风暴先于我的视线已光顾过这片凹陷之地；等我来到时，这里只是一片冷热交战后的废墟残骸。当我带着一双从未见过雪的眸子，第一次打量那从天空降落而下的细琐面粉时，不禁迷惑：它们何以只恩赐北方，而不爱南方？

我出生在落雪的日子，但现在，雪让我战栗，如正发生一场地震。我紧紧地盯着雪，那雪变得像火，像暗暗涌流的汁液，像蛾子翅膀上的粉末。走在雪地中，白天和黑夜将变得一样，方向感也会丧失掉，某种尖锐凝滞空中，让阳光都失去血色，变得银白；在雪野里，声音无法传递到远处，只聚集在人的嘴边，成为一团哈气。

在海边行走，在森林里漫步，都和在雪地里走路不同。

在雪地上，因为要小心地保持身体平衡，人的心理状态和身

104

体状态要完全融合,造成一种几乎无法忍受的压迫之感。四周都是白。白、白、白。白到了舌尖,咽不下,吐不出。

二

这场下在农历大年三十夜晚的雪,却像专门来迎接我。

天黑透了,路灯黄亮,片片雪花坠落,松散如扬场时飞起的秕谷。这个时节的雪花,只有米粒大,而隆冬时,可大如指甲盖。

我们是吃了年夜饭后,推门而出,站在路灯下放爆竹烟花时,才发现下雪了。烟花四射着散开,在半空炸出红绿蓝黄,突然看到,点点细碎银屑,正扑簌簌坠落。啊,烟花将雪片染成不同颜色,像一条巨大的长龙,在瞬间光亮中,只凸显出了一小部分。世界到底发生了什么?如果我没有看见这些彩色雪花,如果我没有感到皮肤滚烫,那么此时此刻,是不是从未曾存在?

深夜开车回家,将速度放得很低,路面不似落雪后已凝结成冰,此刻还在坠落的雪,让地面浮肿,虚腾腾,看不出高低,要格外留神。有辆车停了下来,一对男女,手拿鞭炮,点燃了,朝空中扔。他们玩得兴冲冲,像突然被释放的囚犯。这种戏耍的冲动,是雪带来的。

一夜间,雪将整个大地上所有的堡垒,逐个攻破,从上到下,从左到右(包括土屋陋室,包括羊圈猪圈),都被精心装饰,恍如宫殿。而这条雪路,非常奇特:侧旁延展开去的大条田,像白色大鸟的翅膀;起伏滚动的土地,像凝固海浪,一直澎湃到天边。我小时候学过"瑞雪兆丰年",并不理解,现在,暗暗欢喜,心跳怦怦。雪像从天而降的白色血液,迅速被吸墨纸吸干,让地面变得热气腾腾。雪落时有声音,沙沙,沙沙,好像空气里有牙齿,但这声音很快归于寂静,加上黑夜,便真的有"万籁俱寂"之感。

大年初一早晨,哈密城的色调变成灰白:天空灰白、街道灰白、楼房灰白。落雪后,要即刻清扫,否则,车辆打滑,行人泥泞,故而清晨时分,看到街边已有人在扫雪。铁锹、铁爬犁、扫把,正在向着雪刬去、推去、扫去。驶来辆卡车,让丁丁尖叫:黄色车身拖着车兜,车头前,安装着巨大的扫把,垂悬而下,是束束黄织物;又来了辆车:像个拖拉机车头,前后四个高大轮子,司机坐在凸起的驾驶室中,长方形大铲架在轮子中间。

昨夜还是美景的雪,此刻,彻底沦为垃圾。

啊,雪的命运,翻云覆雨,惊骇跌宕。雪像标点符号中的顿号,让天地在运转中,有了喘息的机会。雪是一种粉饰。被雪覆盖的街道,车辙和脚印都格外明显。雪路让人喜悦,而雨路让人忧愁。雪落在公园的椅子上,木条蓬松,成狭长棉絮。雪落在树林里,那种整体被切散的凌乱,最能引发复杂想象。雪自上而下,树自下而上,两种事物交集后,又分道扬镳。

我略感遗憾:现在的春节并不寒冷。

记忆中小时候的春节,必要戴帽子、手套、口罩,只留下眼睛一道缝,才能到户外。现在,裸着手,裸着脑袋,裸着脖颈,毫无障碍地行走,身体平稳老练,不像幼兽般哆嗦战栗,而高悬头顶的那块冰,崩裂了,坍塌了,倒空了。全球变暖是个可怕预言,新疆哈密,亦不可避免。春节如此温暖,对人体自然更舒适,但对动植物,却显然更糟。想到有一天,这原本属于托尔斯泰、阿赫玛托娃的雪,将变成游乐场,不再为人类提供洁白、孤独、浩大的沉思场时,不觉伤感。

然而很快,我便亢奋起来。

我们的车来到了郊外。乡村的空气畅通无阻,生气勃勃,不像市区那般凝滞。肺开始扩张,眼睛也明亮起来,毛孔像小小风口,接连打开。空旷而突兀的雪野,在晨光下,反射着锋利尖锐的银光。我们的车顺着一条雪路向前,完全没有目的,只是向前走。看到户农家小院后,便停下了车。土坯垒砌的房子,墙修得歪歪扭扭,墙头上架着柴,红砖大门上贴着对联,红底黑字描金边。院门敞开,院里有三间平房,院子正中撑起三根红砖立柱,将葡萄架撑起。有辆小四轮摩托车。铲草的大铁叉,闪着银光,倚靠在门板上。

院门外有个羊圈,用白杨木棍搭起,顶棚上堆着麦草,五头羊正在吃草。女主人是个黑脸大妈,推着自行车要出门,见我们围着羊圈,便伸手一指,说有只小羊,是昨晚出生的! 果然,看到了一只母羊,大肚腩,灰白毛发,褐色脑袋和蹄子,身旁跟着只小羊,浑身皆为褐色,毛发细卷,肚腩小,尾部紧凑。这只小羊引得孩子无限怜爱。他不断从草堆里捧起干草,丢给它,希望它快吃。

孩子用脚去碾雪,又坐在雪堆上,伸出手指做 V 状。他用手捧起雪,在掌心里捏出个长条,像饺子。他凝视那些白色晶体,兀自抿嘴笑,像某种幸福,正很具体地通过手掌,传导进他的心脏。然而很快,他像被火烫了般,甩掉雪块,跳脚大喊:"太冷了。"

戴上手套团雪球,是个好主意:雪球越团越大,像个大馒头。他举着两个雪球上了车,可很快,又沮丧起来。车里温度太高,雪球开始融化,越变越小,急得他眼泪喷涌。

"救救雪球啊?!"

只有一个办法。

什么? 把雪球从窗户里扔出去,让它回到野地里,等夏天它变成水,蒸发到天上,再变成雨,滴落下来。而孩子的痛苦是:"我不知道哪一滴雨,是我的这个雪球蒸发的水啊!"

最终,雪球被丢了出去,而他,许久都没有笑。

这个冬日里我所见到的雪,都是雪的标本,它们的浓度都大大降低。我期待的雪天,要更寒冷,嘴里喷着白气团,棉鞋冻成冰疙瘩,手指在棉手套里伸不展,睫毛上刷了层白粉,每呼吸一次,就像有把刀尖塞入胸腔,要慢慢地,极有耐心地,将那些利刃暖化后,再轻轻推送出去。岭南山顶常年不变的绿,将原本顽健的人,豢养成儿童,而真正的英雄,一定生在冰天雪地间。

三

傍晚时分,我走进位于大十字的小市场。

馕是热的,好吃,但价格从过去的五角升至两块;凉皮是美味的,汁液浓稠,青菜点缀,六元,并不便宜;烤羊肉串,三元,嚼在嘴里,粗糙而无香味。不同模样的烤肉炉映入眼帘:最简陋的是长条状,右侧凸起圆洞(为放茶壶);豪华的,罩子像个小宫殿,重叠两层,顶端加了茶壶状烟囱,炉壁古铜色,底部两侧饰有花纹。豪华烤炉的主人说一串四元的,才是真羊肉,三元的,是牛肉。我回去质问头先那个卖烤肉的,他振振有词辩解:"羊肉切起来麻烦。"胡扯:明明是羊肉贵。

听说超市里有卖平价羊肉,我们兴冲冲早晨九点半赶到,排队半小时后进入,疯子般冲向柜台,却发现,肉虽便宜,但不能挑,而且,还要搭上一堆骨头,真是"买家哪有卖家精"!

路过"盐池羊肉",我驻足。听说所谓盐池羊肉,不过是个统称,大抵能保证都是哈密出产的羊肉,但到底是否出自盐池,便不可知。听说屠夫在市场里卖牛肉,在肉下放双没有剃毛的牛蹄,或在肉的臀部,插根毛茸茸的牛尾巴,但所卖之肉是骆驼肉。想吃真正的烤羊肉串,办法是:到卖羊肉的摊位前买条羊腿,让卖烤肉的当面切成块,串在扦子上,烤熟吃。

有个招牌很扎眼,写着"特色鸡烤肉""特色背肝烤肉""腰杆子烤肉""排骨烤肉"等,结尾处,补充了两行:"各种热菜""各种凉菜"。显然,"烤肉"是这里当之无愧的主角,其余菜肴,无论热凉,皆为陪衬。这种饮食习惯,和新疆畜牧业发达有关。

我在岭南居住的樟木头,是个客家镇,街上餐厅,多以客家菜为主,无论咸菜焖猪肉或客家酿豆腐,都油大盐重,但却不辣,很适合下饭(客家人无论男女,皆要下田劳动);而五指毛桃汤或排骨板栗汤,则餐餐不缺。南方天气燥热,吃饭必要喝汤。请客是否心诚,不看点了什么菜,而要看点了什么汤。有时候,我们穿街走巷,到邻镇去吃饭,只为那里有靓汤。

看到"正宗韩国摇滚烧鸡",令我忍俊不禁。仔细盯视那鸡:串在铁扦上,体型比鸽子稍大点,焦黄发黑。不知道它将如何"摇滚"。在"吐尔迪家常饭馆"的牌匾旁,又挂了个"补充牌匾",标明本店经营:"鸡蛋面、馄饨、烤包子、肉馕";而在樟木头塑胶市场,一个挨一个的店铺门牌,不是"黑色母",就是各种艰涩难懂的名字,让非专业人士如坠云雾。

炉灶上的笼屉冒着白烟，老板三十来岁，是个粗脖子、雄赳赳的汉子。尽管天气严寒刺骨，但他却没有穿棉衣，只套了件灰白红横道长袖 T 恤。袖子往上卷着，棕褐色的胳膊光到胳膊肘，正将油塔子（一种用油面蒸出的圆饼）装在塑料袋中。他的肤色、眼珠等无一不是深颜色的，眼睛长得很好，两眼之间的距离宽窄合适，眉毛浓密，下颌坚毅，像个古战场上的武士。

他面前的摊位上，堆着肉馕（像饼子，但更厚，内里裹着碎肉葱末，烤制而出）、烤包子（拳头大，圆形，将一团剁碎的肉末包裹其内，烤制而成）。昏黄的阳光下，这些表皮发焦的面食，被红底白花的单子盖住半边，裸在外的两排，愈发显得亮灿灿。我忍不住，买了个烤包子，一吃，便停住脚步——和在南疆和田巴扎上吃到的那种喷香羊肉味，大相径庭，不觉再次愕然。但我却无法回头，像质问卖烤羊肉串的人那样，去质问他。因为，没有人规定，烤包子，必定就是烤羊肉包子。

推开化妆店的门，内里是硕大的镜子、高背软椅、各类化妆包，干净整洁，赏心悦目。维吾尔族女店主叫古丽，二十三岁，和姐姐合伙开这个店已五年。她烫着头鬈发，染成棕色，丝丝缕缕的碎发，翘在脸颊旁。她有些丰腴，但并不臃肿，反而展现出一种不折不扣的青春美：面部光滑，没有一丝皱褶，即便微笑时，也光洁润滑。她的眼睛大而沉静，眼神好奇而友善，汉语流利，对待客人的提问，很有耐心。

屋里立着三个模特，穿的是欧式纱裙（白色、青色、大红色；顶部有头纱）。据古丽介绍，这样的礼服，租一天的价格从两千元至一千元不等（不仅有新娘纱裙，还包括伴娘的）。新娘妆一次两百元，而日常普通妆，一次五十元。我说有些贵。在樟木头，化妆店里的一次日常妆，不过十五元。但那里的化妆对象，多以酒店女为主。

"我们维吾尔族人的妆要化得浓一些，和你们不同，所以嘛，收费要贵一些。"古丽打开化妆包让我看，包内的瓶瓶罐罐，是我从未听说过的牌子，上面的文字，弯弯曲曲，不是汉语，也不是英文。我知道北疆伊犁的女孩子，常用从俄罗斯、哈萨克斯坦进口的化妆品,但这些物件到底来自哪里,我不好多问,怕古丽认为我在打听商业秘密,只好作罢。

有个招牌很特别:硕大牌匾,没有文字,远景是雪山下的草原,毡房点点,中景是穿着白色纱裙、戴猫头鹰羽毛装饰的帽子、正在舞蹈的少女,而男子则穿着红色宽松袖、胸口处饰有花边的衬衫,黑裤,黑靴,双肩抖动着舞蹈;近景是老年男子骑马而来,手举雄鹰,流露出彪悍天性;戴白色围巾的老太太,端坐马上,神态安详。侧旁有两个青年男子,穿紧身马甲,驰骋在马背上,在玩叼羊。

在这个画面的最左侧,站着个年轻人,长发卷曲,黑夹克牛仔裤,举着摄像机,用镜头,将远景、中景、近景,全都摄取进来。

这"皇迪亚尔快餐"的招牌很素朴,红底蓝字,但在右侧,竖立起一个清真寺,高耸的塔尖上,是一弯新月。也许这弯新月,便是哈密和樟木头迥然不同的地方。

走出市场,暮色已深;再次回头,这个由二层小楼相对而成的小市场,被浓重的夕阳涂抹成油画。这个小市场在我童年时,是哈密的市中心,母亲曾携我在这里卖过父亲编织的笤帚和柳条筐,如今,当我一人独自走过,感觉我的目光,和那个扛摄像机的男子一样,正在努力挽留着我所看到的一切。

也许这是真的:当我们没有记录,我们的全部记忆,都会像季节河那般,往前奔流时,会被炽烈的太阳全部蒸发掉。

四

每当煎熬在岭南漫长的炎夏时,我都无限想念家乡的冬雪。

当我还是少女,生活在这座阳光小城时,我不能想象有一天,我对这里的冰川,这里的冬雪,抱有越来越深的、无以排解的歉意;我也不知道,我的生命将因诞生在此地而蒙获终身享用不尽的恩泽;我更不知道,在蒙获故乡的抚慰和关怀时,我会如此反复地书写这个小城。当我的文字还在试图挽留着什么时,其实,我已经彻底失去了它,我的故乡。我唯一能做的,是将我所看到的鲜活细节记录下来。

　　哈密,这座位于吐哈盆地上的小城,是我从小就热爱的城市。在这个冬天的寂静里,它像独属于我的那份遗产,轻易地敞开内里,接纳我的回归。在故乡,我重温了那挂在嘴唇边的淡雾,那清新凛冽的空气,那将腐烂速冻住的力量。不,我并非一下就懂得了它们的魅力。是在反反复复的归乡之路上,我慢慢领悟而出的。

　　冬雪覆盖着吐哈盆地,覆盖着郊区那座有葡萄架的小院,覆盖着那间能看得见苹果树的小屋,覆盖着一个少女的美梦。冬雪将破碎的人生黏合起来,那么苦痛,那么庄重,那么高傲!

（原载《芙蓉》2015 年第 2 期）

老 母 土

杨　沐

　　12 月，从父母家回海南，母亲要把一盆茂盛的米兰送给我。江南人喜欢朵小颜色浅的花，花不着眼香气隽永。我移居海南二十年，这种花已移出日常生活，每次看到都是在母亲这里，每次都想起旧事感叹一番。这次母亲执意要送给我，我也想从父母那里接手一些活的东西。我知道，那场痛恸的告别终会来到，届时，我希望有一些活泼的生命转交到我手上。米兰从盆里刨出时掐头三分之一，但根部要尽量多留，母亲边帮忙边说："要多带点儿老母土!"这是我第一次听到这词。我已经忽略从父母那里学词儿，我从书本里网络上儿子嘴里学新词，却忘了父母嘴里那些千锤百炼的词汇。这个"老母土"，像拔出的植物带出的土壤，我的内心肤发呼地暄热。泥土味儿，产血味儿，奶汁味儿，蜂拥而至。我蓦然撞见，这个词指向我的精神脐带：母亲、祖母、外婆。年轻时我们总是反抗，自以为是家族里独一无二的那一个。人到中年才蓦然明白：血缘和基因已经在受精前存在了，我们不过是把某个源远流长的谱系延长罢了——我需要厘清的"老母土"首先是女性的，算是对自己性别做的、可能表现过激的力争。

壹

　　在我空间寥廓、时间促狭的童年，我所知道的长辈和亲戚都是母系这边的,大凡因为那里能提供充足的"奶水"和"资产阶级"般的欢乐。在生命最初的七年,每当有人问你有奶奶吗?我都会像小大人似的不耐烦地说:"我奶奶已经死了。"有时还会加上一句:"在我出生前就死了。"我那位浪漫的大而化之的母亲说到远在江南的公婆,就是一副防止对方扫荡的坚壁清野的神情。我也学会了这种口气,一副别想在我这里听到什么消息的小大人样儿,这样子,曾在外婆的客厅里,引来姨妈舅舅们的哄笑。我的父亲,似乎也不提自己的父母。这就给我个印象,也就是,在我出生前,自己跟那个巨大阴影没什么瓜葛,我撇得干干净净,它湿溜溜霉乎乎的藤蔓不会爬到我身上。事实上,祖父母很少被我们提及,还有藏在吴江市的那个大宅子就像一个大地雷,随时都可能爆炸,殃及我们。避开的方式就是从不提它,也不来往,像电影里的地雷一样,再用点儿草把它伪装起来。我们在外面不提,在家里也不提。母亲偶尔跟娘家人说起也是用上海话,有时用英语。这种警惕,让我从小就学会紧闭嘴巴,坚壁清野。

我第一次看到祖母的照片是在七岁。家里有许多钉死封存的东西,在一个春光眩晃的日子,趁着家里晒衣服,我把其中一个纸包偷出来,于是,我看到了两个有别于现实生活的人:一个是穿长衫拿折扇的旧式文人;他旁边是个梳着髻儿的、披着流苏披肩的女子。他们在行走。女子不看我们,要径直走出画面似的。我为这长脖颈的、素洁的女子惊着了,这人收得太紧了,紧得都光艳了,像瓷一样,像薄玉一般。她不看你,随时准备从你身旁走开,也似乎准备着从"你们的生活"旁边走开。我入迷于她的脖颈和尖尖下颏,在迷离春阳中,躲在树下,望着她发呆。我脑子里似乎是第一次有了关于未来的阔大而虚空的遐想,而我所有的惘想中都会有这个女子。她除了给我提供在镜子前搔首弄姿的新姿态,还提供了成长方向:我可以把自己收紧;我可以不看你及你的生活;我可以径直而去。

这年暑假,仿佛是心血来潮,母亲突然要带我们回那个大宅子省亲。吴江到外婆家只两三小时的车程,我们每年从北方回上海,似乎也没谁想起要往那个方向偏偏脚。这个决定像冒险一样刺激。当时,我们刚从下放地回到城市,父亲还没回家。几年前狂轰滥炸的高音喇叭现在因大批人马未归而销声匿迹,校园像个空城,母亲似乎受不了无人监管的松弛,急急忙忙要往人群中间扎。我还以为这是我第一次回原籍省亲。又是火车又是船,在一个上午来到两扇黑黢黢的木门外。我从没见过的姑母表姐迎出来,接下行李,我们随后进入的三进院子,便是我在照片上看到的地方。这确乎是个巨大的阴影:高墙、青瓦、霉墙,墙上有爬墙虎,天井里有水井。从屋子里出来的人轻得像剪纸人,他们脸上的灰霉,眼睛里的阴湿,让人说话声都小了。这里,现在已成几家人伙住的杂院,姑母会密友的小凉亭、父亲逞少年之强的月亮门已经不见,有的只是 20 世纪 70 年代初普通的生活场景。但那种华美、精致、没落的气息还是浓重的,每天除了炒菜的气味能暂时压过它,其余时间,它像一张披在身上的湿被单,无处不在地贴着你,即使走到院子外,那霉斑还钳在后胛。

我很快便在东厢房的正墙上再次见到那帧照片,没什么疑问了,这旧式文人是我祖父,素洁女子是我祖母。这次再见没有春天那次震惊,只是羞怯地想:自己不堪的、"臭老九"家庭,还有这么体面的祖辈。回身看看雕龙刻凤的椽子,便也能想到,体面的祖辈体面的房子是父母今日不堪的缘由。而这缘由在当时语境里无法辩驳也无法解脱,它像一种遗传病,种植在家族各成员的基因里,我们这些子孙,将世代携带着它,受惠或受害于它。另一天,姑母专门拉我去东厢房,指着墙上一位老妇人说,这是你奶奶!照片里祖母,大家闺秀的雍容已经不见,有的只是沉重苦难带来的灰暗、沉郁,但那种对什么的拒绝还是有的。她盯着从没见过的我,既是殷切的,又随时准备拒绝。奇怪地,就这么一眼,我就认了宗。

但,随后涌上来的是委屈。在老家的二十多天里,我不喜欢去东厢房。那里,走一走,整个房子吱吱嘎嘎;动一动,房顶掉灰下来。这可能是一百年前的灰,两百年前的灰,灰里有股尸臭味,扒在你身上,浸到你肉里。比这还难受的是老妇人从墙上望着你,不管你从哪个方向走近,她都会从四面八方盯着你,严厉的目光让你不断检讨自己。姑母把我当作这个人丁稀少家族的嫡孙,她认为有些话要单独跟我说。她甚至认为我母亲是靠不住的,援手圈在"牛棚"里的父亲和这个败落家族,得靠我这个七岁女孩。她搂着我的肩膀,一一告诉我哪个是祖母睡过的床,哪个是她的梳妆台,哪个是她陪嫁的木盆,哪个是她过年用的糖果漆匣。她还告诉我,那些已经住上外人的房子以前是做什么用的,那些临时建筑上,以前是种着竹还是养着梅,她跟我说祖父不仅仅是地主,还是苏沪的教育名流。我很紧张,不仅害怕听到的,还忌讳姑母搂我的动作,单独跟我交谈的方式。她用眍陷的眼睛盯住我,我感觉墙上祖母的眼神寄居在姑母的眼窝里,来自这一脉女性坚脆、洁净、苛刻又隐忍的禀赋,通过姑母的盯视传给了我。或者说,她的盯视唤醒了我某些禀赋,我不仅要认宗,还要在精神气质上和这个家族连脉。

我惊慌厌烦。姑母一定要我有所承担、有所承诺的眼神让我张皇,她说:"你妈妈是好人,但你妈妈不是杨家人。"这话让我抗拒。我跑开了,很沮丧。如果在此之前我可以下个乡、当个社会主义新农民也能得过且过的话,这墙上的妇人和败落的宅子却让我过不下去。而我又能怎样呢?一个地主狗崽子,除了中学毕业后上山下乡还能有什么前途呢?我想不出来。无前途感便在七岁时就笼罩了我。我整天胡思乱想,把命运想象得无比悲惨。终于有一天,这狂想击倒了我,那种奇怪的病又找上我。我开始神经性呕吐,每天就要吐,只要待在房子里,只要闻到那股气味就要吐。姑母一家给我求医问药,又是刮痧又是拔火罐的都不见效。接着是母亲也受不了老房子的压抑,向姑母一家撒了谎,带着我们,飞也似的逃回上海。

外婆的客厅再一次收容了我们。能说英语的外婆用"苦是常态"的平静安抚她的女儿;而对我们两个刚从乡下回城的土姑娘,则用粉红色蔷薇花的奶油蛋糕慰问。她说:"难过了就吃点儿糖。"

不管怎么说,我呱呱坠地七年后和父系祖宗连到了一起。

这之后,如果母亲再打我,虽拿不准该不该说,多半我也会孤注一掷地反抗:"要是奶奶活着,看你还敢打我?!"我的喊叫常常招来母亲的暴怒及女人们的嘲笑。我的护身符是那么可耻和子虚乌有,大家可能认为我跟激烈的、"屡教不改"的父亲一样,除了需要彻底改造,别无他法。我则对她们的哄笑嗤之以鼻。我虽是个小投机者,但冥冥中感到,我姓杨,在母系家族的一片汪洋中,要维护父系这边的一些什么;那时我还不知道血缘、基因这些东西。

贰

我出生后,父亲就被各种"运动"搞,我不能常见到他。不能常见到他的另一个原因是,母亲招架不住上课、"运动"、姐姐和多病的我,她可能采取的是断肢求生法,或者纯粹为了难养的我能有更多的蛋白质和果汁,我被经常运送回上海的外婆家。外婆不知烧了哪支高香,她那"军阀"父亲连累了所有子女,唯独外婆没受太大冲击。她在交大的高知小楼里,一点点儿出让住房面积,一拨一拨饲养营养不良的第三代。教会学校出身的外婆一辈子都把自己当成嬷嬷,不管哪个子女管不过来第三代,都可以由一列火车托运回上海。她有八个子女,当时有十几个第三代,她把自己家弄得像育婴堂,将票证供应的食物分成两、分成钱,平均分给寄养在她那里的第三代。当然她还能变戏法般地弄到咖啡、可可粉、果汁露和奇异的甜点。孩子们似乎什么都不缺就缺糖,有了这些东西,外婆家就是天堂。上学之前,我夹着小包裹来来回回在上海和北京之间流窜,有时跟着大人,有时一个人,带着水、饼干和痰盂。

1969年初冬,我提前结束育婴堂生活,一个人被放置在火车上,从上海回北京。我在车上并不怕丢,而是怕上厕所,虽然自带痰盂,但不愿当众使用。不使用的办法只能是少喝水不喝水,我全部力气都用在忍耐渴上,快到北京时,我觉得自己快渴得昏过去了。母亲接到我后,并没给我太多的安慰,甚至要我忍到回家才喝水,我对水的渴念差不多都产生幻觉了。两周后我们又坐火车走了。这次坐的是闷罐子车,好几家人在一起,车厢里有我们的家当,有的人家还带着猫、鹅、八哥。我们这是被下放了,名曰:"备战疏散"。

从北京到河南驻马店,不知走了几天几夜,车一停就是十几个小时,雪越下越大,大地越走越荒凉。大人们可能感觉像流放西伯利亚,小孩子照样像过节,车一停就下车玩,欢天喜地的。后来出了一件事,孩子们不敢再疯了。这伙人中有位父亲,在车子驶入漯河境内时从没关门的闷罐子车厢跳下去。跳下去并没摔得怎样,在前后车厢的大呼小叫中爬起来又趔趔趄趄往另一条铁轨跑。我们的火车并没有停,我们看到:一列北上的火车正匀速前进,那位决心要死的父亲一头扑进飞驰的车轮。那位父亲,在我们目力还能及的地方,像一副木头玩具,横着飞了出去。一个调皮的男孩甚至还笑了一声。所有的人都不吭气了。后来车停了,车上的男人们向回跑。那位遗孀没有去,甚至都不敢哭,好像哭一个自绝于人民的人是罪恶。那家的女儿,比我们大好几岁,几天来一个人闷闷坐着,这时一个劲儿地打她妈妈,赶妈妈下车去看撞飞的父亲。那个女人,在大家的敌视中,发了疯似的照着女儿的脸一顿乱打。闷罐子车厢里一阵耳光声,死亡在母女互殴的耳光中退到了第二位。

那年我母亲三十三岁,带着我们姊妹俩下放。父亲在学院的学习班里,已早于我们先在农村。

我们下放的地方在驻马店地区遂平县东风公社界牌大队。农民把一间仓房腾出来给我们住。房子后面有条河,屋前两百米的地方有一口井。父亲在河对面的学习班。刚到的第一天,母亲让我站在河边一直站到傍黑,当这样的事第二次发生时,我明白,这是让父亲看见我。

我们在叫界牌的地方住了两年半,因为没人管我提前上了学。小学中学在同一个院子,我看见父亲的时候除了在河边,多半是他在学校里挨斗。当然也有这样的时刻,挨完斗,他走出围着的圆圈拉上我的手,把我送到连接两岸的那座桥上,我在左岸走,他在右岸走,我们歪着头笑,然后我回了家,他钻进临时搭建的木板棚。"备战疏散"就是把大城市的大学搬迁至二线、三线地区。父母供职的学校想搞一次到位,直接进了村。安置在东风公社的是一个系,连职工带留校闹革命的学生带家属两百来号人被分散在各个村。"死硬派运动员"被集中在"牛棚"里,"牛棚"就在河对岸。这情景农民看着异样,我们自己必须适应。

母亲在适应农村生活。她有时在大队卫生所给人看病,农忙时到田里耕种或收割,有时被叫去抄写大字报,形同一个杂工。我这位洋气而浪漫的母亲,早在运动之初就脱掉洋装,换上布鞋,忍耐着涌向她的各种潮汐。我也听到过她哭,她的哭声好像能把心脏咳出来,但哭完还是去打草、抢收、给农民看病、去托儿所管孩子。她打草的本事从半晌二十多斤提高到两百斤,她能自己把这两百斤青草从野地拖到大队部。

我不在意母亲干这些活,即便那个年龄我也能体察到,干活压不垮母亲,重压母亲的是对父亲的批斗。我很为母亲担忧。我每天早上一起床便看妈妈在不在,如果不在,我就往门后的小河跑;如果还不在,就往井台跑;如果还不在,我那一腔要哭的喊叫,就堵在喉头上,堵在脸上,堵在眼睛上,我闷不作声地在村子里乱跑。于是,村里人经常看到这个小孩一起床就往井台跑,她看上去很不懂事,既不穿好衣服,也不洗脸梳头,一起床就往外跑,大家都认为这孩子贪玩,不知有没有人猜到,她是怕妈妈跳河或投井。

母亲情绪波动大的时候,我除了守着井和家门后的小河,还藏了家里的剪刀、裁纸刀、锥子、螺丝刀,我以为藏好这些东西,母亲就不会用它们自杀。母亲经常找不到剪子,找不到就和我吵,说我偷偷摸摸、鬼头鬼脑。我还藏了家里的绳子,因为搬家,家里有很多绳子,我不可能藏起所有绳子,仅把一根比较短的、光滑的、母亲用于晒被子的藏了起来。我可笑地以为母亲要上吊许是会用这根,把这根绳子藏好,就杜绝了母亲上吊的可能。除了刀子剪子绳子,我还担心另一件事,就是,担心终将回家的父亲忘了怎么说普通话，接受再教育的结果是说一口河南遂平话。我经常一个人练习说普通话，以备父亲最终回家时，帮他找回语言。

我终成了一个神神道道的孩子，嘟嘟囔囔、自言自语。时间一长，那些既来自想象又来自现实的压迫，把一个孩子压垮了。我开始呕吐，而且像晴雨表，母亲情绪糟糕时我呕吐得就剧烈，她平静了我也就不吐了。她认为我是"作"，专门跟她作对。我也认为是自己"作"，别的小孩似乎已经不让母亲操心了，而我到处乱转，经常忘了回家。

又一个冬天到来，田地里已经无草可打，母亲被安排到学校替农民办的幼儿园里，村民们也愿意送孩子，只需自带干粮，谁不愿别人替自己管孩子呢？重要的是，教师们还捎带着看病，甚至捎带着给送孩子的家长看病。母亲也似乎从中找到了快乐，我有时生病被母亲带着上班，我感觉，除了吃食自带，那里似乎是外婆育婴堂的翻版，而母亲被叫"老师"也带给我一种满足感。

叁

祖母钮氏在三十三岁时，因日军侵略，祖父要随学校内迁，独自带着三个孩子从上海撤出，先撤到苏州，再撤到太湖边的吴江。吴江市有一座杨家老宅，乡下还有几亩田产，这便是最后的老母土了，从"退"的角度说这已经是最后，祖父他们那样实际上是"逃"。祖父从上海取道江西，过湖南、广西，因染疟疾滞留半途，半年后才到昆明。他的盘缠损耗殆尽，也许因为饥馑，落下严重胃病。后虽说谋到教师职位，但战时那点儿薪水即便能攒下几个，也很难捎回家。祖母钮氏，这位受过现代教育的小脚女人，在那座百年老宅里，开始支应全家上下六口人的生活。我父亲当时三岁，隔年他就记事了，他说："母亲常常背着人一个人掉泪，年前总要抽个晌午，换上出门的衣服，带着礼，去乡下的二地主家。坐在人家堂屋客座上，用手绢揩着泪，希望明年多加两担谷子。与其是希望,不如是恳求。"我已经长成大姑娘了才断断续续听点儿祖父母的事。后来才知,地主和二地主差不多是股东与经理的关系。通常是,势强的地主年前招二地主来家,宣布明年地还包不包给他,分大小年每年订个分红比例。势薄的,只能哄着二地主经营,商量着多争取一点儿红利。那时候兵荒马乱,家里又没有男人,地主坐在二地主家堂屋的客座上,恳求多分两担谷子,看二地主脸色的样子想也想得到的。我长大后想过此事:国难时,有义节的男人为不当汉奸可以逃到敌后去,难是难,但敌后终还有份教书的工作;而留在敌占区,毫无经济能力的小脚女人,要喂饱三个孩子,侍奉规矩森严的公婆,想必比流亡更艰难。据说,祖母后来放下绣针养起了桑蚕,原来种梅竹的地方种起了桑树。头一年,是二地主负责把蚕茧卖到缫丝厂,第二年,祖母连给二地主的那一成也舍不得,她和她的婆婆,颠着小脚,把蚕茧直接卖到工厂。我七岁去老家时还见过几个大筛子,祖母在合作社时期又用它们养蚕。

抗日战争后期,祖父贫病交加辗转数月回到老家,他要回乡恢复学校,这恐怕是"保种保文字保文化"的理念吧。他和一班同仁在废墟上重建了吴江市中学,任校长至1951年去世。祖母大概不再需要养蚕济生,但战时的饥馑窘迫已经让她过怕了;即便挣钱的男人回家了,她也没放弃这营生。

肆

那次省亲又过去很多年后,我才知道,祖母是自杀的,就在东厢房的梁上,用大家闺秀常用的方式,吞了金子,然后上吊。

祖母自杀时已经悉数过完女人一生的苦难:爱情的逝去,妊娠,分娩,操劳,孤独,耻辱,战争,离乱,亲人的下落不明和孩子的死亡……大凡一个女人一生要经历的,她都经历过。老实说,很长时间,我厌恶那个老宅,恐惧祖母那张雕龙刻凤的紫檀木床。一个女人所有的快乐和苦难都在床上,但它最终也没为她送终。她选择了家里的梁,画有桃园结义才子佳人的、祖宗的梁,她让自己身赴黄泉相会祖宗了。我还恐惧那个描金的、有许多小抽屉的梳妆台,我先验地认为,在那张发黄的镜子前站久了,一两百年来的祖宗们就会从身后飘出来。这面镜子映照过年轻祖母的脸庞,那个像瓷一般光洁的女子,后来变成东屋正墙上目光严厉的妇人,再后来变成一把霉烂的白骨——多少女人都会从柔曼的女子变成坚硬的老人。那令人生厌的衰老和丑陋,让我避恐不及。这之后,我居然二十五年没再回过老家,事实上我再也没回过那栋老宅。当我因一次笔会绕道吴江,那里早已是"人还在,家不见"。其时,我已经自定义是书写者,也在找"你立足的地方,你将要书写的地方",便发现自己已然是在五六个省十几个城市乡村住过的,不会任何方言,融不进任何居住地的外乡人。出于对故乡的歉疚,我后来一直说自己是吴江人,但老家我只去过一次,我所有有关江南的骄傲都仿佛是自定义。当我这棵长在异乡的树花瓣落尽,不得不也结点儿小果子时,我试图用文字寻找"我是谁",同时也给自己拉得太长的"后青春期综合征",找自愈的良药。

我扑回故乡。我渐渐看清,与其在身外找理由,不如在身内找源头。我们不过是血缘和基因这根藤上结出的又一个瓜。对我来说,要厘清来路,就不得不面对祖母为什么自杀这个问题。我感觉,弄清祖母为什么自杀能理出一条精神气脉,而这条精神气脉如果能跟我对接上,我才能认清自己的"脚后跟"。

我想知道祖母的最后处境。她有儿有女怎么就不愿活了?宁愿自杀,也不愿看这世界?她是1965年死的,已经做了十四年的寡妇。一个六十多岁的女人,守寡应该算不得什么大事,她怎么就难以为继了呢?我慢慢连缀起一张祖母晚年的生活图景,我知道从1950年起,她一点儿一点儿陷入困局:她的房子充公了,乡下的土地分掉了;丈夫因胃病于1951年去世;两个孩子1950年同时考上大学,她不得不放弃一个;她还算劳动人口,必须进合作社参加劳动。祖母虽进过现代学校,但在吴江及湖州娘家的老宅里,浸淫的是另一套思想和文化。她想不通卖劈柴的、卖开水的、收马桶的为什么能住进她的家;她可以在家养蚕但不愿意抛头露面在合作社里养;她必须一点点儿变卖软货供儿女上大学(姑母在父亲毕业后再上大学)。她认识的人有限,她过去认识的人要么被镇压要么被管制,剩下的避之唯恐不及,她还得依靠那个二地主。这个靠一张嘴吃了一辈子杨家的,依然叫祖母东家,却用几个小钱就把祖母打发了,那些字画古玩不知哪儿去了。

祖母不能接受的现实可能是,她女儿一定要嫁给投递员的儿子,就因为他漂亮,还有个工人阶级的护身符？祖母可能已经对出身没脾气了,她看不上那个漂亮的工人子弟是因为他游手好闲,且有流氓无产者习气。但她的反对如此无力,仅一个出身就让她无话可说。她只能沉默地看着女儿结婚,沉默地看着她生儿育女,而那位女婿热衷于衣着光鲜、酒肆茶楼,手头没钱了就把家里为数不多的值钱东西带出去变卖,换来可笑的奢侈品:哔叽呢、香脂、发蜡、电梳子。母亲听奶奶说过:"家里养了一个贼。"女儿对母亲的怨恨永远是:"你为什么不能理解我的爱情?"母亲对女儿的哀怨只有一个:"这个人值得你的爱情吗?"非到女儿自己人到中年方才理解母亲,而祖母到死可能都没原谅姑母。

祖母不能接受的可能是秩序和礼的丧失,那百年老宅和她娘家显赫的身份给了她一套礼序,她循规蹈矩,不能背离。她责怪的人当中可能也包括她疼爱的儿子,也就是我父亲。父亲毕业后留在北京,娶了一位上海女子为妻。上海女子把上海以外的地方都看作乡下,她不愿回吴江老宅,即便去了,也难耐两天就逃回上海,而宠惯的儿子也跟着逃走了。这也罢了,母亲总能原谅儿子。她不能原谅的是,住进她房子的人,过去叫她杨太太或钮先生,现在叫她钮氏、地主婆。他们用了前后庭、中庭的西厢房,在原来种桑的地方盖起了自建房,鱼池填掉,果园的橘子和青梅,自己是再也摘不到了。之后,住西厢房的那家又以人多为由要占一半堂屋,占就占了。祖母不能容忍的是,占了半个还要占一个,原来这家人只在那半边吃饭,现在把饭桌摆了个满堂,把屋子吵翻顶。祖母不能容忍的可能还有,宅子里有两口井,一口大家用,另一口祖母自己留着用,别人要用时祖母也是给汲水的。但吃水不忘挖井人,这是规矩,你要感激或心存感激,早晨的第一桶水要留给主家用;第一桶水你不留也罢了,至少你不能偷懒往井里倒脏水,错了还死乞白赖、强词夺理。祖母厌恶的是这种无赖相。祖母最不能容忍的是,邻人和亲戚对她的出卖:偷窥偷听,通风报信,揭发以及由此带来的批斗,游街。祖母最不能原谅的还有,我们全体对她的嫌恶和疏远。因为她的出身(财产已经没有了)和由出身带来的对她十几年不间断的"革命",她的儿女不愿回吴江,她的兄弟跟她划清界限不来往,她的邻人把她当作刻薄的地主婆,她丈夫教出来的学生抄她的家、革她的命。这宅子就剩她一个人,当她想到一个寡妇要承受两个家族的命运,她发现这非常不公,她感到难以承受,弃之而去。

祖母是挨到再次批斗前上吊的。在此之前两个月,她儿媳妇抱着出生几个月的二女儿回来省过亲,她是抱过那个孙女的。她对儿媳说:"这小囡,像伊阿公。"她把这句话说完,好像在世间已经没什么事可做了。那天晚上,她烧了一大锅水洗了个澡;她甚至把换下的衣服都洗干净,晾在绳子上;她把喝过水的茶杯洗干净,扣在茶盘里;她换上一件薄皮短衫,爬上红木凳子。那百年老屋的梁上预设了好几个钩子,她一定提前相中了那个最后要她命的钩子。最后,她连一挂白绫都没有。祖母放了手,这个宅子最后的礼序、清高、尊严也随她去了。

祖母在她六十一岁上放了手,她拒绝了这个无常的、混乱的世界,坚决地找她的清静去了。我敢肯定,我父亲和我身上都有这种对坚贞洁净气质的近乎偏执的追求,都有江南人的隐忍和祖母那种斩钉截铁的拒绝,这让我们看上去都比较顽固。

伍

"备战疏散"渐渐地变成无稽之谈。仗始终没打起来,而我们成了当地公社和农民的负担。我们要吃商品粮,还要买菜,两百来号人除了开会学习开批斗会也没有更合适的事情干。散兵游勇的我们渐渐成了三不管人员，大家各自窝在自己的生产队，由学校发工资，随农民出工。渐渐地，除了特定时段是农民看热闹的笑柄，大部分时间还是受当地人欢迎的，至少出工不要工分，看孩子不要钱；既能给人看病，也能给鸡、猪、牛看病。男教师学会了骟鸡的本领，女教师学会了孵小鸡。母亲用热水袋和电灯泡孵出了个头最大的小鸡，很快，村里的妇女拿种蛋来让她孵，母亲后来还孵出了鸭子、小鹅和两只鸟。当夏天到来时，母亲养的鸡居然是当年新鸡里最早"开窝"的，"莱杭"种鸡产蛋之大之多，让河两岸的妇女羡慕。父亲还是间隔性地被批斗，这会让母亲难受两天，邻居们会在这两天里下意识地不跟我们说话。但鸡是不划界限的，我们家的大公鸡还是趾高气扬地在院子里溜达，在墙头高鸣，邻居家的母鸡还是会被追得快活地大叫。邻居们不跟我们说话的时间越来越少，我都能感觉得到。到第二个冬天到来时，他们开始劝慰母亲，说："国家的事哪说得准！别管它！你把你自己、把俩孩子弄好就行了。"还有女人这么说："男人让他糊弄去，你就当他死了，你过你的。"这对母亲似乎是崭新的逻辑，她在大学里是听不来的，听来也会嗤之以鼻的。但这种逻辑，还有一些触手可及的事物：我们姐妹俩、曾经的好光阴、关于将来的渺茫希望以及食物、收音机里的歌曲、女儿们的新衣裳、鸡、孵小鸡技术、幼儿园里还被称作"老师"……都让她放弃曾动过的自杀念头。

"备战疏散"在这一小群人中持续到1971年春，就再也撑不下去了，于是"回城闹革命"势在必行。我们于春天回到城市，夏天，便有了那趟省亲之旅。当我自己处在"后青春期综合征"也急不可待扑回故乡时，便明白，当年为什么还没从下放的惊恐中恢复过来，母亲就带我们省亲。这至少是寻求宗亲的认同和安慰，再往深里说，这是再次从起点汲取营养，找到活下去的动能吧。很多年后我才知道，实际上我还在襁褓里时祖母是抱过我的，她说："这小囡，像伊阿公。"我肯定跟她有过深长的对视，这种相互确认带给我的就是，仅只一眼我就认了宗，仅只回过两次大宅,在我张皇时,我首先是寻找与它的关系,来确认故乡的方向。

我想,母亲是出于恐惧出于忌讳或者其他什么,将我是否见过祖母这个事实混淆了,淡化了,后来甚至完全不提了。母亲可能天真地以为,如此这般,那个家族的阴影就不会投在自己孩子身上。这恐怕是女人护犊的天性吧。我得承认,在我叛逆的少年时代,我对此嗤之以鼻。但到我护犊时,我开始理解母亲。你在很多事情上是不能考虑灵魂的安放,求的是生存和延续子孙。母性可以让女人放弃灵魂的东西,甚至也可以放弃肉体的东西,这便是我们生生不息的缘由吧。

那年月,母亲哭了一夜又一夜之后,第二天还是照样爬起来,给我们做早饭,给我们煮红烧肉,给我们做棉袄,甚至还学会了做布鞋,让我们不能穿皮鞋时也至少有布鞋穿。她在农村学会了养鸡并把这技艺带到城里,在空城般的校园里,她养的鸡就跟神助了似的,不仅下蛋又大又多,还有专门下双黄蛋的鸡,有两天下三个蛋的鸡,有两只鸡因下蛋太多无力造壳,还间隔性地下软皮蛋,甚至下无黄蛋。家里的鸡蛋太多,母亲把从外婆那里继承来的乐善好施发扬光大,她慷慨地送人鸡蛋,送人自制咸鸡蛋,自制松花蛋。那批从农村回来的营养不良的教师们,驻扎在学校"支左"的小士兵,许多人接受过她的鸡蛋,一些农村兵甚至是平生第一次吃松花蛋。下放回城后,母亲获得一种强大的营造日常生活的能力,这能力虽不能保住她四年后再次被清出北京,但拯救了她自己,也拯救了父亲和我。我不是省事的孩子,如果母亲有个意外,我的下场不会好,我会做出激烈反应,不与别人为敌,也会与自己为敌。我那才高八斗坚硬又脆弱的父亲,那时候就是风口浪尖上的"运动员",之后也少不了波折,但他八十岁还在家里怡然自得地完成年轻时的心愿:写章回小说,母亲当然是捞他出海的那个网。

母亲终于把不堪的生活忍受下来,甚至接受下来,是的,是接受。她最终放弃了古典主义追求洁身自好的人生,对这个乱七八糟的世界采取了妥协。让她打草她就去打草,让她到学院小工厂当检验工,她就去当。她把书斋和校园生活哺育她的东西藏了起来,让自己认命而顺从——女人的认命,小知识分子的顺从。她从小资产阶级女学生蜕变成承受得起这个世界任何风吹雨打的女人,她怀着对人生的悲悯给我们以最后的后方。

陆

我自己的生活,在三十岁以前结成了一个大疙瘩,它不至于像癌一样要人命,但对人的损耗将是持久的,在我尚无能力应对它时,我的选择恐怕更像祖母:我不要你了,我砍断与你的联系。于是在三十岁那年,我把全家东西打包、装集装箱托运走,跟有限的几个人告别,带着两岁儿子下南方。海南正在搞特区,我不算什么人才,孩子他爹是人才,还是硬人才,我跟着硬人才,逃也似的飞南方。有个小插曲大抵可以说一说:我和儿子本是乘飞机去的,这要说是最现代化的交通工具了,却因大雾,娘儿俩在机场滞留了六天。12月,我穿得单薄,一条秋裙加一件呢西服,本以为一下飞机就是热带了,却在机场进进出出了六天。此时,我在北京已经没家了,东西也都托运走了,熟人也都告别过了,更主要的是,我不想再让这个城市牵拉我,我像那些发誓再也不回家的逆子,只想扮演绝情。我冻得浑身骨头疼,身上只有两百块钱,这是我离开时的全部现金。我不能买棉衣也不想给任何人打电话,也没告诉鞭长莫及的父母,只是算着钱,不让儿子饿着。六天的辗转到最后都有点儿喜剧色彩了,后来也都当成故事或笑话说给父母和儿子听,但其中透出的冷寒再次让我父母伤心。那种不再想与之发生关系的决绝,也至少延续了十年。

孤悬陆地之外的海南岛像个巨大的摇篮,把一些人的梦想、野心、失意和创伤放进去,慢慢地,摇成一个热带节奏:慢节奏,简单节奏,抒情的节奏。海南岛给了我巨大的平静,当然也有巨大的沉闷,正适于我这种患有"后青春期综合征"的人,当然我得找到一个打发时间的活计。这活计要跟替人孵小鸡、养鸡、送鸡蛋相似,首先惠及自己,最好还能惠及他人。而我仿佛不适于养鸡,也不能养蚕,也不便把家里办成育婴堂。我选了一个不扰着别人,自己能完成,其结果无害甚至不占地方的活计。这活计,现在正在做。我用十年自愈我的童年病青年病,用的是心理医生常用的办法:诱以倾诉。我不需要向别人倾诉,那些医生不见得有我专业,也不见得有我敬业。当我知道心理治疗的一个重要手段是打开童年阴影时,我试图了解我父母,了解祖父母、外祖父母,慢慢地,一切过去不能理解的,都理解了。

我母亲出生在上海,我外公留法,后任职上海交大直到退休。我外婆,其父是军人,本人上海圣约翰大学毕业,无业。我母亲在十八岁之前住在交大宿舍,校门往南八百米便是徐家汇天主教堂。母亲说:"她虽没皈依,但周末会去教堂听管风琴。"如此就不难理解,为什么外婆一辈子像嬷嬷一样济人以粥浆,母亲像基督徒一样隐忍和坚毅。她们可能不把受苦看得那么无辜,但又顽强地在生活中找到鲜花和温暖。

四十岁之后的我才爱上江南,爱上园林,爱上霉渍斑驳的马头墙老房子,忏悔和寻乡由此而至。我曾和父亲一起回到吴江,那座在20世纪80年代末就被市政拆除的老宅已经旧貌难寻,只能依稀辨出一个街拐角的方位还似曾相识。有一年,我看了从美国回来的表姑辑录的家族史,自己跑去湖州,那是祖母出生的地方。在湖州市勤劳街,我找到了"钮氏状元厅"以及隔溪而望的本仁堂。状元厅是湖州人士钮福保于1838年5月18日中"戊戌科"第一甲第一名,成为清第八十四名状元后将宗族祠堂改建的。祖母是这位钮福保的第四代嫡孙。隔苕溪,占地两千多平方米的本仁堂是祖母出嫁前的家。这个地方已经破败不堪,因读书传统源远流长,这家的男儿们被一代一代送出去读书,及至送到海外;女子们,到民国时也会送到现代学堂里,祖母毕业于国立杭州艺专。出身如此就不难解释祖母不愿滚身泥淖的心性和最后的决绝了。所谓,愈清洁愈坚脆吧。这就是我的老母土,两支女性的血缘让我既有江南人的灰湿、隐忍,又有祖母那种世家女斩钉截铁的拒绝。我偏居海南二十年,用笔清扫雾霾,细数时间和变化;相信每一朵花的开放,都会在时间的远处有所照应。

我将从母亲那里接手的米兰,种植在热带欣欣向荣的阳光里,12月,我的阳台绿色葱茏,芽该发的发,花该开的开。我试图从家族的培养基里抽出自己的独立的豆芽;离开中心,使劲儿生长。如果还能撑出一小块荫,给周边施与几滴雨露,那便是赚的了。

(原载《人民文学》2015年第3期)

一路向西（外一篇）

欧　曼

一

这个佛光闪闪的高原/三步两步便是天堂/却有那么多
人因心事太重/而走不动。

——代题记（仓央嘉措）

在所有关于相遇的词里，我最喜欢的是邂逅。邂逅是没有
企图的相遇、没有预演的默契、不需等待的相知。一场不经意的
聚会，底色是浪漫。像席慕蓉的小诗："明明为她跋涉千里，却
又觉得芳草鲜美、落英缤纷，好像你我才初初相遇。"

但我知道，关于西藏的旅程，我没办法用邂逅这个浪漫的字
眼。我是那样刻意地喜欢她，在没到达她之前已经无数次在脑
海里憧憬想象。伪装无知或淡定，是很不容易的事。

我所期待的这场邂逅，是从不完美开始的。上火车前领队
再次提醒我，如果有任何不舒服一定要告知，可以安排立刻返
程，感冒加上高原反应是很危险的事情……此刻我多么希望自
己用无敌坚强的意志克服感冒带给我的困扰，可仅仅依靠意志
显然不够用。吃完康泰克、板蓝根，火车顶上的灯光依稀分明，
鼻塞仍然强悍，睡神已如约而至。我听到的最后一声叮嘱是：
"把随身的小包放在枕头下。"

一觉无梦。不知过了多久醒来，周围有鼾声响起。走在摇摆的车厢里，手机显示时间为凌晨三点。我突然意识到自己错过了"德令哈"（青藏线第一站），可是已经来不及懊恼了，人生不是总有错过吗！

已经睡意全无，坐在车窗前，不时有光影映射进来，忽明忽暗。狭窄的车厢构成一方小小的天地，四下是陌生和疲倦的旅人，这个天地里只有一个清醒的自己。窗外世界仿佛全然沉寂，并行的 109 青藏公路上不时有车灯闪烁，有的三三两两，感觉形单影只；有的是整齐的车队，如同夜游灯河。借着车灯我突然发现，窗外一片银装素裹。下雪了吗？

几乎没有人。间或可以看到动物的踪迹，它们单个站立或三五成群，隔着厚厚的车窗也能如此清晰地感受外界的寒冷。是雪吧？

还好，没有错过格尔木。第二天七点三十分，火车准点停车，我和一大群早起的家伙在站牌处留影。热闹了一阵才猛然发现，上面写着"海拔 2829 米"，我们竟然没有一点高原反应。我向路过的列车员询问，她告诉我这里早晚温差大，晚上看到的应该是霜。还好不是雪，不然动物们如何迁徙。大吸一口空气，鼻塞竟然好多了。

几个穿着马甲的人在拼命擦车窗，一会儿窗外一会儿窗内，我错以为是环保志愿者。等火车停在纳措湖的站牌前，一群摄影狂热分子不停地在车窗前来回流动取景，从不同的场合拍摄完美的照片。我才意识到，先前擦亮的车窗是为摄影提早准备。看着宝石般美丽的湖泊，我目不暇接，将记忆留存于脑海深处。

火车缓慢地行进在青藏线上。那些只属于印象中的词语——日月山、唐古拉山口、藏羚羊、海拔五千、沱沱河、可可西里、安多、那曲、当雄正在我面前一一掠过，真实地呈现，铺陈开来。一些记忆的碎片从不同的场合、时空抽离，它们曾经属于某本书中的只言片语，某部电影的特写镜头，某人对话的空白想象，某个纪录片的简单陈述，或某个曾经的梦境……现在牵强而粗糙地组织在一起，却全然不是记忆中的模样。

也许是经历了太久的思想酝酿,那些关于这片土地的想象似乎只属于特写虚构的电影镜头。那里有光影的重叠、原始而粗狂,情节冲突、民风强悍。现实是,车窗外,是一个真实宁静的世界,恢宏大气中透着冷漠高远。

没人谈论风景,而风景就在这里。

老式的绿皮火车也染上了"高原反应",与平行向前的109国道线上飞驰的汽车按几乎同一节奏行进,配合默契。旅行的疲惫驱赶着人们的想象,终于匮乏。明明为它跋涉千里,却开始懈怠。各种消遣弥漫车厢。天高云淡,群山巍峨。如此美景,明明才看到不过一天光影,就开始令人淡定了。

车厢里不断有三三两两打牌的吵闹声,好像外面的世界并不是他们期待的模样。某个女士坐在下铺拼命吸氧,从三千米海拔开始,她的高原反应始终没有停止。我对面的蒙古老夫妻指着路过的一群羊对我说:"这里的羊比我们那里的个头小,我们的羊角是直的,这里的角是弯的……"

我静静地看着窗外掠过的风景,突然感叹自己有股"拼死吃河豚"的勇气。生命中有些壮美值得你去这样冒险。无论如何,我已经踏上了寻找西藏的旅程。

二

火车终于进站。走出大厅,路面有些湿,雨似乎刚刚才停。举腕看表,不到九点。抬头望天,尚未黑尽。

现代化的车站大厅看不出太多藏地特色,接团的导游献上洁白的哈达提醒我们这里的民俗风情。夜风很凉,站岗值勤的士兵穿着及膝大衣,说明晚间更加寒冷。

不像几千里外的家乡江城,七月的盛夏,人们尽可能穿最少最薄的衣服,闷热依然从早到晚让人无处可逃。于是,夏天总会莫名浮躁,心里像生了一团火,无处发泄。如此环境长期地造就,家乡便盛产一些风风火火的汉子和个性麻辣的女人。

第二天清晨,下起小雨,这在7月的拉萨是不多见的。穿着平板鞋走在低洼处,有些拖泥带水。但我知道,拉萨是一个绝不拖泥带水的城市。这个地方,天蓝、云白、草绿、水碧,颜色没有晕染,色调没有重叠。像青花瓷,简洁耐看,大气磅礴,浑然天成。这样的地方,心境自然开阔,像萨顶顶欢畅流转的歌:"啦啦啦啦啦啦啦啦,我是自由行走的花……"

拉萨城区不大。久负盛名的布达拉宫、大昭寺、民俗街近在咫尺。城里没有很高的建筑,街市整洁干净,各种店铺林立,可以很方便地买到任何需要的东西。建筑极富藏地特色,木质的彩漆大门或粗布门帘,雕栏刻柱的门楼和门楣,黑色窗棂上永远挂着五彩窗帘在微风中飘展,像在传播吉祥的福音。这里没有体量巨大的商厦,动辄上万平方米的购物广场一头扎进去就能把你转晕。最著名的购物街位于市中心的八角街、民族街一带,有许多特色鲜明的精致小店。只要你有耐心,就可以挑到不错的民族工艺品,价钱并不便宜。做生意的大多是外地人,本地有钱人更乐意做房东,商品经济发展至今,捡"漏宝"的可能微乎其微。

站在城市的高处,可以望到远处的雪山,雪是圣洁、吉祥的象征。而头顶上方一片蓝色天际下阳光持续温暖灼热,会给人一种错觉,不辨寒暑。空气中荡漾着洁净清爽的气息,如同大雨后的清新澄净。是拉萨最普通不过的天气,却让无数异乡人身心向往。

我去过许多城市,渐渐发现它们几乎一样。拥挤的人流、现代建筑、名牌商品……为了更现代甚至更国际,不断丢失过去,丢失个性;城市不再是自然的创造,它被人为地改造成一部庞大的机器,人们在其中充当某个零件,理性而迷失情感;马路永远不够宽阔,到处是忙碌的身影;人们为了物欲身心疲惫,却没人因此停止追逐的步伐。

寸土寸金的城市,没有一片荒芜的土地,华灯闪炫下,荒芜的不过是人心。

路过藏家人开的餐馆,里面味道"浓郁",因此少有游人问津。川菜馆几乎是这里的主打,开朗的四川人把这里当成第二故乡。马路上行走的藏民穿着色彩鲜明的民族服饰,脚步迟缓、神情安然。对外地口音、前卫服饰全无好奇之心。藏民,内心拥有与生俱来的强大信念,这种信念令他们懂得不盲从不羡慕。

从何时开始,现代感不再成为流行,走过每条熟悉、陌生的大街,空气中弥漫着一丝怀旧的氛围。

古老、原始、传统、原生态、神秘、民族、宗教……开始变得时尚,而西藏几乎与所有这些词语都有关联。很快,人群纷至沓来。

某天,我路过故乡一条步行街。几年的工夫那里变化惊人,早已看不出旧时老土的模样。一家门脸不大的店里人流涌动,琳琅的怀旧商品隐身其间,回力运动鞋、印有某某大会纪念字样的搪瓷杯、绿军包、毛主席像章、围脖……如同记忆里那些模糊的旧物。许多七〇或八〇后的淘乐一族在那里找寻,像在寻找曾经丢失的宝贝。

是什么原因令这些依然年轻的人们开始了集体怀旧,是成熟使然?是九〇后、〇〇后的冲击?还是变化太快的世界令我们无所适从?

我只知道,没人可以回到过去。人们不过是徒然地通过"现实存在的世界"找寻过去的影子。却不知,现代化的进程早已将曾经叫作"故乡"的地方沦落为"他乡"!

处在飞速发展的时代,几年时光足以翻天覆地。改造、新建、扩建,把旧的推翻,一切重来。一回头的工夫旧城已然新城。老宅、老区、老街、老城纷纷开始稀缺,故乡在变好变美的同时,离记忆越发遥远。如同指间溜走的时光,一切都留不住。

我相信许多人跟我一样,因为各种理由朝觐西藏。那些根植于心的古朴文化散发着遥远岁月长河里沉淀的气息,撬动着人们内心的渴望。哪怕那些传统与自己的本源毫无瓜葛,但是那又有什么关系呢!

无数人来此寻根。只是因为这片土地上的人们尽最大可能地保留了自己的传统和信仰。人们走进这里,热爱并传播这些历史文明，或许不知不觉的某一天，自己也会变成这些传统新生的一部分。

三

大昭寺是拉萨的中心，全体藏民心中永远的圣地。许多人不远千里一路"磕长头"来到大昭寺朝圣，只为得见释迦牟尼十二岁等身像，或听一听暮鼓晨钟的悠扬。

朝圣！奇怪的表达。像是古老密宗里的神秘字眼。在这个全民信教的地方，却是最基本和最重要的事情。这里随处可见穿着藏服手握转经筒的信徒。对佛的崇敬和信仰是他们生活中极其重要的部分。

如果不是亲见，我会怀疑"磕长头"这种行为的存在。磕头或许简单，但如果要你连续磕满"十万"个，那也是对身心的极端考验。

普遍"磕长头"的形式是在寺院的大门前或门廊下找一个清静的地方，带着一块像冲浪板形状大小的木板，板上包裹着厚厚的棉布（一般是睡觉的简单铺盖，也有的用衣物代替），两手各持一块小木板或戴手套防止划伤手部，头上扎一个头巾保护头部，磕头的时候身体完全匍匐在木板上，头手却挨着地面。据说十万次的磕拜可以消除自身的罪孽，获得一个美好的来生。这样经年累月的磕拜，寺院里厚实的青石地面被无数双手、额头、膝盖自然抛光，每块普通的石头都被虔诚的汗水和鲜血滋养，散发着大理石般暗哑高贵的光泽。

"你相信有来世吗？"同伴问道。

来世？或者有吧，不过，大家不都为今世忙得不可开交么？哪有工夫考虑来世。凡是活在当下的动物，只想着今朝的喜忧。

朋友说，她特别怀念老旧的东西。在异乡的旅馆里，第一次见到手抹白泥墙和手抹洗面台，那种醇厚的岁月质感让她兴奋了好久。

我想告诉她，这是个急功近利的时代，所有事情都变得没有工夫去细细打磨,花长久的时间去做一种事情而不考虑成本像是愚蠢的表现……但终于什么也没说。

在快速消费的城市待久了,人会被习惯性推着向前行进。感官却日益迟钝。廉价的快餐,让人失去敏感的味蕾。流行大众服饰,只是在片面满足追逐潮流的欲望。标新立异的建筑,是显示财富的能量场。为了彰显个性,随意拼凑东西当作多元。却不知道,那些容易组合拼凑的东西只具有形式上的美感,根本缺乏持久美丽的动力。

所有经历岁月考验的美丽都是巨大时间成本、物资成本的堆积。

磕长头还有另外一种更艰苦的形式,是从居住地一路拜到大昭寺。沿着漫长的青藏线、川藏线、滇藏线,近千公里的路途,不时可以看到朝圣的藏民,一步一拜,从各自的居住地赶往拉萨。他们代表着整个家族、整个村庄。穿越最高海拔近六千米的高地,穿越可可西里无人区,穿越终年积雪的山川,穿越无人的荒漠,经历寒来暑往、春夏秋冬、雨雪冰霜,身体和意志遭受极限考验。朝圣的旅途是全然自发、自觉的行为,只有心里永远不灭的神与你共处,引你前行。有人做过统计,这样磕满十万次大约需要三年。为了三年的行程路资,牧区的藏民要卖掉三分之二的牛羊用于盘缠。年老体弱的朝圣者常会在途中死去。随行同伴会带上他(她)的牙齿、指骨或头发继续上路。

在大昭寺院内的广场上。我看到了立在中央的一根木杆,由人类和动物毛发、碎骨、牙齿层层叠叠地包裹,令人震撼。有无知的游客抱着它合影,却不知道那里包围着多少虔诚的灵魂。

什么样的信仰可以强烈到舍弃身家性命?我难以想象。那是根植于心的强烈信念才可以全然做到的吧?

关于信仰,在我的家乡通常这样注解。年三十夜里寺院两边的车河如同十里洋场,燃烧的香烛通宵达旦映红了半边天。到了初五,财神殿里人潮汹涌,为了争头炷香人们一掷千金。那些在庙堂里花巨资打造内心安全堡垒的人,会继续在人生的丛林里奋力拼搏、杀伐决断。

我曾经以为那样的作为就是信徒，"他真的相信这一切，不然怎么可能一直那样付出。"

后来，我成熟。明白世界上有许多事情是无法用钱来解决的，能用钱解决的问题有些或许算不得问题。才懂得，天哪，他原来并不虔诚。他只是通过表象的虔诚努力让别人以为他相信这一切而已。

用较低的成本获取最大的价值，这是最普遍的成功学教义。每件事、每个人都有价值，价值决定价格。在有些人眼里，只要有合理的价格，一切都可以买卖。信仰也不例外。

我看到藏民从身边经过，古老的转经轮在手里顺时针旋转，一圈一圈没有间断，口里一遍遍的叨吟，像是永远唱不完的歌谣。古铜色的脸上有岁月刻下的皱纹。带着平静的目光执着地前行。他们来自四面八方，去向同一个地方朝圣。这样的笑容只能从纯净的心田里流淌出来。

信仰的距离究竟有多远？它可以很短，从指间到眼前，从眼前到心间。也可以很长，千里跋涉，穷尽一生。

我用相机拍下大昭寺前磕长头的长者。却发现没有一台相机可以拍到人心！

关于信仰，信或不信，问问你的心。

四

游玩西藏的行程，大部分被安排在交通车上。游山游水之前必须转山转水。转山转水既是过程，也是信仰的一部分。盘山公路仿佛没有穷尽，这山望着那山高说的就是这样的情景。

途经的地方多是荒凉，没有人为开发的痕迹。从山顶滚落的石块被人为地堆集在低处，组合成大大小小的玛尼堆。山间除了五彩经幡和天梯形状的标志有人为的痕迹，其他都尽最大可能地保持了自然的原貌。

很少有树,山阳面有草,并不厚实。除了阳光充沛,早晚间的巨大温差、高海拔、缺氧并不利于植物生长。

导游告诉我们一个常识——藏民不收硬币。也许是因为假币泛滥,也许是因为带着它们行走太重吧,谁知道呢!据说在很久很久以前,他们甚至不"爱好"纸币,不"喜欢"钱。在不发达的山南、阿里等山区保留着原始的以物换物的交换形式,牧民提供牛羊奶品,农民拿出粮食、柴草。每隔一段时间,人们去最近的集市换一车生活必需品,茶叶、药品、种子、衣物。人们在最大限度上实现了自给自足,剩下的就是与自然的相处。比起现代社会庞大复杂的运作体系,他们更了解的是太阳、天地、山河、牛羊、青草、水源、气温……了解这些,生活就足够了。

快速发展的城市已经变成一部庞大的机器,当代教育体制下成长的城市一代不知道最普通食物的出处。一个网络上流传的笑话说,"大米从哪里来的,一个孩子回答——超市。"我相信这个故事来源于真实。不是这个孩子无知,不是他的父母没带他从农田经过。而是大家都很忙,忽略了许多基本的常识。成人忙着生计、房和车,大多数孩子交给了学校和培训机构,许多更重要的"知识"等待他们了解,缺乏"常识"理所当然。从启蒙开始被灌输入世间一切成功的定律。被制度化的我们,用货币换取世间的一切,用财富定义人生的价值。受现代社会价值观的驱使,在城市成长生活的我们,离红尘太近,离自然很远。

羊卓雍错、纳木错都是高原圣湖。路过的时候看到有鱼。导游说那是很珍贵的品种,长得慢、野生、绝对绿色环保。湖里有鱼不是稀罕事,不去捕鱼才是稀罕。

"为什么,藏民不吃吗?"

"是的,他们不吃。他们相信湖里有神,鱼也是神鱼。"

山是神、水是神,一草一木、鸟兽鱼虫都是神。这是一个爱神远远超越爱自己的地方。人们相信有神,相信自然的一切创造都是神的奇迹。人们只敢于和自然共处,而不敢于任意破坏。

在这里,天地广阔,万物自在。

我们的城市已被改造得面目全非,我们在与这个星球的其他物种的竞争中全然胜出,所以就以天神姿态出现,为所欲为。为了方便、营养、欲望、感官刺激,吃一切能够吃到的东西,对其他物种的消失毫不在意。每次看动物星球里终极杀手排行榜,数一数二的常常是鳄鱼、鲨鱼之类,我就感到好笑,我们人类难道不是世界上最顶级的杀手么?

站在海拔六千米的冈仁波齐峰下,仰视终年积雪的山脉,云层在半山间盘旋,辨不清山体全貌,却能感觉到朴素而伟岸的气场。这座山据说是众神之王的安居之所,凛冽的山风从耳旁呼啸而过,越接近山体,温度越接近冰点。百米之外是草绿葱葱,百米以内是冰天雪地。自然用无声的力量让人心生敬畏。

有前来转山的信众,衣着朴素,背负干粮,满面风霜,脚步坚实,表情从容。

眼前的一切,与我熟悉的城市决然不同。那里四通八达,满是喧嚣,天空永远是灰蒙蒙的。那里的人们少有果决坦荡,习惯中庸和疏离,炫目繁华的外表下,内心常常荒芜;人与人保持着可远可近的距离,随时可供自己和他人隐身,空气中发酵着犹豫不决和暧昧不明的气氛。那里的人们以有文化自居,却并不依照文化的规范行事,信仰多是实用主义、拿来主义;在利益的关头,任何道义都不需要严格遵守,或者在失败的时候会想到神,在胜利的关头以为自己已然超越神灵之上。那里的人不相信来世,尽最大可能地消耗地球资源,仿佛身后便是这个世界的末日,尽可能榨干地球的最后一滴油,把财富圈进自己的领地里,仿佛这样才可以让自己安全超然而独活于世。

裸露山体上有天梯形状的标志,据说是当地人为自己画的,好在死后顺利升天。这里是高原屋脊,平均海拔四千多米,人们生活在离天堂最近的地方,却又如此向往天堂。敬畏天地的人才会如此。

"修合无人见,存心有天知。"我突然发现有信仰是一件非常美好的事。因为信仰而对天地万物心生敬畏,人们才可能低下自己高昂的头颅,懂得约束行为、节制欲望、善待万物,懂得与自然和平相处。

将　爱

午后的阳光带着温润的慵懒,从透明玻璃幕墙折射进来,用一种强者的姿态扑进办公室,肆无忌惮。

华子走到饮水机前,加水,水热且沸,用匙在杯底轻轻撩拨,片刻香气溢满了整个封闭的空间。

"咖啡。"嘉嘉灵敏的鼻子立刻嗅出了味道,而且绝对不是雀巢、麦斯威尔,那种速溶的俗品哪里会有这种醇厚劲道。

嘉嘉是"吧族",酒吧、的吧、音乐吧、陶吧、游戏吧、演艺吧……什么新鲜混什么,什么流行赶什么。事实上,只要你年轻、长得不赖、精力充沛,又不是标准宅女,没有行为怪异,没有沟通障碍,怎么少得了城市里多姿多彩的夜生活?

夜生活就是"越夜越快活"!像猫,在阳光下微眯双眼,姿态慵懒,却在月光下健步如飞,目光如炬。

嘉嘉在这样的夜晚不知不觉练就了一项额外的生活本领,一副超级灵敏的鼻子。各种香水、酒、咖啡……各种不同的味道都逃不过她的鼻子。

华子从饮水机旁接完水,轻轻从嘉嘉办公位走过,嘉嘉刻意闭起双眼深吸一口气,不假思索脱口而出:"拿铁,意大利原产。"

华子停下脚步:"咦,你怎么知道?"

如果华子不是嘉嘉的顶头上司,或者华子平时不那么庄重,嘉嘉或许就会肆无忌惮地跟她讲些酒吧见闻,顺便讲讲她在"蓝调"遇到那个叫"咖啡豆"的有趣青年,"咖啡豆"是个"海归",教了她不少辨识咖啡的本领。

华子的严谨让嘉嘉打消了这种念头:"猜对了呀!还真给我蒙着了。"嘉嘉故意显得很吃惊。

"一点都没猜错呢,你真神了。"华子用了少有的夸张语气,"儿子送的,味道不错,你尝尝。"

"好啊,好啊!"现在是下午茶时间,嘉嘉自然来者不拒。

精致的瓷罐外面绘满异域的图案,内里雪白的陶瓷衬出深褐色的粉末,越发显出质感。是好东西该有的包装。

"瓶子真漂亮!你儿子挺有品位的。"嘉嘉忍不住赞了一句。

"是啊,我也是看一眼就喜欢上了,没想到他挺会买东西的。"

嘉嘉冲了一大杯,有模有样地喝得入神,边喝边想,一会儿下班就去超市买瓶咖啡,明天拿到办公室来喝。不不,她立刻否定了自己的想法,干脆要人家送得了,还可以要好的。关键是让谁送呢?"咖啡豆"倒是行家,可惜满口的 ABC 加愤世嫉俗,谈久了就让人心烦意乱。严严虽然也对她挺热情,但那人太小气,贵点的肯定舍不得,回头还得欠他人情。

想来想去,嘉嘉想到了浩,浩是朋友刚刚介绍认识的,司法局的公务员,一米七八的法学博士,前途无限。上次认识是一群朋友在一起,单独会面的机会还没有呢,嘉嘉很为自己想到的这个理由得意。嘉嘉虽然有很多朋友,但找男朋友还是项特殊任务没有完成,朋友和男朋友她向来分得很清楚,当然,现在她特别享受让人追求的过程。

想到这里,她不禁替华子可惜,华子保养得当,奔五十的人了依然看得出年轻时的风韵,华子很少提老公,据说老公也当着官的,看得出来两个人感情不错。但即使如此,人一旦上了年纪,感情就不那么重要了,逐渐变成习惯、亲情之类的东西,与爱情无关,再无浪漫可言。嘉嘉觉得爱是一个女人顶顶重要的东西,一个女人没有爱的滋润总是生活中的缺憾,就像一朵花开得再漂亮却长在无人的荒野,就像一本书再好看却只能束之高阁,总之没有爱的女人如同少了灵魂。

嘉嘉不是没想过有一天自己也会老,也会结婚生子,然后像所有的妇女同胞一样,谈老公谈孩子,但她总是想象自己的人生也许会过得更优雅，没那么多日常的俗套，年华也不会轻易老去。或许会和一个深爱的人永远相爱牵手到老，或许会出现第三者、第四者，爱得离奇纠结、荡气回肠。总之，一个女人花许多的时间去爱和被爱是值得的。嘉嘉还年轻，还有大把的时间去享受这个幸福的过程。

嘉嘉还沉浸在美妙的想象中，下班时间已经不知不觉到了。华子收拾好办公位，从衣柜里拿出外套穿在身上，很认真地在镜子前面整理自己的头发和丝巾。

华子平时穿着简洁素雅、大方得体，加上身体保养得当，所以衣着品位还是摆在那里的。不过，到底隔着年龄段，不是嘉嘉平素关注的品种，所以她很少留意。现在嘉嘉才注意到，华子今天穿了一件象牙白底仿青花瓷图案的薄棉袄配一件藏青色绣暗花的直脚裤，颜色并不打眼，却十分赏心悦目，套句时髦的话称得上"低调奢华"。

华子今天有情况？

嘉嘉忍不住仔细打量起华子，此刻她已经走到了窗前，带着几分期待和欣喜不时看向外面的停车场，离下班的时间还有几分钟，大家都还待在办公室里等着打卡，所以，此时的停车场里分外安静。

如果华子真有什么情况，她的表现也太明显了吧……若换成别人，或者稍微老成持重点的人即使想到什么也绝不会问的，但嘉嘉这人好奇心重，平时又大大咧咧习惯了，这么想着就忍不住开口问："穿得这么漂亮，有人请客？"

华子回过头，淡淡地一笑："是啊，还很年轻呢！"

这下，可真是把嘉嘉的好奇心全调动起来了，她快步来到窗前，等着看那个约华子的年轻人是谁？

来了！随着华子的目光所向，嘉嘉看到黑色别克车里下来一个二十岁上下的年轻人，灰米色格子毛衫配驼色的灯芯绒休闲裤，随意而知性的神色，冲着窗前的华子挥了挥手。

嘉嘉觉得很眼熟，似乎在哪里见过却一时想不起来。

"走吧！下班了，让我儿子送你到车站。"

啊,他是你儿子,怪不得……嘉嘉记起来,华子的电脑桌面就有儿子的照片,没想到真人竟然这么大了!

两人一起下楼,华子今天的脚步格外轻盈,像是一下子年轻了二十岁。

华子给他们做了介绍,这是陆小嘉,这是我儿子。年轻人冲嘉嘉点点头,健康开朗地一笑,又给华子拉开了车门。嘉嘉坐在后座看着华子和儿子的侧影,一样光洁的额头,微微上翘的鼻子,薄薄的嘴唇,她今天才觉得,华子仍然很年轻。

华子一路都在说着:"怎么穿得这么少就出门了啊,感冒了怎么办……就在附近找个餐馆随意吃吧,不用开远了。"

年轻人简单应付着,没事,馆子已经订好了,一会儿直接去得了。

很快到了车站,嘉嘉下车,华子从副驾驶窗口挥出手来:"嘉嘉,明天见啊!"

华子的脸上带着一丝若有似无的红晕,那种发自内心的骄傲和满足深深地打动了嘉嘉。那一刻嘉嘉有一种错觉,华子不再是正襟危坐的上司,不再是雍容华贵的中年妇人,却好像一个热恋中的年轻女子将要赶赴一场期待已久的约会。

嘉嘉目送着车子消失在茫茫车海里。想起很多年以前从书里读到过这样一段话:"一个女人可以雍容到老不外乎两点,一是要有足够的钱,二是要有足够的爱。"原来,不是明星才能雍容到老,原来华子一直被人深深地爱着,并且,爱得如此满足。

手机铃声响起,嘉嘉接起电话,是浩,他在附近办事,想顺便来接她吃饭……嘉嘉挂了电话,初冬的冷风吹来,嘉嘉的长发也随风而起,她却并不感觉冷,反而心里暖暖的。周围一派车水马龙,她像一个旁观者看着眼前忙碌的一切,这时,几片残留的金黄色的树叶纷飞而下,在风中打着旋,带着拖曳的舞步,像为自己的谢幕上演美丽的华尔兹。嘉嘉静静地站在路边,看着浩要来的方向,笑了。

(原载《中国作家》2015 年第 3 期)

白湖笔记

康　剑

　　我们在白湖管护站吃过午饭,骑马走一个小时后到达白湖的西岸。

　　湖边青草没过膝盖,在我们到来之前,这里没有一丝人类活动的迹象。柳兰、穿叶柴胡和聚花风铃草的花瓣成片地开放在湖边的草地里。几棵古当归孤零零地生长在湖边的石头缝隙中,愈加显得玲珑妖媚。湖北坡的果戈习盖达坂高耸入云,看不到山头。湖南岸的别迪尔套山重峦叠嶂、雪峰连绵。正前方的群峰上升起大朵的白云,乳白色的湖面在下午阳光的照耀下显得格外明亮。置身于这样的环境中,三天的马背颠簸劳累顿时化为乌有。

　　在天黑以前,我们要做好两件事。一是搭建好晚上睡觉用的帐篷,二是利用风倒木做一个明天过湖用的木筏。

　　木筏完全做好放在湖边时,太阳离西边的山头还有一丈多高。抓饭的香味开始从帐篷那边飘过来,一下午的体力劳动,这时大家确实都感觉到真的饿了。

　　吃过晚饭,太阳还没有落到西面的山头。我来到湖边,欣赏这人迹罕至的湖光山色。白湖本来的名字叫阿克库勒,直译成汉语就是白色的湖泊,因此人们通常就叫它白湖。白湖因湖水终年呈白色而得名。白色的湖水,来自于友谊峰西南侧的喀纳斯冰川以及白湖周围大大小小的众多冰川。在冰川运动中,白色花岗岩相互挤压,在冰层中夹杂着大量花岗岩粉末,冰川融化时,这些白色粉末被河水携带着流入白湖。从空中看,白湖是一个倒写的"人"字。人头是出水口,两条叉是进水口,靠北边的一条进水口来自友谊峰下的喀纳斯冰川,靠南边的一条进水口来自发源于友谊峰南坡的布的乌喀纳斯达坂。

就在我把自己的思绪放在空中尽情描绘着白湖周围的山川河流时,一阵山风吹过,从果戈习盖达坂的山顶涌来一片黑云,接着天空下起了小雨。我在想,如果过一会儿雨过天晴,太阳还没有下山,在白湖的上空很有可能会出现彩虹。因为下雨的地方只是我们的头顶和靠近我们这一边的白湖的上空,白湖对岸的天空依旧是蓝天白云。

很快,山风将头顶的乌云吹散,太阳从西面的山头向白湖的方向照射过来。这时,我们所期盼的奇迹果真发生了。我们看见一道彩虹渐渐出现在白湖的上方,而且,这道彩虹愈来愈清楚,最后竟然变成了两道七色的彩虹。在喀纳斯区域,由于特殊的自然环境,雨后经常能看到漂亮的彩虹。能在白湖之上看到横跨两岸的双道彩虹,而且它的背景是洁白的湖面、两岸的群山和对岸的雪峰以及雪峰之上的蓝天白云,这真的有一点像在梦境中看到的景象。但同伴们的欢叫声告诉我,这一切的确真实地发生在现实之中。巡护队员们全都簇拥到湖边,惊叹这在人世间看到的只有在梦中才有可能出现的美轮美奂的奇特画面。双道彩虹在湖面上足足持续了十多分钟,最后,圆弧慢慢开始变淡,而插入靠近右岸湖水中的那两根弧柱,却越来越清晰地倒映在白色的湖面上。

我们全都肃立在湖边,面朝东方,向这个神圣的景致行注目礼。当太阳被西边的山头遮挡住它的光芒,我们刚才看到的一切立刻不复存在。

清晨,我在周围几匹马啃食青草的声音中醒来。我穿好衣服,钻出帐篷,帐篷的外层防雨布结上了一层寒霜。

天空晴朗,山林寂静,白湖沉醉在一层淡淡的晨曦中。一缕青烟从户外的炉灶升起,先是在松林间缭绕,然后慢慢飘向湖面,最后和湖面上轻轻的晨雾融为一体。太阳还被东方的山头遮挡在背后,但它早已把南岸雪山冰峰的尖顶照亮。光线从山顶逐渐向山下移动,等到移动到山腰之下,阳光从东方的山尖处猛然跃出,我们所在的湖岸被朝阳完全普照了。

早餐后,我们六人划起昨天做好的木筏沿白湖的周边巡护。我们将沿着白湖的"人"字划行一周,最后进入白湖的另一个入水口布的乌喀纳斯河,从那里登上别迪尔套山,巡护和考察那里的冰川冻土和野生动植物情况。

我们在喀纳斯河流入白湖的白色沙滩上,清楚地看到一只体型庞大的棕熊独自在那里戏耍。它一会儿低头喝水,一会儿抬头向四周张望。我们用望远镜想搜寻还有没有它的同伴,但周围没有任何动静。它是一只公熊。没错,在这个季节,正是幼熊的成长期,母熊会带着它们的孩子在自己的领地四处觅食。这些年,我们巡护中看到的母熊一般都会带着一到两只小熊,最多时我们看到过一只母熊带着三只小熊在山坡上玩耍。而公熊就不同了,公熊在山林中往往都是独来独往,如同孤家寡人一般。母熊只有在发情期才会允许公熊在身边存在,它们一旦怀孕生子,就会远离公熊,爱子如命,全身心地养育自己的孩子。因为公熊为了占有母熊,往往会不择手段地杀害幼熊,所以母熊在哺乳期间绝不会让公熊靠近身边半步。在公熊面前,母熊会显示出极强的护子本能。

我们想要把木筏再往前划近一点,以便更清楚地观察公熊的活动迹象。但公熊似乎觉察到了我们的存在,快速向入水口对岸的密林跳跃着跑去。

我们继续划着木筏,从"人"字的一捺划向"人"字的一撇。但这一捺到一撇,足足耗费了我们三个小时。

临近午时,我们才把木筏划行到布的乌喀纳斯河流入白湖的入水口。稍事休整,我们开始攀登白湖南岸的别迪尔套山。

从第一步开始,我们已经切实感受到,今天要攀登的这座山,不仅仅是立体的,它还是陡峭的,并且是高大的。我们选择从一处山脊登山。首先,我们要穿越五百米左右几近在垂直山体上生长的密林,这里主要生长着西伯利亚云杉、冷杉和很少一部分五针松,林下多为柳属乔木以及其他交错生长的灌木。在这样的丛林中登山的难度可想而知。我们选择沿山脊攀登,就是为了能很好地观察地形,避免在密林中迷失方向。

在这样的原始密林中穿行,尤其要防范野生动物的偷袭。这一区域,正是棕熊活动的领地。越往上攀登,山势越陡峭,森林就长在岩石之上。我们脚下是长期积累的厚厚的腐殖质和潮湿的苔藓,稍不留神双脚就会陷进石缝当中。山林寂静,空气凝重。我们看到地上有一堆棕熊粪便,从粪便的颜色和干湿程度看,它应该是哈熊昨天从这里走过留下的。我们愈发感觉到棕熊随时都有可能会忽然出现在我们面前,身边随时都可能发生危险,大家都紧跟队伍,生怕自己掉队后成为棕熊的口中美餐。

终于,我们手脚并用地攀登到林子的尽头。我们站在山脊的一块凸出的岩石上,脚下是一条深深的"U"形谷,河谷中流淌着一条蜿蜒的河流。河谷的最上方,是连绵的雪山。雪山之下是一条冰舌严重萎缩的冰川,小河正是发源于这条冰川之下。这条冰川名字叫48号冰川,今天终于能够近距离看到它了。这是喀纳斯湖区域内两百多条冰川中的一条,实际上,这些冰川绝大部分都集中在喀纳斯河的上游区域,喀纳斯河包括它下游的喀纳斯湖,正是这每一条冰川融化后形成的涓涓细流汇集而成。冰川融化后形成了河流和湖泊,流向下游,滋润着广袤的大地。而冰川本身,却像耗尽了血液的躯体,不断向后萎缩。我们眼前的这条冰川,就足以证实喀纳斯现有冰川向后加速退缩的严重性。

天空中开始涌起朵朵白云,对面雪山的轮廓时而清晰,时而模糊。看来今天下午免不了有一场或大或小的雨水。我们必须要加紧后面的行程。

好不容易才将密林甩在了脚下,前面又是大片的石砾堆满山腰。接下来的路程,我们必须要从一块石头跳向另一块石头往前行走。这些石砾都是数千年前地质运动从山顶上滚落下来的,石砾上的石藓足以能够证明它们年代的久远。我们向山下看去,白湖已经开始呈现在我们面前。但现在我们看到的白湖,只是细长的一条白色湖面,因为我们现在的高度还不足以看到它的全貌。

我们要看清白湖的全貌,就必须向上攀登到足够的高度。当我们跋涉过漫长的石砾堆,紧接着阻挡我们的是浓密的灌丛,这些灌丛是清一色的高山小叶桦。它们应该是疣枝桦的变种,因为海拔太高,它们不得不变异成为低矮的灌丛,在这里匍匐着生长。也正因为如此,小叶桦枝干交错,长得极为稠密。而且这里山势陡峭,我们每迈出一步,都要用手拽住上方的灌丛,手脚并用向前跋涉,否则我们只能是举步维艰。在这高高的山巅之上,在低矮灌丛中的碎石堆中,大花柳叶菜和西伯利亚耧斗菜正娇艳地开放。

就这样,白湖在我们的脚下,一寸一寸展现在我们面前。起初,它只是一道细长的湖面,随着我们一步步登高,它一点点将它的面貌变宽变长。当我们攀登到超过海拔三千米的高山草甸处,我们的脚下几乎已经没有了可供站立的土地。这里是超过五十度的陡坡,每走一步,都会带动无数的碎石向山下滚落。再向上攀登,已经不再可能。我们决定停下脚步,终止这次用生命换取的赌博。我们依着山势坐下来,平心静气地面朝山谷,内心不由肃然起敬。在我们的眼前,在崇山峻岭之中,分明是一座呈"人"字形状的乳白色的湖泊。这座湖泊,最初我们看不到它的形状,但随着我们一步步登高,它愈来愈神形兼茂地展现在我们的面前。看着眼前这座像牛奶一样洁白的湖泊,我们既兴奋又自豪。在这个从来没有人类涉足的高山之上,我们是用我们的双脚,一步一步地将眼前的这个湖泊丈量成了"人"字的形状。

白湖的上空布满了阴暗的乌云,我们必须要赶在天黑之前返回白湖管护站。摆在我们后面的路,还长着呢!

本来,我们是下决心要睡到自然醒再起床的,但这个自然醒却来得过早。也许是因为昨天我们都付出了太多的体力使得我们夜晚的睡眠质量过高,也许这山林之中的负氧离子过于充分让我们在最短的时间就恢复了体力。总之,这几天我们虽然睡得晚,但却都能早早地醒来,而且每个人都精神抖擞、身轻如燕。

我走出炉火正旺的木屋,室外的遍地野草铺满寒霜。今天又是一个好天气,峡谷上方的窄长天空上没有一丝云彩。白湖管护站所处的位置是整个喀纳斯河谷中最为狭窄的地段,西面是陡峻的山坡,东面是滔滔奔流的喀纳斯河。河谷的宽度不足两百米,是一个一夫当关万夫莫开的险要通道。也正因为如此,这个管护站也成为阻挡非法采挖人员越境采挖的最后屏障。

一只星鸦像箭一般从管护站前的小树林飞向河边的丛林,我跟随而去。星鸦在飞行时总会发出"嘎"的叫声,不同于其他的鸟类,它鸣叫的声音直接而干哑,就像它飞行的速度,声到身到,直来直往。我在丛林里找到它的身影时,这个可爱的小家伙正在一棵红松上啄食松籽。星鸦是针叶林中的精灵,每年在松籽成熟的季节,它都会采摘大量的松籽埋在树根底下。到了冬季和春季,它就会在林中寻找自己贮藏的食物。当然,它们找到的往往不一定是自己埋在地下的食物,它们有可能吃到的是它的同类偷藏的食物。但不管怎样,星鸦们享受着彼此的劳动成果,同时也在做着给森林更新育种的工作。这只星鸦似乎也发现我对它观察太久,不等吃完一个松塔上的松籽,又箭一样地在密林中飞走了。

吃完早饭,我们开始返程。今天,我们的任务就是返回喀纳斯湖下湖口区。行程虽然单一,但却要骑在马背上整整走八个小时。

告别白湖站,我的内心隐隐生出一丝悲凉的情绪。当了那么多年的护林人,也算是走遍了喀纳斯的山山水水,仅白湖我就来过五次。如今,自己的头发已经变得花白,体力也明显感觉不如从前。像这样的巡护,不知道自己还能再来几次。在大自然面前,一个人就像一只小虫子那样弱小和无助。短短的几十年时间,人从出生到逐渐老去,仿佛是一瞬间的事情。当回过头来看看自己经历过的一切,顿感人生苦短,生命如梭。但让我们庆幸的,是身边的自然还青山依旧,流水如常。

我们骑马在丛林中穿行,返程的马儿总是情绪高涨,健步如飞。这是一片成年林,树干粗大,树冠参天。五针松是这片森林中的佼佼者,堪称林中之王。五针松挺拔俊美的身姿,一直以来总是让我叹为观止。它笔直粗壮的腰身,娟秀婆娑的树冠,让同林中的其他树种自惭形秽。也正因为这是一片成年林,林中的倒木也大多是参天的古木。一棵树,它也有自己的生命周期,只不过它的轮回要大过我们每个人的几倍甚至十几倍。通常,我们看不到一棵树从生长到死去的整个过程,就像一棵树无法证实冰川消融的整个过程一样。实际上,大自然和我们人类一样,也在进行着生老病死的演变过程。只是我们每个人的一生太短暂,以至于根本看不到大自然从有到无的周期变化。

早些年,冰川学家崔之久教授告诉我,我们现在正在行走的这条喀纳斯河谷,在两万年前,这里还被几百米厚的冰川覆盖着。那时,喀纳斯区域大部分山川河谷都覆盖着冰川。而在更早期的十二万年前,喀纳斯的冰川甚至长达一百多公里,一直延伸到现在的驼颈湾区域。这还都是现代冰川,至于古冰川,那都是二十万年以前的事了。比如地球两极周围所覆盖的冰层,它们的寿命都可以追溯到二十万年以前。我记得我追问教授:那么我们眼前的冰川彻底消融之后,我们人类该怎么办?教授显得非常乐观:还会有一个冰期要到来。我再问:在那个冰期到来之前我们怎么办?教授显得很严肃:所以我们经常提醒,人类最好不要人为加速眼前这些冰川的消融。我记得当时我们都沉默很久。

现在,骑马走在深深的河谷里,我努力地展开想象,想象教授所说的古时的冰川,会是何等的绮丽壮观和不可一世。那时的冰川应该像一只巨大的冰盖,把阿尔泰山的崇山峻岭覆盖得白茫茫一片,它们在阳光的照射下放射出晶莹剔透的蓝色光芒。壮丽磅礴的冰川为每一条河流提供着丰沛的水源,额尔齐斯河一定宽阔得茫茫无边,奔腾的河水使得两岸的广袤大地绿意盎然,生机勃勃。

但这些年,我们又的确看到了大自然加速演变的另一面。气候在变暖,冰川在消融,河水在变小,草原在退化。这一切,与自然本身的演变周期有关,但我们人类对自然的过分贪婪和索取也加剧了它恶化的速度。在大自然演变进程的这一出大戏里,我们人类往往充当不好主角,也饰演不好配角,我们经常扮演的是遭人唾弃的丑角。我们既然没有能力演好主角和配角,我们能否尽量少去扮演可恶的丑角。更多的时候,我们只需静静地躲在一边,老老实实地充当大自然的观众,少去人为地去招惹它,而是努力地去适应它,去顺应它,去呵护它,去欣赏它,更不要做什么人定胜天的所谓大事。就像我们面前的这些冰川、河流和湖泊,人为的稍微触碰,可能就会带来巨大的灾难。

这正如湖泊来源于河流,河流来源于冰川,那么,当这些日益萎缩的冰川最终化为乌有的时候,我们眼前的河流和湖泊中流淌着的,还会是我们人类赖以生存的生命之水吗!那时在大地上流动的,一定只有黄沙、乱石和干裂的土地。真正到了那时,我们人类只能是欲哭无泪,走到了尽头。

那么,让我们守护好自己身边的这块自然山水吧!如果你身边有一棵小树,请常常用水把它浇灌,让生命之树向着太阳快乐生长;如果你身边有一条小河,请不要随意修筑堤坝,让河流曲曲弯弯自由流淌;如果你身边有一座高山,请常常为它投去仰望的目光,让雪山和冰川永驻生机和希望;如果你身边有一片大海,请时刻保持敬畏的距离,让海水永远碧波荡漾蔚蓝如常。

想到这些,我的内心忽然感到豁然开朗。我仿佛不是骑马走在喀纳斯的河谷里,而是骑着一匹腾云驾雾的飞马,行走在高高的阿尔泰山的山岭之上。原来,我的内心并没有变老,作为一个老护林人,我仍然还保留着一颗年轻的心。我之所以能保留着一颗年轻的心,正因为像处女一样年轻的喀纳斯,给了我无限爱它的理由和动力。想着这些,我就会心情愉悦地扬鞭策马,穿越一片又一片森林,蹚过一条又一条河沟。八个小时的骑马行程,对一个心态年轻的老护林人来说,根本不在话下。

当马队穿越最后一片森林,展现在我们面前的,是夕阳斜照下波光粼粼的喀纳斯湖。

(原载《上海文学》2015 年第 5 期)

咖啡对于我是危险品

王 小 妮

我想看诗人的病历

有人告诉我,一个年轻的诗人,1971 年出生。1996 年死于心脏病。这个消息,被用大字写在纸上。我拿着那些纸,很久都不想说话,我感觉说话是一种大困难,又是一个大的响动。

那个诗人我不认识。他的名字写在纸上只是一组汉字。但是,我觉得诗人都在事先互相认识过。后来,我看他的作品,印象中他的诗还不够成熟。没有像光照到一只葡萄那样透明。但是,他还应当有时间再去想和写。这时间,被突然泼下来的墨水一下子涂黑了。

可以断定,有人从半空中取走了他,像摘去一段刚刚坐果的青色花蒂。没有物质是能灭的。拿走了一条二十五岁诗人的生命,一定另有所用。

我想到很多不该早死的诗人。像白米粒儿一样,他们就在手上一下子滑落进水盆。我内心里决定,我要像翻一本书那样,翻一翻关于诗人们的病历。

类似的书已经有过。有人为研究政治写了《病夫治国》和它的续集。是不是更应当编一本诗人的病历?我准备在那本书里查看到一些准确的时间和准确的形象。是什么人在诗人的生命中插进一把带着细槽儿的刀子。一点儿一点儿取走了诗人的身体,借用了诗人的灵魂。有些东西不能被看见,有些应当能看见,总有隐藏在事物纹路里的线索。

木头盒子里有一种黑褐色的果子,中药铺里都会有。它叫胖大海。胖大海落进一只玻璃杯,然后加入水,那收紧了的果子慢慢散开,在水里漂荡着咖啡色的长绒毛。歌唱演员都认识这果实。据说,它能保护人的嗓音。深暗的果子,在水中恢复了原形,它能变成动听的歌唱。

在文字上,诗人最接近胖大海。他们一直创造着某种不可能。诗人常常在心里飘着暴风雪,常常在玻璃里面走动。诗人和某一个不贯通的系统相通,进出墙壁又没有痕迹。

有谁正需要这种没用的人呢?需要他们的躯壳或灵魂?有谁在这些青嫩的怪枝上动了刀子。那诗人的身体还没有全红,他还没有成熟的血。四十岁以前的人,他们的血管里的血流动得还太有力,那血还是绿色的血。但是,它仍然被摘下去了,在几十亿人里,偏偏只是选中了他。

很仔细地,我注意到了另一些年轻的昆虫。今天,1997 年 4 月 15 号,我同时看见了上百只刚出壳的螳螂,很小很小的,它们正从壳里向着四面八方走。它们胸前的“大刀”嫩小得像一根根草叶儿。那一天的半空中,还有一只飞鸟。紫荆树上,一只鸟的巢里,还有三只鸟蛋。

北方的小鸡,都在 4 月出壳。4 月并不残忍,本已凋零的世界,忽然加入了无数个后来者。如果不是有大量预备轮回者在某个地方隐蔽着等待,世界上怎么能突然涌现出更多的性命?

每一棵草和每一阵风都藏有来历,不说话的不走路的,也暗藏着敬重。

拿走诗人的家伙,一定挡不住诗人再回现世的脚步。我们要留心身边那些出人意料的事情。

有人想更忧伤吗?

一个人坐在前一个世纪,在植物茂密包围的小木屋里,拉他自制的大提琴。他把六弦提琴加多了一根弦。第七根琴弦拉出来的声音,更加低郁忧伤。

我想了解他的第七根琴弦,突然我很急切。

从今天的东亚出发。一直走向塞纳河。景物正在自动变黄。我在冬天无叶的巨大橡树下面经过。我想知道:有人想更加忧伤吗?

距离很远的时候,我总是听到那低沉的第七根弦。接近了小木屋,渐渐感到乐曲融化成一体,没有可能分辨琴弦了。谁能说得清音乐究竟应该用多少根琴弦来表达。

他放下琴,把它靠在一只精壮笨拙的旧式木椅上,如同结束了歌唱的少年。木屋的四壁都透进了光,他和他的琴,好像站在一盏残破的中国灯笼之中。这个时候,我能看见的只是一个人,没有七弦提琴声。我的心情又被他收拢回去。

我一贯珍视我的心情。很多的时候,我们都能看见人,但是想会见一个人的心情,比会见大部族的郡主还艰难。

五根指头,放松成了手。周围很多的门窗都闭上了。天真无知的唱诗班孩子关上了各个音部,合上了有小绒毛的嘴唇。我看见一个普通的人推开了他的木门,一直向着水走。他的衣裳很快沾满了晚上刚现出来的露水,还没有接近塞纳河,他已经是个浑身精湿的人。

他在躲避问题。所以我停下来,一直朝着返回的路走。我已经在太阳和水珠之间拿到了答案。

没有人想更加忧伤。被我经过的路口有许多的树。我看见树,幻想借着风力摆脱掉他脚下的那团阴影。树的努力不断失败,只有极少数的人能比树先得到智慧。大提琴师不再和影子作战。他接纳了它,为了一团阴影,他增加了一根琴弦。可能他想,这才是一棵完整的树。

走遍了世界的人,也不过只是一只琴弓。他像乐曲,在各根弦之间运行。有许多的时候,心情突然没了界限。很强的苦楚,满满地顶在心里。简直是绝不肯把人放过去的愁闷。

琴师放下提琴,在他的木屋里急走。光都跟进来了,挤迫着他。他想象能有光一样的穿透力，必须把琴弦加多一根！他急切地要到那个领域里面去，好像他累了，要急着铺开一张行军床。

在华丽宫闱背后的皇家乐师们，议论、贬斥那古怪乐师的幽闭与别出心裁。那些能用指头熟练工作的人，永远坐在宫廷里不见阳光。不知道身下有阴影，也不想靠近那阴影。我想问他们，为什么后人看见的大提琴只有四根琴弦？

沿着欧亚之间的水路回来，我将在心里回忆它。我到前一个世纪去会见了一个诚实的人。

以上联想，源自于法国影片《每天只有一个黎明》。那是一个孤独、高傲的七弦提琴师的故事。在电影里，那第七根琴弦拉出的声音像牛的低吼，是一种飘在空中之牛。

咖啡对于我是危险品

报纸上说，中国人惯于喝茶。但是现在正准备爱喝咖啡。从1996年起，真正的美国文化正试探着进入东方和香港。地道的咖啡馆正在港岛兴起。我现在就在深圳一家喝咖啡的地方。

我要了一杯烫的白开水。在我左边始终有几个人凑在一张绿台布上，都是二十几岁，正用广东话商量着开一个咖啡馆。我想，他们可能昨晚与我看到了同一张报纸。

上一个世纪的巴黎，艺术正是在咖啡馆里蔓延，很多后来知名的艺术家，不只是为了咖啡壶里煮沸了的黑色液体。他们是为了艺术才推开咖啡馆。我设想只要打着欧美文化的广告，咖啡馆进入中国的大都市一定像劲风一样自由穿越，很多人会渴望走进那风溜溜的地方，品尝文化的"杯杯香浓"。

我的胃，怎么也接受不了那杯杯香浓。咖啡给我的感觉，只是心慌意乱。我的胃喜欢平和温暖，所以只是想喝一杯热的白水。

曾经在商场的橱窗里，看见一些粗麻袋布做的小口袋，十个品种左右，只有半只小西瓜那么大，里面精细地装着咖啡豆。原来,麻袋也能因为纤小显得高雅。二百斤的麻袋包,只适合于装金黄色的大粒老玉米。小袋子里插着雅致的标签,标明了咖啡的产地。我仔细看过,各个地方出产的咖啡豆,形状的确不同。

咖啡是好的,但是,我不能喝。那些褐色的东西让我感到不安宁,好像做了坏事情,不可收拾的事情,心里涌满了岔路。慌乱中不知道该向哪个地方走,这些热带树上的红果子,不适合于我。

但是,那些果子最终还是被运向了最北方。巴黎也是能寒冷的地方,纽约会下漫天大雪。我不能在北方温暖店子里吃南方的豆。被南方和北方同时挤出去的人,只能在自己的家里喝着和文化完全无关的白水。

北方有一个词,叫"皮实"。某某家的少年,强壮结实,经得住风吹雨淋,街上乘凉的人,会说:这小子长得多皮实!不仅仅对于喝咖啡,我从来是个不皮实的人。我总是感到世界又大、又乱、又坚硬、又诡秘。

我说过一句话,叫"我的纸里包着我的火"。这种纸,是北方那种干燥、爽脆的牛皮纸。我的火恐怕带着绿色,它不会太强大。我一直害怕垂直照射赤道的太阳,那些大太阳下面的红豆子里,有太灼热的内质。咖啡对我,是易燃物。

我不需要浓烈的香味和纷争的人群,不需要兴奋。我的神经好像是用芦苇管儿做成的。一杯白开水,正适合于我。

(原载《特区文学》2014 年第 5 期)

于坚随笔

于　坚

二十四小时

我第一次去这家医院,不知道它有几道门,似乎每道门都车水马龙,看不出方向。

从一道门走进去,才发现是后门。门口就是太平间。太平间门上贴着一个告示,二十四小时服务。死亡不是一小时或者十二小时,而是二十四小时。二十四小时其实是时时刻刻的另一说法。生命绝不会时时刻刻,生命就意味着它有限,会停止,在二十四小时以内。

二十四小时都不消停的,那是死亡。

我从后门进去,出去的时候走的是前门。很幸运啊,我没有从前门进去,从太平间那里出来。我在这家医院只待了一小时。

我买了一台拍立得,这种照相机现在用的人很少。这种相机可以装进一沓相纸,照一次就出来一张照片。

在东京的时候,荒木经惟送了我一张,他拍的是捆绑着的裸女。那时候我还不知道拍立得的奥妙,这种照片的影像是有命的,它会变色、消失、死亡,变成白纸。就像生命一样。

你拍下一个人,然后他在照片上消失了。你像上帝一样,创造了。然后他死了。

而也许,这个被你拍的人还活着,只是一幅照片死了。

想到这里,后心有点凉,赶快找出荒木几年前送我的照片,它还没有死。

那位裸女被绑在一棵树上,微笑着。

手机断章

那种叫作手机的假肢已经安装在人类身上,我们因此集体成为残疾人士。这幽灵如今像战争中士兵用来与敌人同归于尽的炸弹那样挂在腰间,藏于手袋、衣兜,有时离心脏只几厘米,须臾不离,就是用餐或方便也要带着。手机一响,一切中断。会议中断、恋人絮语中断,少有人敢不接听。一枚戒指就是戴上二十年,依然潜伏着喜新厌旧的危机。手机却不会,它陪我们直到临终。

他丢失了手机。催命般地到处找,沙发下面、卫生间、厨房里、垃圾堆、鞋腔里、被窝里……他像是被绑匪脱光了扔在孤岛上那样绝望,一切的联系都中断了,像原始人一样一筹莫展。后来手机在一只袜子里闷闷地响起来,世界回来了。

秋天的傍晚,大雨滂沱。他在暴风雨中一边狂奔一边捂着手机接听来电,仿佛被割了一刀,耳朵就要掉下来的凡·高。闪电、暴雷,天神的愤怒也不能使他放下手机,或许电话就是天神本人打来的。无线网络在气候的干扰下乱套了,把电话接到了雷的嘴巴上。他无法放下手机,他听过那么多的喁喁细语,现在听见了风暴。

全世界都在谣传这条猪舌头从语言的胃部切割下来后,就一直在暗中囤积着什么。它一声不吭,它从语言的库房里盗走了数吨语词却一声不吭。冰箱般的在高温的夏天坚持硬化。这东西像视死如归的俘虏似的一声不吭,上帝的地址我知道,死神的地址我也知道,我还知道它们下台和上台的时间,但就是不能告诉你们。"你的手机已欠费。"

死神的电话号码我以为是"0"。拨了一个过去,响到第四声,它接了。传来一个经过严格训练升级换代已经僵硬的普通话女声:您拨打的电话号码是空号。

有时候也不一定就是"0"。常常是一长串吉祥如意颠鸾倒凤的数字拨出去,回答是:您拨打的电话号码不在服务区。您拨打的电话号码已关机。您拨打的电话号码是空号。

死亡也是姗姗来迟。等你从 1 拨到 9,步步逼近,然后挂掉。

春天的第七日,我的手机响了。我听见翅膀拍打云彩的声音,听见数千只鸟的啼叫。于是我向天空走去,必须有翅膀才可进入的禁令现在取消了,我走进了天空。这不是童话或者虚构,我确实有过这样的体验,我走进了天空,当手机响起,我走向天空的时候,差点被一辆从云里驶来的卡车撞上。

悼 费 嘉

最后的时刻,我看见费嘉躺在黄昏的光辉里,医院的窗外是我们家乡的滇池平原,那卧佛般的青灰色山峦下面,滇池安静了。

世界又空了一点。这广漠而漫漫的人生啊。生命到底是什么,死亡为何总是从我们意想不到的方向袭击,死亡为什么不打击世界之恶,神啊,你何时履行你的诺言,善有善报!

但这死亡未必就是噩耗。费嘉是一种生命的作品。他做到了这一点,临终之际,人们爱他,簇拥着他。这是一个好人。他们将永远记住老费,这个生命用一生去成就了一个善,一个好。

生命止于至善,所以生生之谓易。世界是好的,因为有过老费。

你是一位真诗人,不写也是。我青年时代心高气傲,你的诗直指人心,令我折服。我告诉过你了,老费。诗写得好,人必好,这是一个颠扑不破的真理。

我们肝胆相照,在生命的许多阶段,推心置腹。老费啊,那些夜晚面对黑暗的宇宙,世界上只有你我,我们谈了些什么,明白到什么,你知我知。

我还记得三十年前在银杏树下初见,你穿着白衬衣,孩童般地笑着。天真之人,疾恶如仇,富贵不能淫,威武不能屈。我们势必一见如故,从此心心相印,彼此相依。

唉,我的故乡呀,先人造就的已成废墟。你是故乡幸存的方言。

多少时光,多少事,多少漫游,那么美好啊!

这时代冷酷,你心怀温暖。光明之人。

现在你也微笑着,灿烂着这人生,你笑着来,笑着去。

我们多年在一起大笑,大碗喝酒,大块吃肉,古今多少事,都付笑谈中。我记得在家乡的短松冈,你笑得扶着树干喘气。后来我们再次走进酒馆。酒馆里的酒是大家的酒,你是朋友们的酒,以生命酿就。

唉,这缸美酒空啦。

寂寞!

> 葛生蒙楚,蔹蔓于野。
> 予美亡此,谁与?独处?
> 葛生蒙棘,蔹蔓于域。
> 予美亡此,谁与?独息?
> 角枕粲兮,锦衾烂兮。
> 予美亡此,谁与?独旦?
> 夏之日,冬之夜。
> 百岁之后,归于其居。
> 冬之夜,夏之日。
> 百岁之后,归于其室。

——《诗经·唐风·葛生》

悼念杨昆

杨昆才四十三岁,就去世了。前天我去油管桥旁边的殡仪馆,参加他的葬礼。我们相识于十年前。开始是在昆明电影小组,有一伙热爱电影的青年,经常在一起讨论电影,杨昆也是其中之一。后来我请他为我的一部纪录片担任摄像。他很认真，话不多，身体紧张，像个革命者。我周围三十岁左右的朋友都像革命者，少有松弛放诞之人。这个年纪将来有出息的人，都有点革命者的气质。他的英语很好，有时候我请他为我翻译，他能翻译一般人翻译不了的话题。翻译中，他常常忘了翻译，发表自己的观点。他非常渴望真理，痛恨这满世界的陈词滥调。他目光炯炯，努力说出自己的看法、困惑。他很谦虚，低调，像革命者一样朴素，不讲究吃穿，从善如流，努力做事。"云之南"纪录片电影节，最繁忙或者最危险的时候他总是在场，默默地，做了许多事情，但不引起注意。

拍片子的时候我们四个人，住在乡村的一间小屋里，里面只够摆一张大床，一张单人床，一张桌子。他们三个人睡一张大床，我睡单人床。第一趟火车进站时就开始干活，要抢在世界醒来之前。火车五点半进站，我一起床，杨昆马上抓起摄像机，像个持枪于怀的战士。他为我拍了许多好镜头。我的思想有时候他不能理解，一旦理解了，他会比我更固执地去做。有一个风景镜头，我希望的是某种油画效果。他拍了很多遍，等着合适的光线。我以为差不多了，他还要再拍一次。那是一个美丽的黄昏，我们站在云南的一处山冈，直到夜色弥漫。忽然间，第一盏灯在山谷亮起来。我们在黑暗里高一脚低一脚走过山路，回到接待我们的农家。我们在昏暗的灯火下吃饭，杨昆吃得很努力，样子就像土地上干活回来的农民。我没告诉他，在另一个时代，他就是一支队伍里的战士。有个下午我们跟着农民老刘到湖里去洗澡，老刘脱光就下水。我说，我们也脱，杨昆二话不说，脱光就跳进了湖里。那是遥远的夏天，在云南，天空蔚蓝，我俩在湖里漂着，像刚刚来到世上，仰面朝天，惊奇地看着白云。

杨昆后来去澳大利亚留学，去年夏天回来。我再次见到他是在翠湖公园门口，我惨叫一声，你一定病了，赶快去医院检查。杨昆的脸白得像死人一样，他竟然不以为意，每周踢一次足球。青春总是不以身体为意，青春是一种精神，一种骄傲的形而上的火焰。死亡多么遥远啊，在那公园门口。我以为我的感觉是错误的。过了几个月,杨昆住进了医院,得的是白血病。他临终的前一天,我去医院看望他,那是个可怕的晚上,黑暗的医院,远远不如外面的大街灿烂,我们摸索着进入住院部,墙壁上的砖露出来,像是监狱的一角,气味熏人的电梯。杨昆躺在病室里,两个人一间,家属围在床前,像是填到炉子里去的柴火。仪表灯在床头闪烁,他正在输氧,戴着塑料口罩,已经不能说话。我无法把这个人和山冈上那个年轻的革命者联系起来,我看了他一眼,默默离开。当我独自回家的时候,他成为记忆,像是我的纪录片的延伸部分。

每一代人的青春都笼罩着忧伤。我以前以为这只是我那一代人的忧伤,将来的青年是快乐的。同样忧伤,同样残酷,同样被生活打击得头破血流。青春势必在残酷中成长。美丽的事物总是遭到死亡打击,上帝不喜欢人们自由快乐地活着。

杨昆的追悼会念了三份悼词。一份单位的,一份是他的大学同学发来的,一份来自"云之南"纪录片电影节的同志。单位的悼词是千篇一律的追悼小人物的格式,积极肯干、完成任务、听话什么的。两分钟念毕。在体制里,杨昆实在没有什么业绩。后两份悼词情真意切,在这里,他是另一个人,他的单位从来不知道的一个人。从昆明电影小组开始,他后来成为"云之南"纪录片电影节的发起者和参与者之一,杨昆的业余生活中藏着一份非凡的履历。

杨昆躺在那里。身上覆盖绣着十字架的白布,来自教堂的唱诗班在歌唱。这是他母亲的意思,他母亲是基督教徒。他什么也没有留下,没有结婚,没有属于自己的房子。只有那遗容,安静,纯洁,表情坚毅,像是革命者。

西蒙·欧迪斯

去大学里参加诗歌朗诵会,每个朗诵者都拖着声音,摇头晃脑,故意要把诗"朗"出来,"声情并茂"。"朗,明也。"(许慎《说文》)朗:明确,响亮。通过声音的表演,让诗响亮起来。朗诵无可厚非,但是明亮式的朗诵令所有的诗都是一个声音。在中国,这种"团支部式的诗朗诵"非常普及。我以为,诗的声誉被败坏,与那些做作的朗诵也有关系。作家王蒙说,这种朗诵令他"起鸡皮疙瘩"。

有一次朗诵会,那会堂是一个恐龙般的庞然大物,光彩夺目獠牙般犀利的舞台,猩红色的地毯,千灯齐射,电子屏幕上滚动着恢宏画面,中央排列着交响乐团。这场面像瓦格纳的歌剧一样镇压了每一个人,鸦雀无声,屏住呼吸。当时我正在感冒,拼命憋着气管不咳出来。

一位女士像女高音歌唱家那样从左边飘到台上,朗诵美国印第安诗人西蒙·欧迪斯的诗,配乐诗朗诵!

西蒙·欧迪斯有着古铜色的皮肤,白发,戴绿松石耳坠,很像云南南方亚热带森林的酋长。中午的时候我们交谈过,他的声音深而缓慢,就像黑暗森林里传来的自言自语,来自落叶或者树枝。没有一丁点儿做作,地道的朴素,这种朴素只产生于低调的人。他出生在美国西部阿科马地方古老的乡村,被称为原住民诗人。他有点不安,有点不知所措。如此豪华庞大的朗诵会,他恐怕是第一次见识。他的诗集叫作《看哪,那些唱歌的石头》。

开始了,粉红色的演员做出那种即将抒情的表情,就抒情了,声调接近于吼,拖长每个句子的尾音,似乎每一句都加了个"啊"。但她突然被西蒙·欧迪斯驯服了,仿佛遇到阵雨,声音变得轻而湿润,就像过早生育而依然年轻的祖母,当她念道:

> 一年春天我们
> 在阿科马种下玉米
> 我们播种了几次

这怎么"朗诵"?只能像平常说话那样,她忽然说起话来了,这个女人的声音其实很悦耳。西蒙·欧迪斯的诗出现了,这些石头令那辉煌闪耀的舞台瞬间黯然失色。这是朗诵会的最后一首诗。

索尔仁尼琴在一部关于他的纪录片里说："我同意朗诵必要。但可能一首诗很平庸却'看他吟咏得多么好啊!'写在纸上的诗应当是未经作者吟诵我也能阅读并喜欢的诗。诗应由自身肯定。而有种说法:别在意诗文本是否值得一读,他朗诵得多么好啊!吼叫甚至美声唱法。但这已经不再是文学了,我不承认它。"

《竹山堂连句》与真理

《颜真卿全集》有八本。不仅是所谓书法,也是文章。《放生池碑》说,皇帝好生之德,臣子应记录。"秦始皇暴虐之君李斯邪谄之臣犹刻金石垂于后代,况陛下巍巍功业"文字传诸后世,书家战战兢兢诚惶诚恐斤斤计较。博尔赫斯年轻时刊有《我的希望领域》一书,年稍长,后悔出版,走遍布宜诺斯艾利斯大街小巷收回并将它们付之一炬,"那是正直之举"。

晨临颜真卿,体会真。真者,不是真理。真是一种超越性的状态。"真,仙人变形而登天也。"(《说文》)"夫免乎外内之刑者,唯真人能之。"(《庄子·列御寇》)

真也可以说就是无。真实,就是有无。实,"实,富也。"(《说文》)"实,满也,塞也。"(《小尔雅》)"有者为实,故凡中质充满皆曰实。"(《素问·调经论》)

真实,是有无相生的一种状态。并非只是实,也不是只有真,这是汉语的奥妙。有无相生的阴阳变化,就是真实。

真是无,理是有。理是真的总结,概念化。容易僵死,因此随时要返璞归真。真是无,因此要经常理之,理之,容易僵死,又要随时归真。真理。是一个真与理之间的阴阳变化,唯此方可把握真理。"故天下诱然皆生,而不知其所以生。"(《庄子·骈拇》)中国文化的世俗性也在此,理要在真里面才活泼泼的。

诗是一种不断地从真到理,从理返真的语言运动。

海德格尔说"存在之思","在通向语言的途中","把作为语言的语言带向语言"。洪堡说,"语言乃是永远自身复现着的精神活动"。

"把作为语言的语言带向语言",就是命名不是完成而是永远在开始与完成之间。"作为语言的语言"是完成的语言,"带向语言",就是返璞归真。是谓"永远自身复现着"。

就诗之思来说,如果诗是一种语言的真实,那么这个真就是从理(实)的遮蔽回到真的开始,从真的开始升华为理的归纳的阴阳轮回。在汉语中,回到开始并不像拉丁语言那般遥远,回到希腊什么的。回到真的路在汉语中从未被理彻底遮蔽,只是被遗忘了。真理,真先理后。在汉语中,理是第二位的,超越性的东西不是理而是真。这一点与西方不同,在西方,超越性的东西是结论,概念,道理。理式(柏拉图)那个真理是与假理相对的。"真"不是动词,状语,而是名词。在西方,真理是一个概念群。中国不同,"真,仙人变形而登天也。"从何处变形?从实,从有,从概念、观念中变形归真。"真理"这个词古代中国没有,只有真。"夫免乎外内之刑者,唯真人能之。"真是和人联系在一起的,真不是抽象超越于人的理。真必须在人身上呈现。但是,中国并非没有真理这种意思,"外内之刑",就是福柯所谓的"理性就是酷刑"。

颜真卿是作者而不是书法家,他写字是在写作。竹山堂连句,临写中可以感受到诗意为写者带来的笔势。如果说理,竹山堂字是不合理的,不规范,如果以颜真卿曾经写过的来比较,可谓丑陋、笨拙、歪曲,但是真挚。竹山堂连句可看出颜真卿在书写的运动中返璞归真的喜悦。"归其真宅。"(《列子·天瑞》)

诗歌的斗争——在东南亚、南亚、昆明作家论坛上的发言

童年时代,我总是朦朦胧胧听到天空下轰响着某种声音。在昆明城的外面,在风中,在高山峡谷之间,在落日的身后……这种声音令我有一种安全感,仿佛我是置身在某种孵化器发出的巨大轰鸣中,某种先于我生命的事物、声音存在着,包裹着我,

我的生命因它而来,这是我在母亲黑暗的腹部里听到过的那种声音,模糊的、遥远的、温暖的、生长并死亡着的、庇护着的……

青年时代,我在云南高原漫游。有一次在横断山脉的某处,我终于明确地听到那个声音,它从峡谷底部传来,我循声来到一处滚满大石头的坡上,蓦然间,我看见了伏卧在峡谷深处的河流,它闪着青灰色的光芒,就像一头黑豹行走在荒野上被天光照亮的脊背,是它的声音传布到千山万谷之中。我顿悟这就是它,我在母亲腹中听到的那声音,并不是幻觉,不是虚构,这是大地的声音。这是我第一次看见澜沧江。那时我走不到它身边去,那儿到处是悬崖绝壁,河流没有创造抵达它的道路。另一天,我摸到了澜沧江的水,在保山地区的一座水泥大桥下,我由于用冰凉的河水洗脸而引发了高烧。

后来我一次次去澜沧江,我到过这河流在青藏高原上的发源地,也随着它走下高山峡谷,越过老挝的丛林、缅甸的山区、泰国的平原、柬埔寨的神殿、越南的稻田,最后我到达湄公河入海口。澜沧江湄公河的地理形态、气候、海拔各式各样,这河流不是一条直线,积雪、山峰、峡谷、坝子、丛林、平原,只要转过一个弯,大地就别开生面。它是一位伟大的长者,伟大的老师,它启示沿岸各民族以生活的真理。河流两岸,诸神、大地和人三位一体,每个地方依据自己的特点随物赋形,创造着自己的文明和生活世界。各民族、部落彼此安处,彼此尊重,各美其美、美美与共。我记得在澜沧江上游的茨中,从藏传佛教的玛尼堆可以望见天主教堂的十字架,那是一个有着核桃树、流水以及蓝色雾霭的美丽村庄,瞎子们在春天的石头上唱歌,澜沧江就在村子下面。

2008年,我完成了关于澜沧江、湄公河的长篇散文《众神之河》。

我热爱汉语里的大地、高原、峡谷、群峰、山冈、部落、荒原……这些语词,这些从数千年前流传到今天的古老语词总是给我的写作带来激情和思想。澜沧江、湄公河对于我,那就是神灵的名字。有一天在梅里雪山的群峰之下,我意识到,这些语词

不是我们创造的,大地涌出来这些语词,作为诗人,我只是一次
次召唤集合着它们。

有一次我跟随一个电视摄制组拍摄一部关于河流的纪录
片,那是灾难性的一天。导演先生命令土著换掉她们放牧牦牛
时穿的氆氇,换上新衣服。他认为那些牧羊女每天穿着劳动、生
活的氆氇"不上镜"。他代表一个强大无比的话语机器。在他
那些不经意,甚至自以为善意的指示中,我发现某种意识形态已
经深入我们时代。大地已经当然地被视为患者,衰朽、肮脏,必
须重新规划、接受改造和治疗,必须焕然一新以符合某份起源于
西方的图纸,土著们的旧世界被武断地视为落后。人们纷纷抛
弃那些曾经诞生了伟大史诗、民歌、舞蹈、绘画的众神狂欢、神人
共舞的大地,投奔一个技术统治的未来。

各民族古老的文明危机四伏。

在那些最持久的中国思想中,道法自然是根基性的思想,大
地不是敌人、改造对象,而是庇护者、导师、真理的起源和永恒的
母亲。大地不是抽象的,而是一个个具体的地方。道法自然,才
令各民族创造了依据各自不同的河流段的原生态创造的独特文
明。古代中国世界最辉煌的部分无不是道法自然的结果。往日
各民族史诗赞美的大地今天已经危机重重,道法自然的诗性哲
学成为实用主义和拜物教的笑柄。

诗歌成为一种斗争。这种斗争的庄严在于,它是一种最后
的使命,通过对母语的守护和创造,保存并复活民族记忆,保卫
各民族古老的、独一无二的文明,保卫它的史诗、它的美学、它的
地方性知识、它的世界观。诗的经验是,不朽之作所传递的总是
大地的声音。《诗经》如此,古代中国的山水诗如此,荷马史诗
如此,最近逝世的加西亚·马尔克斯也是如此。我青年时代读
过加西亚·马尔克斯的小说,对他的作品心领神会。我甚至以
为,也许除了他的家乡以及澜沧江两岸的地域,世界上再没有适
合阅读他的作品的地方了。他并非超现实主义的作家,他小说
里描绘的世界至今依然在我们的河流两岸存在,虽然危在旦夕。
马尔克斯的魅力无不来自他故乡的地方性知识,来自黑暗的大

地。二十年前,云南地区的作家和知识分子就在呼应马尔克斯的观点,云南作家一直在坚持一种地方性的写作。"这非同寻常的现实并非写在纸上,而是与我们共存的……永不枯竭的、充满不幸与美好事物的创作源泉。诗人和乞丐,音乐家和预言家,武士和恶棍,总之,我们,一切隶属于这个非同寻常的现实的人,很少需要求助于想象力。因为对我们最大的挑战,是我们没有足够的常规手段来让人们相信我们生活的现实。这就是我们感到孤独的症结所在。"我以为,他的这些话也适用于云南。

当我说到神的时候,我说的是风,我说的是云,我说的是琅勃拉邦的一位卖果汁的少女,我说的是没有灯的黑夜,我说的是湄公河深处的石头……

请让我用一首我多年前的诗来结束我的发言。

> 在我故乡的高山中有许多河流/它们在很深的峡谷中流过/它们很少看见天空/在那些河面上没有高扬的巨帆/也没有船歌引来大群的江鸥/要翻过千山万岭/你才听得见那河的声音/要乘着大树扎成的木筏/你才敢在那波涛上航行/有些地带永远没有人会知道/那里的自由只属于鹰/河水在雨季是粗暴的/高原的大风把巨石推下山谷/泥巴把河流染红/真像是大山流出来的血液/只有在宁静中/人才看见高原鼓起的血管/住在河两岸的人/也许永远都不会见面/但你走到我故乡的任何一个地方/都会听见人们谈论这些河/就像谈到他们的神

——《河流》(1983 年)

树叶泡过的水

茶很慢。更讲究的还要选水,并非什么水都喝得茶的,古代为了喝茶远足去找水的不是没有。水沸,泡茶,茶叶慢慢地散,叶瓣一片片张开,像向下开放的树。要等到茶色出来,水稍凉。品一口,而不是一口喝光。品有三个口。更慢的是,一杯两杯茶喝下去,身体没什么反应,舌尖上有点味道而已。什么道,非常道,说不出来,品吧。茶喝上十年,天天喝茶的结果是看不见的,也许你面色看上去很滋润,那也说不上与喝茶有关,大多数天天喝茶的人,脸色看上去也只是正常,天天喝水也是这个样子。但有一点,喝茶需要工夫、时间、经验,不是说喝就像喝可口可乐那样扭开盖子立马可得的,要有个过程,要等一等。喝茶的过程就像一个仪式,必须慢下来,心急喝不得热茶。有事情去找人,飞身赶到,人家说坐下来喝杯茶再说,那个意思是让你安了心,才好说事。喝茶要有个歇处,家里、阳台上、老树下、花园里……在路上奔波着的人是不喝茶的。以前人力车夫喝的大碗茶,那是解渴,用的都是草药,薄荷般的清凉什么的。为什么说茶是文化,不说喝水是文化?茶不是用来解渴,而是清心的。清心是很玄妙的事,无法衡量,你觉得清就是清,别人觉得你没清,你也说不清,清心是说不清楚的事。茶很具体,叶子、水、火、茶杯,舌头……心很玄乎,羚羊挂角,无迹可求。茶叶、水,是形而下,大地、自然、原始。茶是形而上,道法自然,天人合一,清心寡欲(寡作动词用)。喝水只有"天",直接作用于身体,不养心。喝茶是"天""人"的遇合,虽说茶水也是水,树叶泡过的水而已,但此水不是彼水,可以清心了。茶不是物,也不是心,它是天人合一的茶。茶这个字,只有中国有,它的意思绝不是英国人喝的红茶,也不是日本人的茶道,前者是唯物主义,后者是观念。

清心之人,必是在家之人,心安之人。心安才可以清。没有家,就没有安身立命之所,心不安,就谈不上清了。曾经看过一部阿富汗电影,有个镜头印象深刻,白发老者背井离乡到处奔波,因为喝不到水,路上肾结石发作,小便出不来,痛得死去活来。这个电影里面没有茶。有家才有茶,茶是"人闲桂花落"之类的东西。日本人悟出茶与道相关,茶里面有道。道是要靠心去体悟的,茶将道物化,你可以通过体验、经验去悟道。养心才可以悟道。喝茶是通向道的一条小路。道与真理不同,真理要追求、分析、学习,不喝茶也可以获得。道不行,需要体悟,道总是在当下,在世界人生的现场。中国文化讲究的是入世,"生,好物也;死,恶物也。好物,乐也;恶物,哀也。"(《左传·昭公二十五年》)茶则是对这种世界观的一种当下反拨、瞬间的疏远、叛离。树叶和水泡出来的诗意,一杯下去,超然物外,淡泊忘机。真理可以总结出来,脱离具体人生,广为传布,放之四海而皆准。道不可说,无法学习,只可体悟。

咖啡是快的东西。希腊语中"Kaweh"的意思是"力量与热情"。咖啡激发的是入世的活力,一杯喝下去,马上精力回来,不再瞌睡。我在欧洲,因为时差关系,白天要不瞌睡,就得一杯一杯喝咖啡。咖啡是立竿见影,喝下去身体立刻有反应。所以咖啡最适合于带在路上用。另一部电影,里面有个镜头,一个昏昏欲睡的士兵在战壕里面泡杯咖啡仰头灌进喉咙,立即开枪。在战壕里茶是不可想象的。那位马拉松运动员跑得大汗淋漓,递给他一杯热气腾腾盛在青花瓷茶杯里的龙井?恐怕不行。

至于巴黎人将咖啡喝得像茶一样,小口小口地啜,一杯要啜一下午,咖啡因的刺激性被时间解构了,只剩下品味。也是道。

昙　花

我在夏天的一个晚上去马云家,取和成从昭通带来的火腿。下楼的时候,马云说,昙花开了。就看见他家楼下的小花园里,有一丛光。那花园并没有电灯,是昙花之光,它将整个小花园都照亮了。盛开的昙花很大,花瓣是长的,看起来像一群皎洁的鹤站在那里,或者月光聚拢来成为羽毛。有些悲伤,美好的事物都是悲伤的,因为暗含着转瞬即逝的意思,令人心里感动。昙花一现,一般也就三四个小时。如果不提醒,很快就消失了。要等一年它才会再开。马云说,这种花真是太伟大了,一年就开这么一下。

这是我一生中第一次看到昙花。我从来没有准备过看到昙花,我以为它是看不到的。神话、诗歌、形容词、神秘主义、浪漫主义等簇拥着它,瞧瞧这些名称:琼花、月下美人、昙华、月来美人、夜会草、鬼仔花、韦陀花……我以为它只是一种说法,没有真身。也许以前我也见到过,但没有见过它的人提醒,我也不认识。马云像个使者一样，说了一声"昙花开了"，我才看见。提醒，不只是寺院的责任，教堂的责任，世界人生，大家都在彼此提醒，没有人提醒你，你就永远睡着。

有一天在街上看见一个算命的，头发乱蓬蓬，看不出丝毫仙风道骨，他面前放着一张纸，上面仅飞着一行字：提醒久困英雄。我眼前一亮。他是否真的能够提醒某位英雄"是时候了"，就像刘备提醒诸葛亮，这不重要，重要的是"提醒"这两个字被他从茫茫辞海里面拎了出来，提醒了我。以前也知道"提醒"这个词，也在许多琐事上用过"提醒"。直到这个"提醒"出来，我才觉悟到"提醒"一词的真正重量。

"时间到就提醒我"，这个时间可以是熬一罐药的时间，上一堂课的时间，坐在某处等着某事的时间，也可以是昙花一现之际的时间，耶稣复活的时间……都是提醒，但要有"提醒"。生命总是在剥洋葱般的懵懂之中，这一层醒了，那一层还睡着。这一瓣亮了，那一瓣还在黑暗里。世界这个洋葱是不会自动提醒你的，它开了许多书店、图书馆，记录下无数知识、经验，但它绝不会在某章某节自动为你勾出红线，提醒你。书本上的警句你永远不以为然，太抽象了。但提醒不是，它来自生命的在场。迷途之际，有人提醒你，不能朝那边走！塌方了。他先来过。提醒往往来自具有教堂那种经验、威权的方面，提醒得借助他人的先觉。先知也就是那些知道"时间到了""某事要发生了"的那些人。先知一般指的是神明。复活是哪一天，这只有上帝知道。昙花开了，马云先知，又告诉我，这也是提醒。对于人生，马云们的提醒更重要，这种提醒很日常，近在身边。他此前也提醒过我多次，昭通的梨花开了嘎！卖打口带的老刘的店搬到白云巷了嘎！走慢点儿，下雨，路滑呢！虽然琐屑，但有一种贴近人生的神性。他提醒了我，日常生活中微不足道的神旨。有一次在翠湖公园门口，遇见我的年轻朋友杨，半年多没见他，一碰见就惨叫一声，你的脸色太可怕了，赶紧去医院看看！杨震慑于我的提醒，立即去了医院，他已是晚期血癌，后来过世了。如果大家彼此都不提醒，世界就失去了神性。饭后你嘴角沾了一颗饭粒，一桌的人看着难受，都不提醒，那你就倒霉了。提醒总是在东窗事发之前。如果没有任何人敢提醒你，或者大家都懒得提醒你，你这个人基本上也就完蛋了。马云的昙花提醒是多年前的事，后来我再没见过昙花开放。要故意提醒昙花开放是不可能的，它不开，怎么提醒。如果马云知道我不喜欢花，他也不会提醒。提醒乃神圣之事，提醒者都是郑重的。提醒的也许不是好事，令人不快，但是提醒乃神谕的日常性出没，这种提醒不像寺庙的警示那样有偶像庇护着的合法性，那样大张旗鼓，而是在日常生活的泥沼中小声地此起彼伏，很轻微，有意无意，都来自神的指使。魔鬼从不提醒人们，它幸灾乐祸，喜欢搞突然袭击。

马云何时知道了昙花已开，谁提醒他的，已经无处根究了，总之，无数时间中，无数的人都提醒过，昙花因此得以在我们中间一直开着。经马云提醒，我也看见了昙花。我看了一阵就走了，也不能因为看见它不容易，就傻看下去。昙花一现，我看它的时间也是昙花一现。马云说，到明天它肯定谢了，我不相信，花开得那么灿烂，那么积极，那么投入，那么无畏，那么美好，那么圆满，地久天长的圆满。我不相信它只是那么一现，明天我再来看。

明天，昙花已经完全枯萎。白色的花瓣如液体垂下，悲惨地挂着。光华暗淡，令人黯然、永志。这花已不是那花。就像顿悟的高僧，即刻悟了，即刻也不再与不悟者再发生什么关系。顿悟无法传授、复制、观看，顿悟是一种黑暗、秘密。觉悟就是转世。

马云提醒我，明年它还要开的。如果不是他提醒，我写不出这一篇。

（原载《散文》2015 年第 5 期）

是草木保管着苍茫大地

刘 梅 花

拾 芥 子

　　荒野里藏着一种草，叫拾芥子。拾芥子其实也不是草，就是若草若木的，不好说，主要是它叶子长得像白茅草，茎秆却不怎么纤弱哩，几乎有拳头粗。这么粗壮的草，恐怕说是树也行呢，反正它自己硬要长成那个鬼样子，谁也管不了。再说，人能管住草木的事情？

　　拾芥子嘛，是个慢性子，一天长不粗，两天也长不粗，怎么也得三年吧。初春，它把自己卷成一个纤细的捻子，钻出地面，慢慢地撒开叶子，抽茎生长。它顶喜欢藏在杂草丛里，不抛头露面。至于开花，也是不开的，那种搔首弄姿的事情它都躲着，活得多么含蓄有致。不低调也不行啊，它散发着清幽的香气，容易召唤来麻烦。

　　别的草们，蔓草啊，菟丝子啊，都帮着拾芥子躲藏。拾芥子稍微长大一点的时候，蔓草就赶紧依附在它清丽的茎秆上，遮遮掩掩开几朵碎花儿。骆驼草啦什么的也一蓬一蓬丛生在它附近，远远看过去也就是荒草们粗糙地生长，不见拾芥子。至于长到三年，它粗壮了，青藤们就慌张扑窜过来，严实地覆盖它。

　　拾芥子一边生长，一边茎秆上渗出来细密的津液，最初像露珠一样清澈，见了阳光雨露，就慢慢变混浊，有了胶质的那种厚

172

重,最后凝结成沉黄色的浓胶,散放出清纯的松胶一样的气味。大概那些蔓草青藤们是喜欢这样清芳的味道吧。

这时候,采药人就踏草而来。清晨,太阳还未照下来,荒草丛里小虫子们鸣叫着,草叶上露珠晶莹纷繁,风压得低,也缓,从草尖上披拂过去。弥散的雾气也慢慢褪去,有些小心翼翼的样子。这时候,拾芥子的松香味道顶顶的醇浓,压都压不住,倏然随风吹来,清香得叫人一惊,随即四下里扑散而去。

拾芥子有个脾气,大概胆儿小,不敢散漫地零星生长。它们抱团,一窝一窝集聚在一起。采草药的人也不急躁,先拿一枝藤条在荒草丛里胡乱捣腾一番,惊吓走蛇啦鸟儿啦什么的,然后细细捕捉香气,掀开藤蔓,找到一窝纷纷散放清香的拾芥子掘走。若是单单说采药人花费的工夫,倒也是挺辛苦的哩,深山老林棘刺丛生的。蔓草们大概是很伤心的,不知道拾芥子心里怎么想。

世上的事,总是很难说。很无用的植物,并且散发着难闻气味的,模样儿亦是粗陋乏味的,反而活得逍遥自在,能活得老老儿的,自然地枯萎消失,倒是越有价值的,受到的伤害愈多。你看,为了取沉香,沉香树年年被刀砍斧头凿的疼死了,一辈子苦苦熬着。苏合香亦是如此,都是伤口上渗出来的精华。拾芥子要想活老,也很难,一般都是中年夭折。不过,古时候的人们也活得颇为艰难,山里人家一年的零花就指望采药的钱,若遇上战乱,那就更加凄惨了。这么说的话,拾芥子沉香们都有着济世的好心肠。

采来的拾芥子,先把粗壮的、结胶厚的挑出来,放到溪水边晒。蜂蝶嗅到松香的味道就急着赶来,它们顶顶喜欢清香的味道了。蜂蝶被太阳晒得黏稠的拾芥子汁液粘住,很难挣脱。太阳落山,拾芥子汁液凝固起来,就把拾芥子埋入溪水边,做些记号。过了两三年,挖出来,拾芥子的胶脂就变成沉黄透亮的软石头,石头里藏着的蜂蝶虫子都能看见。

商人们来买走这些软石头。做啥哩?掺假哩。他们手里有秘方,把这些软石头加工炮制一番,打扮成琥珀的模样,掺杂在真正的琥珀里出售,不是行家根本分辨不出来。最早的琥珀不叫琥珀,叫虎魄,据说是老虎死了,精魄入地化为石,近玉石类。梵文叫琥珀为阿湿摩揭婆。

我们的老祖宗在草药里造假是很有一手的,简直呱呱叫。汉朝风靡苍术,家家户户都得有点儿,可是假苍术相当的多,名医们抱怨说,这真是令人哀伤的事情呢,满目皆是假货。唐朝又风靡黄连,贵族们见面寒暄说,最近,您吃了黄连吗?所以假的黄连也是满天飞。至于沉香、苏合香,也是假的多,不过这两样是来自外邦的药材,早早就被异域商人掺假掺好了,不用劳心费神。可见,天底下的人贪钱又是一样儿的,造假术心有灵犀一点通。琥珀造假很难,但因为有拾芥子,那可就容易多了。假的琥珀里连栩栩如生的蜜蜂虫子们都是天然的。

拾芥子本来是一味很好的草药。拾芥子的胶脂提取出来,加了松脂,气味清雅幽淡,简直美妙至极。在屈原那会儿,美男子们出门,贴身佩戴一块拾芥子胶,叫芥魄,一路走,一路清香。这种香味适合男子,是一种自然的清香。

古人没有牙刷,刷牙不方便呀。拾芥子胶和薄荷、甘草、柏仁等草药,研磨成粉末,制成药丸,淑女们清晨嚼一丸,饭后嚼一丸,口气清新,刷牙不刷牙的,也没有多大关系。

在药用里,拾芥子胶脂安五脏,定魂魄,杀精魅邪鬼,消瘀血,通五淋,也是很好的药。

东晋时期有位医学家,叫葛洪,是声名远扬的名医。医术好,肯散银钱给穷人,天文地理无不知晓,世称小仙翁。他也是个道人,精通炼丹,世上草药没有他不懂的。葛老先生隐居在罗浮山里,和弟子们炼丹。某一天,有弟子在炼制密陀僧的时候,不慎误用了拾芥子,结果释放出有毒的气味,熏得弟子眼睛红肿,浑身起了一层疙瘩。葛洪大惊,说密陀僧畏狼毒,看来和拾芥子也不能相处,亦是有毒的。前来看病的人们没怎么听清楚,回去后就说,葛神仙说了拾芥子有毒哩,他的弟子都被毒成那个样子,万万不敢吃。以讹传讹,拾芥子就被人们抛弃了,因为葛洪实在名气太大,没有人不相信。

慢慢地,人们就淡忘了拾芥子,医家亦是不用。葛洪之后,已经无人能认识拾芥子了，医学典籍里也难有其身影。

李时珍说，拾芥子的记载很少，都是极早的时候，后世人也不认识拾芥子，有人所说的拾芥子都是误传。

大概，只是一味传说的草药吧，或者是它后来藏得太好，参禅得道了，人们都找不见。来有因，去有果，也许是苍天的玄机吧。

草药史上，还有一味失踪的草，叫青黏，三国时期，生长在彭城和朝歌一带，服用令人长生不老。青黏是华佗传授给弟子樊阿的。华佗去世，据说樊阿活了五百岁。樊阿之后，就没有人能认识青黏了。一味草药神秘地消失在光阴里。李时珍做了很多研究，始终也没能找到青黏和拾芥子。不过他说，樊阿应该是活了二百多岁，不是五百多岁。这樊阿可真是个老不死的。这么说，可是罪过哩，樊阿是有着菩萨心肠的名医，悬壶济世，救人无数，只不过爱喝点儿酒，偶尔酒鬼一回。

桑

大唐名医孙思邈坐在桑树下替人针灸治病。他喜欢桑树，求医的人多，挤在室内空气污浊。桑树下好啊，风从远方来，清爽幽香。病人半躺在攒鼓里，四肢上扎满三棱银针，眯着眼睛听风走过桑树叶。这攒鼓，是扎针专门用的坐墩，两端小中间大，鼓出一个窝窝来，病人半躺着陷在窝窝里。木头的支架，包裹了麻布棉花，很软和，头可以靠在攒鼓边上养神。

孙思邈的茅庐简单朴实，木格子窗户上悬挂着金红色的药葫芦。篱笆墙上开满牵牛花，纷繁热闹，几只鸟儿相互啄羽毛。细藤斜斜编织的席子铺在地上，晒满草药。荆草编织的帘子垂下来，被风推得一跑一跑。阳光透过草帘洒进屋子里，桑树枝条编织的屏风上，搭着药王的一件粗布衣衫，散发着幽微的草药香。

茅庐前，弟子们炙炒药材，九地、防风、甘草、蟾蜍……一个个都忙得陀螺一样。最伶俐的小弟子弓着腰，在马厩边的大青石头上吃力地砸胰子。胰子是猪胰子、羊胰子,从屠户那里运回来,一大堆,有点儿腥,还有血丝。掺了桑白皮,掺了肃州西皁禾海的沙碱,还有香草、新鲜的桑叶、白芷、冰片、赤小豆、白茯苓、杏仁、桃仁、丁香、冬瓜仁、苏合香、皂角等各种药材,掺在一起使劲砸。

这些东西反复砸半天,砸匀,砸出草木的香味来了,再放入石臼里捣。捣好了,就揉成团,晾晒在太阳下,翻动,晒干,就成了桑叶胰子。草药和香料经过反复捣砸,释放出清幽的草木味道,祛除了猪胰子的淡淡腥膻味。这样的胰子,洗头发、洗脸、沐浴都是顶顶好的。当然,这都是要送到长安城里去的奢侈品,不是轻易就能用到的。

桑叶胰子洗过头发后,发丝柔顺黑亮,祛头皮屑,连掉发都不会有了,还有一股天然的清香。洗面呢,肤若凝脂,弹指可破,面若桃花。至于沐浴,就更加好得不能再好了,人走过去,一路清香。药王孙思邈说,头发不长,用桑叶、麻叶煮泔水沐之,七次可长数尺。

历代的名医们都很有脾气个性,清高得不屑于和权贵周旋。华佗就很没心肠地给曹操看病,结果招来祸患。孙思邈虽然贵为药王,医术顶呱呱的好,但不很得罪人,脾气柔和。皇帝召唤他做御医,他想办法脱身,说我给您到深山里去制作养颜增寿的胰子,那儿有最好的原材料,别人做不出来。贵族们来求桑叶胰子,他给个方子说,依此制作,虽没有我做的好,可也不会差到哪儿去。他依旧回到深山,给百姓看病,顺便差弟子做胰子,日子甚为滋润。他活了一百多岁,人脉很好。不过我想,一百多年的光阴里,他肯定也会遇到绝望和挫败的吧,只不过他能降服自己的内心,安然回到草木间。

权贵们说,桑叶胰子的方子您老人家保密一点,不要被百姓们知道了,贫贱的人不配使用如此好的奢侈品。他却说,这是哪儿的话,白鹭在清水里沐浴,松鸡在浮土里梳理羽毛,这是上天赐予的权利,而且清贫的人更要清洁身体,不然因为积垢而生了病,耽搁了农活,一家人要饿肚子。

他把桑叶胰子的方子刻在木板上，人人都可抄去制作。不过，百姓人家嘛，名贵的香料也没有，就连猪胰子、羊胰子也很少。药王又吩咐人家，采了桑叶晾干，烧成草木灰，然后掺在能采到的药材里，掺杂少量的猪羊胰子，反复捣砸。砸出来的胰子虽然不是极品，但洗浴也是很好的了，很能预防疾病。

可是，有的人家实在是太穷了，没有猪羊胰子，火碱也没有，砸不出来桑叶胰子。可是过日子总得洗呀，蓬头垢面可不行。药王说，桑叶捣汁，加在淘米水里洗脸，洗过后肌肤光滑滋润，能祛除褐斑。洗头用皂角水兑桑叶水，常常洗令头发浓密乌黑。至于洗衣裳，用桑叶捣汁泡水再用棒槌砸，若是被单之类的厚重织物，用草木灰泡水棒槌砸，如此清洗，可防百病，使人康泰。

五加皮常服能肥妇人，桑叶常服却能瘦人。药王种桑树也很有意思，他在桑树根下埋了乌龟甲，桑树长得极为茂盛而无虫蛀，叶子肥大繁密。

桑树为什么叫桑呢？古书上说，日初出东方汤谷，所登榑桑，叒木也。叒，音若。榑桑就是叒木。太阳神和母亲羲和驾着车子，每天从生长在东方汤谷的扶桑神木出发，到西方的虞渊谷落下。

古代名医徐锴指出，叒木是东方自然神木之名，其字象形。桑乃蚕所食，异于东方自然神木，故加木于叒下而区别之。

我们河西很早之前的匈奴人，牛皮帐篷里供奉着青铜的扶桑树，胡人也叫叒木。他们说，这是神树，能护佑族人平安吉祥。

古人也说，桑之功最神，在人资用尤多。桑叶煮茶常饮用，可以令人更加聪明。

李时珍说，桑有数种：有白桑，叶子大如掌而厚。鸡桑，叶和花都单薄一些，不肥厚。子桑，先椹而后叶，枝条生长比叶子早。子桑，先有桑葚，后来才有叶子，次序不一样。山桑，叶尖而长，枝干坚韧。用种子种桑树很慢，不如剪了枝条栽种，生长快一些。桑生黄衣，谓之金桑，其木必将枯萎。结子叫桑葚子。

桑叶大概是很美味的，因为我也不是蚕，所以不是太清楚。小时候和人打赌输了，吃了一片白杨树叶子，真是顶苦了。《尔雅》里说,桑树有女桑和山桑。桑树细小而枝条柔长者,皆为女桑,叶子饲蚕,蚕丝为丝中极品,织出来的丝绸华丽柔和,是别的桑树不能相比的,主要是桑树长得好,叶子肥美所致。

至于山桑呢,叶可饲蚕,但丝就差一些了。不过,山桑木坚劲,古代用以制弓弩和车辕。尤其是山桑木制的弓,弓性强劲,好得不能再好了。北宋神宗时期,和西夏人打仗,吃了几次败仗。宋人发现西夏人用的一种弓弩特别厉害,弓身长三尺三,弦长二尺五,射程远达三百四十多步,宋人的弓弩比起它来实在差远了。宋人很快也制作了这种弓弩,用坚韧的山桑木为弩身,麻为弦,轻巧坚劲。宋军弓弩手持这种弓弩,所向披靡,称为桑木神臂弓。

桑树皮厚实,褐灰色,有浅浅的纵裂。桑叶冬芽红褐色,虫子一样潜伏于枝条。纤细的枝条有细毛,很稀疏。叶子撒开,梢端急尖,青绿里略略带着鹅黄。慢慢长大一些,鲜绿鲜绿的,叶尖就圆钝一点儿了,不那么尖。基部圆形至浅心形,边缘锯齿粗钝,叶脉稀疏的细毛,看上去很可人。聚花为果,叫桑葚,由暗红色渐渐转为紫黑色,味道微甜多汁。

桑叶经霜后采收的效果好,称霜桑叶。桑根白皮入药也很好,叫桑白皮。甘而寒,无毒,去肺中水气,利水道,治疗水肿胀满的首选药。桑白皮治疗金刃刀创,有疏风清热、凉血止血的功效。年轻人头发花白,用黑熟的桑葚子搽涂,头发就能变得黑亮浓密。

有一个方子叫神仙饮,说桑叶常服很养生。4月,桑树茂盛之时,采得桑叶阴干。等10月,落了清霜,再采霜桑叶阴干。再等一下,满树的叶子落得只剩下二成了,再采摘一些。再等,落得只剩一成了,叫神仙叶,全都采摘了。然后一年里所有采得阴干的叶子都掺和在一起,捣成粉末,调了蜂蜜炼丸,冲服或者煎水代茶饮,就叫神仙饮。手足麻木的人,用降霜后的桑叶煎汤,频洗,也有疗效。

有个宋朝的医案说,有一天,严山寺来了个游僧,身体瘦弱且胃口极差,每夜就枕,遍身汗出,迨旦衣皆湿透,连被单草席都被汗水浸湿，说是此病几十年求医皆无效。

寺里的寺监正好会医术，就带着游僧来到桑树下，趁晨露未干时，采摘了新鲜的桑叶带回寺中。没有别的草药，只单用桑叶一味，焙干碾末，每用二钱，空腹温米汤饮服。几天后，缠绵几十年的沉疴竟然痊愈了。游僧与寺中众和尚无不惊奇，佩服监寺和尚药到病除。《本经》里解释说，桑叶能除寒热，能止盗汗。

桑树上寄生着一种枝条柔软的植物，叫桑寄生，也是药材，别名叫蔦木。鸟雀叼衔来浆果，落在桑树上慢吞吞地啄吃，果核粘落在桑树枝或伤陷处寄生，吸取树的养分长成另一株植物，高两三尺。也有鸟儿啄吃了野果，种子难消化，随粪便排出，落在树干上，便生根发芽，根系伸入桑树茎内，吸取水分养料，抽枝散叶。桑寄生叶子和桑叶有点像，肥圆微尖，质厚柔软。叶面闪着翠绿绿的光泽，叶子背面有一层白白的茸毛，细微的一脉清香。采摘桑寄生的嫩叶晒制成茶，即为桑寄生茶，养生益寿。桑寄生枝叶入药，补肝肾，强筋骨，祛风湿。

"日暖桑麻光似泼，风来蒿艾气如薰。"这样的草木境界，想一想都满心清香啊！我们一辈子总在修炼自己，使得光阴更加禅意。而草木，早已是参禅得道了，才投胎转世到红尘的。一花一叶，都是菩提清净心。很向往的是一种意境，坐看溪云忘岁月，笑扶鸠杖话桑麻。真是好，锄头落地，读书耕田，踏实安然。世上的事情，多么玄乎、多么热闹，都不如农事兴旺才好。四季枯荣相互替换，一树霜叶的萧条败落之后，生命更替，肯定会迎来盛大的春日，繁花似锦。生命的轮回都在草木的变幻里延续。人生的际遇也是如此，没有一成不变的枯败。最枯黄的时候，潜伏着最美的新绿。

世间最安逸的岁月，莫过于把酒话桑麻。像草木这样慢悠悠地活着，朴素地过着，多好。你知道，是草木保管着苍茫大地，是草木寄放着红尘禅意的光阴。而我们，保管好自己的心灵就可以了。

（原载《西部》2015 年第 5 期）

时光的收藏

李 汉 荣

榆木书桌

看得出来,它上面还有斑斑点点的残漆。数百年前,我的先人曾仔细为它上漆、打蜡。一方柔和的亮光,使这户耕读人家,能随时拂去劳作的倦意,伏案捕捉内心的光线;那幽幽木香,让平淡的日常生活,缭绕着别样的气息。

后来,漆渐渐磨损、脱落,固执的时光之蝉,终于挣脱蝉衣,鸣叫着向远处飞去,在逐渐黯淡下来的记忆的房间,它笃定地站着,依旧保持着儒雅的姿势。它平淡的容颜,呈现着素朴的木质,也折射着我先人本色的品行。

我的祖父曾伏在它的上面,我的祖父的祖父都曾伏在它上面,我的先人们一直伏在它的上面,读易读史,诵经诵诗,画春画秋,记人记事,写情写义。当时,画眉在田野点染春泥,燕子在梁上朗诵农谚,线装的孔孟偶尔出现残页,于是在桌上被仔细装订,鸟儿们远远近近地插嘴,也在旁注着古奥的文字。于是那湿润的呢喃,也被装订在书页里了,古意夹着新意,经声和着鸟声,书香叠着稻香,耕读的日子就有了日上三竿的欢喜。

有时,疾病和悲苦随秋雨袭来;有时,离散和夭折,兵戈和马蹄,冷不防打断严谨的农历,桌上摊开的祖传方子,就及时做些加减。不大的桌面,望闻问切着广袤民间的病苦,有的减轻了,有的治愈了,而有些暗疾,则像腐殖土一样沉淀下来,催生了只可意会不可言传的秘方和偏方,那是特有的民间异禀和草根智慧。谁能从桌上细密的纹理,取出几百年前疾病的叹息和药草的气息?

此时,我在桌面靠右的一角,看见了一个小小的虫孔,那是一只什么虫儿打凿的工程?蚂蚁?木蜂?钻木虫?装死虫?很可能是装死虫吧。我愿意它就是一只装死虫。那时,榆树还生长在明朝的原野,几个贪玩的孩子轮番爬上榆树,其中有一个就是我的祖先,他爬上来了,坐在枝杈高处,手搭凉棚,眺望村庄的春天,眺望远山的青黛,顺便打量炊烟和人生的去向。就在这时,离他不远的一只虫儿也坐在树的肩膀眺望和打量,眺望葱茏的宇宙,打量榆树的味道。虫儿发现了他,一阵战栗抽搐之后,它立即假装死过去了。就这样,虫儿躲开了一个顽童,也躲开了可能的伤害,我们可以理解是虫儿礼让了他,礼让高大的"神灵"占据更多的树木和更多的宇宙。但他没有看见这谦卑礼貌的虫儿,他只看见树身上一条静止的暗黑色疤痕。虫儿的机智死亡,使数百年前的那个下午变得异常安静和仁慈,附近庙里的钟声连着响了六下,报告慈航普度,众生平安。

而当我的祖先和他的小伙伴们呼喊着溜下榆树,装死的虫儿立即复活了,它继续它的神圣工程,它连续七天七夜凿啊钻啊,它吃住都在这庄严的工地,它一定要为自己短暂辛苦的一生,打凿一条连接永恒的通道,它一定要用隐秘的艺术手法,记载自己的梦境和心迹。

它以天真的智慧和精细的工艺,终于开凿了一个曲曲折折的时空隧道,把数百年前它的那次冒险经历,把它与孩子们相遇的故事,把原野的阳光、鸟声、草木香气和附近庙里的经声钟声,庄稼地里男人们对唱秧歌的粗犷声音,铁匠铺里叮叮当当锻打农具的声音,老牛寻找牛崽的哞哞声,鸡鸣狗叫的声音,集市传来的叫卖的声音,村口母亲们高一声低一声喊孩子回家吃饭的声音,以及缭绕在树上的我的祖先衣服和身体的气息,他们用力爬树划在树上的手指印痕,他们坐在树杈上哇啦啦对着远方呼叫的声音——细心的虫儿把这一切都收藏在它开凿的时空隧道里——

此时此刻，我悚然一惊，终于知道，我伏在这古老书桌上，其实一直守在这个洞口，一直在眺望深不可测的时光……

车 前 草

"停下来，别走那么快"，她伸出羞怯的小手，拦在接踵而来的车轮前，轻声劝说着。

她纯真的手势，固执地比画着，而鲁莽的车轮，被更鲁莽的历史驱赶着，它顾不得留意路上的细节，它不在乎也不理解，那手势比画着怎样的深情，怎样的苦情。

它们呼啦啦碾过去了。冰凉的车轮磕腾了一下，又磕腾了一下，它们在连续的磕腾声中头也不回地驶远了。

时光冷漠的轮子，碾碎了多少温柔的心。

她受伤的小手，流着碧绿的血液，夕阳久久地在天边低垂，久久不肯落下去，历史的原野上，闪烁着苍凉的暮色。

漠然的车轮，一次次被染上淡紫的血色，春天的血液，一直流到夏天和秋天。

直到深冬，大地僵冻，老练的物种们纷纷归隐或沉沉冬眠，知趣的花草们也随北风遁去，而在生活和历史必经的路上，车前草，依然身着夏天的衣衫，缄默地守在路边道旁，等待着路过的各种车轮，要对它们说点什么。

天真的小手，仍然像春天和夏天那样举着，打着固执的手势。

她们举起的手，有时就密集地攒在一起，纠结着挡在车轮前。

"停下来，别走那么快。"她一遍遍重复着这句箴言，尽管所有年代的流行词典都拒绝收入这句箴言。

她一遍遍重复的话语和固执得近于纠缠的温柔羁绊，终于使一些车轮，犹豫着思忖着，不得不慢了下来。

战车慢了下来,死亡和不幸慢了下来,箭矢和刀斧的锋芒,因了那泪水的浸染,而显得稍稍迟疑和暗淡;拦截战争和阻止死亡的,竟是如此柔弱的一群。这堪称英勇的羁绊,使历史打了一个个趔趄被迫减速,于是战车慢了下来,甚至停了下来,死神的一部分日程被取消,线装的史书里,终于出现了安宁的段落和平静的炊烟。

刑车慢了下来,暴戾慢了下来,历史暗夜里的雷霆慢了下来,死亡慢了下来。嵇康终于还有那么一小段时间,得以复习一遍心爱的广陵散,让金石之声在失传之前,再发一次金石之声。金圣叹也还来得及,在落日未落之前的一小会儿,在心爱的唐诗里,再站立一小会儿,让杜甫的落日,再照耀他一小会儿。

婚车慢了下来,生活慢了下来,青春走失的速度慢了下来。那么多母亲和祖母的手,簇拥在路上,簇拥在时光的车轮前,新婚的步履总是踟蹰不前,女儿们伤感的眼泪,打湿了故园的芳草,当她们一步三回头,看见村头的小河,也一步三回头,绕来绕去走不出祖母的臂弯。拦不住,一代代青春终于都远嫁异乡,而一步三回头,却成了一代代女子们远行的仪式和走路的习惯。

官车慢了下来,杜牧慢了下来,刘禹锡慢了下来,柳宗元慢了下来,苏东坡慢了下来,辛弃疾慢了下来,他们索性从公文里一步跳下来,离开官道,背过王朝,转过身,沿着露水盈盈的小路,朝鸡鸣狗叫的村庄和田野走去。走在草香和药香弥漫的阡陌,他们发现了广袤的民间,那是多么沉寂又是多么深沉、多么热闹的民间。于是,更多的诗、更多的风情被发现了,古国的诗卷里,终于有了一抹来自草野的葱翠和清香。

"停下来,别走那么快",她伸出嫩绿的小手,打着固执的手势,劝说着所有年代的车轮,她要挽留时光那一闪而过的鲁莽背影。

……

今天下午,我骑着老式自行车,绕开高速公路和高速铁路的纠缠,逃出钢铁的围困和噪音的轰击,我背对时代,与现代发生了激烈的争吵和摩擦,然后,我好不容易摆脱了手机的跟踪和电子的追捕,终于,在时代的远郊,我失踪于深山更深处的幽谷里。

我看见她了,一丛丛、一簇簇,安静地守在石头旁,守在野径上,守在林子里,守在还没有被植物学归类的野草旁,守在还没有被营销学算计的山泉边,守在还没有被成功学绑架的白云边,守在还没有被厚黑学觊觎的清风里。她还守在纯真的古代。

她嫩绿、羞涩的小手,还保持着公元前的手势,她的手里,还小心捧着诗经里的露水。

"停下来,别走那么快。"我听见她一字一句对我说着。我的自行车也听见了,那沾满了泥土的车轮,斜斜地靠在一棵野枣树上,它谦恭地倾听着鸟儿的古语和草木的叮咛,它想就停在这里不走了;被我汗湿的手攥得疲惫的车把手,终于放松了下来,轻轻地触摸着那草叶,辨认那葱绿的手语。我太熟悉这一对车把手的心思了,它一定很想融化在这山色鸟声里,变成一块安静的远古矿石。

我停下来。我坐在厚厚青苔上,抬起头来。我从诗经的第一缕草色开始读起,一直读到幽谷的深处和时光的远处,一直读到越来越深蓝的无边苍穹。啊,此刻,流逝的时光全部返回,并迅速返青。于是,凋零的诗复活了。我极目望过去,望过去。我看见,满目都是诗,都是青青的思念……

（原载 2015 年 6 月 17 日《人民日报》）

断 裂 带

羌 人 六

一

　　雪从云深处千军万马地来了,气吞山河般地来了。雪用它
们的脚板涂白了清晨的平通河谷。涂白了一个放牛娃的眼睛。
也涂白了一个村子整块儿的寂静。平日的吵闹仿佛被寒冷冻住
一般,踪迹难觅,扑朔迷离。喜鹊窝在早已被寒风搜刮得一干二
净的春材树上侧着脸,冷得瑟瑟发抖。河流低着头,整理着自己
日益瘦小的流淌声。极像外婆家经常被绳子绑在猪圈里的老黄
牛,总是会把山里一棵棵青草的头颅啃出脆生生的尖叫。

　　堆雪人的好日子终于来临。

　　刚穿好衣服的我,不由自主对着断裂带的大雪噘了噘嘴,捏
捏鼻子,又扯了扯耳朵。我担心它们在我的睡梦中长歪。我不
想变成丑八怪。生活还没有在一个放牛娃的心中完全亮出胳膊
和胸膛,生活还有成千上万种可能,就像这凋敝而又阴郁的季
节,草木尚未长出枝叶和它们自己的天空,荒凉、斑驳、赤条条,
一旦时机成熟,它们就会重新赏心悦目起来。

　　手握镰刀的外公站在院子里,他麻利地将一根竹子剖开,划
成篾条,编背篓。

　　外公编的背篓好看、结实、耐用。这话是断裂带上的乡亲父
老们说的,也是母亲说的。说话的母亲的脸像丝绸一样光滑。

有一次,我和弟弟撞见她和父亲在灶屋里浑然忘我地嘴对着嘴,她的身体像蛇一样扭动,她手上拿着的瓜瓢在滴水。两个身体,像两座被地震挤在一起的山脉,在用他们的灵魂对话。我和弟弟的脸瞬间变作花红。这个场景,我始终没有办法将其从记忆中剪裁掉。就像落在我心坎上的鹅毛大雪,迟迟不化。

外公编的背篓总是让我联想到饥饿和乡下人的胃。我清楚背篓在乡下人心目中的地位和分量,然而,我的父亲没有外公这般手艺。父亲的过去是个地地道道的农民,尔后是军人,最后还是个地地道道的农民。父亲的命不是他自己的,他的命属于他的亲人。当年,我尚未出生,父亲为了婆婆不受他的兄弟欺负,毅然选择退役,从东北回到四川老家。于是,他又成了这个盆地里的一只癞蛤蟆。我害怕父亲,因为他总是偏着头,目光凶恶,仿佛随时可能喷出两道闪电。偏着头的父亲和没有偏着头的父亲不是同一个人。父亲从来不会在弟弟面前偏着头,他脸上燃烧着的爱意与面对我时截然不同。这让我感觉自己更像他的仇人,而不是他的孩子。

我在外婆家长大,因为他们只顾得上弟弟。我不敢埋怨父母的偏心,因为他们的巴掌随时可能雪一样落在我的身上。我觉得我的命是苦水里泡出来的,弟弟的命是糖熬出来的。村子里的人将命称之为福气。命好是福气的缘故,命坏也是福气缘故。每个人的福气是不一样的,像菜园里的蔬菜,琳琅满目,却各有千秋。

漫山雪!雪涂白了整个世界,包括时间。山是白的,屋顶是白的,漫山遍野的梅花是白的,炊烟是白的,连外公鼻孔喷出来的气体也是白的。望着窗外,我努力回想那些被雪挤掉的色彩,荒凉,压抑……可是我什么都想不起来,一场雪,已经将先前的一切挤牛奶一样挤掉了。

"天上的神仙正在打扫灰尘。"

我漫无目的地猜测。仅仅是猜测。我的身体和灵魂空荡荡的,像子弹射穿的墙纸。思绪在山下此起彼伏的鞭炮声中挣扎,它们理应属于我,属于童年,但我连成为一个参与者的资格都被偏心的父母雪一样淹没了。过年了,我没有回家,在山上的外婆家过年——我没有让父母给自己买新衣服穿的福气,也没有勇气面对穿在弟弟身上的新衣服。我就像这漫山的雪,静静地来,静静地融化。的的确确,我有些恨我的父母,恨他们把所有的爱统统灌在弟弟身上。

我的弟弟,一个胖嘟嘟的家伙,一个长着樱桃小嘴的家伙,一个整天笑呵呵的家伙。很长一段时间,我们兄弟两人陌生得几乎半毛钱关系都没有,或许,我们之间真实存在的血缘关系业已雪一样化掉了。在外婆家里,我被视为掌上明珠;在家里,弟弟被视为掌上明珠。我是山上的掌上明珠,他是山下的掌上明珠。弟弟不会叫我哥哥,他喊我小名。我们总是喊彼此的小名。当然,这里面大有学问,包含着我的客气,他的不屑一顾。

清晨,我没有上山放牛。柴火在火盆里呻吟,眼睛血红,几双老树皮一样粗糙的手在一旁回忆曾经。冰冷刺骨的感觉从指尖涌向我瘦小的心脏。我从外婆家出来,独自向着白茫茫的山上走去。雪倾斜着落下,像一把漂亮的梳子。我在雪中踟蹰,一个孤独的雪人,雪在山里飘啊飘啊,我几乎就变成了一阵风。

二

到了上学读书的年纪,我的时间再也不能信马由缰,我像一片雪那样落到山下,落到一家四口的门缝里,落在一张饭桌冷冰冰的目光里。我的身体是灰尘里的时间,我的灵魂是河水中摇曳的寂静。我开始上学了。在外婆家那头老黄牛哞哞的挽留声中,我恨不得将匆匆流逝的光阴暂停。记忆中的欢乐开始像外婆家墙壁上的白石灰一般缓缓剥落。成长让一种无以名状的情愫在我幼小的心灵里沸腾,或许,最能代表这种情愫的词语就是眷恋。

在山下。我像一片小小的雪花那样活着,不敢大声说话,因为那会像花朵招来蜜蜂一样招来愤怒;我不敢跟弟弟争抢自己喜欢的玩具,因为他有靠山,他的靠山就是父母的打骂;我甚至不能随便移动,因为这同样会使他们生气。他们总是因为我生气。

在家里,我无时无刻不活在一种难以名状的恐惧之中。恐惧像我的影子,如影随形。我想,难道我不是他们生的吗?我不知道他们为什么会疼爱弟弟而讨厌我,难道我真有那么讨厌?我觉得自己是个被讨厌施了魔的可怜鬼,命中注定。

在家里,我只能像一个哑巴那样活着。很少说话,没有表情,老老实实地吃饭、睡觉,兢兢业业地完成他们要我做的任何事情。事实证明,我是个不太会帮人办事的人,往往帮倒忙,吃力不讨好。我不知道自己为什么会选择用不好的方式对待家人,就像我不知道他们为什么那样排斥我、拒绝我、否定我。

母亲让我上街打酱油,我看见锅里的水在尖叫,贫瘠的水蒸气,勾勒出饥饿的背影。我心不甘情不愿地出了门,凭什么做事的都是我,而不是弟弟?弟弟在院子里用知了的肉喂他的蚂蚁王国。我真心反感母亲的嘴,又无能为力。那时候,平通河的嗓门还很大,河水深不见底,青面獠牙的水鬼在其中游荡。很多人在夏天的时候到河里游泳、钓鱼,鱼儿摇摆着,碎片一样避开人们闪烁的身体。平通河的水流声不动声色地启发了我,提升了我的智力和自以为是。母亲给我一块钱,我只打了八毛钱的酱油,省下的两毛钱则用来买了零食。我提着还没有装满的酱油瓶子向家中走去,夜色已经溅湿了我的额头。我的内心相当镇定,当步行至距家还有一里之遥的灵官庙,在路人用来解渴的泉水边,我偷偷拧开瓶盖,用"神水"把还没有饱的酱油瓶子装了个满。当天晚上吃面条,母亲说我买回的酱油没味儿,我心里涌出的不是愧疚,而是一种不为人知的喜悦。

后来,父亲让我上街舀白酒,我又一次复制了打酱油的方式。家乡有句老话:"久走夜路,终要遇鬼",我就倒了这样的霉运。真相很快被揭发出来。酒和酱油一样,都是在街上做生意的二娘那儿买回来的。但酒掺了水比酱油掺了水更容易识别。靠诚信将生意做得红红火火的二娘是不会将水掺到酒里面的。这一次,我狠狠地挨了父亲的揍。父亲揍人很有方法,他不用棍子,甚至不说话,冷不丁地站在我面前,粗糙的巴掌接二连三落在脸上,我的眼睛里就冒出几粒金星。不知为什么,多年以后,有那么为数不多的几次,我发现这种粗暴的打人方式竟然潜移默化地流淌到我的身上。当我用同样的方式对待别人,我已经感觉不到当时的疼痛和耻辱,而是发自内心的痛快。通过这件事,我发现我和父亲的身体似乎都隐藏着一个同样的秘密:暴力,男人的暴力,与生俱来的暴力,做事不经过大脑的暴力,层出不穷的暴力。我努力纠正自己的暴力,因为这种暴力无疑是一种看不见的传染,不管施暴者还是受害者,这种暴力都会流传下去,像绵延不绝的生命一样不断扩散。如果任其发展,它很可能形成一个恶性循环,成为一个家庭一个家族一片土地乃至一个国家一个时代的肿瘤。

作为四口之家的一员,我的存在是模糊的。这种模糊不止表现在衣食住行,也表现在我的意识和灵魂当中。父亲母亲乃至弟弟不愿意理会我的存在,我也主动地躲藏着自己。

大多数时候,我表面畏畏缩缩得像一只老鼠,极尽隐忍,内心却痛苦万分,"皇帝爱长子,百姓爱幺儿",难道,我真的逃不出这个古老的现实和魔咒?不愿意面对过去的人没有未来。回忆就像倒车,擦净后视镜上面那层薄薄的灰尘,我遇见的不是自己,而是一个因为父母偏爱变得敏感、内心复杂的少年。和许许多多有过苦难经历的人一样,我一度不愿意面对自己,不愿意面对那些被扭曲的真实的灵魂。那些我所承受过的创伤,仿佛地边总是叫人不寒而栗的荨麻。在弟弟家里,我必须小心翼翼,因为这儿不是我的家,我是只无家可归的老鼠,我是断裂带上的裂隙。

三

我所在的刘家院子住着四家人,分别是大伯家,他家门口有一棵桃子树,不过桃子结得不好;然后是婆婆家,她家门口有一棵从不结果的柿子树,兄弟姊妹中最小的幺爸跟他们住在一起;

其次是弟弟家,这家门口有苹果树和无花果;最后是大娘家,她家门口有杏子树、桃子树和樱桃树,院子下面生长着一片茂密的名叫臭老婆子的植物。大娘家最会过日子,姑父是个和蔼可亲心地善良的养路段工人,他总是骑着一辆锃亮的永久牌自行车,姑父爱笑,他一笑,额上就会亮出很多条小鱼。

"你婆婆偏心,吃好的总是背着我们。"

母亲的嘴在空气中燃烧,仿佛她已经受够,仿佛她已经无法忍受这种偏心。她没完没了地在我们面前控诉着:"分家的时候,除了一点儿粮食,我们什么都没有;你们要记住,你的婆婆从来没给你们买过任何东西,你们小时候,她连抱都不抱你们一下。"

我们明白,母亲并不是要我和弟弟将这些话向当事人转告,她甚至当着她的丈夫也说这事儿。透过母亲的话,我开始明白婆婆的不公,如果说我们没有玩过她买的玩具吃过她买的零食这也情有可原,但她连抱都没有抱过我们,这就相当令人不解,她的拥抱很值钱?很快,母亲就让我们知道了事情的真相,知道了婆婆一直溺爱幺爸的事实,知道了婆婆家最好的土地几乎都分给了幺爸,知道了这个家族里的所有好事几乎都落到幺爸身上。母亲的话语限制了我和弟弟的自由,拦住了我和弟弟串门的欲望,我们不愿意去婆婆家了,因为婆婆对我们不好。

在婆婆身上,在父母身上,躲藏着一个几乎是一脉相承的恶魔,那就是偏心。即使是一家人,也未必能一视同仁;即使是对亲生的孩子,父母们也难以做到一律平等。他们总是将爱的雨伞移向儿子或者最小的一边。并且,他们似乎从不为此感到愧疚、不安,古往今来,这似乎是天经地义的事,正如古人所云:"皇帝爱长子,百姓爱幺儿。"

在弟弟家里,我成了名副其实的客人,我谨慎隐忍,刻意跟弟弟保持着距离。对他来说,父母亲的爱像醪糟煮啤酒一样美妙;对我来说,父母的爱更像是一枚发育不良的青梅,酸涩难咽。我常常将自己关在屋子里,借着一支蜡烛的死亡取暖。我很孤独,除了努力学习,我不知道还有什么方式可以使我遗忘时间,遗忘我自己。

在弟弟家里,我是个多余的人,时刻都在想着逃离,我甚至想跑到大山外面流浪。我想念外婆,想念外婆家那张温暖的床,想念外婆家的大黄牛。

在弟弟家里,我不敢跟父亲说话。上个世纪90年代中期,梅子生意折本以后,父亲的脾气、赌瘾和他的烟瘾一样渐渐大了起来。他抽很多的烟,将痰随意吐在地上。我无师自通地学会了察言观色,学会洞悉父亲打牌的输赢。输了钱的父亲和母亲经常吵架,后来,他们就不吵了,直接动手。

父亲手重,挨了揍的母亲常常躺在床上一直哭到深夜。有几次,母亲甚至准备喝农药自杀。亲历这些事,我变得更加沉默寡言,因为感受到的已经不止是我个人的痛苦,而是一个家庭的痛苦,这些时间的伤口,在我幼小的灵魂里深深地扎下根来,恍如一个断裂带上永远不会化掉的噩梦。

四

绿意盎然的夏天,家里的收音机反复吼着《我被青春撞了一下腰》,颓废的歌声被骄阳掩映,平通河带着山中的记忆和见闻流向山外。头上缀着一点红的新娘子在猪圈的墙根一带转悠,臭老婆子开着恶俗而硕大的花朵,空气中燃烧着死亡和魔鬼的体味。也许,院子边上那棵梧桐树就要寿终正寝了,一些干掉的树枝总是居心叵测地忽然从高处落下来,将低头刨食蚯蚓的鸡群吓得四处逃窜。

家门口的无花果吐出很多绿色的手掌,知了在隐蔽的树枝中呻吟。水泥院子里晒着白白胖胖的花生,上门来跟父亲要债的人把它们踩出一片惨叫。炽红色的太阳是我的泪滴,却倔强地没有落下来。我看着债主们狰狞的面孔,腿肚子比星星还闪。我很害怕,一群快要疯了的人,他们龇牙咧嘴,将一个家庭最后的尊严熄灭了。他们是上门来讨债的,婆婆和旁人的脸在院子里一闪而过。

父亲被那个带头的人推向晒着花生的院子中央,仿佛光天化日之下的一个窃贼。混乱之中,父亲流鼻血了,他没有还手,他的手和脸在空气中僵硬着,他只是后退。那些冲锋陷阵的脸、嘴巴和手臂统统是他的债主,他无可奈何地被这种伤害钉在它们中间。

愤怒的亲戚们一定想打烂父亲的头,因为他们的拳头都在冲向同一个位置,那里面装着父亲的放纵和用来面对炎凉的各种零件。望着闹哄哄的人群,我想:亲情比纸还薄。

被欠债弄得窝囊不堪的父亲从厨房里拿出菜刀放在用来杀年猪的长板凳上,父亲一动不动地坐在那里,眼神没了赌桌上的光彩和神气。母亲在一旁哭泣着,一家四口在人群里孤单着,无形的力量将我们推向一个深渊,一个看不见的囚笼。

一段时间睡去了,狰狞的亲戚们这才消停,他们不再动手动脚,站在院子里对着父亲破口大骂,他们肆意地谩骂和羞辱父亲,那种无法言说的耻辱和羞愧让我长时间地埋起头,我很绝望,债主的目光是冰凉的,亲情是冰凉的,院子里炽烈的阳光也是冰凉的。也许,时间是我们唯一能够用来逃生的裂缝。

我恨父亲,也恨自己碰上了这样一个被赌博拉下水的父亲;我恨这些债主,恨他们把钱借给一个不务正业的赌徒,恨他们要债时的那种盛气凌人和欺人太甚,不就是欠债吗,为什么动手打人,为什么破口大骂,为什么毫不留情迫不及待地将一个家庭弄得百孔千疮?

荒诞而喧嚣的乡下情景剧终于步入尾声,父亲不见了,他扔在地上的烟头已经熄灭。那把锈迹斑斑的菜刀在一场惊心动魄的洗礼中回到厨房等待重操旧业。眼睛红肿的母亲在院子里将那些被钱故意踩烂的花生一颗颗剔出来,放进箩筐。我和弟弟紧随其后,我们默契而又小心翼翼,生怕触动了空气中某个随时可能再次引起动荡的机关。我们三个都没有说话。母亲没有说话,她的忧伤和绝望却无心地感染了院子里的每一寸空气;弟弟没有说话,仿佛还没有从刚刚经历的恐惧中醒过来;我没有说话,勇气和仇恨在我的胸腔里燃烧,强烈的耻辱削亮了我的呼吸。一堆体无完肤的花生,足以让我看尽世态的炎凉与荒诞。

"他们还会来的。"我有预感。风波并没有平息,家里根本拿不出钱还债。生活在我们脸上皱着很深的眉头。父亲已经无可救药了,他在赌博的泥潭里陷得越来越深。父亲依然经常不在家,上门的债主越来越多。

时至今日,我依然很难形容母亲当时所承受的苦难,因为她经常对父亲的欠债一无所知又不得不面对这些债主。母亲经常当着那些人的面痛哭流涕,或许,只有哭泣能够稀释掉她内心的无奈与悲伤。

我依然记得那时候的我总是提心吊胆,要是哪一天家里没人上门索债,我的心就会为之兴奋雀跃。

"让你妈跟你爸说叫他别赌了,越赌越没日月,越赌越穷。"一张模糊的脸浸在我的目光里。我看得出这个亲戚伪装出来的同情和正义感,但那矛盾而又复杂的人性让我语塞。

除了哭,母亲亦有坚强和隐忍的一面,她总是鼓励我和弟弟要努力读书要学会给家里争气。回头想想,如果没有母亲,这个千疮百孔的家可能早就烟消云散了。母亲凭着她骨子里的东西让我们撑了过来。

是年夏天,我和家里的矛盾和距离渐渐土崩瓦解,神奇的命运和剪不断的血脉让我们的肩膀重新并在一起。我开始接受现实,接受一个家庭的沉重和悲剧。我懂事了。

五

暮色袭来,河流写着的那一部分时间渐渐模糊不清,河风没有稀释掉一个家庭的悲哀,痛苦像蟋蟀一样在我的骨头里歌唱。遍地炊烟,整个小镇氤氲在一股浓密的阴郁之中,天慢慢凉了下来,世界变得像用泥浆抹过。群山不语,树梢上斑驳而又稀疏的色彩已开始为眼下的季节命名和铺垫了。

父亲已不知所踪。我们很少提及他,不是忽略,是彻底的否定。

记忆中的某个雨夜,他披着一身潮湿回来了,他没有理会那条顺着案板爬上屋顶的蛇,蛇恐吓了我们的夜晚,我们三个坐在堂屋里不敢睡觉,他扬言要剁掉自己的手,他拿出没有丁点油荤味的菜刀,甚至在下面垫了厚厚的草纸。他举起菜刀重重地剁了下去,黑暗中飞出一声惨叫,他踉踉跄跄,夸张地呻吟着,从厨房走向我们,他的手仍然完好无损,他没有剁掉自己的手,这一切都是表演。后来,他又消失了,并且持续时间很长,母亲淡淡地说他在外面有了别的女人。这是可能的,我和弟弟还不知道作为一个已婚男人跟外面的女人睡觉和跟自己的女人睡觉有什么分别。

母亲在厨房里剁猪草,那声音听上去有些迟钝,却绵延不绝,有强烈的满足和象征意味。猪草是我从地里扯回来的,满满一背篓。关于这些猪草,我不熟悉它们的名字和生活,但我知道家里的猪要吃什么,它们吃了就睡,睡了又吃,我羡慕猪有人管有人喂的生活。等喂肥家里的猪,母亲会用那些钱帮父亲还债,还要给我和弟弟交付学费,供我们生活。

母亲没有为她自己活着。为了我们的嘴,她最大限度地浪费着她自己的尊严。母亲,与文明社会背道而驰的漂浮物。锅里的水早就沸腾了,一个肥头大耳的南瓜打量着疲惫的母亲,它的到来,为这个随时可能面临断炊的家庭增添了不少底气。我知道,自家地里已经没有这样的南瓜了,即使有,也早早被我们吃进肚子里。饥饿,让我没有心思和勇气寻找南瓜的来历。

“人家那么好的南瓜说不见就不见了,你母亲保准知道它的下落。”

院子里的人赶集归来,她脸上挂着一丝鄙夷和诅咒。她替丢失南瓜的人深深惋惜,她知道一个南瓜的下落,知道这其中的秘密,她是故意的。我不想跟面前的这个人说话,不想听她讲故事,我甚至对她产生了一点怨恨。我没有勇气将小偷这个词语用在母亲身上。

那个因为别人丢了南瓜而忧心忡忡的人,为什么要如此伤害自己的家人呢?那个因为别人丢了南瓜而忧心忡忡的人,我无法将她眼中的毒液逼出来。

在家门口的苹果树下，我差点酿成大祸。苹果树下有陡峭的坎，坎下面是蓬头垢面的泥土公路。我和弟弟因为小事起了争执，互不相让。天就要黑了，我鬼使神差地伸手想把弟弟推下坎去。我紧张得浑身发抖，以为这样就能够将所有的不快一笔勾销。面对我突如其来的举动，弟弟吓得脸色铁青，趴在地上，像一根可怜的稻草，他眼角挂着泪滴，挣扎着哆嗦着想从地上站起来……

"他是你的亲生弟弟！"

一个提示忽然星群般升起，拯救了弟弟，也拯救了我，我如梦初醒。我触电一样缩回我的手。暮色更重了，断裂带上浮着一层均匀、荒凉的黑漆，几粒星星时隐时现。

隔着时间的玻璃，我的记忆无端沉重着忧伤着，苹果树生了虫，锯木面儿从洞里钻出来，时间被掏空了，院子在瑟瑟发抖，整个平通河谷在瑟瑟发抖。

想把自己的亲生弟弟推向死亡的人，你为什么要如此伤害自己的亲人呢？

"你差点害死你弟弟。"

母亲直言不讳，她的声音令我忧伤、不耐烦，我无法面对这段早已被生活榨得所剩无几的记忆，无法为当初那个差点毁了一家人的自己释怀。

你为什么要如此伤害自己的亲人呢？我们不愿意面对这个问题。

六

穷困潦倒的日子，债主天天上门讨债的日子，母亲整天愁眉苦脸的日子，父亲整天不在家的日子，恐惧像胶水一样黏在我的心灵深处。恐惧是日子的沉淀和天空。

"走路要小心，不要相信别人，千万别上当受骗，他们会剁了你的手，把你弄成瞎子。"

上学之前，母亲如此警告我。她说得非常认真，并且重复过多遍。母亲担心父亲的债主报复我们，因为已经有人明确跟我们表示："再不还钱，就不客气了。"

从家里到学校有说长不长说短不短的一截公路要走。山里的公路顺着那条清澈而孤独的河流蜿蜒，河床上散布着许多又大又圆的石头，像史前巨蛋。路边的人家很少。因为母亲的提醒，往日路边茂密的植被也变得阴森可怖起来。我很少和其他人一起回家，他们的笑声会让我感到自己是一个不快乐的人；也不愿意及早回家，因为我不想看见那些债主的脸，不愿意看见母亲脸上的泪痕。我总是独自一人，我属兔，我渴望自己能够长出一对兔子的耳朵，一双像兔子那样善于奔跑的腿，如果能像兔子那样敏捷，我就可以及时地避开那些坏人，避开他们的伤害和报复。我害怕路上的车辆，担心它们会突然开过来将我撞得粉身碎骨。我沿着路边茂密的植被走路，如果有车子开过来，我会提前钻进去躲一躲，等车开过去以后再出来继续赶路。有一次，一辆卡车忽然在我藏身的路段停了下来，我吓蒙了，我以为自己就要完蛋了。那个满脸横肉的司机在路边撒尿，他尿的时间有多长，我的恐惧就有多长，后来，他吹着口哨扬尘而去，我才松了口气，迅速从草丛里钻出来，兔子一样朝家里飞奔。

父亲终于回来了，这次他什么也没说，一副痛改前非的样子。凌晨，他早早起床，背着大背篓，带着干粮和锯子出了门。他要到山上的老林中去，很远的路，老林的树很大很高，还有不计其数的野兽出没。他得跟村里另外的几个穷人合作，用锯子将它们绊倒，锯成几段，背下山，锯成菜墩。这些菜墩可以拿到镇上去卖，也可以拿到公路边上卖。他们把这些树变成钱。我为父亲感到恐惧，因为山上有很多野兽，山下有比野兽还要令人恐惧的债主。

院子里有很多玩伴，但晚上我们很少玩捉迷藏这样的游戏，乡下住着许多鬼。我们在院子里玩跷跷板。院子里的跷跷板和学校的不一样，既简易又刺激，一根板凳，一截长长的木头。弟弟从高高的跷跷板上倾斜着摔下来，弟弟的手断了，弟弟哭得撕心裂肺，而跷跷板另一端的我则安然无恙。父亲和母亲闻声赶来，看了看弟弟的伤势，然后逮着我一顿猛揍。虽然挨了打，我的自尊心却安然无恙，我没有从心里责备父母偏心，我只是担心着弟弟的手，我不知道我的故意会有这样的后果，我为自己的行为感到恐惧。从恐惧的样子里，我学会了爱，学会了包容，我头一回认识到自己错了，真正地错了。后来，我把自己藏在自家的梅子炕边，让他们打着火把找了半个晚上。

从恐惧的样子里，我看到恐惧的无处不在。父亲在家的日子，我们是恐惧的，这种恐惧带着巨大的侵蚀感；父亲不在家的日子，我们更加恐惧，因为不完整，我们面临着更为强烈的腐蚀和威胁。

在大伯家的院子里，我又一次看到了恐惧，那种充满疼痛、爱、愤怒和仇恨的火焰燃烧着我的内心。皮笑肉不笑的大伯，满肚子坏水和邪念的堂哥，还有呆头呆脑的我和弟弟。我读着大伯的眼神说话，不敢触犯堂哥，因为他有自己的父亲撑腰。当堂哥将小鸡鸡对准弟弟并且喷出一股白色尿液的时候，我听见大伯和堂哥爽朗而强势的笑声，简直愚蠢到家的弟弟趴在地上呕吐不止，他一定也没有料到自己的堂哥会这样欺负他。我很伤心很生气，想要立马为弟弟雪耻，堂哥没有我高，也没有我壮，我理应暴跳如雷的，但我没有。大伯的眼神及时地扼杀了我脸上的愤怒，父亲不在家，我们没人撑腰。大伯是个性情凶悍之人，年轻的时候就打过爷爷，我有点恐惧，我不能打肿脸充胖子，我直接退缩了。拉弟弟回家，我没有擦掉他脸上的泪水。

从恐惧的样子里，我意识到人性的悲哀和可憎，我为自己没有保护家人为自己的无能为力而沮丧。在家里，我战战兢兢地拿出纸和笔，想要把这种耻辱记下来。但我没有。

七

恐惧蔓延的日子里，村子渐渐失去往日的祥和与安宁，滑稽和荒诞的故事像秋天的树叶一片片接踵而至。

一天清晨。刚刚起床还没来得及去趟厕所的堂哥忽然跑来告诉我们："昨晚地震了,地震摇得碗柜子里的碗哗啦啦响,碗都打烂了好几个。"

堂哥神情激动,仿佛哥伦布发现了新大陆,丝毫察觉不出恐惧。

在这之前,没有任何长辈跟我们说起1976年的松平地震,更没有人跟我们说起1933年的叠溪地震。2008年之后,我才知道被大地震夷为平地的故乡就在龙门山断裂带上。

我打了一个喷嚏,因为夜里睡觉没有盖好被子。我很容易着凉。夜里,我的胆子比弟弟还小,我总是祈求他让我跟他一起睡,因为我怕鬼,怕《聊斋》里的那些鬼怪会跑出来害人。偶尔,弟弟心情不好,我就只能睡在床对面的书桌上。

"你弟弟拿着刚买回来的调羹到你伯娘家走了一圈,就失踪了,没隔多久,调羹就出现在你堂哥碗里,你伯娘还说是她给你堂哥买的。"

母亲脸上带着鄙夷,也许,她没有想起她偷偷带回家里的南瓜。

家里来历不明的南瓜并没有填饱我的胃。我迷恋上了纸的味道。我不由自主地吃它们,我忍不住地想吃它们,像一个病入膏肓的瘾君子。没有人知道这个秘密,我改掉这个坏毛病用了好几年时间。后来,我才知道这种病是异食癖,得治。不觉一身冷汗!

弟弟带着堂妹在狭窄的屋后玩耍,被我跟踪,他想用堂哥对待他的方式报复堂妹,我制止了。村子里的人将屋后称之为"檐沟"。檐沟上面有一片玉米地,还有许多果树。两片巨石赛跑一样并肩从山上冲了下来,击穿了婆婆家的屋顶。所有人都被吓得半死。在这之前的一瞬间,我和弟弟刚刚从堂哥家里出来回到自己家里。我们和死神擦肩而过。三爷来了,当时他就在山上耕地,跟此事毫无干系的他说他亲眼看见它们突然跑了起来。三爷说得合情合理,仿佛所有听了的人都会信以为真。没有人揭穿一个老人的谎言。善良和这儿所有脆弱而又卑微的肉身一样,在断裂带上凄美地活着。

八

靠近未来的同时,回忆也正在向我走来。

若干年后,当我试图在脑海翻出这些陈年旧账,并试图用文字赋予它们生命,却深感无力。也许,记忆和断裂带上的草木,乃至祖祖辈辈生长在此的乡亲父老一样,有过艰难或幸福的生长与跋涉,而最终的命运却始终指向虚无。我不过是这种秩序中的一员罢了。

断裂带有断裂带的风景,同时,她也在赋予我内心以山水。我想,这已经足够。

(原载《民族文学》2015 年第 6 期)

把草籽带到了多么遥远的地方

鲍尔吉·原野

向另一个方向行进

我被父母允许使用铅笔的时候,刚刚五岁。为此大为兴奋,这种半截木棍并露出黑尖的东西,是另一种语言。胡乱画出的一些线条,使自己佩服自己,而且挥之不去。开始不知画什么,就弄心电图似的乱线,享受到怀素那种乐趣。但很快觉得单调。这时看我姐写字,十分嫉妒。我想所有未及上学的孩子看哥哥姐姐写字,都有过这种嫉妒。集愤懑、无奈于一身。

她把字写进作业本的格子里,很有力。每个格只一个字,而不是像我那种如湍流的线条。我也曾宣称这些线条是字,让父母猜,但这种宣称除了被哄笑之外,不会有其他结局。我所奇怪的事情是姐姐写的"字",是一些复杂的图案。笔触短也变化多端,兼有转折与交叉。而有些"字",她只写几笔便弃之不顾,去写其他的"字"。有一次,我伏案观察她写字良久,指出有几个字她未写完,好像是"一"与"乙",竟又遭到她的嘲笑。

我知道这些图案并不是她所创造的,但她居然能掌握,并在写完后用手指着,嘴里尖锐地发出音来,如"北——京——",就令人稀奇了。那时我也囫囵着写一些字,尽量写复杂一点,同样指着它赋予一个音,如"赤——峰——",但我很快就忘记了它的读音,记不住。这些一团乱麻似的字原本就是我生造的,念什

200

么音都行。

后来我姐教我画小鱼，纾解了我的不安。

小鱼是一笔画成的。从尾巴开始，沿弧线向前，在鱼嘴的地方转折向后，然后一竖，就是尾巴。记住，鱼头一律是向左面，这就是向前，我姐就是这么教的。如果比较灵慧的话，可在鱼身画上瓦片似的鱼鳞，鱼尾由横线罗列而成。

我站在炕上，把小鱼一条接一条地从炕沿边的白墙上画到窗户边上，它们像箭头，一个跟着一个前进，永不掉头。接着画它们腹下的第二排，然后是第三排。鱼群在离我们家炕边三尺高的墙上庄严进军，比黄海或加勒比海汛期的鱼儿都要多。当你相信鱼的真实性之后，就无法怀疑墙乃是大海。多么宽广的大海啊。我常常坐在被垛上注视鱼群前进，为它们的气势所打动。然后，再使被垛这面墙也布满鱼群，当然它们是向另一个方向行进的。

描摹一种形象，对孩子来说，是第一次对客观世界进行表达，也是第一次抽象。在这之前，孩子脑中的外界映像太多，而他倾吐的太少。一进一出，心脑平衡，人与世界也得到平衡。不然我也不能画那么多的鱼。不比别人更能理解原始人为什么在艰苦的环境中，于跳跃的火光下在石壁上画岩画。一个不会写字又急于表达对世界看法的人，大约如此。而岩画留给我们的信息，并不是画上的鹿和狼，而是画画的人曾经在世上寂寞地活过。

我们家的鱼，在那个时期以惊人的速度繁殖，桌子上，杂志上，包括箱子盖内侧的木板上，都布满栩栩如生的小鱼，它们甚至钻进了我爸皮鞋的鞋垫上。我记得有一本好看的书，大开本彩印精装，叫《辉煌的十年》，记录内蒙古自治区成立十周年的盛绩。照片上铜花四溅，或女人穿彩裙结队而笑，羊群低头吃草。这本书所有的空白处，都被我画上了小鱼，极大弥补了内蒙古水产业的不足，正所谓年年有余。殊不知，此书是我爸借来写稿子用的，他一翻竟大吃一惊。他把书对着我妈一页一页翻开，绝望地说："看，这怎么退还？"又翻一页，"怎么还。"我妈眼里分明带着笑意,但装作沉重地摇头。我爸问:"谁教他画鱼的?"不用说,我姐挨了一顿严厉的斥责。

几年前,我回家省亲,见父母半夜倒腾箱柜找什么东西。后来找到了,是一本奖状。我爸被评为自治区五十年有突出贡献专家需复印上报这个四十年前得的奖。一翻开,嗯? 在乌兰夫签名与奖状大字的左左右右,游弋着一条条小鱼。我看到它无比亲切,这样的笔触让人珍怜,童稚朴拙而真诚。

"这一定是阿斯汗干的!"我爸极为愤怒,把阿斯汗从被窝拎出来批斗。他是我外甥,所有恶作剧的制造者。

"没有!"阿斯汗揉着眼睛说。他干了坏事后都说"没有"。

"你呀你呀。"我爸痛切地坐在床上,指着阿斯汗,"你真完了!"

"没有!"阿斯汗强硬地梗着脖颈。

抓 特 务

我上小学就赶上"文革",学校没课上,和家属院的孩子一起闲逛。我和一个外号叫大果子的关系好,他长我五六岁,是中学生。大果子怀抱一般人连想都不敢想的理想——当海员和地质队员,并为此准备。夜晚,他慢慢伸出大拇指,眯一只眼测量星辰离他眼睛的距离,"三光年",说完撇撇嘴。

4月的一天傍晚,大果子领我到水文站院里一条旧船上。船置红松垛上,不知什么人抬上去的。大果子摘下棉帽子,头发升腾汗雾,一看即知将要披露高妙计划。

"想抓特务不?"

抓特务是我们最为憧憬之事。电影里的美蒋特务爱说蠢话,体格差,太好抓了。抓一个特务能成英雄,能让人抬着进北京见毛主席,能入伍,能站高台子上对人讲话。

"想啊!"

"好!"大果子从鼓鼓囊囊的书包里掏出麻绳(绑特务用),一个木头手榴弹,一本《三大纪律八项注意》小册子,抹布(塞特务嘴用），火柴，拟与特务肉搏的两只折叠铅笔刀。

可是特务呢？

"北河套。"他说。北河套在英金河北岸。我一想，树林沙地，空旷无人，正是特务喜欢的地方，行，我们开拔了。

前边说过，已到了4月，远望柳树，团团鹅黄，野菜比青草先绿，河冰黑而暗，酥了。我们顾不上看景，集中精力找特务。大果子说："别往远看，注意地面的脚印。"地上有兔子屎和乌鸦尸体，没有我们盼望的特务吸剩的烟头和带"USA"的罐头盒。这时起风，风在林里打了几个旋，带来雪。雪从树梢唰唰落下，越来越密，扑在脸上，睁不开眼。

开头，我们觉得遇雪是意外收获，在雪地踩脚印、打滚儿。后来，雪在风的挟裹下横扫而来，让人站不住脚。可怕的是风声，似鬼合唱，多声部悲怆不绝。大果子抱住一棵粗树，我抱住他的腰，稍避风，亦防被吹走。

雪埋住了脚脖子，渐至膝盖。大果子虽读过许多做海员与地质队员的书，也不知怎么办好。他磕着牙说："这不是办、办法。走！"

可是找不到回家的路。我们用绑特务的绳子系两人腰上，扑通扑通逃离树林，见一片开阔地，风雪更大了。我一脚踏空，掉进河里。冰碎，水过鞋。大果子拽绳使我爬上岸，又回林里。

大果子愤然把绳子解掉扔下，说："好在、在，河不深、深。"我想附和几句，已说不出话。大果子——要说他真挺了不起——这时筑了一米高的雪墙，背北朝南，避风。当时手冻得从袖子里都抽不出来，他竟筑了一面墙。坐下，他先给我脱鞋。鞋袜与脚冻上了，一扯如撕皮肉，钻心疼。"疼也要脱、脱……"大果子帮我脱鞋袜，用雪搓脚，然后搓手。其痛苦如心尖疼，想哭使不上劲儿。

之后，大果子给自己搓手脚，然后做俯卧撑、仰卧起坐。头顶枯枝咔咔断折落下。

我渐无思想意识，觉得很安逸。眼前时不时冒出一堆篝火，火苗袅娜，冉冉飘扬。现在知道，这是人冻死前的幻觉。冻死和其他死之不同是伴有精神错乱。

"灯！那有房子！"大果子嘶哑喊叫，拽我走，但我如此安逸，根本不想动，被他拽起扛在背上。

夜色里，不远处有孤屋轮廓，窗透微光。怎么会冒出一间房呢？刚才好像还没有。大果子背着我，从雪地抽出一条腿，踏入一条腿，五十米的路程走了很长时间。进屋后，他淌一脖子汗。

屋里有一面炕，炕上坐个叼烟袋的老头儿。我们一人吃了两个烤马铃薯，在热炕头上浑浑噩噩入睡。半夜醒一次，我看老头儿在火盆前给我们烤衣服。

过了几年，我想起这事儿，问大果子："那老头儿是干吗的？"大果子想了半天，说："他会不会是特务呢？"一个老头儿孤零零地在河边住，什么意思？大果子心里老想着特务。抓获特务，可入红卫兵。他家庭成分地主，被红卫兵组织拒之门外，我也同样。

到今天，我有雪浴的习惯。用雪在身上搓一搓，活血灭菌长精神。雪浴时穿厚袜子，戴手套，回屋再用冷水冲一遍，直至身暖。

八一修造厂

水产站隔壁的院落，是我童年好奇的地方之一。我们站在水文站的破铁船上，仰尽了脖子也看不到里面的风光。院子里有枪声，每当一个人走出院子，立刻有人锁上门。我见过的大铁门即使关闭，小门会开着，比如盟委的门。这里的小门也锁上。

"会不会是渣滓洞？"我的伙伴马兔子问。

"白公馆！"三相说。

"哼！"比我们年长的杜达拉达仰面躺在船的甲板上，用鼻孔鄙夷我们。

"没看铁门焊的五角星吗？这是军分区八一修造厂，修枪的。"

修枪的。我们更想进去看了。铁门没哨兵，只有锁。马兔

子使劲咣当铁门,出来个人,第一句话是:

"小兔崽子,干啥?"这人阴沉,穿黄工作服,戴军人的软檐帽,腰里并没有枪。

我们展示万般笑脸,说让我们进去看看吧,连撒娇,带行礼,三相隔着铁栏杆捧上一把青杏。

"哼!"这人乐了,旋收笑容,挥手,"去! 去!"

隔一会儿,我们又去咣当,阴沉人蹿出,开锁,腿迈小门,追上,拽马兔子脖领,照后屁股当当两脚。

马兔子手摸脸哭了,说:"大爷,别打我,我爸原来也是当兵的!"

三相说:"他爸当过营长。"

这人对三相:"当你妈个蛋!"

"真当过。"马兔子说,"你把我放了,我回家拿勋章给你看。"

阴沉人没说啥,放了马兔子。我们感到有点屈辱兼及悲愤,坐墙根沉默。杜达拉达说:"马兔子,你拿勋章去,证明你爸比他官大。"其实我们也想看看勋章。

马兔子双袖飞掠眼泪,跑回家。转回,从兜里取一勋章,比桃还大,五角星背后叠着一个五角星。

"金子的。"马兔子说。

"给我戴戴。"三相说。

"一分钟。"马兔子应允。

三相、杜达拉达和我各戴一分钟,然后大摇大摆来到铁门旁。没敢咣当,喊:

"勋章!"

"勋章来了!"

杜达拉达说:"一齐喊,一——二,勋章——开门! 勋章——开门!"

那人出来,见马兔子手里拎着勋章,他打开门,出来又锁上(还是没让我们进去),接过勋章,蹲地上看。我们陪蹲,等他评价。

"是营长戴的吗?"三相问。

"这是解放奖章,不是勋章。你爸不是朱德,不可能有勋章。"

"高级不?"杜达拉达问。

这人笑了,像假笑。"高级? 这奖章证明他爸打过仗,没打死,活过来了。"

马兔子问:"你有吗?"

这人点头,又问:"你爸现在干啥呢?"

马兔子最怕问他爸干啥。他爸在煤场子卸车呢。他嗫嚅:"我爸、我爸……"

"他爸卸煤的,右派。"

这人摸摸马兔子脑袋。

杜达拉达说:"他爸可好了,尽给我们装大块煤。"

马兔子咧咧嘴。

这人把奖章交给马兔子,说:"收好了。丢了这个,你爸打死你!"

马兔子看套磁成功,问:"我们能进去吗?"

这人说不行,你是军人的孩子,应该知道纪律,不让做的事永远不要做。说完开锁走进铁门里边,锁上,不再看我们一眼。

那天下午,我们又去土产站仓库偷了几根牛骨头,到游泳池对面的楼顶看人家游泳,五分钱一游,我们没钱。最后到菜园子分食一棵白菜,回家。

就那天,马兔子把勋章丢了。第二天一早,马兔子脸色煞白,耳朵都在发抖,他说勋章丢了。我和三相当即把他上下兜翻了一遍,没有。这可完了,怎么办? 我们三人沿土产站、游泳池和菜园子找了一圈,没有。后来找了一整天,不知多少遍。三相在路上捡了二元钱,我捡了一只手套,但没有勋章。天晚的时候,我们和马兔子悲壮地分别。我真以为马兔子会被他爸打死,再也见不到了。

第二天马兔子还活着,第三天、第四天,一直过了好多天都活着,也没有腿瘸或耳朵被拽裂的情况,但他不理我们。

我们问:"跟你爸说了吗?说了没有?"

马兔子扭头走了,不作答。

过了好长时间,我问马兔子:"你爸知道了吗?"

他点头。

"揍你没?"

他摇头。

"你爸咋说的?"

马兔子拿一树枝在地上划,半天说:"我爸说'留这还有啥用?'"他说的时候低头,一会儿,地面上啪哒、啪哒落下泪水,把土打湿了。

没过几年,他爸在火车倒车时被轧死了。

有一年,我突然悟出,勋章可能被杜达拉达偷走了。我一见杜达拉达,就想质问他,忍住没问——那张变化多端的脸,是一张小偷的脸。几年前见到杜达拉达,他老了,在街上卖凉皮。见我,杜达拉达面露惊喜,我又想起勋章的事,看了看他,没说话。

像一片鱼鳞

焉优就是一种紫黑浆果,豆粒大,一吃甜而染牙。因此吃完了不能乐。兵工厂墙内杂草中有焉优,星期三下午不能去摘,他们打靶。

而焉优是文太瑞邻居家那个孩子的外号。

他傻,站当街对过往人说:"昨天我爸又骑我妈身上了。"

人听一愣。焉优张着嘴哈哈乐起来,涎水像过年火锅的粉丝一样沾在条绒衣裳上。他知道说这个别人能愣。

焉优父母是研究所的,戴手表,有裤线。他妈素洁,走道轻飘飘的,说话时脚往后撤一下,脸微红。

马杏核有一次偷偷问焉优:"你爸咋骑你妈身上啦?"

焉优振作了,"我爸啥都不穿……"

啪!胡三给马杏核一嘴巴,"妈的!问这个干啥?流氓。"

马杏核右脸唰地鼓起几道棱子,嘴唇哆嗦,费半天劲才把话咽回去。胡三练摔跤，板带把腰煞得精细。

焉优不明白马杏核为啥挨揍，伸脖子看他的脸。

那天下班时，焉优又说："我妈裤衩是花的。"等着人们惊讶。

正好他妈下班，拽着焉优就往家里跑，一只手罩在脸上，粉纱巾掉在地上也不回头捡。

瞿四他奶奶常常瞅着焉优说：

"焉优啊，焉优，你可多可怜啊！"

焉优说："我不可怜！我有黑枣。"说着从兜里掏一把黑枣，嘛哒嘛哒吃。他兜里总有黑枣，吃完把核给我们看，扁而黄，像一片鱼鳞。隔一段，罗锅子老头挎小筐在焉优家门口喊："枣啊，黑枣，黑黑枣！"他年年说自己九十岁。

虫子长这么大都没吃过黑枣，也不跟焉优要。焉优一出来，虫子就跟着，攒黑枣核。他洗干净枣核，在窗台晾，用蘸水笔在每个核的扁面上写一个"长"字。

秋天，虫子把枣核种在水文站房后，这件事只有我一人知道。

燕子掠过水面捉虫

我也许二十年、三十年没使用"当"这个动词了。

当是担任。当大官、当水手、当豹子头林冲或列宁的副官瓦西里。我想当的人现在已经忘了，估计有一千多种职位。少年的美好当年全在"当"上。

在南箭亭子——一处上百栋平房的家属院，冬日清澈的早晨，几十只小孩——对小孩的多动性而言，论"只"比论"个"更恰切——瑟瑟于当街站着，酝酿一个游戏。

游戏的戏，跟表现主义戏剧的戏同义，先分配角色，后生成剧情。当街两侧有各家带栅栏的院子，栅栏的松树鳞片一片片可以揭下来，有人往肉红色的、没被雨水浇湿的鳞片里写字，俩字是"苹果"，一个字必是"人"。桦树栅栏鲜艳，树身带黑瘢痕，像薄纸一样的白树皮横茬起卷儿,如衣不蔽体。栅栏里全为一式红瓦房,只有瓦是红瓦,土墙。

几十只小孩手抄袖里,棉袖口蹭鼻涕形成铁色。他们倚栅栏对着阳光眯眼,看自己眼皮里一片沌红。黑夜闭眼,用手电筒照,也那么红。

"我当肖飞。"有人跳出来说,"带八路进城买药,你们当汉奸、伪军,堵我们。"

"你当肖飞?你能从大粪坑木头上跑过去吗?"

肖飞是《烈火金刚》的游击队长,智勇过人,对手有汉奸高铁杆、日寇毛利太君和猪头小队长。农管处大粪坑横担一根松木杆子,一般人跑不过去,轱辘,我连走都不敢走。头几天有俩人掉进粪坑,此举叫"横跨金沙江"。

想当肖飞的人,从粪坑上的松木上嗖嗖跑了过去,都没看清怎么跑的,七八米宽,他就是肖飞了。

肖飞负责"配伙儿",调度人力资源,分出敌我两大营垒,喊一声开始,敌进我躲,钻入柴火垛、仓房、狗窝夹层,享受"汉奸"们露脚趾头的棉鞋在眼前晃却觅你不见的乐趣。刚分手却抓不到我们,这就是乐趣。我们没去非洲,没进地球深处,抓不到我们证明你比汉奸还蠢。若抓到肖飞,我方集体转成汉奸,抓他们,让他们享受当八路东躲西藏的乐趣。

我们还当岳飞、金兀术。一人脖上扛另一个,和对方作马上厮杀,露出光脊梁与肚脐。做马的人死死抱住马上大将双腿,对方大将抓他胳膊,来回抢,好比哈萨克叼羊。回想起来真不容易,童年的腿力臂力就这么练出来了。

没什么可"当"的了,我们整齐坐在面对大道的房顶,比赛吐唾沫谁吐得远。我们甚至羡慕青蛙一卷舌头吞蚊子的能力,羡慕燕子在空中飞并拉着屎,落到哪个肩上像开一朵小白花,吧唧!

有一次,雨下了三天三夜,水文站那艘破船真像航行在汪洋里,水皮儿漂一些树枝,围着这条没有船板的船不退去。平时这条船受尽了我们的讥笑。一百多小孩卷裤腿涉水爬上船,站得满满的,向天空招手,像一块西瓜皮上挤足黑蚂蚁。刘四谷挥手:"你们下去,我当船长!"

他凭啥当船长?我们当时还没有摸索出选举的方法来处理人类事务,不下去。刘四谷推下去几个人,咣咣踹下几个,他们掉进水里。刘四谷说:"谁在水里憋气长,谁就是船长。"

几人(竞争者)下水憋气,有人计数。三十、五十,憋气的人惊惶失措钻上来,直晃头。刘四谷潜入水里,六十、七十、八十,一共憋到一百二十。欢呼,他就是船长。后来有人说他拿胶皮管子偷换气。适度的暴力和适度的作弊产生了船老大。刘四谷站在船头,指挥两舷的我们做划船状、收网状、与惊涛骇浪搏斗状。封官,我被封副轮机长,也就是抱着一个铁疙瘩不松手。他让人到水里用簸箕掀动浪花,教众人唱《黄河大合唱》头四句。水手们筋疲力尽之后,天色黄昏。我们坐船上看落日在水文站院子里的倒影,燕子掠过金色水面捉虫,谁都没说话。我觉得当一个副轮机长也是好的,长大当一下真的。

小时候当过各种人(角色),从最原始的狼羊猫狗,到郭建光、黄天霸、南斯拉夫电影里的吉斯和班倍罗,当过的角色比一千还多,有时一天当十多个。慢慢长大,当红卫兵、知青、民兵。所当的角色,竟随当随没了,我竟当过许多消失了的身份,如知青、民兵。有人称我为诗人,恐怕这个身份正在消失。再往后,啥也没当上,啥也不想当了。当什么都不容易,小时候为当八路军,一天系过两遍人字花绑腿。

成年后,你可能当上了你没想到也没想当的角色,如警察与高脂血症患者。你可能想当一个暗恋者,却连这么隐蔽的一个角色也因岁数太大而自我放弃了。曾经想当的角色,不是一个个放弃而是一堆堆放弃,打一个包说,弓箭手足球中锋撂跤把式大武生潜水员都不想当了。这些行当,表面看不同,其实一样,全是给年轻人预备的,一回事。给中年人准备的职业,比如卖汽水、上动物园卖票、给老虎投食、在京剧团擂鼓,也被年轻人占了。令人神往的营生,有一些已消失,如拎小筐卖酸枣面,哪有了?连酸枣都没了,还面。

我几十年没想当什么了,最后当上一名跑步者,每天上公园热身、压腿、狂奔,汗出得让观者目瞪口呆。这算干什么的?为啥这么跑?自己并不知道。我小时候没见过这么跑步的,连傻子都不这么使劲跑。那时,做每一样事都正规。不像现在,自己跑却不知为什么跑。现在,我每天高兴的是,跑完左手托一块表,上面液晶计数,二十分零几秒或不零,这是十二圈、四千八百米的速度。珍惜,特珍惜。恨不能拉住每一个见到的人的袖子给他瞧一瞧,舍不得归零。

洋　井

洋井在米心培他家的园子边上。晚上做饭的时候,众人拎桶叮当取水。米心培他老婆站在台阶上,看。

计划经济在南箭亭子盟公署家属院的体现之一,是七八栋房子设一洋井。这井怪,压水时,稍一慢,井水伴着嘶哑的长音缩回,像咽气。再注水引,嘎噔嘎噔,直至水花溅出井口半尺高。这时,米心培老婆轻蔑地笑一下。他家的人爱敞怀,孩子们衣裳没纽扣,一跑,两襟如旗,从肋下飘起。米心培老婆不系扣——用现今眼光看也没衬衣——两个奶子像装豆浆的塑料袋,在腰上晃。这是在夏天。

洋井也是公家配的。铸铁,葫芦似的井身接管在地下吸水。井把儿弯如鸟身,鸟头衔着井碗,手拄的地方像砍刀把儿。

米心培是盟公署会计,因此戴眼镜。他家人嘴大。要有人在南箭亭子转,见嘴大的人,就是老米家的。要是见到不大点儿的孩子,不认识是谁家的,如果嘴大,也是老米家的。他老婆老在生小孩,无暇掩怀。

冬天井台高如小丘,水泼上,带着流势成冰。取水的人战战兢兢,怕摔。井碗在晚上由米心培老婆收到家里。取水人要恭谨叩门,取井碗,再要点水引井。他老婆傲慢地掀开水缸的秫秸盖,给你两瓢。两瓢水不够,那不管了。

取水对我们小孩是快乐的事情。冬天,在白冰的井台上压水,井水在寒冷的早上飘着白雾泻入桶里,清澈渊深。我和姐姐用木棍担着回家,两人一起倒进缸里,看水在缸里又长了一截。

夏天取水浇园子,我爸在园子四周种一圈向日葵,它们像卫兵一样扬着金黄的大脸盘子,蜜蜂飞舞。向日葵的短花瓣像胖厨娘系一个带花边的小帽子。在园子里边,我让我爸种香瓜,但长出来的是肥硕的大叶子。我爸的战友看了,说这是烟。我爸很生气,天黑全拔掉了。

米心培的老婆站在高台阶上看人们取水,这么多水被别人挑走了,她可能感到心疼。她家的园子最好,葱、蒜、菠菜,深深浅浅的油绿,都能佐餐。其实米心培家吃饭的碗都不够,二胖和三笊篱在一个碗吃,他妈他爸各有一个碗。二胖弄断一根筷子让他妈打了一顿。过一年了,他妈想起这事又把二胖打一顿。

有一次,我们在井台上玩。蚰蜒说,谁敢舔洋井把儿?那是冬天。大伙说,你舔我就舔。蚰蜒说,谁敢舔我管他叫爷爷。六猴子——平常最完蛋——有点抖擞,拿眼睛转大伙。我们袖着手,你舔,舔呀!六猴子咧嘴乐了,用舌头在空气中伸缩两下,练练。他上去,摸摸井把。不许焐乎,蚰蜒说。那你得管我叫爷爷!六猴子转过头重申。他不叫就给他扒裤子,大伙说。六猴子低头,把舌头伸出来,又说,叫噢。然后舔。

"嗯——"

六猴子古怪呻吟。他舌头粘到井把儿上了。粉红的舌头在黑铁上拽不下来,六猴子哭,费力扭脸,可怜地看我们。大伙先是大笑,后来害怕了。六猴子转而号啕。有几个小孩吓跑了。

粮本他爸听到喧哗跑出来,一看,痛斥:胡闹!转身回家端了一瓢水,慢慢浇在六猴子舌头粘处。舌头下来了,六猴子捂着嘴,飞也似的哭跑回家。粮本本名梁立本。他爸说话嗡嗡的,像肚子下面接着地洞。

米心培他老婆的脸,露在玻璃窗后面,好像刚笑过。

"谁弄的?"粮本他爸训斥,我也吓跑了。

六猴子有很长时间不说话。他们说,六猴子说话跟傻子似的,管"饭"叫"拌"。大伙也不提蚰蜒管他叫爷爷的事。

我跟六猴子说话，他光摇头。

古铜的夕阳

夜雨之后，红砖甬道在桑园格外触目。砖是老砖，被光阴蚀出孔眼，制成砚一定发墨。几株青草，沿砖缝蓬张，把红砖间隔成一个个小网球场。那些草在风里招展腰肢，俯首赞叹被雨水耐心刷了一夜的砖道的清洁。

我蹲在砖道旁，拂下青草的露水，洗手擦脸。过一会儿，瓢虫、蚂蚁要来这里散步，这是一条假日皇冠大道。

小时候，我也砌过一条青砖的甬道在平房的院子。

我家住的地方原来有地藏王菩萨庙，"文革"时拆了，砖积如山，为甬道材料。从红松的障子到屋门口只有几步。我把障子让改了，使之距门远，可砌甬道。虽然当时我只有十岁，竟懂得两大美学道理，一是看出青砖宜于发思古之幽情，二是把甬道砌出两个漫弯，制造曲径。但我爸爸不按"曲径"走，几步直抵家门。

这条甬道花了半月时间弄成，路面并非平铺，有各种错落的形状。它与院里的樱桃树以及屋檐下的燕子巢构成与外界恍如隔世的情调。樱桃树削长的叶子，似美人的眉，倘有风，又簌簌如镖。燕子每日从巢里飞去来兮，雨天尤勤。它那优雅的俯冲，常令人感到燕子径直冲向我家红箱子顶上的镜框里。砖道浑穆，尤其在古铜的夕阳斜照于我家的烟囱和窗户时，灰砖上洒满被树枝筛碎的金光，宁静从我家向四外扩散。樱桃从树上探出头，像一根根弯曲的手指。

这些使我得意，以为距艺术不远。但我父亲对此无动于衷。他上班时脸色苍白，脚步踉跄着。后来他被关押在单位，开始由我妈送饭，后来我送。那时，常常传来消息，说有人从大烟囱跳下、上吊或触壁而死。每天傍晚，我坐在清静的甬道旁等母亲下班。从她进院的表情，我就知道父亲是否还活着。

小兔崽子!

"小兔崽子!"我蓦然一惊,回头,不是喊我,一个老头呵斥往他金鱼盆里扔石子的小孩。小兔崽子,我多少年没听到这个词了。别人管我叫"原老师"。

小时候,我们玩闹惹祸的时候,传来的声讨就是"小兔崽子"。只有惹祸的游戏才算好游戏:踩碎别人家屋顶的瓦,从男厕所往女厕所(隔墙)滋尿,用粉笔往人家大衣后背写"王八",偷樱桃。这一切的事情穿帮之后,一律是"小兔崽子",然后飞奔,肺活量练得无比强大,堪比埃塞俄比亚的长跑家什么什么塞拉西。

我们后院小卖店的书记是抗美援朝时的营长,戴茶镜,镶钢牙(牙缝灌满不锈钢汁,锈对身体不好),系大皮带。他没什么可人之处,但会讲战斗故事。

"兔崽子们!"这是他的开场白。"黑人特邪乎。"他说的是朝鲜战场上的美军黑人团。"吓人! 你们没见过黑人啥样,吓死你! 黑人不怕死,这帮兔崽子,端着枪,呀呀地往上冲。我靠! 黑压压的,汤姆枪,连发的,我靠……"

营长(好像姓曹)手下两个营业员全是女的,鹰钩鼻子和眯缝眼永远在交头接耳。配货的老头姓王,下肢与上肢之间抻不直,撅腚,是伪职员。曹营长不和他们说话,也不瞅他们。他站小卖店门口(这是国营买卖),在朝阳初升的时候,大幅度做操。做完操叉开双腿,提气,双手插在腰间的皮带里,注视远方。他一见我们的踪影就欢喜招手:"小兔崽子们,快过来!"

我们慢吞吞走过去,他说:"听故事不? 战斗的。"我们抱着膀,向四外看,表示不买账——这是事先计划好的。

"咋啦? 兔崽子们?"曹营长问。

狗剩盯着自己指甲,懒懒地说:"让我们听故事,得一人给我们一块糖。"

"这帮小兔崽子,糖是公家的,我能给你们吗?"营长挥臂。

我等闭上眼睛,撇嘴,意谓非糖勿听。

他翻兜,把零钱找出来,数:二分、五分,他还有一个高射机枪弹壳做的打火机。行!营长进屋,买糖给我们分发。

"文革"开始后,王撅腚戴上了红胳膊箍,曹营长每天早上向商店的领袖像低头认罪。王撅腚用铁丝连一个筐挂在营长脖子上,里面装砖。曹大营长脸上的汗吧嗒吧嗒,而女营业员们往他脸上吐唾沫,呸、呸!她们比赛。最后,鹰钩鼻子赢了,连吐二十六口唾沫。"我嘴都干了。"鹰钩鼻子说。

不知什么时候,老曹在小卖店后院仓库上吊了,地上有块红布,放着钢笔、残废军人证和奖章。我们问王撅腚咋回事。

"畏罪自杀!这是。"

"啥罪?"

王撅腚晃晃脖子,用舌头在嘴里呶了半天,吐出一屑菜叶:"啥罪?他说彭德怀有功,这不是找死吗?"

我们听了,想半天没明白。狗剩说:"王撅腚,你个伪职员还抖起来了。"

王撅腚眼露凶光,说:"什么?小兔崽子!"

狗剩拽他蓝大褂的衣领:"你敢管我们叫小兔崽子?"琉璃猫照他后屁股踹了一脚,王撅腚刚回头,小胖儿抓一把炉灰塞进他脖子里,狗剩像拽门一样拽他衣襟:"还叫不?"

王撅腚说:"爷们儿,爷们儿,行行好,我有眼不识泰山,我送你们糖吃!"

狗剩一把推开他:"谁吃你的臭糖!"

王撅腚四仰八叉躺地下不敢动,假装特委屈。俩营业员,鹰钩鼻子和眯缝眼在小卖店玻璃窗后面偷偷地笑。

看石头能不能炸开

有一天,我非常烦闷。当灵魂企图摆脱现时状态,身心都要为之救赎。看《海底两万里》,趴窗台画岳云的两把银锤,在午后射到炕上蓝塑料布上的光线中用手势做动物剪影。还烦闷。

我把我爸的军功章找出来,它们放在红箱子底下鹿茸糖的铁盒里,绸布包裹。我戴上一枚,特意晃动上身,收颔看它的光芒。

粮本最先看见的,跑过来,"谁的?"

"我爸的。"

"你爸是英雄?"

我没吭声。然后粮本追随我。在虫子家门外站一会儿,虫子和他爸用铁锹挖土豆。

"勋章。"粮本指我。

虫子他爸根本没抬头,虫子悄悄瞅两眼。

后来到洋井那儿站一会儿。又到小卖店。小卖店的女售货员聊谁对象眼睛大,粮本偷一把盐放进兜里。他给我几粒,舔盐也挺舒服。

我突然明白,必须创造一个奇迹。烦闷其实是创造奇迹的先兆。我把奖章放回去,从炕席下边找一把铜钥匙,锉成末,铜末立刻成了新的。要是我姐回来,就说是金子末。第二步呢?往金子末里倒点酱油、醋、白糖、我爸喝的甘草剂,在锅里煮。一边煮一边念咒。我没学过咒,就念:"豆芽豆芽朝天锥。"过一会,揭开锅盖,它有可能变成——玻璃、灵芝草、一种能融化一切的试剂——估计是三种之一。揭锅盖前,我临时跪地磕了三个头。磕头时想,我姐这时千万别回来。

揭开盖,只有黑水冒着热气,我取一勺洒在台阶的青石板上,看石头能不能炸开,没有。我醒悟了,这一切必须等到九九八十一天之后。于是,把这些赭色发黏有甘草味的水装进空瓶,把锅底的铜钥匙末一点点捡进去。

我准备把它埋在电线杆子底下,挖好坑了,又想,拿瓶左转十圈,右转十圈。

转。闭上眼睛念另一个咒语:"窟窿窟窿咔! 窟窿窟窿咔!"这是现编的。

"干啥呢?"

我大惊睁眼,见蚰蜒、杜达拉达一帮人站在文太瑞家小棚上笑嘻嘻地看我,起哄。

完了! 只差两圈就转完了。我拎着瓶进屋。过了很长时间,我见他们退去,把这玩意儿匆匆埋好。我记得瓶上写着"西凤酒",红底一只白凤凰。

我祈祷,瓶里的水一定会变成神奇之物,至少洒在马杏核脸上可以把他变成麻子。

翎　子

原来我们跟翎子好。再说我跟翎子她弟弟镜框也挺好。镜框本名小东。他有一天把家里镜框卸下来,举着,站在门口。他奶奶半瞎,说:"这谁呀? 张学良吧?"伸手一摸,鼻子嘴是肉的,吓得跌坐在地。后来,他就成镜框了。

翎子,什么时候都是笑脸。黄眼珠子闪亮,脸粉白,说话声低但笑音高亢,咯咯咯咯。

镜框不满地翻她,"你下蛋呢?"

翎子是初一的,比我们高三年级。夏天,我们在她家房檐下坐一溜,听翎子念课文。她家的胭脂梅、指甲桃,还有波斯菊开满畦子,蝴蝶飘飘。

翎子用一种特别的腔调,像给每个字都上了劲,念:

"小河清清小河长,小河两岸是故乡……"

我们都不敢乐,享受着很拘束的一种高雅气氛。

然后,翎子给我们分指甲桃花瓣,一人五瓣,染指甲。英子、莎娜、我姐又跳安代舞,拎着手绢,登拉哒哩嘀,登拉拉哒登哒。

后来,听人说翎子跟男的亲嘴。真的?那人看我们不信,急了。"在辽河家属院乒乓球室,我亲眼看见的。他俩搂着,翎子跷脚。男的是一中的,鬈毛。"

大家心情黯淡下来。翎子竟然干这么恶心的事。翎子过来,我们假装不认识。她说话,我们扭头。

还有一次,放学时见到了翎子。她那时一个人走,我们往她身上吐唾沫,吐到舌头都麻了。

爱华、周小平间或说:"……辽河,哼! 乒乓球室……呸!"

我从侧面偷看翎子表情。她一下下眨眼,搅散泪水,手拽书包带,使劲往家走。

把草籽带到了多么遥远的地方

我在童年具有"种子癖"。

我把收集的种子放到一个铁皮盒里,盒有新疆人拍打的铃鼓那么大。我常举起来晃一晃,其音也如钟磬。因为里面有桃核、杏核。而苹果的籽儿和小麦只在里面沙沙地奉和,很谦逊。

我常抱着种子盒到向日葵下松软的泥土上观摩。桃核像八十岁老人的脸,麻子里有果肉的丝长出来,扯不干净;杏核无论怎样,都是一只病人的眼,双眼皮成就尤有工笔画的意味;李子核与杏核仿佛,面上多毫,干了之后仍不光洁;麦子最好看,金黄而匀称。我想上帝派麦子来,不是当白面烙饼,而是做砝码的。从掌心捏麦子,一粒一粒摆上,仿佛什么事情就要发生了。我还收集过荞麦的种子,因为弄不到,就把枕头偷偷弄了个洞,搞一些出来。当然这只是荞麦皮了,但我小时不计较这个。因此我让荞麦在盒里当警察。我收集的种子还有红色的西瓜籽、花豆、像地雷似的脂粉花的籽以及芝麻。

我在种植之前,多次召集它们开会,为它们选王。举起盒子哗啦啦晃一阵,表示肃静。桃核常常有一种霸王的气势,但因为愚昧,很快就被推翻了。杏核表示无意于高位,而黑豆与绿豆太圆滑,玉米简直像个傻子。最后麦子当选了,即最大的麦粒,我在它身上涂抹了香油,又按着桃核与杏核的脑袋向它磕了三个头,让小红豆做它媳妇,芝麻做它的智囊,西瓜籽儿每天必须向它溜三遍须。

我不明白为什么鲜艳多汁的杏肉会围着褐色的核儿长成一个球。它们是从核里长出来的呢,还是生长暗暗藏着核。而麦粒会向上长成一根箭。我在吃东西的时候,遇到种子就会停下来。苹果籽像婴儿一样睡在荚形的房子里,和其他兄弟隔一道

218

墙壁，永远也见不上面。而黄瓜籽活在黄瓜的肠子里，密密麻麻像搞杂技的叠罗汉。而鸡蛋就是鸡的籽了，而世上许多东西没有籽。我在赤峰电台工作的时候，曾有一位患强迫症的编辑，把办公室的红灯牌收音机在半夜偷偷埋入地里。别人发现后，他说："明年它会长一个半导体。"

他在为万物寻找母体与种子的关系，把相近的事物看作是生育的关系。

种植的时候最让人激动。当你把随便什么核或籽扔进地里，看它孤零零地躺着，替它难过，又替它高兴。它要生长了，也许被埋葬了——如果它不生长的话。我再也见不到你了，除非你明年长成树。而长成树我也见不到你了，因为你变成了树。浇完水之后，立刻进入了盼望的焦虑里。你坐在土地上，静静等待种子破土而出，是天下最寂寞的事情。

而我所种下的，除了几株草花之外，多半都没有发芽，几乎个个欺骗了我。我扒开土观察，于是又见到了它们。还是老样子，但庸俗，没有灵性。我只好放弃努力，去抚爱那些并非由于我的原因而自由生长的植物，如辣椒，如杨树，如在屋檐下挤成一排的青草。青草甚至从甬道的砖缝里长出来，炫耀着毛茸茸的草尾巴。我从书上看到，青草的种子除了在风中播撒之外，还有一些是由鸟儿在身上夹带到各处的。当天空飞过鸟儿，或电线杆的瓷壶上落着小鸟时，我就想，这家伙身上带来多少草籽，又把草籽带到了多么遥远的地方。

冲　啊

一次，到羊胡沟去——这是一个山区的村子，看到孩子们在村里唯一的街上骑竹马而来。竹马即胯下的一根柳条，还带着新鲜的叶子。孩子们奔跑的时候，腿分得很开，趔趄着，摇晃着，模仿着一队骑兵。

其可喜处，在于他们认真，且流了那么多的汗，比一匹真马流的汗还多。

幼时,我也热衷于这种游戏。队伍多达二三十人,跑起来可谓旌旗蔽日,当然也看出家属院太干燥了。领军的小孩在驻马之际,常常转几个圈,表示屁股下面的柳条不肯停下来,口喊"吁——",其后随员纷纷"吁——"。有人的"马"还会跳起来,主人纵高把它勒回地面。

那时,我们不仅有竹马——竹马分别是柳条、枯枝、捅鸡窝的木棍,小瑞骑着他奶奶描着金龙的拐杖,我们还有鞭子,带红缨的,可以在空中甩响的皮鞭,这点比羊胡沟小孩正规得多,跑起来风驰电掣,跨越沟壑,包括谁家准备盖房用的红松木垛。有时,我们把鞭子掖进腰里,手里举着寒光闪闪的(这是想象的)战刀(木头的)。那时,只恨唇上未生出夏伯阳式的黑而带尖的胡子,否则,更加凛然。

——为了列宁,冲啊!

冲上去,我们把小卖店堆积的南瓜杀得血肉横飞,把他们的带鱼挑起来扔到屋顶上。使小卖店的人见到我们都像见到了塔利班一样。在我们看来,小卖店像美国一样,是一切富足优胜之物的囤积地,如糖块、点心、罐头、篮球和花布,而我们什么都没有。我们每次袭击小卖店都获得相应的快乐。

我们的骑兵队在洋洋得意之时,常遇到真正的敌人——如小卖店的转业军官,则丢弃了竹马刀枪,撒开双腿飞奔,然后站在墙头和他对骂。

可见,儿童们的追求如京剧一样,是一种程序美,讲究意会。小小的道具,可舟可马,又可弃之落荒而逃。

看羊胡沟小孩骑竹马自娱,觉得城里的孩子少了一样生动的游戏。城里的孩子知道什么是竹马吗?他们只知道骑扫帚飞行的是巫婆。羊胡沟的孩子健壮善奔,对每个外来的人都报以亲切的微笑,在离你不远的地方追随而走。

我在羊胡沟的街上观看村民的石板猪圈、晾蘑菇的松木棚子,孩子们嘻嘻哈哈地在后面跟着。若回头,会看到一张张红润的笑脸。

我常常怀想那个情景:一个人在空气清香的村路上走,后面跟着衣衫褴褛的孩子。停脚与之对视,他们相互推搡,羞涩,人人都有明亮的眼睛。这些竹马骑士有多么可爱。

坐火车的三相

我和三相成为朋友,是因为他的眼睛。在家属院,只有三相和他姐姐二朵有黄眼睛。我们所有的人,包括三相的家人大相、二相和四相,都没有那样神奇的眼睛。后来我家养了一只猫,也与三相同眼,但没妨碍我和三相的友谊。

三相家从北京搬来,说话爽利脆白。他聋了之后,嗓音变大,更加脆白,像朗诵一样,即使是一件小事,他也大声传播。

"早晨我在鸡窝捡了两个蛋,一红一白。"三相说。

三相失聪是因为游泳耳朵进了水,并发中耳炎,他爷爷(名医)和父亲(次名医)都没有治好。可怜的三相聋了之后,对我的声音尚能听清,他妈妈对此很奇怪,我也奇怪。

"三相!"我隔着栅栏喊,玻璃上人影晃动——三相吃饭的专座是窗台,背对玻璃。一瞬间,三相就从屋里冲出来,穿着不系扣的绿小褂,他妈端着碗筷在后边喊:"吃完了再走,你个三聋子。"

我们一起到木器厂,爬上高高的松木垛,坐着。这些来自大兴安岭的松树散发香味,我看三相的眼睛,黄澄澄的,像宝石一样。他的瞳孔里还有一些沟壑,如劈柴的纹理。

"你说咱们这辈子能坐飞机吗?"三相问。我们一齐往天上看,半天也没有飞机飞过。

"不能。不当空军就坐不上飞机。"我说。

"我坐过火车。"三相开始跟我讲坐火车的经历——讲一百多遍了:火车的厕所是铁的,从窟窿眼能看到嗖嗖的枕木;桌子和窗台连在一起,也是铁的;车厢接头儿像手风琴的风囊,呼——呼——

"文革"开始之后,我在家属院常挨揍,这是我后来练武术的缘起。还没练成,全家到了"五七干校",此术基本没派上场。那时,我父亲臂上缝一白布,上写"大叛徒",上下班走过家属院,人们都看到了。那些贫农出身的孩子、工人以及后院无业游民的孩子,常常把我堵到胡同里暴打一顿。我放学不敢走同一条道,尤其不敢走胡同,但还是免不了挨揍。一次,三相见我挨揍,书包散在地上,书本被踩烂了,气愤地和他们讲理(三相不会打架)。他们嘲笑三相,捎带还给他两个嘴巴子。三相带着脸上肿起的棱子回家,让他妈又揍了一顿。

三相聋了之后,造成信息隔膜。"文革"后,人人都骂人,三相不骂,他没听过,不会骂。那时没有电视,一个人听不到别人说话,思想难免停留在过去。过了很多年,三相来串门,说的还是童年那些事儿,火车啊,水文站仓库的蝙蝠等等。三相后来是为学校修理桌椅的木工,社会几乎和他没什么关系。我们这茬人都成家了,三相还独身。

他常常跟我说,最近又有人给他介绍对象。三相带着神往的表情描述姑娘的相貌与衣着,最后说"没同意"。这种故事不断地讲述着,变换了姓名与衣装。三相多么想同意,但别人在意他的残疾。

三相失聪之后,和后来的许多词语绝缘了。事实上,许多词语都是丑陋的,会不会均可。三相和我说得最多的还是少先队的事情,说到北树林抓特务和挖宝的游戏。这是在 1984 年左右,社会上大兴港台歌曲、反自由化、热播《霍元甲》,许海峰获得了第一块奥运金牌,而三相的内心停留在我们美好的童年。

做一个穿皮鞋的人

我在麻黄堆上玩耍时,发现家属院走过来一个穿皮鞋的人。我放下钢叉,穿鞋,追随其人而去。

麻黄即麻黄渣,如褐色的松针,气味绮靡腐败——家属院的人从制药厂买来,晒干作燃料用。我们在上面攀爬作耍,叉起散扬,一切做法都获主人满意,因为风干得快。而光脚在上面践踏,暖如酒糟。那时,哪一家卸下高如屋庐的麻黄,都让人雀跃而喜。

穿皮鞋的人不理会麻黄,往小卖店走去。他难道不喜欢这么有趣的游戏吗?我尾随。以前见过穿皮鞋的人,但这人的皮鞋高级,黑而亮,走在小卖店的砖地上,咔、咔,步子很慢,声音沉着清晰。卖货的女人全都停止了谈话,从栏柜里探头看这双皮鞋。咔、咔,他停下来,把架上所有的货看了一遍,说:"请把茶缸给我看一下。"

两个女人抢着把搪瓷缸子放在玻璃柜上,两个,上面画着鸳鸯。这缸子能盛一斤开水。

"请把……一下",这是多么好的句式。后来,我曾在军工厂的旧仓库里练过这句话,然后递上两个一模一样的缸子,只是脚下没皮鞋。我把两块扁平的鹅卵石绑在脚底下,在仓库的轧钢板上走,咔、咔,停下。"请放回去",后一句也是穿皮鞋那人说的,售货员赶紧把大缸子放回去。

咔、咔,我脚下的鹅卵石没走几步就脱落了,而且走起来不合脚。穿皮鞋的人看起来双脚非常舒服。他沿着昭乌达路一直往北走,路过体育场和回民商店,步履始终咔、咔,比钟表还准。我对这种节奏心仪,踩着同样的点儿,当然是走在他后面。

"请把……一下",我边走边在心里背诵他说的话,这话很像后来演的罗马尼亚电影的台词。小卖店的女人哪听过这个,吓成那样。他的皮鞋边缘沿脚踝露出灰袜子,鞋带系成横式,而非交叉。力量传到前脚掌时,皮鞋很自然出现一些褶,随即消失。当皮鞋走在大街上的时候,楼房、马路牙子和桃花都显出意义。意义是它们和"咔、咔"有一种神秘的联系。

突然,我想到了"理想"这个词。老师无数遍追问我们有没有理想,有,当然有,只是还没有遇上。当飞行员和农艺师都是当年骗老师的。今天我终于可以说:我的理想是做一个穿皮鞋的人!这不是理想是什么?如果不是,我能够从高高的麻黄堆上跳下、追随他走到遥远的向秀丽商店吗?再往前,就是发电厂了。

皮鞋是什么?威严、沉着,当然还闪亮。主要的是其咔、咔和我内心的节奏形成一致。我一定要穿皮鞋。为此,我走遍了赤峰的所有商店,那些皮鞋都太大。后来在直家大院边上的商店发现一双为我而备的皮鞋,深褐色,十四元。我向我妈痛陈必须穿皮鞋的理由,要来十四元,飞跑到直家大院,交钱、试鞋(鞋有一股陌生的气味,而系鞋带使我激动得手忙脚乱),走两步,小。再走,脚疼得不能忍受。

原来皮鞋不是人人都能穿的。没有皮鞋,那些高级的话都没地方用了:

——请把茶缸给我看一下。

——请放回去。

我把皮鞋放在商店的栏柜上,回到家属院的麻黄堆前,继续跳踉作耍,心中怅然:我差点成了一个穿皮鞋的人。

(原载《民族文学》2015 年第 6 期)

野猫会馆

李　娟

我家养过很多的猫。仔细想想,与其说是我养着它们,不如说是它们某天路过我家,一看,猫窝猫食猫沙都是现成的,便将就着住了下来。有来过冬的,有来消夏的,有来过夜的,有来借厕所的,有来求偶的,有来寻仇的,有来疗伤的,还有来生仔的。我家俨然成了一个喵星人同乡会,暨野猫会馆。由于没法颁布管理条例,整天满房子喵来喵往,你追我赶,上蹿下跳。把家里的几条狗烦都烦死了。

生仔的那位最可恶。平时在镇上浪迹江湖,一到快临盆的那两天就蹲在我妈赶集必经的路口等着。一看到我妈,远远迎上前,蹭裤腿,舔手指,极尽谄媚之能事。能尾随我妈走两里地。我妈无奈,只好抱它回家。

到了家,它矜持而有礼貌,见到牛打个招呼,见到鸡也点点头,见到狗赶紧上前握手。拖个大肚皮,把周遭原住民统统问候了一遍。夯实人际关系基础后,才吁口气登堂入室。

我翻出件旧毛衣垫在一只柳条筐里,给它准备了一个五星级猫窝当作产房。结果人家还没看上。嗅嗅,满脸嫌弃。我想可能毛衣太粗硬,又去找细软一点的。等找到一件旧 T 恤,一转身,它已经在我铺着松软被褥的床上生了两只仔了!

我惊且怒,一把拎起甩进柳条筐,又捏着两只湿答答滑溜溜的小肉团塞进它肚皮下。十分之一秒后立刻后悔。下手太重了……虽然弄脏了床,人家毕竟正在生产啊!而且听说刚出生的猫仔不能碰,沾了异味儿会被母猫咬死……惴惴不安,又去偷窥。只见它委委屈屈弓身筐内,第三个小仔隐约冒头。它埋头温顺地舔着头两个仔,看不出有什么异样。感受到我的注视,扭过头来,眼睛明亮平静,深不可测。

　　每逢家中添丁,小狗赛虎最亢奋,每十分钟过来瞅一眼进度。我便把筐放到高处,开启防骚扰模式。看不到小猫,赛虎急得在筐子下面哼哼叽叽团团转,猫夫人便从筐内探出头,悠长地喵了一声。像是在安慰:别急。又像在优雅提示:肃静。赛虎立刻安静下来,蹲坐仰望,一动不动。猫夫人也长久低头看它。这段凝视间的距离为八十公分,时长未知,情真意切,内涵万千。我去,我相机呢?

　　按理说,带仔的母猫最惹不起了。可这位呢,不但当众产仔,不避闲人,连闲狗也不避。我看要么是江湖老手,见多识广。要么纯粹脸皮厚。

　　若是别的母猫,神经质一样护仔,一有人靠近就面露凶光,龇牙待发。这位跟平时似的,挠挠它脑门,还歪过脑袋要求你再挠脖子。摸摸猫仔,立马挪开肚皮,把另一只也让出来求摸。如果是条狗的话,保准还会尾巴摇个不停。不就是借宝地产仔一用吗?何至于这么诌媚……就算不是产妇,看在这份诌媚的分上,我们也得给它加营养餐啊。然而营养餐有限,只好克扣其他猫狗的伙食。气得有两只猫离家出走。

　　头几天这位产妇尽心尽责,寸步不离几只小仔。然而第四天开始就昼伏夜出,渐渐恢复本性。十天后,看在营养餐的分上每天回来喂一次奶。往后回家的时间越来越短。半个月后彻底撂了摊子,重返江湖续写传奇。

　　我妈恨得咬牙,只好稀饭拌白糖,亲自拉扯几位猫孤。好在一个个还算壮实,夜里也不闹。只是渐渐大后,越来越能吃,越来越挑嘴。再加上家里原有的其他猫孤(我妈从牛圈后面拾回来的),大有养不起的倾向。我妈只好满村挨家挨户打问,好容易才送出去三只。剩下的一直养到能闯荡江湖、独当一面为止。

这只猫妈，可真会托孤。

这还没完。到了第二年，又是这位心机婊，又怀上了，又在老路口熟门熟路等我妈。我妈怒斥："生仔的时候想起我家了，捉老鼠怎么从来没想到过？"

我家老鼠之多！我妈常常忧虑地说："怎么办？连我家的狗都随随便便就能捉到几只……"可我家那么多猫，都是吃白饭的。

发现敌情！我妈拎起一只最肥的猫就往仓库跑。指着柜子下瑟瑟不知所措的老鼠说："看！快看！"可人家看了一眼，扭头就走。

我妈大怒，一把抓回来直接往柜子底下塞。这位猫祖宗一屁股坐地上，死也不进去。我妈摁其脑袋，掐其腰，拼命往里塞。最后猫实在是没招儿了，这才进去死不情愿地把老鼠捉了出来。我觉得这场歼敌战里，我妈比猫累多了。

不捉老鼠倒也罢了，还净搞些引狼入室的名堂。也就是说，不捉自己家的老鼠，跑到邻居家捉。吃不完，衔回家玩。玩着玩着，老鼠嗖地跑了！能跑到哪儿去呢？当然从此就在我家安营扎寨了！

我家猫最多的光景，一推开门，胆小的瞬间化为弧光箭影消失无踪，胆大的该吃吃该睡睡头耳朵都不抖一下。多疑的藏身桌椅盆罐等不堪一击的掩体后观察你下一步行动，脸皮厚的直接扑上来抱大腿、爬后背，无穷无尽地撒娇卖萌。那个传说是真的：脾气太好的话，家里很快会长出猫来。

除了生在我家长在我家的猫二代、挂单的行脚野猫、我妈拾回来的老弱病残等住户，我家的猫还有一类：前来搞对象或寻衅滋事的。没办法，我家的母猫总是水性杨花，公猫又树敌太多。

话说这些江湖游侠们神龙见首不见尾，直到家中母猫怀孕或公猫耳朵撕豁了才知道它们的存在。偶尔一两次狭路相逢，惊心动魄！纯天然的和吃软饭的果然天壤之别啊！那体态，那气势，那眼神，何其凶猛凛冽！此种纯粹的凶兽怎么可能被当成宠物圈养？相比之下，我家那几位只是裹着皮草混日子而已……又想到这些魔性的家伙出入我家如入无人之境，多少有点发怵。

我家夏天窗子日夜不闭，猫们出入自由。到了冬天，为保温，窗子都封死了。猫们便被设了门限，晚上九点之前还不回家的话，另投明主去吧。

说起来，还是红墩镇的猫都太笨了，进不了家门的话只知道蹲在外面傻等。不像之前在阿克哈拉村，那里的猫都会叫门。

在阿克哈拉，我们的住处是由原先的兔舍改建的。卧室紧挨着仓库。仓库屋顶设有换气的天窗，很快成为猫儿们的VIP通道，昼夜不息，冬夏无阻。仓库和卧室间还隔有一道门。夏天随时敞着，冬天随时关着。无数个冬日的深夜里，这些家伙们一边刺啦刺啦挠门板，一边喵叫连天，一次又一次将我们从梦中惊醒，从热被窝中拖出。等放进来，喝水，吃食，上厕所，发愣。暖和过来了，这些家伙又觉得还是外面自在。于是继续挠着门叫唤。吵得不得了，只好再爬起来把它们放出去。出去之后，没一会儿各位就醒悟过来：这样的天气的确不适合浪荡。于是再回来，理直气壮地接着又挠又叫。我和我妈不知一夜起身多少次去给它们开门关门开门关门……门童也没这么辛苦啊！况且门童还有小费呢。我妈总是在黑暗中一边摸索着起身一边怒斥："我是你们的奴隶吗?! 我是你们的佣人吗?!"太影响睡眠了！然而不给开的话，于心不忍，更没法安心睡。毕竟这天寒地冻的……算了，猫知道个啥，不跟它一般见识。

同样裹着皮草，猫比狗更怕冷。白天在窗台上排成队晒日光浴，夜里千方百计钻我们被窝。钻被窝这种事已触犯底线，我和我妈毫不留情，来一个踹一个。大家又只好去巴结赛虎。赛虎也不是好惹的，来一个咬一个。然而赛虎这家伙毕竟没啥底线，再不好惹也架不住各位走马灯似的骚扰啊。最终往往屈服，和众猫将就着挤一个狗窝。

温柔的赛虎，善良的赛虎，浑身毛茸茸热乎乎的赛虎，在无数个炉火熄灭的寒冷冬夜，是猫咪们最甜美的依傍。宽绰的狗窝被塞得满满当当,身上还趴了俩。作为一只狗,可能会略感屈辱。但作为冬季里同样孤独脆弱的生命,我猜它也会依恋此种舒适和安全感吧。

每一只猫都是有梦想的,因此我家的疗养院再高级也顶多能留得住一只猫两三年的光景,之后逐一消失。在这两三年里,诸位一边混吃混喝,一边长身体、练本领。小时候在院子附近爬爬树,长大了就三天两头出门历练一番。往后离家的次数越来越多,时间越来越长。再往后,只有打架受伤了或三天没饭吃了才想起来回家看看。铁打的猫馆流水的猫,我为社会输送健壮的猫咪,我自豪。

虽然猫儿们最后的命运都是野猫,但在我的记忆里,并没有天生的野猫。在相对恶劣的生存环境中,几乎所有的小奶猫都有黏人的天赋。高冷这种气质,得在温饱无忧的前提下才养得起来。

冬日里,铺满冰雪的偏僻小道旁,它们突然就出现了。不知从哪儿来的,也不知之前已经流浪了多久。远远一看到有人,就奶声奶气地急切喵叫,一步三滑奔过来,然后再迈着小短腿努力寸步不离尾随那人。似乎明白:这人是自己的一线希望,一旦被这人收容,才会得救。心肠再硬的人,听着这喵声,瞅着这巴掌大的一小团茸毛,也会动容啊! 不知此种求救的本能怎么在猫的基因里流传下来的。我从没见过哪只小猫在走投无路时会找牛求助,找马求助,找拖拉机求助。而后者明明看上去比人强大多了。

小奶猫之可爱! 让人恨不能揣在口袋里走哪儿带哪儿,时不时掏出来搓搓揉揉。还总会令人自私地叹息:"要是永远都这么大就好了!"虽然许多动物小时候都是可爱的,但在我看来什么都无过于猫。尤其当猫咪以征服世界的雄心来对付一个线团或一块破布头或自己的尾巴时,简直令人跪地臣服啊。

在猫咪短暂的童年时光里,世界一度只有猫窝所在的房间那么大。终日翻箱倒柜,无所不至。终于有一天爬上了窗台。

抬头一看,浑身毛炸,三观尽毁……从此,就再也不理会毛球线和电灯拉线了。窗台成为它的超大屏直播厅,每天投以大量时间贴玻璃上观测外太空动静。有时候一只野猫从外面沿窗悠悠踱过。——它曾是它的母亲。母子俩隔着玻璃对视,似乎都想起来了些什么,又似乎什么也没想起来。野猫径直离去,猫仔喵叫两声,怅然若失。

接下来突破的障碍是隔壁房间走廊尽头的门。它发现了这扇门的秘密:此处和窗台一样也能观望外太空,然而,此处无玻璃。

我几乎能记得我家每一只猫咪生平第一次迈出家门的时刻。在此之前,它们已经蹲在门边凝望门外某处某点好几天了。更早一些的时候,则躲在门后,探出小半个脑袋窥视。而最初,几乎是门一开,强烈的光线一泻进来,一个个惊惶躲避,躲闪不及。猫咪得花多长的时间去适应世界的渐渐扩张啊。

总之,习惯了敞开的门后,就整天蹲在门口,入神地观望对面的世界。一有风吹草动立马全线撤退。很久很久之后,又变成一有风吹草动就立马后退一步,弓腰缩颈,以可守可攻的姿态静观其变。

每到这时,我妈往往会助它一臂之力。不,一脚之力。她一脚踹向猫屁股:"笨尿,怕什么?"猫儿瞬间跌落广阔天地。接下来,有闪电般蹿回来的,有僵若木猫不知所措的。还有的略胆大,定定神,再往前试走一两步。总之,总算是迈出家门了。

再往下,一日日地,它的探险范围以房屋为中心,半径呈几何级数增长扩张。我妈每天晚上睡觉之前唤猫回家,都得喊好一会儿。半年之后,或者一年之后,终于有一天,再也喊不回来了。她忿忿关门落锁,说:"野了,又野了一只了!"

外面有什么好呢?野狗扎堆,鼠药成患,危机四伏。没有温暖的猫窝,没有充沛的食物,没有挡风遮雨的墙壁屋顶……然而,若为自由故,什么都可抛。我等凡人安知猫之志。

可我等凡人,从此再也没什么可为他们做的了。才开始还尽量开窗留门,存几根火腿肠恭候大驾。日子久了,渐渐放下。直到某天,一开门突然间迎面撞见它正做贼一般逡巡厨房,不由惊呼:"原来你还在?以为你已经死了!"

长久不归家的话,要么已经称霸一方、温饱无忧,要么就已经死了。

似乎两到三岁往往是猫的一个坎。一旦活过这个年岁,越过这道坎,已然身经百战,世事尽阅。躲得野狗,识得毒耗子,并且赚得一定江湖威望。从此披风沐雨,抗衡光阴。可若过不了这个坎……便再无后话。有时路过垃圾堆,看到一具猫尸歪歪斜斜抛弃其中,认出是从我家出去的某位。微微记起它小时候的模样,记起它在怀里打滚的情景……也只能叹息:"白吃了我家两年饭。"

从我家出去的猫,就算没有白吃饭,也终将成为白眼猫。田野间树林里狭路相逢,它敌意以对,又漠然折身而去。有时它也会愣愣神,似乎记忆的遥远之处火花一闪,犹豫着冲我喵叫一声。我连唤"咪咪"(我家所有猫都叫这个名字),令它记起了更多,不知不觉向我走来。然而,还剩最后两三米时,又猛地觉醒,飞身窜开,三两下就消失在草丛深处。无论我怎么高呼"咪咪",都不肯回头了。

多少有些失落。正是这个肥头大耳高度警惕的家伙,小时候曾在脚边手边寸步不离,贪吃贪睡,娇声娇气。一喊"咪咪"跑得飞快。后来渐渐长大了,多少深夜里,它和外猫混战,惨叫连连。我们全家从床上爬起,操起家伙出门助战。也是它,闲来没事把家里的床单门帘扯得稀烂。我不止一次建议剪了它的趾甲。我妈坚决不予采纳。她担心没了趾甲,在外面打架更是打不赢了。打不赢也就罢了,逃命时连树都爬不了。

亲密终成陌路。在我的童年时代,这种情景总会令我痛苦。长大后渐渐释怀。如今目送它孤独而坚定地越走越远,微微失落后总会大松一口气,心里说:谢谢你,谢谢你忘记了我,谢谢你变得和我毫无关系。

很多人喜欢狗,讨厌猫,缘于一句老话:"穷养狗富养猫。"似乎猫最势利,嫌贫爱富,冷漠无情。然而真的是猫的过错吗?我看其实是人的陋性吧。狗儿痴憨,不知变通。你对它有一分的好,它便还你十分好。而猫可会算账了,你对它一分好,它也报以一分,给它两分,还两分。只有你全情投入,它才回报满满。因此,口口声声称爱狗不爱猫的人,也许爱的只不过是一份低付出高回报的投资罢了……

煮猫食,换猫沙,整理猫窝是我家猫馆用户所能享受到的全部服务。再没别的福利了。除了几个喜欢主动凑上来求宠幸的二皮脸,我们一般也不与它们做亲密接触。它们终将成为野猫,将来是需要防备人,甚至敌对于人的,怎能习惯人类的爱抚与亲近? 更重要的是,就算它们不抛弃我们,我们也会抛弃它。总是居无定所,总是不知明天会怎样,不知此处能住多久……自己的生活都不稳定,又拿什么给人做依靠……算了。随意相处,两不留恋吧。

然而,有一只白色黑斑狸猫,始终不能忘记。

记得它不到两个月大就入驻猫馆,成长和其他猫客无异。长大后却性情迥然,出奇地恋家,养了很多年都不愿离开。

当时一同收养的还有一只稍大一些的麻灰色公狸猫。两猫朝夕相处,青梅竹马,我们都以为长大了肯定会来一腿。麻猫也是这么想的。

而两只猫看上去也的确般配。白猫修长苗条、优雅从容,麻猫虎背熊腰、虎虎生风。

话说我们麻猫对白猫的爱意,真是天地都为之动容啊。站坐不离,到哪儿都搂着不放,睡觉时恨不能绑在一起。整天摸爬啃舔,钻拱蹭挤,将猫生中大把光阴消耗在白猫身上,无怨无悔。

然而,直到最后,可怜的麻猫也没能泡上白猫。每次都在最后关头败下阵来——白猫就地一坐,麻猫翘着小鸡鸡团团绕之,百无奈何。

以致后来麻猫心灰意冷,早早投入社会,万过家门而不入。

不只是拒绝了麻猫,我们白猫也从没理会过任何猫。何其洁身自好！整个发情季节里，安安静静，心如磐石地晒太阳。然而，几乎普天之下的野猫都爱上了它，轮流跑到我家天窗边，日日夜夜冲下面苦苦呼唤。一个个只恨不会弹吉他。吵得我们真想釜底抽薪，把白猫扫地出门。

白猫清心寡欲，却极亲近人。家里每逢来客，管他借钱的还是讨债的，刚刚坐定，它就蹲人家脚下抱着鞋子抬头凝望，满脸求摸的神情。若客人果真伸手去摸，立马就势一跃，直接跳到人家怀里。接下来，蹭脑袋、拱臂弯，非要客人环起双臂左右搂定才能安静下来。死了一样瘫卧客人怀里，似有无限享受。也不管这大热天的，客人多难受。

对待自己家人就更不客气了。每天非要和赛虎睡在一起，挤成阴阳八卦图。

还喜欢待在我妈头顶上，一逮着机会就爬上去卧得稳稳当当，以为自己是个帽子。那时我妈在阿克哈拉开杂货店。天天就这样顶一只猫跟顾客讨价还价，在当地传为奇谈。

后来渐渐大些了，头顶坐不稳当了，改蹲肩膀上，监控探头一样四面环顾店内情景。总之，总得比我妈高点才安心。

对于商店的生意，它比谁都操心。一来顾客，它寸步不离，走哪儿跟哪儿，喵叫连天。翻译过来就是："走过路过，不要错过……三块钱，你买不了吃亏，三块钱，你买不了上当……"

我妈数钱的时候，它就在旁边紧紧盯着，俨然不放心账房先生的老东家。

我妈卖火腿肠的时候，它尤其愤怒。这么大的事也不跟它商量！

大家都爱火腿肠。一根火腿肠总是和赛虎对半分。赛虎狼吞虎咽，迅速消灭干净。而它慢条斯理地啃啊，舔啊，嚼啊……赛虎总疑心它多吃了好几倍的。两人平时特恩爱，一到这时就闹离婚。

每逢出远门归来，狗也扑，猫也扑，扒行李，咬鞋带。前前后后，三百六十度无死角地亲热缠绵。若是猫狗也有高血压，早就亢奋成脑淤血了。好音乐能绕梁三日不绝，好猫狗能绕你半天不歇。顿时发现自己活在世上竟如此重要。又很惭愧:这样的一个自己到底有什么好的呢?

到了夜里,熄灯睡觉了。二位仍不肯离开我的床前,并排蹲坐,目不转睛盯着黑暗中的你。仿佛害怕你再度离去。

哎哟,一提到我的白猫,就刹不住笔头了。当父母的都觉得自己孩子最好,养猫狗的都觉得自己猫狗最乖。我也未能免俗……

总之,我有过这么一只猫,它是我家唯一一只不愿成为野猫的猫。它没有探索世界的野心,没有生育后代的本能。清清净净、悠悠闲闲。除了家里和店里,整天哪儿都不去。不添麻烦,不闯祸,不偷食,不乱上厕所,不制造任何家庭矛盾。猫食再寡淡也从没抱怨过。它美丽、温顺、充满喜悦。它对我们的信任以及对我们这个家的依恋令人惊讶又幸福。它活在世上像在深深地安慰着我们。

它死的时候也没有打扰任何人,安安静静卧在后门墙角处的一只破铁盆内,像平时一样蜷作一团。没有伤痕,也不见瘦削。不知死了多久,不知之前遭遇过什么。我连猫带盆一起埋在了菜园里。我经历过许多猫的死亡,也亲手埋葬过许多猫。唯有这一次最伤心。

我微博的头像就是它。白脸红鼻头,眼睛大且媚,还文有眼线。我认为它是埃及艳后转世。

絮絮叨叨,没完没了。嗯,野猫会馆仍在营业中,故事以后接着说。

(原载腾讯《大家》2015 年 7 月 29 日)

竹　园

龚　静

　　走在前头的芬姨回头道:"看好脚门前哦,当心点,这里现在不比老早,没有路了,前几天已经用竹刀清扫过了,否则脚也插不进。还有蛇呢,上趟子也是春天里有人来挖笋,看到一条蛇哦,从眼门前一蹿头,吓煞人。"

　　穿过东倒西歪的老屋,杂草丛竹盘根错节,依稀可见一垄可以走的路的模样,时不时竹梢头挡在眼前。竹园子中两座土坟周围也是清扫过了的,现出坟墩头,外婆坟边的一竿竹子长得蛮高了。挖土,抱起骨灰盒。"姆妈,替你来搬家了。"母亲喃喃。一行人沿来路走出竹园,按习俗放了一串鞭炮。回头望望竹园,还是绿葱葱一片,不过绿得七缠八绕,曾经清清爽爽,小时候每年都跟外婆来挖春笋,秋天砍了老竹还可卖点零花。从后院通往竹园的路也像头路分得清清爽爽。竹园那一头临小河,小河通外面的大河,乡人造房子的砖就是撑船运来的。

　　好吧,反正这里村子都要拆掉了,那里村子也要拆的。这片地拆迁了要造新城,每户人家都分到好几套房子,分不均匀闹矛盾是有的,不过有房子分都开心的,自家老夫妻一套,儿子一套正好结婚,出嫁的女儿也不怠慢,也有一套,皆大欢喜。竹园,政府也算过面积,给了点小钱在家族里分分,就随便它去了。埋在这里的老人,都陆续迁走。

　　久不住人的老屋子撑在那里,地皮面积已经计算过了,也不过是为了等待推土机,看上去简直不像曾经有过天天灶头起烟、日日家长里短的还间或婚丧喜庆的屋子。一只老鼠，又一只老鼠，草丛里窸窸窣窣。右边河滩头的房子更加东倒西歪，赶在动迁之前造的一间灶披间完成了使命也松弛到塌下来的意思，河倒是还是那条河，船是很少了，装竹子的船当然早就没有了，河对过的竹器厂老早关了，站在水桥头，似乎还能听到机器刨竹篾的声音穿出窗口穿过河面，竹子在尖叫，但底色又是闷的。那一年我看父亲钓鱼，脚一滑，从水桥头滑进河里，旱鸭子手忙脚乱地爬上来，青苔水草抓了一手，一嘴湿嗒嗒，衣服湿淋淋的，身体已经管不了了，有惊无险的结果是从此看到水就冷飕飕的，游泳也学不会。走出竹园时没想到去看看那条河，以后应该会成为新城楼盘的临水卖点的，再撑条船顺着河到朱家角，应该是不可能的了。

1937年，就是这个水桥头，一条船从这条河出发，一路躲，一路躲到朱家角。

日本兵来了。大肚子的桂芬跟着公婆坐船到朱家角避难。

从棕坊桥到朱家角，摇了两天的船。带了冷饭酱菜，烧锅子热水泡一泡，逃难要紧。

到了朱家角，岸上一样有日本兵，一条条船都要盘查，公公外出做生意见过世面，叫桂芬脸上抹锅灰，大家蜷缩在船舱里熬辰光，公公和丈夫在船头应答。也算幸运，终于躲过一劫。只是，这难是没办法逃了，哪里都一样，躲不过，船再摇回来。回来后桂芬生了一个女婴，1937年年底。

从一个乡村到另一个乡村，务农，做工，家务；姑娘，新嫂嫂，外婆，阿婆；逃难，磨难，辛劳，病苦。一把灰，一个土馒头。一辈子。

王桂芬就是我的外婆。

她死的时候很平静，弥留之际已失语，死犹如燃没的灯芯草，自然而然地暗了。是1996年的初夏，八十岁。很多人说外婆是有福气的，生前还抱过了重外孙女。

外婆去世没有开追悼会，她是家庭妇女，只有遗体告别会。

很多亲戚专程从乡下赶来。外婆身上盖着红布，接受她的亲人们悲悯平静的目光。然后她就住进了一间镶着玉石的小小房子，我们在小小房子前摆了一棵小塑料松树。我们还发现外婆以前在乡下的小姐妹也住在这里，大家都说她们现在倒又可以经常串串门了。外婆老了的时候尤其喜欢拿张小凳子坐在门前与人说话的。

告别会后，亲友们一起吃豆腐饭，大家吃得很快乐。吃饭的时候，我在想，外婆活了八十年，辛辛苦苦的，为什么不能有篇悼词？是不是太普通的人就不要悼词了？很多年后我突然觉得真的是不需要悼词的，人已成烟，悼词是说给活人听的，在活人的等级社会里排序排位，给一些相关的人安慰罢了。

生·活

外婆出生在一个叫彭赵的地方。家里那时该是中农几近富农了吧，有几亩地，有一座二进带厢房天井的江南乡村民宅子。外婆是长女，自是能干，种地、晒麦、臼米、煮饭、女红样样在行。外婆娘家做酒，父辈们在外做生意认识了做竹子生意的印家，二十岁不到的外婆就定下了终身，嫁到印家。说起来也门当户对，新官人还是秀才，识文断字的，当然相见相识也是在红头盖掀开的一瞬间，据说婚礼其时颇为轰动，新官人骑了高头大马迎的亲。1937年，日本人侵入了上海郊区，有孕在身的外婆随家人坐船逃离村子——幸好做竹子生意的夫家有条船，船顺着上海曾经四通八达的河道摇到朱家角，日本兵也来了，外婆赶紧脸上抹了锅灰，躲过一难，船摇回村子，母亲降临。经此一难，家族渐渐破落，外公虽是秀才，但不事稼穑，甚至懒得做活，家道更是中落了，家事全靠外婆一人承担。接着还出生了两位"名义上"的舅舅，一个出天花死了，一个因无力抚养送到了育婴堂，外婆年老时时常会说起他们。母亲十三岁，也就是外婆三十三岁时，外公死了，我不知道当时外婆是怎样的心情。我现在常想，假如外婆不是嫁了这个秀才——我从未谋面的外公，一生又会怎样。

外婆没有裹过脚,一双手两只天然脚,把日子过下去。

要说起来,也是托了20世纪初民族工业兴起的福,纺织厂、毛巾厂、味精厂等和日常生活有关的工厂(工坊)在城市和市郊一家家开起来,很多本地和外来的女性就有了养家糊口的一条生路,所以,五四精英们真的不必为娜拉走后怎么办过分焦虑,只要能吃苦,娜拉还是能谋到一条生路的。

外婆做过竹篾的热水瓶壳子,进过毛巾厂做工,当然还干着种菜等农活。母亲每天步行去县城念书,放学回来也帮着做事。母亲初中毕业后,念了师范,因为外婆供不起她上高中、读大学。"那个辰光爷叔是讲帮我交学费,哪好靠人家呢? 就算是至亲,也不行的,万一以后有啥事呢?"断了大学路,好学懂事的母亲虽然有些遗憾,但也不抱怨。"我还是感谢伲老娘的,让我读书,读师范,出来做老师,现在退休了有保障呢。"过了七十的母亲每年清明祭奠总要念叨。说的是,一个农村女子,寡妇,顶多上过扫盲班,不是盼着独生女早早出去做生活帮她分担,而让她去读书,哪怕是免去学费的师范,外婆到底是有见识的。这种见识不需要知识,只是一种本性本心吧。母亲教书,母亲成家,于是,外婆也从乡下搬到城里与我们一起生活,带孩子、买菜、煮饭、洗衣,各种家事,父母得以安心工作,母亲一心扑在教育事业上,曾被评为上海市模范班主任。

我已记不清楚小时候外婆是什么样子的了,恍惚是总穿着青色或灰色大襟衫或两用衫,总围着一块围裙,手中不断会变出好吃的东西来。小时候外婆实在是位老母亲,其实,我们从小到大都是称呼外婆为"老姆妈"的,那是我们本地人的叫法,但也颇为贴切。

外婆的手巧,会手工裁制中式衣服,用缝纫机踩西式衣服也不错,常有邻居请她做丝棉棉袄、大襟衫,老房子时的邻居阿萍姐姐也请她裁的确良衬衫。但见外婆将布摊在玻璃方桌上,用把老式尺,捏着粉色的划粉划划改改,嘴里还不时自言几句,然后,毫不犹疑地一刀裁下去,姿势里一派成竹在胸。她会做各式各样的中式襻扣,什么葡萄纽、琵琶纽、蝴蝶纽她都会,每年春节我的新罩衫上总会有不同花样的襻扣。很多年以后，想学襻扣，回家请教已经七十多的外婆，她呵呵呵笑，说现在长远不做了，手不大灵活了，试试看。缝了两条细布条，一把镊子，坐到阳台一角，青筋贴皮的手穿来穿去，阳光晒在她稀少灰白的头发上，晒在她自己纺线、自己染色、自己编织的黑色毛衣开衫上，一恍惚，一个襻扣已经好了。小时候只觉得外婆会做衣裳是理所应当的，并没意识到外婆能干，甚至她的性别角色也是模糊的，她只是外婆，会做很多事的外婆。

当然，外婆做的饭好吃。那时候什么都是配给供应，一月一个人只有几两肉，买豆腐还要大清早去排队，过年才有冻鸡冻鸭供应。那时父母的工资得养活五个人，时有拮据，外婆却是将一日三餐安排得井井有条。一块肋条，她会分出一点精肉剁成肉糜，炖蛋或做肉圆烧汤吃；接下来的小排可以熬出汤再红烧，汤里放点土豆或冬瓜又是一个菜。母亲买来肉骨头，外婆用砂锅炖汤，肉骨头酥烂至能嚼碎咽下，非常鲜腻，现在想来当时这样价廉物美的东西如今真是天然的营养品哩。开春了，外婆会回乡下老房子后面的竹林挖竹笋，在老房子前的自留地里摘蚕豆，回到城里可以吃好几天。光是竹笋，笋衣笋尖与臭豆腐同炖，鲜香可口，笋的中段用来炒，老一点的则和豆板一起做汤，饭桌上颇为丰富。

吃外婆做的饭菜那么多年，很多已然融化在一天天的日子里，实在难以细究。印象很深有两件：其一，有一年春节她做了一只八宝鸭，鸭肚内填了糯米、火腿、香菇、板栗、莲心，还有其他什么我记不得了，中间用线缝紧，蒸熟上桌，香气袭人，以后再也没有尝过此味；其二是外婆做的点心，巧果、葱油饼、汤团不胜枚举，有一种叫麻雀豆的很令我忆念。做麻雀豆的时候常常是在冬天，放寒假了，外面刮着呼呼的西北风，屋里却漾着暖意，倒不是不冷，而是因为外婆手上正和着的面粉将成为美食，心里就生出了热烘烘的期待。外婆做点心时用的是"标准"面粉，那时面粉有"标准"和"富强"之分，前者比后者的颜色略深，价格也略便宜一些。做麻雀豆的第一步是和面，面要擀得有韧性，一般还要加发酵粉发酵,不过,大多数情况下为了缩短我们两眼翘望的时间,外婆就在和面时加一些小苏打,它也可发松面团,再加点盐和糖精水。和好面,将面团揉成细细的一长条,差不多一指宽的粗细,用刀切成一小粒一小粒的,再撒点干面粉,麻雀豆的坯子已经做好了。然后,在煤饼炉上架好铁锅,倒上一浅锅粗盐,炒热,将做好的小面粉粒倒入,不停地翻炒,如同炒瓜子花生一样,等麻雀豆外面焦黄,即可出锅了,用笊篱漏掉炒盐,盛在容器里凉片刻,麻雀豆便可以吃了,松脆焦香,又甜又咸。我们常常是未及外婆炒好第二锅,前面的那一锅"胜利果实"已经"消灭"得差不多了,越吃越香,越吃越暖和,外婆看到我们吃得这样开心,更是炒个不停,好让我们过足馋瘾。那情景,想来温馨。

外婆腌的酱瓜也是一绝。每年夏天,我总会自告奋勇地帮外婆一起去菜场买黄瓜,一篮或者两篮,回家洗净晾干,然后进酱缸。酱是先前就做好了的,一般总在梅雨前后,外婆用黑面粉加蒸熟的黄豆做成一块如杧果状的面饼蒸熟,晒干,然后切成一小块一小块的,让它发霉,再浸在陈年酱中,让太阳晒。梅雨季节常常是上午日出下午下雨的,惹得外婆早晨端着那几个沉沉的陶盆下楼去晒,下午一雨令下,急急地去收。放进了黄瓜,盆就更沉了,有时我也帮着去抱回来,那时外婆也已六十多岁了,已得了脉管炎,脚时时痛的,然而做起酱瓜来乐此不疲,不怕烦的,不让她做还不肯。父亲有时看着那面团那酱盆心烦说她几句,她委屈归委屈,酱盆照晒不误,夏且秋而冬,早餐时的酱瓜真的很甜酸适口,这时候外婆非常自豪,还装了一个个小瓶送给邻居尝鲜。我刚上大学那阵,外婆在做些虎皮蛋、咸鱼之类的菜塞进我书包,有时总不忘弄一小瓶酱瓜,"过粥吃吃蛮好的",我嫌烦,但不拒绝,我觉得酱瓜里有外婆这样一个女人的灵性,那时候,我已开始换种眼光看外婆了。

从小跟着外婆做家务,自然我也很小就学会了烧饭做菜做点心。我发现现在能想起来的家常美味都是和外婆连在一起的。时令蔬菜、节气果品、口味搭配,很多都是从外婆那里来的,春天跟着她到乡下竹园挖春笋,七巧节帮着她做巧果,春夏又一起做草头塌饼,春节更要相帮着做汤团、馄饨、春卷,从一把面粉,到一淘箩面条,不知不觉中过日子的琐琐碎碎就这么嵌入我的身心。可以这么说——如果要说启蒙,我的生活启蒙老师应该是外婆。

外婆,外婆,我们总觉得外婆就是这样的,天天家务,日日锅台,事无巨细地操心,有时还不讨好,似乎就没想过其实外婆也该有自己的生活天地啊。记得念小学时,有个男人来找过外婆几次的。据弟弟说,他还记得外婆有次和那男人到小房间轻声细语聊了很久。有一次,还在外婆生前,我开玩笑问母亲有无此事,母亲淡淡一笑。我想这当中肯定是有一段故事的。曾看过外婆年轻时的照片,穿着白底碎花的缎子旗袍,像一个大家闺秀,挺清丽的。可惜,等我想到应该记录外婆这样的女人的故事时,外婆已逝。现在,我想外婆三十多岁守寡至她八十岁死去,劳作和疾病占去了她人生大半时光,几乎没有享受过什么女人的幸福,她的乐趣似乎在于看我们长大成人,和她说说话。然而,等我们长大成人,和她说话的机会反而减少,即使有,我们有时候也不大愿意听老外婆那已含混不清的话语,嫌她啰唆烦人。

老了的外婆,已经不再当家做主,但她很独立的个性总使她对家里的事过问这过问那。"老姆妈,侬年纪大了自管自就好,不要去管啥事体,自己又做不动的。"回家不多的我却还是这么硬着嗓子跟外婆说。(其实我可以说得温柔一些啊,好像非如此不能表达心意似的,偏要以一种硬气来代替温柔。)其实我心里明白,外婆似乎总不承认自己已老态龙钟,烧菜不是盐多了就是糖少了,她总觉得自己还行的嘛。外婆一生能干,老了却不能随心而干。她不会像一个知识妇女那样来表达,或者想到去学学钢琴、跳跳迪斯科排遣一下老年的寂寞,她想要的是有人一起说说话,自己能做事。而当这些也已不能时,外婆的心可想而知是落寞的,虽然她不懂什么叫落寞。

外婆弥留之际我们都经常去看望,她虽不能言,只两眼混沌地望着我们,但嘴角是牵着笑的,也许是苦笑,也许是欣慰。我现在知道一个人往生时,最好的安慰就是陪伴她,握着她的手。

可是我们习惯用做事情来表达情感,我没有拉着外婆的手,只是坐在床边,好像亲人间反而是疏于肢体接触的(其实小时候睡觉时常常把脚搁在外婆的腿上的)。有个老乡邻来看她,她拉着外婆的手,说了好多话,外婆的眼泪流下来。这个场景过去了很多很多年,却总会在某个夜深人静时浮现。只是如何能有弥补的机会?

寻找一张外婆的照片

外婆去世后,母亲总逢着日子祭奠,我们也总在清明时去看看她。

一年一年的,那些和外婆在一起的日子似真似幻。

有一年却是常常梦见她,日子挨着日子梦见她。

山路崎岖,台阶层层,恐龙追赶,忽然见眼前有一城堡,奔入,楼上竟坐着外婆,在纺织,见我来,起身带我到封闭的天台,透窗环视,山峦起伏,壮观安全。我说恐龙是从地底下追赶的,也许现在还在门口,外婆想了想说有很多门。此时梦醒,暗自思量,是不安全感,还是外婆在那个世界想念我,或者她在那里很孤单?——2010年10月26日晚的梦,翌日晨起所记。

前晚梦见外婆,见她在一木板平台一头,手伸进平台前的一个穴鼓捣,原来在里面炒大白菜,一片片,没有切过,怎么可能?平台另端还有木板,似搁有油盐猪油类。叫她,她露出脸来,抬首一笑。我顿时泪奔,几乎窒息,惊醒,窒息感犹在,泪滴犹在,本疼痛的颈肩和心律失常的心脏,似一时难以承受,一口一口地舒气。——2010年12月10日的梦,12日补记。

两个梦的时间段内,正是这一年身体状态不佳的开始,旧患发作,曾经有效的药物失灵,兼之新恙缠之不去,医生也说不出个所以然。还有母亲手术出院不久,等等其他事,身心焦虑时时袭来,我隔三差五地要靠安定入睡,夜梦也是必然,只是其他的梦都漫漶不清了,唯有两次梦见外婆却是分外清晰,清晰如现实。尤其外婆的笑脸,一如她生前的样子,连左眼太阳穴处的神经性颤动依然如昨。

突然憾至心痛，原来我跟外婆都没有在一起拍过照片。怎么会？每天每天地看见，可是再要看见，没有照片。

很少看到外婆拍照。墓地上的那张照片还是母亲在外婆的左眼神经尚未病变前拍的，之后因左眼视神经萎缩，双眼大小不同了，平日里左眼那里常有神经牵动，我们倒也看习惯了，不觉得什么，古稀之年的外婆仿佛也不觉得什么，不过是脸上多了点动静，当时医生说没啥特效药，也就这么着了。照片上的外婆笑得并不欢畅，总是有些愁苦。想想外婆的一生其实就是辛苦。

想起那次请她教襻扣。是上世纪 90 年代。阳光照在她一头花白发上，间或左眼处神经牵动，枯瘦的手却是灵活地使着镊子，可是那时竟然没想到拍下来。若是今天，手机随手咔嚓。那时尚未养成相机随手拍照记录的习惯。其实是对日常生活之常态的轻慢，仿佛一定要某地的山水，某地的建筑，某地的风情，才是值得按下快门的。当然，这与当时胶片的成本也有关系，但意识深处实在难免某种"慢"，这种"慢"的内在于今看来，大概和我们长期以来的习性有关——热衷宏大叙事，对事件和活动等外部世界热情，而忽略身边日复一日的琐细。其实琐细的日常才是基本，慢慢地悟觉到，可是外婆已经走了。后来我去一些古村落游玩采风，总喜欢拍当地老太太晒菜干、刷衣服、织网之类的画面。每每见之，没来由眼酸，立刻就想起了外婆。

今天我想重温那天的场景，只能在大脑沟回里寻觅，寻来觅去地，朦胧的影子，虽然外婆的样子总在记忆里，可是若要镜头推进，近一点再近一点，皱纹、嘴角，甚至长期神经牵扯的左眼细节，总是无法清晰回放。若是有一张照片该多好。

在数码随手拍的当下，留一个影像还是一件事吗？可是，想要看一看外婆的样子，我没有一张照片。甚至，从出生落地到外婆去世，算算有三十一年，竟然没有一张与外婆的合影！

自记事起外婆的样子仿佛总是那样的，短发，圆领布衫，或灰或藏青的大襟衫，黑毛衣，黑毛线帽子，黑直贡呢鞋，灯芯绒棉鞋，只不过头发由黑变黑白进而灰白，脸上的肌肉渐次萎缩皱褶,看上去老年外婆脸小了一圈,挺直的腰背也有弧度起来,可是,再是时光雕刻,记忆里外婆还是外婆的样子啊。仿佛外婆从未年轻过,也从未特别老过。想起小时候,搬两只方凳子绷起橡皮筋玩着等父母夜归,外婆则一旁坐着缝补,线断了,抿抿嘴润泽一下,重新穿针引线,那时的年龄应该还不到六十的,过着过着外婆就真的成了老外婆。外婆当然也年轻过啊,曾看到一张,大概也是留存下来唯一的一张外婆年轻时的照片,穿着白底碎花的缎子旗袍,那种民国女子秀气含蓄的表情。

可是,没有一张与外婆的合影,没有。

少时,拍照仿佛是件隆重的事情,要到照相馆,穿上好衣裳,挑个好天气,有个好日子,得有个理由,才会去拍照。一张张标准照留住当年青涩模样,那全拜升学读书之需。至少在我家,没有每年拍全家福的习惯,倒是有我和父母弟弟的合影,那是难得去公园,或者参加婚礼时留下的。好像就是没想到外婆,外婆嘛,天天在家里,天天见着,没必要一起合个影纪念什么的。记得1990年冬某天,外子给外婆拍过一张照片,他抓住了外婆左眼处神经暂时未牵动的瞬间。可是,我翻找过去的影册,找来找去就是找不到这张照片。或者那时给了外婆,也许还在一堆底片里,这是我所有的唯一的一张外婆在家的影像了,却也无法落到实处。(希望它还在某个角落等待我再次寻找。)每次回想此景,总问丈夫也问自己:"为什么,为什么,当时就没想到与外婆一起拍张照片呢? 我没想到,我们都没想到啊。"是否,潜意识中还是对外婆缺少了珍视?

纠结了好久,还是写了一篇文章《那张照片在哪里?》。弟弟看到后,翻找起家里的老相册,找到了七张外婆的照片,扫描发给我,并写了照片说明。

第一张照片里外婆比较年轻,二三十岁的样子,深色衣服,式样已经看不清楚。据弟弟说背面写有"女儿惠存"字样,外婆是不会写字的,估计是母亲自己写的,是有年份的照片了。

第二张就是那张嵌在墓碑上的标准照,估计是在1981年或1982年初照的。算下来,外婆那时六十五岁左右。摄于西大街

244

的"金城"照相馆。

第三张也是黑白照片,外婆的神态最是欢畅,白色短袖衫,深色裤子,坐在沙发里,左手搭在扶手上,竟有点潇洒的样子。是1982年8月在西大街的家中留影。当时我被复旦大学中文系录取,弟弟考上重点高中,父亲借了台照相机为我们拍照。我也有一张同样角度的照片。

其他四张是彩色照片,当然那彩色已然不鲜亮的,外婆总是穿着黑黑灰灰白白的衣服。拍摄场景分别是:第一张,清河路时的家,夏天,1984年。第二张棕坊桥老宅位置,不过老宅已拆,宅基地给亲戚造了房子。那天应该是亲戚结婚,外婆藏青西裤,藏青开衫,白衬衫,还蛮高兴的,虽然屋后的房子已变了样,换了主人。第三张在现在的家里,90年代初的光景,淡蓝色单衣加蓝灰毛背心,坐在那张从老宅带到城里的旧官帽椅上织毛衣,黑色的毛衣。大概是我们偷拍的,外婆的神态全然在毛衣上。第四张,也是外婆生前最后一张照片。1996年2月春节,棉袄外套的黑毛衣就是她自己织的那件,褐灰色的毛线帽子和黑白夹花的半截指手套也是她自己织的,手上抱个永字牌热水袋,外面那个紫红格子布套子当然也是外婆手缝的。她的头低垂着,像是在想什么,当然也可能什么也没想,人已经很瘦了。从电脑里再看这张照片,无法不感受到垂老的气息。正是这一年的春夏,外婆去世了。

弟弟发来的邮件中还写道:

其实,她(外婆)应该有年轻时的照片。不知你有否印象?在我很小的时候,在棕坊桥的老屋里,一个旧的衣柜的门上,大概有两张很大的照片,一张是一个女子头上戴了一个"很怪的帽子",因为小时候没看过古装戏,现在才知道这个"很怪的帽子"叫凤冠,另一张中还有一个年轻的男子,穿着中式的长褂,头顶礼帽,插着羽毛。现在看来,这两张照片应该是老姆妈的结婚照吧,当时小孩子不懂,甚至感到有点奇怪。这两张照片一直镶嵌在衣柜门上的玻璃内。我想,它可能也经历了战乱,但一直保存到上世纪70年代末,后来这个旧式的衣柜要卖掉,照片也不知去向了。很可惜！当时为什么不保存好呢！很遗憾！

我对弟弟信中提到的那张凤冠长袍的照片真是毫无印象，倒是记得那柜子的，棕红色老式衣柜，铜锁，门上的玻璃似乎还是彩色的。有玻璃的老式衣柜，是民国特有的风格吧，明清衣柜是不会有玻璃门的。小时候倒是常跟着外婆回她乡下的屋子，春天去竹园挖春笋，烧大灶饭，去自留地摘蚕豆，顺便耕地种植，春夏季去收获玉米。一般我们不过夜，当天回城，外婆有时会住上一两天，和乡邻串串门走动走动。偶尔我们也住一晚，那张民国传下来的床下是架空的老旧地板，地板下老鼠叽叽喳喳地闹腾，倒是夏夜睡在一侧的竹榻上，清凉滑爽，木格子窗外就是自留地，听得到玉米叶窸窸窣窣的声音。

一生劳作，晚年多病，照片上的外婆就是普通得不能再普通的老妪样子。

总以为和外婆在一起过日子是自然不过的事，尽管知道终点随时降临，现在，想看一看和外婆在一起的样子真的成为了永远的不可能。外婆总在梦中出现，好像是老天一次次地显影这张心中的照片，但没有用的，我还是希望看清外婆的皱纹和笑容啊。

像外婆这样的女人我们周围实在太多，她们似乎是一种天然的存在，为家庭为子女为孙辈奉献自己的辛劳和生活智慧，于是我们也好似天然地忽视了她们，认为她们是生活中无足轻重的，她们劳作，她们消耗生命，换作我们的新鲜生长，似乎一切都这么天经地义。我想，我们从来没有往深处想：像外婆这样的女人会想些什么，会盼望些什么。

2006 年，在韩国梨花女子大学客座任教，孤身异国，常常想起外婆，曾经写了几句散行的文字，起名《想起》：

> 想起寒夜里一双枯瘦的手臂
> 慢慢地久久地握着微微的体温
> 厚厚的被褥挡不住无边的冷寂
> 每当你伸出手
> 我却总在别处

想起阳光下一个孤单的背影
静静地守着斑驳的门
喧闹和光亮赶不走弥漫的落寞
每当你远望归雁
我却总是擦身而过

想起你,在异乡
在午夜
裹不住满腔的冷
我终于明白
潸然

外婆枯瘦的手曾经握着一尺多长的竹刀,麻利地带着我在竹园里穿来穿去,一棵竹笋,又一棵竹笋,一歇歇工夫,就有大半袋袋的竹笋,直起腰歇息时,望望这棵竹子,拍拍那株竹子,嗯,再过几个月长得壮点,可以卖了。竹园满地松软,泥土、新旧竹叶,杂草不算多,春天来挖笋的亲戚也会顺手拔掉点。

走出竹园,回到老屋,稻柴燃起来,我使劲拉起风箱,大铁锅子,豆油一勺,铜铲一翻,春笋爆出响声,酱油红糖,外婆已将一碗酱香的油焖笋摆上木头方桌,蓝瓷花边大碗腾起热热的香气。客堂间的泥地,多少年踩下来,夯实板正,布鞋踩上去也不硌脚,稳当当坐在长凳上,柴灶头的米饭糯,再来盘咸肉青菜,老屋的饭菜就是比煤球炉子烧得香。

彼时彼刻的香味不过寻常的一顿饭,只是要过了很多年,此时此刻的我才体会到一顿饭的不寻常。

文字多少能表达一些对外婆的想念,可是我明白这种表达终究是贫乏的,倘若过往里有一种深切的想到,并且去做到,那么今天就少一些遗憾。即便文字表达如何深情,终觉虚弱。

那天从竹园出来,下起了小雨,面包车开过油菜花田,开过起秧子的葡萄园,来到墓园,安放好外婆。墓园里有她的公婆,她的娘家兄弟,住在这里应该比在竹园热闹点。

擦了擦外婆的照片,就是那张眼睛正常的照片。

老姆妈,我们回去了哦。

下趟再来看侬。

客厅里的旧式木制茶壶桶是外婆留下来的,曾经放各种南北干货,她总是偷偷地这里省点那里截留点,逢年过节变出花样给家人一个惊喜。

针线盒里还有外婆生前常用的绕线板。

有它,天天可以看见老姆妈了。

(原载《西部》2015 年第 7 期)

现实主义的福地

蒋 子 龙

上个世纪的 70 年代末期,用"雨后春笋"形容全国各种文学刊物的诞生最为贴切,其中《当代》仅凭这个刊名,就让写现实题材的人感到亲切,觉得离这家刊物很近。1980 年我到文学讲习所进修,讲习所聘请了几位文学大家担任导师,像中彩一样我被当时的《当代》主编秦兆阳先生选中,做了他的学生,自然也就跟《当代》结缘。从文讲所毕业时,秦先生给我留了个作业:给《当代》写个中篇。

当初进京上讲习所,曾费了好大的劲,几经周折才请下假来,回厂后自然要好好表现,一进入车间的生产节奏就身不由己了,任务堆积如山,设备需要检修,有近半年的时间根本顾不上想自己的小说,但也不敢从心里真正放下导师布置的作业。进入冬季趁车间的大设备检修,我开始写《赤橙黄绿青蓝紫》。

那时我的写作习惯是趁歇班连轴转,上班的时间不要说写小说,连想想都不可能,等到周末从晚上开始,一直干到周一的早晨上班,动笔后中途最好别间断。写短篇至少初稿就完成了,写中篇不行,下个周末再接着干。写到三万多字的时候,有天晚上我正在创作的兴头上,一个朋友来串门,他是一家文学刊物的小说组长,看我正在写小说,自然要看一看,看了几页就强行将我三万字的稿子装进他的书包,说不打搅我写作,带回去仔细看。我有点着急,赶紧申明这是给《当代》写的,是秦先生交代的任务,无论如何你们不能用。

一周后他把稿子送回来了,还没头没脑地扔出一句话:送审没过关。我说这又不是给你们的稿子,你送给谁审呀?他说如果主编相中了我们可以先发,结果主编不仅没有看中,还让我提醒你,这部小说有种不健康的和反政治的倾向……我心里咯噔一下,自己原本对这部小说很有信心,自认为里面是有新东西的,这个新东西就是人物,小说的男主人公是个抗上的玩世不恭的青年,有些坏招怪点子很让领导难堪,但在青年人中他却是个有本事有影响力的角色。这怎么就"不健康"乃至成了"反政治"呢?但我还是将写作停下来了,一直等到离答应的交稿时间近了,我也没有想出该怎么解决"不健康"和"反政治"的问题,就只好按照自己的想法先写完了再说。

　　我在《人文大楼里的故事》一文中,曾提到了这部小说最终得以问世的过程。到了该交稿的日子,我干了一个通宵,小说还是未能煞住尾,早晨七点多钟,老婆上班道远已经走了,按惯例我负责送两个孩子,一下楼就看见《当代》的编辑贺嘉正在楼前转悠,他是奉秦兆阳先生之命,乘从北京到天津的头班火车来津取稿。我只好让儿子先把他妹妹送到幼儿园后再去上学,我陪贺先生回屋。那时我住工厂分配的一个"独厨",即一间卧室外加一个自己使用的厨房,两户共一个单元。贺先生跟着我胡乱吃了点早饭,我告诉他小说还差个尾巴,估计再有三五千字就差不多了。我拿出已经写好的六万多字,请他在卧室里的小桌上审阅,我将切菜板搭在厨房的水池子上写结尾。直干到傍晚,我写完了,他也看完了。其实我在外边写着,一直留心他在屋里的动静,他一天几乎没怎么动屁股,我心里对自己的小说就多少有点底了。最后他提了几处小意见,我当即就处理了,他说大主意还要等秦老看过稿子之后再定。

　　没过多久,我接到秦兆阳先生用密密麻麻的小字写来的七页长信,肯定了小说,并通知我小说拟发在新年第一期的《当代》上。我既感动,又深受鼓舞,天下的编辑与编辑、主编与主编,差别何其之大!之后不多久我写了一篇小文,叫《水泥柱里的钢筋》,表达对编辑的尊重。如果以构建房屋比喻文学创作,作家或作品是一根水泥柱,那编辑就是水泥柱里的钢筋。正巧花城出版社要将我近期发表的小说编一个集子,征得秦先生同意,便以他的长信为序。

几年后我的第一部长篇小说《蛇神》,也是在《当代》发表的,顺理成章书也在人文社出。二校都结束了,突然接到河北一位老作家的电话,他说昨天去人文社听到编辑们在议论,说我把《蛇神》又给了百花出版社,想两家同时出。我一听就急了,两家社同时出是不可能的,谁在造这样的谣言?在我这样的业余作者心目中,人文社就是中国的皇家出版社,能在人文社出书是求之不得的,怎么可能舍高就低!我大半辈子都在吃急性子的亏,当时在气头上就给人文社的领导孟伟哉先生写了一信,要回了《蛇神》的版权。但很快我就后悔了,河北那位老作家不是坏人,就是嘴太快,爱传闲话。后来有人告诉我是天津有人到人文社"散风",毁了我的好事。

那件事让我最感对不起的就是人文社的老编辑王洪谟先生,那真是学者,且敦厚谦和,很长时间我不敢去人文社,不敢见他。人文社有一批大编辑,真是能点石成金,化腐朽为神奇,而且从未见他们争过什么"京城几大编"的名号。数年后我还是把《蛇神》的版权拿给人文社,成全了自己的心愿。

（原载《当代》2015 年第 4 期）

251

拉萨人情

格桑玉珍

那是在 2012 年夏季某个寻常的工作日的傍晚，晚餐后，我如常实施我的健走计划，从拉萨北郊出发，一路向南，步行到布达拉宫广场再原路步行返回。

高原夏季的夕阳依然慷慨而夺目，一路上，所有朝阳的建筑都被染上了迷人的金色，我戴一顶很大的帽子，并且特别压低了右边的帽檐。

虽然过了下班高峰期，但那条不算宽敞的马路依然拥堵异常，各种车在各路公交和送孩子回家的校车后面走走停停，隔着防护栅栏，人行道和非机动车道早已混成一片。

我疾步在各种人流和停滞不前的车流中穿梭，感觉自己像一尾信念坚定的鱼在黏稠的水中奋起直冲。

路两旁的小商贩们，俨然已经开始了他们一天中最惬意的时光，他们在店前捉襟见肘的空地上铺开各家简易的桌板，开始用餐、打麻将、下象棋、斗地主，一些人在乐呵呵地围观，还有一些人捧着饭碗倚着朝南倾去的树干望着眼前的车水马龙享用晚餐。他们像稠水中的礁石，淡定又从容。

我身旁有一脸孩子气的保姆小心翼翼地推着婴儿车经过；有步履轻盈，反戴鸭舌帽，硬把校裤改成小脚裤的中学生嘻嘻哈哈地飞奔而过；也有踱着四方步悠哉悠哉走来的中年男人，一手捻着佛珠一手提着菜篮子，几根嫩绿的葱尖儿从篮子里探出脑袋来，也被夕阳染上了晶莹的色彩。

在拉萨,视野总是开阔而通透的。站在城市的北郊,就能将城市南面——拉萨河畔的那些因为近年被过多雨水浸润也开始窜出茸茸绿意的岩石山尽收眼底,有夕阳的余晖洒在上面,傍晚的山峦煞是好看,山顶是大片大片明亮的金黄色,山腰部分渐变成亮丽的嫩绿色,再往下伸展,便是湿润的茸绿色了,湛蓝的天空上飘着几朵也被夕阳染成了金色的云瓣,它们投在山上的阴影,很像绣在上好绸缎上的那种暗花儿。

把视线收回来,道路依然拥堵,不远处似乎又有了一块新的"礁石",人流从某个地方岔开,又重新汇合,奔涌而来。走近了看,原来是一位一身考究的卫藏装扮的波拉(老爷爷),正坐在路边倚着电线杆小憩。他也许累坏了,也许是喝醉了,总之这会儿看上去,实在是放松极了:两条腿舒展地交叠着,皮靴和行囊整齐地码在一旁,耳垂上的绿松石耳饰在夕阳下闪着油润的光泽,头上的毡帽正伴着他香甜的鼾声一起一伏、摇摇欲坠……

天色渐暗,我不由加快了脚步,绕过布宫广场,想起还有件事要办,便临时起意,决定偷个懒,省略原路返回的一小段路程,直接从布达拉宫后面的龙王潭公园停车场穿出来。

天已经半黑了,我走得飞快,轻易地就超过了刚才还走在我前面很远处的两个同样步履匆忙的僧人。

偌大的停车场此时显得寂寥而空旷,刚亮起的路灯稀稀拉拉地散发出幽幽的橘黄色的光。一个人也没有。我有些害怕了,便戴上耳机把音乐声音调大,给自己壮胆。

踩着音乐的节拍,我的步子迈得更大了,想尽快从这个空无一人的停车场穿出去。

突然,不远处空地上一摊黑色的东西引起了我的注意,会是什么呢?我一边琢磨,一边继续向前走。

像是一个人。

我被自己的判断吓了一跳。

前面还听得我摇头晃脑的音乐,这会儿和着咚咚的心跳声一下子变成了噪音,顾不得关掉音乐,手忙脚乱地摘下耳机,屏住呼吸踮着脚尖继续向前,刚定睛看清那一"摊"东西确实是个躺在,不,确切地说,应该是个趴在地上的人。

"喂! 普姆(姑娘)!"

身后突然传来的一阵尖厉的呼叫声又使我受到了第二次惊吓。战战兢兢透过朦胧的夜色循声望去,原来是两个来停车的阿佳(姐姐),隔着长长的绿化带,她们也注意到了倒在前面的那个人。

"普姆(姑娘),快看看,躺在那儿的那个人是不是出事了?"见我回头,其中一个继续冲我喊道。

虽然声调还是那么尖厉,这第二句喊话却显得无比顺耳又温暖。我仿佛抓到了救命稻草,立即回应道:"阿佳(姐姐),倒在这儿的好像是个男人,我不知道他怎么了,我好害怕。"

"别害怕,普姆(姑娘),"依然是亮嗓门儿的那位阿佳(姐姐)在喊话,"你先凑近了看看那人有没有事,我们马上过来。"

我捏了一把汗,但没有刚才那么害怕了。又往前走了几步,这下我看清了,应该是一个中年男人,在他身旁一盒开封的饼干和矿泉水洒了一地,可以想见他倒地时有多么的慌乱和突然。一条黑狗安静地立坐在他的身边。

"喂! 改啦(先生)! 改啦(先生)! 您没事吧?"我尝试跟这个倒在地上的男人沟通,没有一点反应,又走近一点喊他,还是没有反应,再走近一点,一直安静的黑狗开始从喉管里发出低沉的咆哮,我这才意识到这条狗可能是这个男人的爱犬,我已经侵犯到它守卫主人的领地了。

两位阿佳还没有绕过来,倒地男人也没有一丝反应,正当我一筹莫展,前面被我超过的两个僧人也快步赶来了,橘黄的路灯下他们绛红色的僧袍给这个偌大的停车场平添了一份暖意。向我打听了倒地男人的情况,一位僧人一边将僧袍的一角提起来往肩上搭,一边蹲下来,用不紧不慢的声调轻声唤着倒地男人,另一位僧人见我在一旁手足无措,使用同样温和的声音轻声安慰我:"他不会有事的,普姆(姑娘)你不要太担心啦!"一旁的黑狗仿佛感受到了威胁,开始站起来冲我们狂吠不止,还是无法靠近。

不知什么时候,又来了两个学生模样的年轻人,俩人一上来就试图去接近倒在地上的男人,因为动作太大太快,黑狗被彻底地惹怒了,若不是年轻人躲得及时,差一点就上演了一场惊心动魄的人狗大战,就在这时,我们身后又传来一阵惊呼声,还是那个尖厉的声音,刚才喊我的那两位阿佳(姐姐)终于从绿化带的那一边绕过来了。

"怎么办好啊?"亲切的尖声音阿佳(姐姐)问道。

"我们得凑近了,才能看看这个人到底怎么了,可是这条忠诚的狗怎么也不让我们靠近啊!"一位僧人用好听的拉萨话回答说。

"男人们想想法子把他扶起来吧,"一直没有说话的另一位阿佳(姐姐)终于说话了,路灯下我看到她嘴里有一颗金牙闪闪发光,平日里那是我最不屑的装扮之一,觉得又土豪又俗气,但那天我却觉得那颗金牙散发出的是一种不一样的神圣的光辉,"我把车开过来,然后送他去医院,"金牙阿佳(姐姐)口吐金言道。

"说的是,说的是,真不知道他是怎么了。"另一位僧人有些焦急了,"可是,该怎样靠近他呢?"

"说不定是个醉汉!"又不知是什么时候,我们这支束手无策的救援队伍里多了一位年长的波拉(爷爷),波拉的语调里带有一点儿明显的拉萨式的调侃,他也许是想缓和下大家的紧张情绪吧,但显然不奏效。

"不可能是醉汉啊,波拉(爷爷)!您看这些饼干和水,我觉得是不是突然发病晕倒了……"我急忙表达我的观点,生怕因为判断失误耽误了送这个男人去医院。

两个学生模样的年轻人于是又尝试以迅雷不及掩耳之势凑到男人身边,可是黑狗变得更凶了,倒地男人依然没有一点反应。

夏夜的拉萨,随着天色渐暗,昼夜间的温差开始逐渐拉大,虽称不上冷,但也绝不算热。停车场外的马路对面,霓虹灯一片片亮了起来,高高的路灯下,我们被拖得很长的影子相互交织重叠在一起。

有人继续尝试接近倒地男人,有人尝试转移狂吠不止的黑狗的注意力,我和两个阿佳(姐姐)商量着是要打报警电话还是急救电话……

忽然,黑狗安静了下来,它机警地转向一方,开始友好地摇起了尾巴,我们好奇地望过去——原来是两位附近便民警务站的民警走过来了。

我们队伍中的波拉(爷爷)立即向警察汇报情况。

"请大家不要担心。"两位警察笑眯眯地说。他们一边熟练地扶起倒在地上的男人,一边跟我们说:"这个人是住在附近的聋哑流浪汉,平时就喜欢喝两口,经常一喝醉就不管不顾地倒头大睡,他现在只是又睡着了而已,没有大碍的,大家散了吧。"说完,两个人便微笑着熟练地一左一右搀扶起醉酒的男人离开了,刚才还凶神恶煞的黑狗,也一起温顺地摇着尾巴离开了。

"我就说是酒鬼嘛。哈哈,各位慢走啦……"波拉(爷爷)继续跟大家伙儿打着趣。这一次他成功了,每一个人脸上都浮现出轻松的笑容。

"说的是啊,波拉就是不一样,猜得真准。"两位僧人一边哈哈笑着,一边竖起拇指为波拉点了个大大的赞。

尖声音阿佳和金牙阿佳说还有急事,急匆匆地绕回绿化带的另一边去取车子了。

两位学生模样的年轻人,也不知在什么时候,已经不见了踪影。

我跟大家一一道过别,重新戴上耳机听着音乐继续暴走。

回去的路上,我留意到前面那位倚着电线杆小憩的卫藏波拉(爷爷)已经离开了,一小柱柔和的灯光投射在电线杆下他坐过的位子上,我仿佛又看见了那位波拉(爷爷)舒展地坐在嘈杂的人流中打盹儿的情景。

我想,使那位卫藏波拉(爷爷)那样舒展的原因,不只是因为他本身达到了怎样的心理境界,或者身处在什么样的状况之中,更主要的原因是因为拉萨这座充满浓浓人情味儿的城市,使他发自内心地感到放松,愿意信赖。而那位爱喝酒的聋哑流浪汉,不知道曾牵动过多少和我们一样的陌生人的心呢!

这样一个温暖的家乡,又有谁,不会思念呢?

(原载《中国作家》2015年第8期)

国家的记忆

高　深

于抗日战争胜利六十九周年之际，民政部公布了第一批三百名为国捐躯的抗日英烈和英雄群体名录。这份将继续增补的抗日英烈名录，涵盖了从 1931 年"九·一八"事变揭开的局部抗日战争，到 1945 年"九·三"抗日战争全面胜利，所有为收复失地光复祖国而英勇牺牲的中国军民，亦包括了为中国抗日战争牺牲的外籍友人。

古巴诗人何塞·马蒂说："死多么美啊，当我们为了祖国，为了祖国的自由而献出了自己！"我参军前，在日伪统治下生活了十年，深受当牛做马沦为亡国奴的屈辱与辛酸。新中国成立后，每到一座曾经被日本军队侵占过的城市，我总是习惯地寻找抗日战争纪念馆，或抗日烈士纪念碑，为那些为国捐躯的英烈献一束鲜花，深深地默哀致敬。但是我见到的几乎都是模糊的精神群像，我多么渴望知道那些中华民族英烈的姓甚名谁！

一位以研究中国抗战而知名的英国学者，牛津大学中国现代历史教授、中国研究中心主任拉纳·米特写了一本书，中文版的书名叫《中国，被遗忘的盟友》。该书分析说，中国因为抗战伤亡的人数迄今仍在计算中，但是保守的估计，死者至少一千四百万人（实际数远远超过这个统计。大英帝国和美国在第二次世界大战期间死亡人数各皆超过四十万人，苏联死亡人数超过两千万人）。中国难民人数可能超过八千万人。可惜，对"二战"付出巨大民族牺牲的中国，曾经被西方集体遗忘。"中国是战时同盟国四大核心国之一，与美、苏、英三国地位同等。"别人遗忘了"二战"的东方战场，我们自己却不可以遗忘。

法国作家雨果说："历史是什么：是过去传到将来的回声，是将来对过去的反映。"回声也罢，反映也罢，都不可能仅仅是一种抽象的表达，历史是由"事"和"人"组成的。中国的抗日战争史亦同样被千千万万个事件和人物填充。为国捐躯的英烈在国家与民族的记忆中，除了群像以外，也应该还是有名有姓有血有肉的具体的人。这才可能真正体现出"光荣"与"不朽"。恩格斯说："有了人，我们就开始有了历史。"从这个意义上说，抗战人就是抗战史，尤其是为抗战而抛头洒热血的人。

有些人往往忽略事物的细节。我们不能只告诉后辈"抗日战争中华民族牺牲了无数英烈"，还要告诉他们：赵一曼（东北人民革命军第三军一师二团政治委员）、孙铭武（东北血盟抗日救国军总司令）、吉鸿昌（察哈尔民众抗日同盟军第二军军长、北路军前敌总指挥兼察哈尔总司令）、张自忠（国民革命军第三十三集团军总司令）、郁达夫（新加坡文化界抗日联合会主席）、谢晋元等八百壮士（国民革命军第九集团军八十八师五二四团，即在上海保卫战中坚持到最后的抵抗者）、冷云等八名女战士（东北抗日联军第二路军五军妇女团，即宁死不屈的"八女投江"）……这些极普通又极伟大的人，在一个民族的许多人抬不起头的情境下，一声呐喊，显现出他们的英雄本色。正是这些细节，才组成了中华民族可歌可泣的抗日战争史。这些细节才可能加深参加国家公祭的后辈们对抗日战争的认识，才可能感受到爱国主义的伟大。同时也能从中华民族的巨大牺牲中，看到作为有五千年历史的古老的中国，是一个对世界负责任的大国。

中国这块土地，曾经培育出过众多值得永远纪念的民族英雄。可是我们有一个毛病，对民族英雄及其民族精神的信仰，太容易被"闲言碎语"所动摇，对历史上的民族英雄缺失传承和发扬的精神，缺少民众共识的民族脊梁，对一些较有共识的民族英雄，有时又因种种原因而"翻烧饼"。还有一个明显现象是以实用主义的态度对待民族英雄，用着了就搬出来，用不着就丢到爪哇国去了。更不可容忍的是有人利用道听途说的东西,贬低甚至诋毁英雄。如对狼牙山五壮士。为此一位有将军军衔的教授在一次接受媒体采访时,愤然痛责:"我们多少人在推倒自己的英雄!"历史已经一再证明,无论什么居心与行为,都不可能从善良人的心坎上抹去用血写下的英名。

永久的纪念

掀开一页日历,仿佛揭示一段烽火连天的历史。

这是中国人民胜利的一天。这是全世界人民胜利的一天。这一天笑声和泪影交织。七十年了,当这个日子再一次从记忆走进现实,瞬间,那场人类最野蛮最残酷的战争,那些血肉横飞的悲壮画面,像电影的蒙太奇镜头,在我思维中错乱无序地浮出水面。

那些英勇不屈的抗日亡魂,像雨像雾又像烟,在高耸的英雄纪念碑前云集。他们来自吕梁山、太行山、大别山、长白山和黄河、长江两岸。他们中有送鸡毛信的海娃,有放牛郎王二小,有靠草根维持生命、死后被敌人剖腹的司令员,有宁为玉碎不为瓦全的马本斋母子,有抗击敌寇走出国门的远征军,有在狼牙山纵身一跳的五壮士……那个用嘹亮号音唤醒穿灰颜色军服士兵的吹号者,也走出《艾青诗选》。

那团不曾被胃液消化的草根,在军事博物馆讲述国耻;海娃和王二小告诉红领巾什么是战争与和平;狼牙山的壮士像有什么心事,闷闷不乐;吹号者很想再吹一曲冲锋号角,向愚昧宣战,向贫穷发起最后的冲锋。

先烈们曾经用鲜血染红旗帜,染红朝霞,染红壮丽山河。然而他们的脸色却失血苍白。他们的哭和笑都没有发出声音,只听得见欢庆胜利的锣鼓,震天动地般咚咚敲击。他们多么想再唱一回《我们在太行山上》,又怕当今的人们嫌那曲调太不流行。他们曾经走进了中小学课本,向后辈讲述一个民族的骨气,讲述在敌寇面前的不屈不挠……不知道发生了什么不幸,不知道哪个人物下的命令，又让他们走出课本，不许孩子们再听那些"过时的故事"。这太让人难以理解了，一个民族的骨气，一个民族的抗争，一个民族的坚忍，一个民族宁死不屈的伟大精神，也会过时吗？

抗日亡魂向我们默默地走来。我不知道该用"百合"还是"玫瑰"欢迎他们，我也拿不定主意该向他们说些什么。我只记着张思德用生命撰写的"烧炭日记"；彭德怀指挥的"百团大战"；李兆麟的"火烤胸前暖，风吹背后寒"；李宗仁指挥的血战台儿庄；上海保卫战中牺牲的八百壮士。我还永远记着那支唱过无数遍的战歌："一旦强虏寇边疆，慷慨悲歌奔战场。首战平型关，威名天下扬。游击战，敌后方，铲除伪政权；游击战，敌后方，坚持反扫荡，钢刀插在敌胸膛。巍峨长白山，滔滔鸭绿江，誓复失地逐强梁。争民族独立，求人类解放，这神圣的重大责任，都担在我们双肩。"抗日官兵就是唱着这支歌走向战场，唱着这支歌冲锋陷阵，唱着这支歌与敌决一死战。那些战死在战场上的优秀儿女，也是唱着这支歌走向生命的终点。

抗日亡魂向我们默默地走来。他们是中华民族最杰出的英才。在共和国的记忆中，镌刻着对民族英雄永恒的爱。一千年一万年也不能忘记他们，否则灵魂将下地狱。生不敢正视后辈，死无颜叩拜祖宗。

战时笔记摘抄

我有幸得到亦师亦友秦兆阳先生的一册《回首当年》。老作家秦兆阳是亲自到过抗战前沿的作家之一，他的《战时笔记》记录了大量抗日军民的英雄气概，也记录了日本侵略者最残暴的兽性。正如兆阳先生女儿秦晴所言："虽然父亲没有说，但我相信，许多了解他的人都会和我一样想到，如果没有被迫停止写作的二十年，如果父亲不是把那么多精力和时间都投到了他的编辑工作中，这些宝贵的素材，可能更具文学价值。"

我在这里摘录两段亲历者、目击者的抗战见闻，与读者共睹那可歌可泣的八年。

其一（仅扫荡中的一个镜头）：

鬼子："你的知道，八路的有？"

孩子："不，不知道！"

鬼子："你的，给，糖的有，很甜很甜的……"

孩子："不，不知道。"

鬼子："刺刀，死了死了的！"

孩子大哭起来："俺娘说的呀，叫我……不知道哇！"

于是，孩子被刺刀捅死了。母亲惨叫着扑上去抓住刺刀，也被捅死了。

这是一次反扫荡中的一个小镜头。那孩子才六岁呀！

将来，那村村镇镇，都应该修一座座烈士纪念碑，用大理石雕刻那些英勇不屈的人物形象，其中也有六岁幼儿的形象。

其二（日本鬼子的酷刑）：

用木头削成尖桩竖在地上，将人插在桩上，四肢绑绳，二人拉绳转动如拉磨，血流满地。

地面铺席，席上撒满鞋钉，将人捆置席上，推动，翻转，将席抖动，很快，受刑者全身是钉。

用膘胶浸麻绳，缠人全身，置于日光下晒干，然后将绳剥下，皮肉随着绳子一条条脱落。

四肢系绳悬于树上，多人用香烟头烧炙之。

用绳绑脚拇指倒吊树上，推之使其摆动，让其他被俘的人看。

置人瓮中，两瓮相合，闷死。

拖至野外，埋在雪中，浇上凉水，冻死。

绑在板凳上，往鼻子里灌辣椒水，呛死。

……

（原载《民族文学》2015 年第 9 期）

草原通道

王　自　亮

> 我以往所见不过是土地、河流和世界的图像罢了。而我这里看到的则是这一切本身。
>
> ——里尔克

一

天亮之前的草原并没有给人以辽阔无边的感觉，它熔铸了天空、马匹和土地，暗影交织着暗影。东方渐渐从铁青色转为柠檬黄，恍如一场大梦的衔接之处，它确凿存在着，又难以捉摸。而天之骄子成吉思汗却凭着风吹拂在衣襟上带来的气息判断他的疆域究竟有多大。这时他的那匹青豹花马开始趔趄不前了，回头望着主人。绝望中的成吉思汗已经预感到这片开阔地拯救了他，打手势让随从们勒马。他噙着泪珠跳了下来，抛开箭和套索，跪在草原上亲吻泥土。他被敌手追击着，几乎走投无路。

现在好了。又一阵疾风掠过他的面颊，挟带着寒意，成吉思汗知道，就要进入冬季了，他该把目光转向南方温暖的土地：西南方是伊塞克湖，偏东一些就是黄河流域。在成吉思汗心目中，前方的那条地平线是草原的尽头和耕地的开始，他又得动身。为着感恩，他把这片起伏不已的草原命名为"那拉提"，据说是"日出之地"的意思。

寻找这片草原并非易事，沿着阿吾拉勒山得走上几天，几经周折,会看到那拉提的一角,再翻越一片积雪的山峰,只觉得眼前豁然开朗,那就是一望无际的那拉提草原了。"那拉提,那拉提……"世代的牧人和流浪者都这样念叨着走向它。

往西方就是著名的昭苏草原和察布查尔草原,南方是巴音郭楞,然而那拉提草原自有它特别诱人之处,群山环抱,辽阔、肥沃、温润,策马而至的征服者来到这片草原上的时候,总是眼前一亮。阳光打在金黄色的草叶上,就像无数匹豹子步出丛林时分额头上一阵令人心碎的闪耀,而远处的雪峰在瓦蓝的天际颤动。在多变的天气中整个草原隐现,缓坡连绵,望过去偶尔有几棵大树挡住视线,而毡房就搭在那些峰回路转的浅凹处。

当年成吉思汗的心目中,草原上发生的轻微搏动,都不可避免地引起母亲的关注和警觉。在那拉提草原,他也许想起过去在母亲庇护下的日子,正如《蒙古秘史》(第74节,中华书局,1956年版)上吟的:

> 生而俊美的月仑母亲,
> 手持木构棍子,
> 来往于斡难河滨,
> 采集野韭、野葱,
> 抚育着有福的儿子们。

此刻坐在那拉提一带的山坡上,只见远处奔涌的群山在眼前像喘息缓行的马匹,在夕阳中坦然而立。当年大汗和众多部族首领践踏过千百次的不屈草原,如今宁静万分,只有耳畔的风声和远处传来的牧羊犬的叫声,显示着它的永久存在。多少年来,那拉提草原的图景,是到处做季节性迁徙的篷车,潜行觅食的动物,游牧者和骑兵,他们之间的追逐、挑逗和诱杀,给人们的印象是扭曲、旋转和模糊的。除了谣曲,没有多少文字留下来,一部编年史是湮灭的:那拉提,众多草原上的一个缩影而已。

几乎整个亚洲大陆被一条纵向的草原带覆盖着,草原上冬季万物休眠,夏季万物枯萎。草原为游牧民族提供了一条完全不同的路:一条由无数条道组成的无边无际的路,各个部落为争夺肥沃的牧场彼此吞并,游牧者从一个牧场到另一个牧场进行无休止的迁徙。在某些情况下,由于迁徙的路途非常遥远,往返迁徙一次有时需要几个世纪才能完成:从鄂尔浑河畔到伊犁,直至更为遥远的吉尔吉斯草原和俄罗斯草原。

此刻,我坐在那拉提的土坡上,却忘记了这部历史,眼前只不过是草叶、阳光和马匹,伞状的树冠,援辔而行的哈萨克牧人,以及追随其后的妇孺。我心中没有历史,脑子里没有疾速,没有逃避,只有胜利者的耐心,在这具有万箭穿心之美感的草原——那拉提。

二

天慢慢黑下来,我们围坐在一起。我还在想着那个业已消失的牧人背影。他上了点年纪,骑着一匹枣红色的马在草原上独自远去,马跑得并不快,先是被一棵大树遮蔽,再消失在四周合拢的暮色之中。他的体姿并不僵硬,只是略显前倾,看上去甚是硬朗,还给人以一种不服气的感觉。哈萨克人骑在马上比我们在地上走还稳当,他们从孩提时起就在马背上颠簸了,当你走近他们时,都能感受到他们傲视的目光和矫健的身手。一路上你会碰到一些哈萨克族女人,她们结实而刚毅,额头特别宽阔,浅绿色的眼睛像是草原的倒影。

晚上我们围坐在一起喝伊犁特曲,它还有一个响彻云霄的名字——"英雄本色"。手抓羊肉鲜美异常,朋友们教会我使用手指的动作,让我想起了先民。维吾尔族司机长得魁梧,前几天被车门碰破了头,贴着药膏,津津有味地用一把锋利的刀剔着羊骨,他早已进入忘情的境界。我们唱起了歌。

母语的魅力在歌声中被完整地保存着。面对一个异族或异乡朋友,听他用母语唱着你所不熟悉的事。那种曲调的转换,词的连缀,尤其是咏叹、回旋和反复,会让你顷刻之间就领略到他们这个民族的荣耀,体会着他们祖先曾有过的忧患和纷争。异族的歌阻挡你的惯性,又牵引你上路。在一个歌声回荡的环境里,哪怕一次短暂的间歇都能使你知晓他们这一脉来回迁徙的漫长路径,这个部落的背影和故事。

从那天晚上我们围坐着喝酒时起,我就有一种预感:歌唱是不可避免的了。这是草原上固有的生活仪式,此时其他的一切都变得无足轻重。如风起时,如草叶拂动时,如羊归栏时,如日出山谷时,如少女待嫁手扶母亲的毡房门口时,如首领足踏马镫时,歌唱就这样开始。

轮到哈萨克朋友赛尔江唱了,他点点头不假思索地唱了起来。与其说是唱,不如说是哼,或者说是脱口而出,但绝对不是漫不经心。他这样的歌唱方式我一辈子不曾领受过:那么微弱的开头,就像你立意要去寻找一条河的源头之时,你站立的地方水已漫上脚背。

整支歌曲是低沉的、平缓的,却有一种无处不在的优美。在我听来,它是全世界一切动听的歌曲的起源,应该让那些行走在路上的人去唱它。这支歌介于讲述与歌唱之间,旋律起伏不大,使人想起缓坡和阴影,或是延绵的雪峰。听着听着你就出神了,想象冬季开始后,游牧民族边迁徙边打听的情景,一支浅灰色的流浪队伍在眼前晃动。赛尔江唱的是他自己部落的事,或许捎带说说他的新婚妻子,屋顶上的太阳,狂风和草屑,眼睛里的烛光。他是用一种语调启示全部的生活记忆,他使劲地弯腰翻土,引出源泉。

赛尔江不停地唱着,而我全无倦意,我的脉搏与他的歌声很快就互为激荡了。风吹草低出歌声,我要寻找的,正好是这种失去的节奏,追思的口气。宁静的漫游有时远比掠夺和战胜更为困难。我轻声问另一位朋友,赛尔江唱的是什么?他回答我说:唱的是对诱惑的不动声色,一辈子爱这草原和土地,还有宝贵的爱情,忠诚……

我知道,对哈萨克人来说,歌唱不需要去"学",甚至用不着摹仿。歌是跟吃饭、骑马和放牧一样平常的经验,是环绕着、充盈着他们的毡房,与母亲的唠叨、父亲严厉的目光一样须臾不可缺的事物。我们围坐在一起,听每个人唱,用维吾尔语,用回语,用哈萨克语,用乌孜别克语,用汉语,轮流着唱起歌来。外面下着雨,我们全然不知。第二天起来时看到远处山峰覆盖着皑皑白雪,心里想着,这不都是歌吗?

那天晚上我流泪了,眼泪慢慢涌上来,又饱含在眼眶里。是他们用母语唱的歌直接地占据了我,记忆再一次被触动,心头最柔软的那一部分草地被掀开了。这种唱法我找不到,除非我生活在他们这一族。后来我追问自己:到底是他们成为我的朋友之后,愿意把这些歌曲唱给我听,还是他们唱了歌给我听了后才结成了朋友的呢?我有点辨别不清,毕竟我们相处太短。

我只记得那天晚上无法抑制地走出门口,摸黑走了一段路,在雨中长时间地跪在草原上,直到全身湿透,最后抓了一把连着草根的泥土。我往回走,慢慢靠近窗户时,胳膊碰到了一匹马,在黑暗中它悄无声息地低头吃草。我用手理了理它的鬃毛,多少年以来它就这样不变地站立着,望着主人,并打量这嗜血的世界。黑暗中它的身影使我吃惊,当我靠近它时那种依然故我埋头嚼草的神情更令人叹息。这些马匹在黑夜的雨水里站着,躯体庞大,髋髀丰满,一动不动,周身散发出一种温热的气息,它们的沉默正好呼应了屋子里美不胜收的歌声。它们能听懂的,比我还懂。

三

我独自走在乌鲁木齐的一条大街上,快要走近博格达宾馆时,见到对面有一位少女匆匆而过。她的头发是棕红色的,浓密,长及膝盖,由于走得太快,头发在风中不停地摆动和飘散着,我眼前好像闪过一匹骄傲的栗色小牝马。

乌鲁木齐的某些大街颇为沉闷,眼前这一幕为它们增色不少。美的事物需要铺垫。这个女孩子的身段绝对符合黄金比例,脸庞美得难以置信。她带有明显的混血特征,我没有来得及观察她的眼睛,应该是浅灰的、柔和的那种,也许有点偏蓝。她脸上的安宁神情恰好与走路的迅疾、长发的甩动相映衬。这位

"瞬间偶像"在我面前走过时,连身体的气息和均匀的呼吸都能感受到,她似乎保留着草原那一脉种族的恣意,又带着城市那些楼房的瘦弱。她可能叫"阿依古丽",不过有人会提议她叫"阿拉木罕",而我更倾向于把她唤作"阿勒泰·赛里木"。

这条横跨欧亚大陆的草原通道上,有一个遍布森林的山区叫"阿勒泰",还有一片澄澈的湖泊人们称它为"赛里木",为她命名是否贴切?她也许会赞同我的这个主意,即使表示愤怒的抗议,也会显现出一匹小牝马的不驯神情,有一种意想不到的美。聂鲁达曾不无夸张地写道,有一次他经过市政广场时见到一位少女,竟被她的漂亮震惊得跌倒在地。这一次,我没有摔在大街上,却站在白杨树下,好一会儿才缓过神来,至今脑子里还留着她映在一段白色墙壁上匆匆走过的身影,像一匹骄傲的栗色小牝马。

在一幢不起眼的公寓里,住着新结识的塔吉克族朋友,叫穆塔尔。他矮壮、敦厚,脸膛黝黑,留着一撇小胡子,高兴起来眼睛里闪耀着顽皮的光芒。当我喝着奶茶时,他妻子和小姐妹们鱼贯而入,维吾尔族的、乌孜别克族的,这"糊涂的四姐妹",一起躺在一张床上说笑,她们也不回避,熟悉了还邀人在她们身边坐下。我不懂得她们在说些什么,偶尔与她们聊几句,只是无比欣悦地听着,那种时而维语时而汉语的转换,语调的多变令人激赏:语流在奔涌时迸发出生命的活力,她们在沟通中活得逍遥自得。有时我不能分辨她们在说哪个民族的语言,想必是在肯定精美的事物。

在穆塔尔的公寓房里,小姐妹们正在谈论名牌"宝姿"和"耐克",她们开始崇尚闪光的器皿和各式的碟片。房间里全被柔软的地毯和令人眼花缭乱的壁挂装饰着,银炊具和锡壶在火光中闪现。身处这种房间,你不会说:"所有的风只向她们吹,所有的日子都为她们破碎。"因为在女性之间语音的来回流动中,你可以感觉到它正在与闪烁的迷人眼神互唤。一次次被她们雪白的肌肤和高耸的乳房所激发的感受,还有,环绕着众姐妹在慢慢弥散开来的满屋子的亲密气息,都使人感受到一种难以言传的幸福。尽管它令人窒息，却是一种让人目眩神迷的奇境，一趟致命的漫游。

四

天山好像是一个欧式的长句，或是巴洛克时期的一段复调音乐。站在原野中四顾，一边是不绝如缕的雪峰，一边是平缓的大丘，有点像 11 世纪的一种伴唱形式"平行奥尔加农"。而祁连山则不同，它是纠结于辽阔大地的一个复杂的旋律，恰似肖斯塔科维奇众多的交响曲。我小时候读过一篇短文，叫《她要指挥祁连山》，已经忘了写的内容是什么，现在只有篇名留在我的记忆之中了。

在天山深处，你能见到幽深的峡谷中湍急的水流旁摇曳着茂密的黄苇子；白杨树的叶子在晴朗无边的天空中颤动，为阳光所抚慰，发出感激的细密的簌簌声；雪杉森然而立，秋天里它也不会凋零，静静地伫立着，像禁卫军中那些俊逸而持守的兵士，与风中起伏的大片黄褐色的草叶遥遥相望。

接近天山，你也许会分心。跟前的风光太繁复，有时美得令人绝望：你再也不想去寻找天空之下的另一座大山了。有时，游牧者后面跟着几头在原野中慢慢跋涉的骆驼，会给苍凉而激越的迁徙队伍平添几分喜剧色彩。哈萨克老人骑着马匹从远方快速朝你走来时那种安详如水的神态也会使你为之感动。远处褐色山峦上有一大块令人陶醉的绿色深藏其中，养育着百十户塔吉克人的牧群天山使你遐想无穷。

与天山平行的公路上栽着杨树和榆树，足有几百公里长，汇成一道永不干涸的树叶之河，阳光照射时投下斑驳的金色斑点，与两旁原野的淡紫色暗影相映衬。天山一带的草原上，有时会突然冒出一条河，一条你意想不到的河流，绕了很大的弯来到你跟前，匍匐着又消失在远处的大片草丛之中。一眼望去，无数朵热烈的野花沿岸盛开，接纳了芦苇在天穹下弯而不屈的影子。

天山脚下的原野因着天山漫长的延伸更显示出它的广袤，

正如自由因着自己界限的宽广而意味深长。相形之下,祁连山是寂寞的。与它呼应的是无穷的戈壁和边缘地带的金色麦地,这些戈壁几乎不存在着任何生机,连灰白色的草丛都令人怀疑只是阳光漏下的几处影子。正是这样,祁连山远比天山雄浑,群山在黎明时分显出它的刚毅和坚忍,阳光照耀在峰顶上熠熠生辉,发出大理石般的深澈的光芒。

天山与祁连山堪为兄弟之山。虽然它们性格不同,有一点却是共同的:令多少英雄人物或枭雄之辈竞折腰。

五

多少年来,这草原通道上活跃着一群用诗歌的语言说话的人,包括成吉思汗和他的兄弟们。这些拥有细致而绵长的情感的人,并不因此缺少了血性的果敢。"只识弯弓射大雕",自有这一论断的正确之处,但却疏于对人性多面的省察,不免有点漫画化。

1226年秋天,成吉思汗检点军马,要去征讨西夏,他们的史书中并没有说这一年的年号,而是这样记载:"狗儿年秋天","狗儿年"三个字,使我们忍俊不禁。两军交战之前,要给对方下战表,成吉思汗派使臣去西夏"赉歌"。凡公文皆编成诗句,易记,称之为歌。

说到年轻的铁木真看见恩人去世,扑倒在地,放声大哭时,察剌合居然会以这样的方式劝说他(《蒙古秘史》第69节,中华书局,1956年版):

像大鳟鱼似的,
你为什么痛哭?
要巩固你的部下,
不是这样跟你说吗?
像水中游鱼似的,
你为什么悲哀,
要建立你的部众,
不是这样跟你说吗?

于是铁木真停止了哭泣。不知这是诗歌的力量还是话语的力量？就是这位也速该的长子铁木真,有朝一日将被称之为成吉思汗。想当年,弓箭、诗歌都赋予他力量,母亲般的力量。

成吉思汗原先的宗主叫王罕。当王罕在戈壁滩上过着悲惨的流浪生活时,成吉思汗救济了他饥饿的小队人马,帮助他重新夺回了克烈部地盘。正是因为这些,以后成吉思汗就用这样的词句提醒王罕:"君困迫来归时,饥弱行迟,如火之衰熄。我以羊、马、资材奉君,你前瘦弱,半月之间,令君饥者饱,瘠者肥。"(《草原帝国》第二编第五章第四节:《成吉思汗,克烈部人的臣仆》,商务印书馆 1998 年版)尽管后来这位王罕在一次战役中背着成吉思汗调走了自己的部队,成吉思汗只得冒险独自撤退,这是近乎背弃的行为,但成吉思汗仍一如既往地忠实于他的宗主王罕。有一年,失败的几个部落结成联盟,他们刑白马宣誓要袭击成吉思汗和王罕。但成吉思汗得到及时通报,在捕鱼儿湖附近大败联盟军,这位征服者后来在写给王罕的史诗般的著名信件中暗示的无疑是这次行动:"我如猎鹰飞越山间,飞逾捕鱼儿湖,为你捕捉青足灰羽毛之鹤。质言之,朵儿边、塔塔儿两部,接着又越曲烈湖,我再次为你捕捉青足鹤:哈答斤,散只兀惕和弘吉剌惕。"(同上)但王罕仍背信弃义,欲与成吉思汗决裂。成吉思汗设法带口信给王罕,想使他以往的宗主回想起他们友好相处的岁月和他为他所做的一切。但这一次成吉思汗失败了:诗歌一般的信件也无法碰撞王罕冷酷的心。

六

草原通道上的旅行是对发生在欧亚大陆上一部最为悲壮的迁徙和征服史的激活。在一种由我自己选定的较为灵活自由的西部漫游方式里,整个旅程交织着目光的停留与车轮的奔驰,遗址的徘徊与原野上的狂奔,还有朋友、酒、歌声和马匹的陪伴。

在那个边陲车站阿拉山口,我从咫尺之遥的边境线上远眺哈萨克斯坦的原野和群山,突然产生了一种"游牧情结",觉得这些民族和部落,其经历的漫长曲折,患难与荣光,远非今天的政治家和历史学家想的那么简单。当新的活力将草原上的所有骑手推向北京、大不里士和君士坦丁堡的金色圆屋顶时,当伏尔加河和黄河流域在成吉思汗面前颤抖时,我们不能随便附和这样的说法了:"这一群蛮族",或"只识弯弓射大雕"。

在蒙哥大汗统治时期,法兰西路易九世派方济各会会士卢布鲁克访问草原通道上的蒙古人,在他的游记里我们不无惊讶地发现,在大汗的帐殿里,他见到了"一位来自洛林的、名叫帕库特的妇女,她是从匈牙利被带到这里,给这位宗王的一个聂思托里安教徒妃子当侍女的","卢布鲁克在和林宫中还见到了一位名叫纪尧姆·布歇的巴黎金匠,'他的兄弟在巴黎的大蓬特'","1254年5月30日,即圣灵降临节前夕,卢布鲁克在和林举行了一次公开的宗教辩论大会,蒙哥汗派三名裁判出席大会"(《草原帝国》第二编第六章第十节:《卢布鲁克的旅行》,商务印书馆1998年版),一时蔚为壮观。

忽必烈的业绩在马可·波罗的游记里纤毫毕现,作为成吉思汗的继承者,在中国,他企图成为十九个王朝的忠实延续者,任何一个天子都没有像他那样严肃地扮演着自己的角色,不仅治愈了一个世纪之久的战争创伤,还完成了对人们头脑的征服,他想获得的最伟大名声也许不是"他是世界上第一位征服全中国的人",而是"第一位治理中国的人"。

当我坐在那一列往来于欧亚大陆的列车上,向来自伊犁、博乐和阿拉山口的朋友们挥手告别时,我明白了:这个行程早在若干个世纪之前就由游牧者及其首领给我安排停当了,不管他们叫铁木真还是阿拉提,叫窝阔台还是努尔哈赤,可汗还是"合罕",甚至只不过是沿着通道朝撒马尔罕方向迁徙的一群人马中回望冬季牧场的那个目光炯炯者。

新疆的博大和甘肃的苍凉,难以描述。天山漫长的雪线,巩乃斯的无边草原,博斯腾湖的浩渺,赛里木水中倒映的白象似的群山,伊犁河向西静静倾注的安详神态,特克斯河湍急水流边大片起伏的芦苇和野花,博格达峰显现的峻切面容,都构成一幅生命中的历史性图景,加入你的生活风尚总集。而甘肃,你仅仅听到这些地名就够了:酒泉、张掖、武威、临洮、陇西、天水,哪一处能不勾起你怀念这些昔日要塞和古战场的幽思,激起你尚存的血性?多年来,我一直喜欢读汉乐府,如"悲歌可以当泣,远望可以当归。思念故乡,郁郁累累。欲归家无人,欲渡河无船。心思不能言,肠中车轮转",又如"青青河边草,绵绵思远道。远道不可思,宿昔梦见之",都是可诵可唱的。当我走出兰州火车站时,这些诗句突然涌上心头。

记得有一天午后,在一座蒙古包里喝完那达慕酒,带着醉意出来,新结识的朋友怂恿我骑马,在马背上颠簸了半个小时。草原上突然下起雨来,雨点打得人脸上生疼,同骑的人说了一句:脸掉下去了! 我听着不禁放声大笑。行走在草原通道上,连语言都换过了:因为词不达意,人们在慌乱中锻造了这些伟大的句子,获得"深度意象"。

七

旅行是旅行家照亮未明之镜,洞悉自己灵魂的大无畏举动。

旅行是爱。当我看着一朵在阳光下静静开放的雪莲,一位塔吉克姑娘脸上露出的羞涩微笑,一局维吾尔族老人的棋盘,一杯在伊犁河边酒店里不断泛起泡沫的啤酒,一盏蒙古族少女递过来的牛角酒杯,一匹专心致志地啃着草叶的黑马,就会从心里生出许多喜悦和惊叹。在新源的大街上,在一个名为察哈台或吉甫提的小村庄里,我有时会怔忡半天。在伊犁河畔的一个村头,我和蹲在大树下抽烟的回族汉子交谈起来,不过几分钟,他就领我去他家的院子里坐,我边听边察看他的整洁的小院落,在车上等我的朋友发现我走进村子里去了,急急忙忙来找,看我与这个汉子谈得很热乎,终于松了一口气。

旅行是爱,不过你得有心。在一个阳光朗照的午后,我们的车子停在阿吾拉勒山下的一个小镇旁,维族司机艾买提去找他承包了几百亩棉花地的哥哥聊天。我突然看见前面有一个孩子,不知是哈萨克族还是维吾尔族,约莫只有六七岁的样子,竟骑着一匹高大的栗色马朝我们奔来。小小的身体在马背上晃悠着,自若得像个骑马跨越半个世纪的汉子。当时我只觉他那种身姿,他用腿夹紧马肚子,两脚扣牢马镫稳稳当当的神态,教人惊异。他简直是一个紧贴在马背上的精灵。这孩子坐在马上摇摆的样子颇有些滑稽,但绝对是骑手的神气,你若站在他的背后,目送他远行,不折不扣看到一个首领后裔的背影。即使是一个专业骑师,调教一个孩子十年也未必能传授这种娴熟的技艺和不凡的模样。这个瞬间似乎使我洞察了一个民族的全部秘密。

旅行是爱,我在大自然中找到自己的另一半。有时检验一个旅行者爱心的是这样一幕再寻常不过的情景:当你经过一片种植着向日葵的田野,恰好有一阵风吹拂着金黄色的葵花,望不到边的大片向日葵都跟着低下了羞涩的脸,阳光下的秘语顷刻之间传遍了葵花地,这是一次金色的倾听,阳光的搏动,是对宝蓝色天空的遥相呼应。你的心会被彻底地打动,你已经如愿以偿了。旅行是爱,你在草原通道上行走,能得到"大爱"。在新疆、甘肃或内蒙、青海这一带,有时你走上几十公里甚至上百公里,只会碰到几个擦肩而过的人,他们骑着马或开着越野车,至多点头示意一番,有时互相瞅上一眼,连眼睛都来不及眨一下就过去了:赶路,永远是赶路。旅人,商贩,赶着畜群去另一个草场的牧民,或偶尔去聚居区视察一番的专员,这些屈指可数的活跃在草原上的人们,倏忽之间就消失在道路的尽头了,所有的人与事都显得如此短暂,留下的只是轮廓和光晕,幻想和图景:一个斑点,一团光影,一个移动的背影,一抹行将消逝的尘痕。至于迎面而至的沉默的马匹,满是皱纹、眼神炯炯、戴着哈族礼帽的汉子朝着坐在车上的娘儿们投去的庇护的一瞥,伊宁大街上走过来的美貌少女的骄傲又温驯的目光,却早已留在心中。

旅行是爱。在草原通道上我目击了创造,光芒来自原野上的草垛,来自雪山,来自眼睛。

(原载《西部》2015 年第 8 期)

祖母即将死去

塞 壬

一

她中风了，半身没有知觉，躺在床上，看着自己的躯体，依然控制不住她的坏脾气：走开，走开，我不要人陪着，你们全都巴不得我早点死……快一个月了，祖母的情绪还是不能稳定。她那么不甘，意志依然强悍着，可是躯体不听使唤。我们，我的父亲母亲、伯父、婶婶还有我们这些孙子辈的人，安静地看着她，她像孩子一样地任性、哭号，然后又使劲地捶床大骂，她就这么让我们难受着。父亲早已是两眼噙满泪水，他上前去捉住祖母的手，希望她能平静下来。祖母倒在父亲的怀里，忽然无限温柔地说，老五（父亲的排行）啊，你要给我治，快点给我治嘛。

我至今记得那声音，柔媚，略略的委屈，近乎撒娇。这是女人对男人的撒娇。一个太老的女人在快要死的时候对她儿子的撒娇，她没有忘记自己是一个女人。病中的祖母变成了一个孩子，她把她最后的脆弱、无助以及破败的身躯展现在她的儿子们面前。没有比这个时候更需要他们的爱了，祖母不能接受家里还有什么事比她的病更重要。她斤斤计较，狠狠地扳着手指头记着，哪几个人还没回来看她。

父亲重新把祖母抱上床后，跟我们说，祖母很轻，像一阵风那样轻。像风一样轻，我默念着这个太过文艺的比喻，它出自威

274

严的父亲之口,实在太奇怪了。父亲一定感受到了怀中的祖母的不真实,他一定非常难过,他比我们更直接地感受到祖母在慢慢离去。祖母的肌肉开始萎缩了,她的身体像女童那样纤弱、单薄,身上的肉瘦尽,直直的,木棍一样的大腿和小腿,她雀爪般的手指时常在空中凶狠地挥舞。祖母病了之后,家里的氛围就变了,我们说话都是压低了嗓门,小心翼翼,祖母对死亡的字眼非常敏感。孩子们进出不敢有欢笑和歌声,电视在里面的房间小声地放着,它伴着父亲和母亲喊嚓的说话声,因心情压抑而来的小声争吵。我们都在等待九十二岁的祖母安然死去。这样的等待,就是一场内心的仪式,我们在慢慢地把古老的祖母送走,一点一点地送走。

祖母是在一个秋天的午后突然中风的。当时她正在跟几个老人抹字牌。老人们看到她手中的牌都滑落在桌子上,然后她就摔倒了。祖母在医院的病床上醒来,下身就不能动了。她立刻就知道自己是一个什么样的症候。她抓住父亲的手,紧张地问,她会不会口歪眼斜,流着口水,哆嗦个不停?我的祖母一生注重仪容,她不能接受自己有这样丑陋不堪的病态。父亲轻声地告诉她不会。父亲还告诉她,她穿的衣服都齐整得很,干净得很,头发也一丝不乱,体面着哪。

我认为祖母最介意的就是让父亲看到了她的丑态,这样的介意,就好像是面对她的丈夫,我的祖父。她把她的完美留给了祖父,现在她要留给她的儿子们。父亲的样貌最像祖父了,开阔微隆的额头,显出家族古老的智慧,散淡的眉毛下面躲着一双专注而内心有着清晰主张的眼睛,眼皮耷拉着,他不看你的时候跟你说话,你依然能感受到被注视的恳切。此外,他生气的时候跟祖父一模一样,紧抿的唇,两边的腮帮鼓出结实有力的青筋,一跳一跳的,那是一个男人在发脾气。父亲年轻时英俊、挺拔、修伟,还有大大的脾气。他念了高中,能打一手好算盘,毛笔字也漂亮,很年轻就当了大队部的书记,他是祖母的骄傲。祖母在最后的时光里,对父亲的依恋如同恋人一般,须臾不离。她使唤着儿子,不近情理地在小儿子面前使性子,她说胸口痛,叫得凶极了,那喊叫声一下一下地割伤着我们,我们的心一阵一阵地抽紧。她夸张地闹着,父亲耐着性子让她安静下来。

病中的祖母,头痛,额上缠着黑纱布,在右脸侧打了个结。她的脸色苍白,那面皮是绷在颧骨上的一张白布,凹削着,唇是萎缩的一条横线,因为松弛,向下耷着。祖母深陷的眼睛看着不可知的方向,目光却清亮。她有时不知道跟谁对话,仿佛在叙说一件往事,断断续续地,梦呓般,重复、嘀咕,最后是嘴巴在翕动。病中的祖母表现出惊人的美,苍白、柔弱的肢体,瘫软,有病态的仙姿,眼睛里露出清晰的意志,偶尔的疯狂像头小兽,之后很快就归于宁静,然后,她就慢慢地睡去了。

应她强烈的要求,父亲在她的房间搭了张木床。她说,晚上老五得陪着她,不能离开。灯要开着,要整夜地开着。她说醒来的时候,要看见光,眼前一片黑暗,这让她害怕,这会让她感到突然到了另一个世界,她还没有准备好,还没有。她要看见她的小儿子在跟前。我的父亲退休了,他花白的头发,背也微驼。他把病中的祖母背来背去。

二

我们在慢慢失去祖母,像敛住呼吸一般,注视着她,那全然不是在等候死亡的来临那样,笼罩着恐惧。我们在告别祖母,祖母的一生像时光的散页,我们一页一页翻过去,她的余晖在慢慢收回。当最后的一豆火光熄灭下去,黑暗会一下子拉下来,我们希望她走得安心,并满怀着祝福。父亲说,你祖母是多么贪恋这人世啊,我们这些人,都白活过。

我开始循着祖母的一生,一路摸过去,一个女子在触碰另一个女子的灵魂,我被烫着了,它照见了我的脆弱、庸碌、冷漠以及深藏在内心角落的黑暗。她太丰饶了,像一座盛开的花园,明亮、炽烈。我努力找寻祖母在我身上留下的痕迹。因为她时常盯着我看的缘故,所以我长着一双跟她一模一样的大眼睛,有时微微地张开一条缝,掠过一丝隐秘的欢欣和悲伤,稍纵即逝,更多的时候是鸟儿般的温柔,安静地注视着你。她时常微张着嘴,仿佛在等待着你告诉她一个不幸的消息,她做好了接受命运伤害的一切准备。可是,没有什么可以伤害到祖母,她是一个巨大的容器,可以消解太多的厄运和人世间的悲欢离合。我还长着跟她一样的轻骨骼,细细的身架,圆润、灵便,有好看的侧影。然而,这骨头却有坚硬的铁质,血气里有刚性,我和祖母一样,不肯输人,也不让人。我是在祖母的掌心长大的,她说我最像她了,比男儿强,这样的话听来,祖母对自己的能耐和美德颇为自得的,她当然认为自己比太多男人都强。但她看错了我,我在都市流浪多年,落得一身市井的痞气,眉眼是俗人的狡狯。打小祖母就跟我说,你要是专个事,没有哪一样是不能做好的。然而,我继承了祖母坚忍性格中那偏执的部分,她身上的美和爱,到了我这里,全都不可遏止地朝着另一个方向偏离,我没有爱情、财富,也一事无成,我没有了激情和理想,甚至没有独立的精神和人格。现在,我只能说,除了身形和脸模子,我没有一样能够像我的祖母。多么强烈的比照啊,四十岁,我不止一次地在心里大声地喊,我活够了,活够了。我厌倦了这破败的人生。相比祖母,我是不是太矫情了?我看着她,九十二岁,还在怒气冲冲地挣扎着要活下去,大碗大碗地喝药,要穿上新衣裳去看戏,要吃上明年开春的茶籽油,要坐飞机去孙子工作的大城市,要去……无尽的欲望,没完没了的小心眼和任性,她那么怕死,露骨地表现她对这人世间的贪恋,用枯指紧拽着那最后的一点时光不松手,不松手。她就让我们这么痛着。

如果走得不安心,会给后人折福的,这点祖母她懂。祖母在最后的时光里非常安静,不再吵着要吃药,不再抱怨母亲、婶娘们照顾不周,这并不是她突然之间想通了,她这么闹腾,仅仅是想看到,她的死,我们应该表现出足够的伤心与不舍。啊,这贯穿一生的虚荣和自恋,我们哪能不懂。她最终死在父亲怀里,安静得如同一只睡熟的猫,无声无息。她出落成一具体面的尸体。

我是祖母接生的。她后来跟我说,你一落地就是一屋子的红,好富足的红啊。我才知道母体进出的血浆,浓烈而有力,健壮的母亲,她充裕的血液滋养着我,我响亮的啼哭划开那团红,睁眼看到的第一个人就是祖母。她说,就像落地没站稳的人一样,我的眼睛里有一丝惊魂未定,是落魄的,但是很快,我就安静了,从容地打量这陌生的人世间。我的眼里没有害怕,也没有惊奇,仿佛认出了一个熟悉的地方。祖母告诉我,对一个人的感觉,来自最初接触的那一刹那,就在那一刹那,人跟人的默契就保存在最初的秘密里。我带来了红、响亮、健康、力量这样一些名词,新鲜的血液流淌出来,洗濯着门楣那阴郁的深霾(母亲生我之前,掉了一胎),这让祖母欣喜。我必定会在她的掌心长大。

我太早就从祖母那里读懂了关于女人的一生,那华丽和忧伤的部分,祖母准确地传递给了我,我无从逃离。一个女人的命运,在她的童年里就确立了。我吃的、玩的东西是最多的,可是我留不住,一样也留不住。祖母总会在我堂哥、堂姐那里发现它们,她总是轻声地责怪我没用。我记得她曾紧紧地抱着我,贴着我的脸,喃喃地说着,你这个没用的孩子啊。她反复地跟我说着一个传说,后山脚下的那棵木槿树是一棵灵性的树,它每年春天开着白花。祖母告诉我说,这棵树会在某个春夜里开出一树的红花,只一瞬,光灿灿地红,闪电般地抖着红光,通体透明,像是神谕。要是有人在这个时候撞见了,你不管许下什么愿,它都会答应你。没有人能明白祖母对这棵树的虔诚,但是我知道祖母撞到了那个时刻,它开着满树的红花,她们达成了一个共同的秘密,祖母守着它,并把它告诉了她的孙女。当我长成懵懂的少女,怀着一身的秘密,在那些个温暖的春夜里,我长久地站在那棵木槿树下,期待着它开出一树的红花,然后告诉它我的愿望。然而,那棵古老的木槿依然是一树的白花,风吹过,花朵像在细语、喋喋。黑夜也悄悄睁开一只眼睛,它们仿佛听懂了我的一切。很多年过去了,我依然相信,这棵木槿会为我开出一树红花来。

三

父亲给我打电话的时候，我刚好被公司炒掉了，一时间工作无着，我陷入了对未来人生的恐慌中。你祖母中风了，恐怕时日无多。父亲说，你最好回来送送她吧。在广东十几年，我只有在春节回家时才能陪陪我的祖母，然而，她说的话每每让我心惊胆战，我害怕面对她。她时常捉住我的手，定定地看着我的脸，仿佛在搜寻着什么，哪怕此刻我的脸上堆满了欢喜、愉悦的颜色，她还是会说出那种特别诡异的话：这一年你都没有沾过男人吗？听到这样的话，我不寒而栗。我的祖母曾是这方圆百里有名的巫婆。

这跟巫术无关。祖母知道我脸上的欢喜是摆给我的父母、亲朋好友看的。与母亲相比，祖母几乎不会读错我的每一个表情。当我以女人的姿态面对母亲和祖母时，关于女人的那些隐秘的传承气息在母亲这里却断掉了，我的母亲从未跟我交流诸如身体、生殖、男人女人的任何信息。在她的眼里，我是一个嫁不出去的女儿，是一个失败者，让她蒙羞。我的家人几乎不知道我是一个作家，在我看来，摘掉头顶作家这个光环，如果还有人坚信我有一点点过人之处的话，那么，我的祖母就是为数不多的人之一。我一直相信，当我身上没有作家的标签时，作为一个女人，我更真实，也更丰富。

收拾好行李连夜赶回湖北老家。原先我们都以为祖母会在几天内去世，可谁知她自中风之后竟在床上磨了一个多月，她的曾孙、曾孙女们在接到电话后都陆续回来看望她，可是几天之后太祖母依然活得好好的，于是大家都纷纷回到各自的城市去工作。孩子们不时有电话打回来，太祖母怎么样了，太祖母大概几时死啊，父亲就在电话里一顿臭骂，你们都不必回来了，一群不孝的混蛋！这群春节回家叽叽喳喳、一刻都不得清静的小混蛋，有的在外面读大学，有的在外面大城市里工作，他们都是太祖母带大的。我是他们的姑妈，我时常一个挨一个地看着这些年轻的脸,我不知道,在他们的人生中,太祖母最初给予他们的是一个怎样的印记。唯独,我在一个侄女的 QQ 空间里看到她写的一篇文章,那是祖母去世不久后写的,我看了,很惊讶。她说她的太祖母不论历经怎样苦难的人生,都在享受作为一个女人的美和快乐。我点了赞。我这个姑妈对于这些孩子们来说有一种神秘感吧,我想,他们在太祖母那里也感受到了相同的味道。这是祖母人生最后的时光,我要慢慢地把她送走。

有两个人在照顾祖母时特别殷勤,一个是我的堂伯父,一个是我的大婶娘。祖母在卧床期间不能进食,他们想尽了办法,我的堂伯父八十岁了,他颤颤巍巍地找来一根玻璃管子,叫我用这根管子把流体食物吹进祖母的嘴里。我七十多岁的大婶娘天天用纱布绞蔬菜汁,给祖母擦洗身子,她最后哭着告诉我,老太太其实是饿死的。在祖母咽气的那一刻,她和我的堂伯父老得都跪不下去了,我们急忙上前搀扶起他们,我的堂伯父喊祖母娘,一声一声地喊娘。他的声音暗哑,浊泪横流。祖母死去了,我们家里没有过分的悲伤,只是长久地静默,一个多月的时间,我们已经接受了这样的死亡。报丧,入殓,设灵堂,请道士打醮日夜唱颂,孝子们着麻衣侍立一旁,跪着答谢前来吊唁的亲朋。子孙满堂,流水宴开了七天七夜,最后请了戏班前来唱了两折戏。葬礼几乎把渐渐消失的种种民俗全都用了起来,我有幸目睹了家乡古老的葬礼,那种充盈其间的神谕意味,五彩斑斓的幡旗,随道士唱念的经文猎猎翻飞,似乎每个人都通体透明,他们不着言语,默默来回穿梭,似乎有股仙气。光是请民间艺师用纸扎的豪华棺椁、神兽、八仙过海、四大金刚就让人叹为观止,请了专业的哭丧女,由我事先跟她沟通祖母生平事迹,这些天才的哭丧女竟自己拟文哭唱出来,句末押韵,文采斐然,唱腔悲音袅袅,哀韵绵绵。关于葬礼,我以后会专门写到。它就像一场凋零的花事,幻觉清盛,冥冥高渺。祖母是享了高寿的,我们有福,在乡村,这样的葬礼其实是另一种狂欢。人们沐在这样的葬礼中,让灵魂与死神坦然对视,去唱颂它,去祝福自己的来世。

父亲跟我说起祖母生平,实际上有着太多的避讳。也许以一个儿子的立场,他认为祖母生前有一些事情不宜宣扬。在我看来,祖母漫长的一生中,她所做的每一件事,最后都化成我生命之穹中的点点星光,照彻我贫瘠且日益干枯的灵魂。母明氏,生于1920年秋,殁于2012年冬,享年九十二岁,我看见父亲请人写的碑文,瞥了一眼,就看到诸如:贤良淑德、慈心若水、克勤克俭等俗语,这些空洞的大词套在祖母身上太粗糙了,它们遮蔽了祖母作为女人最为真实灵动的部分。我对一个女人的美德不感兴趣,美德恰恰是狭隘的一部分。它迎合的是一种大众的审美趣味。但这个叫明秀的女子,即便以当下的目光审视,她依然有太多人不曾具备的大气与开阔。

四

祖母六岁就做了我们家的童养媳,我家是地主,开了麻行,家境殷实。但童养媳跟做奴一样,在成亲前是非常悲惨的。"你太祖母起初很不喜欢我,她从我身边走过,都不忘狠狠踩我的脚,她那小脚劲儿真大,像个锥子一样。"祖母说,"有一次你祖父偷偷帮我背柴火,那柴火被雨打湿了,很重。被她发现了,她用铜管烟枪重重地敲我的头,顿时起一个大血包。"我后来回想起来,祖母跟我说起的这些细节,竟与现在电视上的各类民国家族神剧一样有着惊人的相似,旧社会的婆婆和小媳妇之间的龃龉不足以多说。最终,祖母以智慧得到了她婆婆的欢喜。"其实就是觉得儿子最后是你的了,她才不喜欢你的,你凡事都要让她儿子觉着母亲最大就好"。我在家族的族谱中见过太祖母的画像,高颧、薄唇、锋利的单眼皮眼睛,白多黑少,头发稀疏,在大脑门后盘了一个小髻,她的大襟衫的高领直顶到下巴,上面是一张被大烟熏染侵蚀的瘦脸,直僵僵的,这个面相,一看就知道绝非善类。非常庆幸的是,祖母成功地改善了这一基因,家里后来再也没有出现过这样的小眼睛、尖脸以及那种陡峭的高颧。太祖母死后,家里的堂屋挂着她的黑白遗像,可是孩子们都怕这张像,那可怕的皱纹与沟壑,隐藏着魔鬼的阴影,不论你在哪个角度,都觉得那双眼睛鹰隼般地盯着你,吸在你身上不挪开,仿佛要吸走你的魂魄一般。画像被拿掉之后,很长一段时间,人们依然觉得她还在那里。"你太祖母大冬天要喝水缸的生水,她总说烧心,一听到她叫唤,你就得起来"。可以想象,祖母侍候这位太婆该有多辛苦。她十四岁嫁给祖父的时候,老太太把一个翡翠镯子给了她。这个翡翠镯子现在在我母亲手上,据说,为了这个镯子,母亲妯娌几个斗了多年。

现在我要写到祖母的故事了。在写之前,我一直认为写成小说会比较精彩,写成散文太浪费了,然而小说他者的视角让我觉得很隔,好像说的是一个跟我不相干的陌生人。它不像散文那样是以我的视角来叙述的。我写祖母只是试图解读一个女人,我跟她隔着半个世纪,在她那个民智未开的时代,她可以活得那么自我。在等待祖母死去的那一个多月的冬天里,我们围坐在火炉边,说着久远的往事,我的堂伯父、大婶娘、父亲、母亲每天都在的,气氛并不是每天都那么压抑。祖母偶尔会跟我们说起某个死去多年的故人,说是梦见了那个人,末了,她总是会说这样一句:是来接我走的。我知道。

民国二十七年,日本人打到了我们那里,见人就杀。我们的村庄倚着几座大山,人们拖家带口往山里躲。那个时候,祖母已经生下了大姑妈,她抱着两岁多的大姑妈跟着混乱的人群往深山里寻路,而祖父一干年轻人则跑到另一个村庄报信去了。人群渐渐隐没在群山的深处,隐约听到别处草木的窸窣声,逃命的慌乱,像猎物般,喘息急促。可是祖母分明听见有人喊她三娘。极微弱的声音,她循声走去,就看见倒在地上、面色惨白、大汗淋漓的堂伯父。堂伯父是大祖父的长子,那年他十三岁,得了一种叫"打摆子"的病,全身寒冷,出虚汗。这病六月天要盖厚棉絮。现在我们叫它疟疾,在那个时代,它夺去了很多孩子的生命。

我那太祖母坚持要她的大儿子、大儿媳放弃这个累赘,为了在逃命的途中不那么辛苦,那做父母的竟狠心把儿子扔在深山里。祖父排行第三,堂伯父就喊祖母三娘。三娘把他背在背上,一只手还抱着我的大姑妈。跟跄前行,群山巨石林立,而此刻猛虎与狂蟒已不那么可怕了。她躲进了两块巨石狭窄的夹缝里。两天两夜,堂伯父得救了。我后来听到一个说法,说祖母贴身抱着他,用体温去暖他才得救的。祖母大堂伯父五岁,婶侄二人,本没什么可说的,可是,有些话后来就慢慢变了味道。变得很不好听。我的祖母一生都没有回应这件事。

活下来的堂伯父坚持要跟三叔三娘一起过,赶都赶不走。他一生都没有原谅自己的父母,再也没有喊过他们爹娘。他像影子一样死黏着三娘,到了后来,三娘让他住进家里,这一住就是很多年。堂伯父成了家里的男丁,跟着祖父一起四处收购苎麻,农忙的时候下地收割、打秧。我在祖母身上看到了一种对农事及粮食的敬畏,她是痛恨小孩子浪费粮食的。我小的时候,一粒饭掉在地上,父亲都会捡起来吃掉。我记得水稻收割前是要祭拜的,摆一个香案,置鞭炮、火烛,再撒一把茶叶和米,主事的还会发表几句带有动员性质的宣言。我的堂伯父就在我家的地里干活。他很孤僻,少言语,在那么多年的孤独里,在一生都难以走出被弃的阴影里,唯有祖母,是他最亲的人,唯一的那个人。当他长成一个面目清朗的年轻人时,跟了一个戏班师傅去学戏,从此入了魔般,这个痛苦的人,只在台上如痴如梦地演绎柳梦梅、梁山伯、张生们的故事。祖母曾跟我说,你堂伯父唱戏,人家是用真银圆往台上砸的。可是在我的印象里,但凡唱过这种戏的人,他的人生就会抹上一种梦里繁华、身世飘零的宿命感,比如程蝶衣。我相信祖母她一定懂。

可是我感兴趣的事情皆是父亲终生避讳的。在我看来,父亲远没有我更懂得祖母。听人说堂伯父长到二十岁还不愿意娶亲,说了几家姑娘都不同意。这个时候流言就开始蔓延开来,奇怪的是,在那个时代,这种有辱家门的流言并没有让祖母困扰。妇女们在她背后指指点点,她晒她的麻,她奶她的孩子,一概不回应。祖母经常穿好看的衣服去看戏,也许,台上的那个人是演给她一个人看的。几年后,堂伯父终于娶了亲,搬了出去,但他依然回来,有时背些柴火,有时带来几条鱼。后来,我父亲大概是听到了人家说了什么,他怒气冲冲地拿晾衣篙去追打堂伯父,来一回打一回。堂伯父就让他打，直到祖母出来喝止自己的儿子。我唯独惊讶的是，我的祖父、祖母、堂伯父这三个人完全无视流言，到底是什么让他们活在自己的世界里？

祖母即将死去的那一个月里，父亲看着终日陪伴祖母的堂伯父，虽然没给他好脸色，但终究没有阻止他的陪伴。我看着这位风烛残年的老人，颤巍巍的，一脸老年斑，连手背都是。他迟缓地忙进忙出，招呼前来打针的医生。以女人的直觉，我深信，堂伯父爱慕着我的祖母，祖母年轻时圆润、白皙、爱笑，从头到脚干净齐整，银饰的暗响应和着轻巧的脚步向你走来，那感觉一定是如沐春风。我依稀记得五十多岁的祖母，头发一根没白，她梳着一个紧贴头皮的矮髻，穿干净的靛蓝棉布斜襟褂，气色明朗、仪态端庄。而我所见乡村的农妇，大多黑糙，一身烟熏的柴火之气，她们席地而坐，放纵大笑。这个被祖母救活的大男孩，温柔、懂事，一双澄澈忧郁的大眼睛。我在想，那些他们独处的时光，一定是他人生最好的时光，即便不语，即便各自手头有活干，他们用沉默交流，这样的时光是迷人的。也许偶然生起的越轨之念让他感到羞耻，也许他不愿意长大。而她死去的那一刻，他喊她娘。这是他自十三岁那年之后第一次喊娘。

祖母的情事是个谜。这也一直是父亲忌讳的原因，儿子永远不能接受自己母亲的风流。我们深信，她爱着我们的祖父，为他生一堆孩子，为他梳好看的发式，为他学写字认字。在她幼年时代，这个将要成为她丈夫的人在默默地注视着她长大，给她偷来好吃的，带她去看戏，在黑暗中牵着她的手，去集市给她打银簪。初恋，体验人世间最美妙的情感。当爱情还未被命名是爱情的时候，它裸露出男女最本质的情感世界。无端喜欢跟自己无亲无故的一个外人，忽然就知晓了男女身体各异的构造，在那样一个男女相爱禁忌的年代，尤其要躲过太祖母那双刻毒的眼睛。只要有默契，藏得好，那藏出的距离反而会加深思念和甜蜜的浓度。祖母跟我说，看着自己体虚，祖父从太祖母那里偷了二两白木耳，亲自炖了送了过来，大概是身体经受不起那一补，祖母喝了白木耳之后就开始掉头发，幸好是冬天，她只得围个风兜套在头上，没有人能理解掉发的幸福。"你就是变成了一个秃子，我也是要你的。"当祖母说起祖父时像是进入幻境，她沉浸在往昔与祖父的点点滴滴中。"他能吃两斤猪肉，喝一坛酒啊，脾气大，发脾气就摔碗。特别喜欢孩子，任谁家的孩子他都喜欢，在路上碰到一个村里的孩子，他就掏兜，看有没有吃的，要是没有，他就会摊开手，一副很抱歉很为难的样子。你祖父数九寒冬只穿单裤，敞着夹袄，再冷的夜，只要他上床，床就热了。那大山后面挖出几窖铜钱，叫他去挑两天铜钱，回来饿得倒在地上。人家都偷偷扎了几个钱在身上，在路上买包子吃，你祖父挑两天铜钱，不晓得扎两个。"祖母在描述一个男人，说他的好，几天几夜说不完，是没有人能比得上的。

"那天，本来吃了午饭就去后山的小煤窑，可是他看见墙角堆了一堆原木没劈，就脱了裤子，抢起板斧，赤着上身在那里劈原木。我就在他背后看啊，心想这个人，这个人要不是我这么喜欢他，那他就太可怜了；要不是我这么喜欢他，他在这世上什么也没有，这个人怎么这么可怜。忽然眼泪就不停地涌出来。"祖母跟我说的这一段我是明白的，那个人去了煤窑之后就再也没有回来。她有时会突然说起某一段话，没有缘由，话语的句式很突兀地跳出来，然而，她说的每一句话我都懂。我认为，我是一个完美的倾听者，祖母向我传递的不是某个故事，而是她整个的人。

我是没有见到祖父的。只在族谱中见过他的画像。父亲长着一张酷似他的脸。祖父在1961年初秋的一天下井挖煤，塌方，人被活埋在地底。第二年冬天，祖母就带着几个孩子嫁给了她的小叔子。祖父最小的弟弟。读者一定感受到了我在这里省略了什么，是的，我的文字根本就不敢去触碰那个地方，只一碰，那文字的触觉就先痉挛般地弯曲起来：一个女人披头散发、赤着脚疯魔一样往山上煤窑里疾奔，要跟着他去，拦都拦不住这个一心求死的人，儿子都大了，兄弟几个把自己的亲娘架回来。那个时候，我的大姑妈已经嫁人生了孩子，两个伯父也娶亲生子，可是已经做了祖母的人居然还要再嫁。这是父亲最避讳的事情了,更让人接受不了的是,四十三岁高龄的祖母居然跟小祖父又生了一个姑妈。我的父亲一生不喜欢这个小姑妈。虽然他是一个孝子,但他永远无法超越儿子的视角去解读这个女人。如果不因为是自己的母亲,在他的观念里,祖母这样的女人不贞、不洁,让家族蒙羞。很多年之后,有一次他婉转地跟我说起这么一件事。他目光有些闪躲,有先例的,不独我们家。他说的先例,是指村里别的家族也有小叔子娶嫂子的。可我想,人家是因为穷,娶不起媳妇才娶了守寡的嫂子,俗称"肥水不流外人田"。再说人家的嫂子可没有到祖母的级别。可怜的父亲太需要这样的心理安慰了,太需要了。

五

我的小祖父是 1995 年去世的。对他的印象,我们就非常清晰。他跟我的堂伯父一样的年纪,小祖母五岁。但他长着一张太祖母的脸,然而却生出另一番味道。这脸在他身上是一股懦弱、偏执而又涣散的颓废气息。因为是幺子,自幼深受太祖母溺爱,只让他读书,没让他下过地。这小小身板,样子孱弱的人性格古怪,不会做农活,也不懂生计。怎么古怪呢,据说他从不祭祖拜祖,说是,拜死人只为了给活人看,有什么意思!因为聪明,很会读书,过目成诵,尤擅书画。十几岁就在学堂谋了个教书的差事。祖母说他,打着头油,夹个纸伞,穿一身绸衣,脚上是千层底白履边布鞋,去外面相亲,没看上人家,嫌弃人家脚大,喝汤伸长颈子去够碗。

因为挑剔,小祖父大概在二十五岁才娶亲。一个乡绅的庶出女儿。世间的事仿佛是天定的,这小媳妇竟把我那剽悍的太祖母治得服服帖帖。还把她赶出家门,太祖母只得住进三儿子的家,来的时候,拎了口木箱,那悍妇为了那口木箱竟一口气追出近半里路。天底下恐怕再也没有比这更滑稽的场面了,两个小脚女人,噌噌噌,一个追,一个逃,那身姿定是摇曳生姿,无比好看。我那五十几岁的太祖母太不可思议了,竟这么能跑,愣是被她逃脱,那箱子想必宝贝得紧。紧接着是土改,我家被划成富农,小祖父家被划成了地主。这个时候我的那位小祖母卷了钱跟一个男人走了。这位未曾谋面的小祖母,谜一样的女人,她大概不知道,多少年之后,我时常在深夜默默地祝福她,只因她敢为自己而活。

老婆跑了,又没得书教的小祖父就变了一个人。这时太祖母又重新回到小儿子身边。他无法面对这人生的羞辱,成天喝酒、赌钱,有时喝多了打人,这个读书人居然连亲娘都打。我们家的男人有一个共性,懦弱,意志薄弱,是那种沉湎内伤、自残且又极度孤独的人。他们是阴性的,活在自我的黑暗里。我的太祖母一生要强,天性霸道。除了祖母,没有哪一个儿媳妇愿意跟她相处,尤其大祖父家,因为弃子一事也跟太祖母翻了脸。她最后的那几年整天浸在泪水里,小儿子不听劝,管不了,她紧闭双眼,不作声,陷入绝望。

"你不就是盯着我的那点首饰才肯侍候我的吗?"老太婆快死了依然说着那种不讨人喜欢的话。祖母在她面前从来不申辩。其实这些年首饰已经被小祖父赌钱、喝酒败了个精光。祖父在街上拎回喝得醉醺醺的弟弟,跟他说,娘要走了。你的娘要走了。这是一句多么悲痛欲绝的话啊,你的娘,仿佛不是我的娘,她要走了,是你的娘要走了。

"她最后那一口气落不下去,嘴一翕一合,一翕一合,慢慢微弱下去,最后就定住了。"祖母向我述说太祖母临终的那一幕,并用五个手指一张一合来呈现她最后落气的瞬间,她是不甘心的,死的时候面相很凶,脸是变形的。因为是地主婆,最后没让她葬在自家的坟山,我的太祖母葬在杂姓的小山上,在荒凉的角落,小坟包孤零零的。祖父用拳头直打自己的胸口,一句话也说不出来,看到自己亲娘死了被人欺成这样,一句话也说不出来。大概在80年代中期,祖母跟儿子们商量,就把太祖母的坟迁回自家的坟山。葬在太祖父旁边。父亲打了一个很大的圆拱顶石碑,上题:青山龙虎地,绿水凤凰池。每年祭祖,我都会独自去祭拜这位传说中强悍的太祖母,她终结她的时代,她死后,我们家也走出了那个时代。

小祖父大概是我们家唯一的文化人。我一直认为,文化人是有气节的,他从骨子里透出来的东西跟农夫有着天壤之别。即使在他一蹶不振、穷途末路的颓废日子里,他身上还是有某种清高的气息。说话慢条斯理,从不狼吞虎咽,大热天,长袖长裤,不赤膊,脚上穿布袜,他应该是一个没有体味的男人,瘦瘦小小的。这样一个人,在世代务农的人眼里,应该是有魅力的,他维护着仪表的体面,还有诗书带给他罕见的气场。我相信,对于祖母而言,他更多的时候像一个没出息的弟弟,一个虚弱的大孩子,她能让他长大,长成一个真正的男人。

太祖母死后,他就时常在三哥家蹭饭,顺便教孩子们写毛笔字,念李白的《将进酒》。祖父嫌弃他太懒了,又舍不得打他,决意要带他下井挖煤。只三天,他就偷跑回来,他从来都没吃过那样的苦,受不了煤的脏。然而,一个大男人不能整天闲着吃白饭,后来他就接了一些抄抄写写的活,红白喜事替人家写人情礼单,比如,大舅:猪肉两斤、鸡蛋十个、菜籽油五斤,诸如此类。乡村的人情客往,都要记下亲朋好友送礼的内容,以便下回复礼时不能低于这个分量,否则就会非常失礼。我家至今还保留着很多这种人情礼单。去年,我家要回一个礼,父亲翻开礼单,可这个礼是十七年前对方送的,内容是,绸缎被面一床、花圈一座、礼金五十元。这是小祖父去世时这位亲戚送的礼,可是时隔十七年,我们的回礼已经不能停留在"不低于"这个层面上,对方是儿子考上了北京大学,我们家的礼是礼金一千元。祖母去世的时候,父亲依然抄下了亲戚们的礼单,我看了一下,祖母的礼单相当惊人。据父亲说,祖母的葬礼很隆重,可以用壮观来形容。我们家办完丧事,最后居然还赚了两千多块。而这些,需要以后我父亲慢慢地还回去。

可是,我小祖父抄的礼单是书法的精品啊。那漂亮的蝇头小楷,也只用来换一顿饭钱。那些柳骨颜风的字用来书写猪肉、活鸡以及粮油这些名词。小祖父写完,每每要用毛笔给调皮的孩子画个猫儿脸。他给很多孩子起过名字,皆无那个时代独有的各种高频率的词,他给人家孩子取名:黄谦、黄博、黄楚墨。这个国家后来发生的各种火热、亢奋的印记,在他身上丝毫找不到影子。因为干不了农活,而抄写的活计极为有限,即使是后来生产队的广播稿,他也写不了,他使用不了那类味道的汉字。就是这么个废柴一般的人,落后分子,封建残余,我的祖母嫁给了他。直到70年代中期,终于因书法和国画被公社一个文化部门的老领导看中,才去公社打杂。据他说,做得最多的事情是用排笔写口号和标语。但我家的地位在乡村就莫名其妙高人一等了。我父亲兄弟几个,一辈子都没有叫他父亲,依然保留祖父在世时的称呼,只叫他小爷。我时常琢磨这位故去的小祖父,懂得绍兴黄酒配清蒸蟹,细细地吮吸蟹管里的汤汁,品明前龙井,吃盐水花生,读明清小品文,偷看女人小腿,绝不是把眼睛盯在女人的胸和臀上,他从来不画气烈高洁的梅啊竹啊松啊这种被隐喻过多品格的东西,也不画葫芦架下闲走着两只母鸡那类农趣,他画独峰或者急水,然而也画张生私会崔莺莺。他的笑声是喑哑的,走路没有声音,常年听收音机,酒是被祖母禁住了。每每用字换来的钱给小姑妈做红烧肉,小姑妈吃上几坨,他就高兴地哎哟:一张字就这么没了,哦,两张的没了。他的这种趣味被多年之后的文艺青年追捧。在世时,惯于忍受白眼,但有祖母这团火始终温热他一生,给他安稳,护住尊严,我的祖母柔弱中有一股狠狠的虎气、坚韧,仿佛有巨大的能量,垫实家族的底子,有她在,日子是踏实的。

六

有人家要生孩子了,报信到我家里,祖母带上我去接生,她起先牵着我的手走路,后来我走累了,她就把我驮在背上。我有时熟睡,口涎打湿她的衣襟。她有一个口袋,这真是一个神奇的口袋啊,魔术一样,里面能变出煮熟的红蛋、炒蚕豆、蜜枣还有花生糕。主家忙着烧开水、杀猪、蒸馒头。我就跟那家的一堆脏孩子一起玩猪尿泡,主家在拜托祖母,希望能让老婆生出儿子。仿佛祖母能主宰生儿生女似的。祖母就绽朵笑脸给他,是你的孩子,分什么男女哦。

我似乎每次跟孩子们疯疯打打直至筋疲力尽。终于听到报喜了,鞭炮响起,祖母抱出带血的婴儿接受人们的祝福。她的脸,有一种疲惫后那种虚弱的美丽。天色已晚,我们吃了主家丰盛的晚餐,拿着他们送的一副猪大肠和一堆红蛋慢慢地走回自己的村庄。祖母也累了,但因为迎接了一个新的生命来到这人世间,她一直是有笑意的。为了赶走我的瞌睡,她就边走边为我唱儿歌:小丫头哎,拖小辫,五岁伢,会唱歌,不是爷娘教得好哎,自家聪明拈来的歌哎……三十多年后的一天,我回乡过春节,经过一个岔道口,看见一户人家,老太太抱着一个女娃娃,边轻声拍打边轻声哼唱这首童谣。我一时呆呆地怔在那里,忽然有眼泪涌出来。

澄澈的乡村傍晚啊,我跟祖母走过一道道田埂,几处坟山,月亮的镰高悬头顶,萤火虫乱舞,我的祖母为我唱那首古老的童谣。那些弯曲的羊肠小道像发亮的带子,把回家的路在脚底延伸,星星眨着眼,把不眠的孩子带进梦境。快要进村的时候,在后山脚,那儿有一棵高大的木槿,祖母牵着我的手走到那树的跟前。突然间,星光灿烂,我们仿佛置身于湛蓝的穹宇之下,祖母用手指轻抚着我脸说,我们红啊,快快长大,长大了生孩子,嗯嬷为你接生(我们那个地方,喊祖母嗯嬷)。祖母站在树脚,躬身拜了几拜,她忽然跟我说,你撞到它开一身红花,你再许愿,没有不灵的。"那嗯嬷撞到它开出红花了吗?"我问。"撞到了,我拜了很多次,最后撞到了。""你许的什么愿呢?""许了我们红无病无灾地长大。"

我记得当时头顶的星光在旋转,既而家就出现在面前。既而我就长大了。可是祖母,你许下的是怎样的一个愿望?当祖父去世后,你决定嫁给小叔子的时候,你一定在那棵树下重生过。那棵木槿为你开了一树红花,你将无畏,你成为了大海,被星光照彻。

"不嫁给他,他成天在家里吃饭,也睡在这里,人家在背后一样会说道的。"

"你小祖父是个有为的人,他像是蒙了尘,需要有个女人为他擦亮。"

这正是我父亲终生不懂的,也是我终生难以企及的地方。前面提到过我的大婶娘,祖母就给了她重生的机会。我的大伯父自幼跟大婶娘订了亲,大婶娘长成一个标致的姑娘时,被村里一个无赖玷污了。退亲,合乎情理,是祖母坚持要大儿子娶了她。祖母说,如果儿子不娶,她就认大婶娘做闺女,接到家里来。我的祖父当时是不同意的,唉,我们家的男人啊。我们那个地方的人,很奇怪啊,这件事情,为我的祖母赢得了终生的美誉。我的大伯父,年轻时梳着中分,五短身材,一生只喜欢在嘴巴上逞强,懦弱无能。我的大婶娘,太了不起了,她像祖母一样,坚忍、温柔、开阔,她擦掉了这个男人身上的尘埃,让他发光,我的大伯父是个泥瓦匠,很会砌房子。大婶娘让他去外面找事做,没让他碰农事。后来大伯父就进城当了工人,吃粮票,铁饭碗,成了半个城里人。啊,我们家的女人们啊。太祖母、祖母、大婶娘,还有我的母亲,而我,是不能忝列其间的。我不能。

祖母曾说我会去很远的地方。"你不像是能在这里过活的人。"她说,"你的心不会围着男人转。"那年,我二十三岁,一个春夜,我在那棵木槿树下坐了很久才回家。我身上多了一种什么样的气息呢?慌乱?春情?抑或燥热的猩红?我的眉眼到底有了怎样的变化?祖母,她察觉到了怎样的信息,她端出一碗红糖生姜水拿到我面前,意味深长地笑着。她准确地知道了我失了处女之身。她拉过我的手,仔细地看着我的脸,是一个不错的男人吧,祖母用赞许的微笑为我祝福。那是一个女人对另一个女人最美好的祝福。我跟母亲从未有过这种隐秘的交流,她身上有一种很强硬的道德观念,还有一种可怕的世俗的成本算计,这种事,在她看来,我是吃亏的一方。她永远也无法从女人最本质的视角去解读这件意义非凡的人生大事。可是亲爱的祖母看错了我,我半世漂泊,只为虚名。我知道,那棵木槿不会为我开出一身红花。

"嗯嬷,我听见你喊我回家。"此刻祖母即将死去,我听见她在暮色四起的黄昏拉着我手,一路撒着茶叶和米,一路喊,红啊,回哦。红啊,回哦。

我大概中邪了,翻着白眼,失了魂,祖母摔碎瓷碗,拉出我紫红的小舌头,用锋利的瓷片去扎,黑血流出来。她拉着我的手,沿着后山的小路,一路唱念,红啊,回哦。这是我们楚地的招魂,我一路应和,我回,我回。一个不洁的女人是无法成为招魂婆的。我们那个地方的人啊,很奇怪,他们比我的父亲更相信祖母的洁净。

多少年后,我读了马尔克斯的《百年孤独》,我对号入座了一番,我的祖母对应着伟大的乌苏拉老祖母,她活得忘记了岁月,带着大地的气息和天空的印记,一路带着迷路的孩子回来,然后把自己定格在古老的传奇里。这些孩子,包括她的两位丈夫,和那双手接生出来的孩子。可是,我没有找到布恩迪亚上校的原型,我们家的男人大概出不了这样杰出的人物。我跟他们一样,庸碌、无为,却被家族母性的强大的力量托往金字塔的塔顶,而自己却不惜成为塔下面的垫底。当祖母即将死去,我的大地在摇晃。送葬的队伍浩浩荡荡,钟鼓齐鸣,啊,我眼前跳荡着那些咯咯笑的精灵,那些称男人都是孩子的姐姐,这些水妖一样喊着她们的孩子和男人的女人,我看着她们,一种速疾回归大地母体的意念流遍全身。我流下眼泪。

(原载《人民文学》2015 年第 9 期)

话匣子老祁

赵　钧　海

那年老祁临近离休,门牙少了一颗,空洞明显,由于抽烟多,牙齿偏黄,缝隙处还是焦烟色,形象欠雅。他一根接一根地抽,用手把嘴巴包上,姿势有点怪,但看久了,又觉得潇洒,阳刚,宛若久经沙场的将军。看他,有时我蓦地会想起父亲。父亲抽烟也很凶,曾一度会接连抽三根。老祁与父亲年龄相仿,冷不丁,幻象一样会把他当父亲。那年父亲已从新疆野战部队转业回河北老家,潜意识中,我或许是在豁牙老祁身上抚摸到了父亲的影子。

老祁是抽来帮忙的,我也刚调入那单位。我们俩负责展览大纲、版面文字和讲解词的撰写。工作量很大。我一个小青蛋子,对历史生疏,需把起源发展、重大事件以及风云人物搞清楚,不然我无从下手。老祁不同,岁月沧桑都刻在他坑洼不平的脸上,融化在他沟壑纵横的脑垂体里,流脉变迁、跌宕豪逸都稔熟在心,可以随手拈来。他说,坐敞篷车刚来时,这里是苍茫大戈壁,冷寂大荒原,只有三百人,搭帐篷、挖地窝子,土坯房还没有哩,一眼望去,死静死静,每天半夜能听到呜呜的狼嚎。

我们被安排了一间大办公室。静谧的小院,一露天水池,有金鱼、红鲫畅游,还漂浮一些水草,微风拂过,波光点点,愈发清绝幽僻,周边是庭院式展馆,雅致,华缛,观者可边看展览,边赏读水色镜影,真有一种萧疏闲适的况味。大约文字组隐含灵魂和导向的意蕴,或许是老祁的资历,我就跟着奢华了一遭。那大办公室先前是讲解员的,为老祁和我进驻,把一帮花花绿绿的裙钗挤到了厕所旁的小屋,七八个婉丽女子簇拥在一块,如同把花朵扎捆了一般。每每路过,我都会冒出怜悯愧疚的心绪。

办公室与摄影室相通,暗室的一个内门可以进入我们房间。摄影师老居一般不走这个门,他走另一个直通室外的门。偶尔,洗完照片,老居会从内门出来。老居比我大两三岁,我叫他老居,老祁叫他小居。

老祁个头不高,几缕稀疏的头发在风中轻飏,走路腆肚子,样子敦实,笃厚。由于眼花,写字时戴一个折叠袖珍老花镜。两块钱买的,老祁说,不贵哩!老祁的真实身份是:安全环保处综合办主任。他诡谲地笑着说,简称安环处,不过,我们不安环哦!老祁说完,我傻愣着,没明白个中含义。老祁笑说,就是女同志避孕安环么!我倏地脸红了,被老祁的幽默折服,气氛也顿时轻松起来。

老祁成了我的临时上司。老祁说:咱俩分工写,你写两个厅,我写两个厅,综合厅最后再说。他抽着烟均匀地吐着烟雾:不急,时间还长,你先熟悉材料!我遂借一辆自行车到市区找材料。那时没有复印设备,我在报社资料室用手抄写,摘录,个别确需借出的就开证明借半天,拿到研究院制图室复印。研究院有一台进口复印机,很神奇,可以把报纸复印出来。操作复印机的女孩挺清秀,手指纤细,但翻眼皮时很傲慢,对我爱理不睬。

展馆在市东郊,西边连着黑油山公园,正在兴建,假山、水榭、拓湖都已凸显雏形。东边、北边、南边都是空旷的戈壁,渺无人迹。每次进市区要骑车跑五六公里,来回十多公里。好在我年轻,不觉得辛苦。

没有办公桌,临时从工艺制作间搬来一张旧四腿桌。由于是公用的,操作工在上面锯有机玻璃、切割铝合金、刻字等等,桌面已被割得凹凸不平,写钢笔字就得垫厚厚的旧报纸,不然疙里疙瘩没法写。老祁说,凑合着用吧,后面咱问管理员要块玻璃垫上。

坐稳后,老祁就拉开了话匣子。老祁一张口,我就没法看资料了，就竖耳听他说。他从第一列火车皮拉来的人开始，说那时三四家合住一个帐篷，谁睡觉放屁呼噜声大，谁半夜撒尿回来上错被窝，谁说梦话还夜游走路，谁性欲强天天弄得木板床吱吱怪叫，谁扒厕所偷看女人屁股，谁靠溜须拍马混进机关，都有名有姓，连隐私癖好都清清楚楚，说得我头皮发麻，手心冒汗。之前，我在远离市区的外探区，蒙头写标语，画应景画，写通讯报道，哪里知道那么多离奇轶闻和繁复内幕，尤其是背后议论上级和熟人，惴惴不安，心神不宁。我直勾勾地盯着门，总怕隔墙有耳。

老祁滔滔不绝。他经历过陇东战役，与马鸿逵的部队打过仗。他说，兵败如山倒，一点不夸张，我们追呀，追呀，累得喘不上气了，就踩着尸体往前跑。随着老祁神神叨叨叙述，我渐渐融入那历史脉络，摸索着缓缓前行。老祁激情飞扬地讲，余音绕梁，和煦亲切，不听都不行，不听还后悔，也不礼貌。可我心里老嘀咕，这样一讲一上午，一讲一下午，谁来干活呢？于心不忍。

那些天我正为吃饭、住房发愁。因我家还在外探区，每天要赶早晚班车，倒三次车，走四十多公里路。老祁知道了我的困难，就停住嘴，给我出点子。他腆着肚子带我去找领导，说给小赵安排宿舍，固定一辆自行车！老祁威严地绷着脸。我诚惶诚恐站旁边，心脏咚咚快跳，低头看自己脚尖。老祁说，小赵每天起早贪黑来回跑，不容易哩！老祁的话句句在理，领导鸡啄米一样频频点头。

单位没食堂，中午吃饭又是问题。我坐单位班车进市区找饭馆（那时饭馆稀少）。老祁凭关系给我联系了大修厂食堂，还弄来饭票菜票，就是太远，不方便。进市区吃完午饭，就只能走路回馆，得走一个多小时。回馆后，又进不了办公室，因下班时管理员把内院门锁了，我没钥匙。于是就在大院里瞎转，找个树荫土堆或仰躺在苇丛杂草间看杂志，又两个小时后，班车才拉着同事们来，我才能进小院办公室。现在回想，那两小时宝贵啊，我研读了韩少功的《爸爸爸》、张承志的《黄泥小屋》、梁晓声的《这是一片神奇的土地》以及阿城的《棋王》。惠风轻拂，芦花摇曳，我悠哉悠哉地阅读着，忽然对小说有了一种深层爱恋，平添了一种神圣的膜拜。

老祁找完领导，情况立马变化。管理员来了，吊着脸，说领床，我就跟他去库房搬来一张单人铁床，支在办公室。办公室大，床放在墙角，并不显拥挤。须臾，管理员又推来一辆永久牌自行车说，自己保管，不要给别人用，然后从裤兜摸出一把内院门钥匙。我心花怒放，喜上眉梢，总算安"家"了。

我对老祁感激不尽。老祁是我人生路上一个重要的挖井人。毛主席说，吃水不忘挖井人。老祁让我在新单位有了稳固感和安全感。之前一年多，我总是在帮忙，总有一种寄人篱下的惶恐，这使我本来就沉闷的性格，变得愈发孤僻，心态也日渐凄凉，曾一度后悔——我为何要离开原单位，走进一个条件更差的市郊？我曾以为自己是人才被引进的，后来发现大错特错。新单位每个人都能独当一面，设计、美工、摄影师、工艺制作师、机电工程师、木工、电工，甚至讲解员，都是本行业精英。

老祁藏不住话。没有他不知道的事，没有他不了解的人。朝夕相处半年，懵懂中，经过他的点拨，我对人生有了新的解析和顿悟。老祁说，人生不完美，事也没有完美的，完美只是一个虚幻概念。老祁的观点让我倒抽一口冷气，揣摩良久。曾经，我对上司，对师傅都无限崇敬，不曾思考过他们的龌龊和不洁。老祁犀利，把每个人和每件事都分析得头头是道，透彻精准，让你唏嘘不止。他龇着牙，露着气，不紧不慢，在弥漫的烟雾中，沧桑的脸生动而狡黠，侠义而凛冽，刻薄而愠怒。你不得不信。

老祁沙沙地写字，时而双眼从老花镜上方瞄我，时而吐沫星子四溅地喋喋不休，一副老奸巨猾的样子。他开始分析单位的人。那年我二十四岁，是第一次听一个长者睿智又是非地分析同事，六神无主，生怕被别人听到。老祁呜呜哇哇说得津津有味。老祁说，这单位是胖大个说了算，他抓大放小，目光在上，对咱的事不会过问，像个大官哩！管咱事的高大爷，有才，懂展览，懂摄影，但嗜酒如命，张扬，偏执，无权，喜好上班喝酒，常闹出乱子，让下级不敬，藐视他，他只会催着屁股让你干活，却不问冷暖，他办不了事。老祁踱着步分析，双手倒剪，在偌大的办公室一趟又一趟折返,完全一个大干部做派。他说,老居潜力大,目光远,是干大事的人,这个馆装不下他;设计师敦煌人不错,有功力,油画国画都能画,还会制作沙盘,模型做得一流,多面手,但怀才不遇,不被赏识,可能会调走;年轻人里戈平、和平不错,人可靠,能做朋友;讲解员小静是好女孩,人漂亮,袅袅婷婷,心眼正,有善怀之心,谁要娶她,有福,她要是我儿媳,我这辈子就烧高香了;武志不球行,与牛莉勾勾搭搭,狗男女一对;黄杏花言巧语,眼观六路,见人说人话,见鬼说鬼话,凭姿色绕人哩;大环,绣花枕头,一肚子草,孤芳自赏……我越听越怀,毛骨悚然,浑身起鸡皮疙瘩,手也哆哆嗦嗦抖动。我悄悄把门关上了。

老祁一分析,忽然觉得我的单位污浊不堪,曾经的崇高神圣即刻瓦解。我慌乱地给老祁倒水,以求打断他的思路,封住他的喉。然而他喝几口新添的茶水后,思路更加清晰。我于是萌生了逃离的念头——赶快下班吧,煎熬啊!

老祁说,我们常常看到阳光明媚,却忽视了阴影下的暗部,角落里的龌龊。我们叫嚣,形势大好,不是小好,但我们永远不会说形势一团糟。生活有高远熠亮,也有乌七八糟和尔虞我诈。那时,我无法看清老祁的本质,蹊跷迷茫,甚至卑鄙地想,老祁看似正义,可能心理阴暗。

我无法跳出自相矛盾的怪圈。在老祁的蛊惑下,我还是偷偷学会了观察,沾染上了对周围事物多思的臭毛病。若干年后,回味反思,发现老祁当年的话都兑现了。胖大个受贿被判刑;高大爷上班喝酒发脾气,踢坏玻璃门,全馆大会做检讨,威信扫地;老居下海南创业,当了老板,公司开得红红火火;敦煌调走后工作顺了,但不久得肝硬化病逝;小静被老祁儿子追逐不放,终成他儿媳;所谓狗男女,闹得沸沸扬扬,双双离异,提前病退……老祁说得极准,在他抑扬顿挫语气的背后,隐含的是字字珠玑和煦暖怡人。当年,老祁苦口婆心给我搬弄是非,是传授经验,是呵护,大有潜移默化之功效。

老祁终于要为我办两件大事了。

一日,老祁腆着肚子进来,擦着汗说:你有什么证吗?工作证、工会证都行。我说,才到新单位,新证还没办下来,有一个摩托车驾驶证。那时中国公民还不知身份证为何物,出门就开张纸证明,盖上红坨子。老祁说,摩托车证也行,给我。我就把证交给他。他说,你等着,我给你办个证。说完,腆着肚子出去了。刚出门又折返回来说:不行,还得有一寸免冠照片,有吗?我说没有。他想了一下,有了,叫小居拍。于是他颠簸着找来一块红布,用图钉钉在文件柜上,就敲老居暗室,说:小居帮个忙,给小赵拍张标准像,登基大典用哩!老祁爽朗地笑着,快乐地向我挤着眼睛。他的诙谐让我心里暖暖的。老居很快拿理光相机出来了。老居说:是黑白胶卷。老祁说,黑白好,有层次哩。于是坐椅子,摆姿势,打碘钨灯,一阵忙乎,还把我烤得够呛。辛苦老居,又钻进暗室给我洗了出来。下班前,老祁拿着我的一寸免冠照走了。

翌晨,老祁红光满面递给我一个小红本,一个红袖标,一个小红旗,退还了摩托车驾驶证。小红本是"安全监察证",用仿宋字写着我的名字,照片上拓有钢印。证上说,安全监察员有权检查各类工程、生产机动车,也可搭乘车辆前往事发地点。手握监察证、袖标、小旗,我心情复杂,有种奢侈的快慰。老祁是想让我搭乘工程车、生产车回外探区家方便。可我心虚,哪敢随便招停一辆车,冒充安全监察员呢?自从那证给我,我就如捂上了烫手山芋,忐忑了好久。忽一日,老祁问,监察证用了吗?我说,随身装着,说不定哪天能用上。老祁说,那不行,咱现在就去搭车!老祁腆着肚子带我上了公路,老祁戴上袖标,拿着小红旗,宛若一个公正执法者。很快搭停一辆大型压裂车,他对司机说,到六区总站处理事故,把人带到!老祁绷着脸,口气强硬,完全像那么回事。那天我果然就被送到六区总站。下车后,步行五百米到家了。即便这样,我还是惶恐,焦灼,始终没有自己搭过车。

第二件事,是帮我爱人调工作。搭档一段时间,老祁知道了我的情况,说,受罪呢,调来就好了。老祁详细询问我妻子情况,表情凝重说:有三难,一是女同志,单位一般不要;二是工人身份,不好找合适岗位;三是带小孩,人家一听就发毛,麻烦哩。他撇着嘴,解析得头头是道。还有你家没搬进市区,即使你爱人调过来,小孩咋办?俩人都在市区和外探区之间跑趟趟?我说,可以送那边幼儿园,请朋友帮忙接送,想办法克服。老祁要主动帮我爱人调工作,我不能退缩,必须迎难而上。

老祁吐着烟圈进入冥想,神态宛若电影里的大人物,高端,势派。老祁在给我爱人琢磨单位。他冥想一圈后,筛选锁定了一个单位——档案馆。他缓缓睁开双眼,目视窗外说:嗯,去整理资料,摆放卷宗,归档文件,登记查访人员情况,风吹不上,日晒不着,好哩!老祁头顶烟雾缭绕,脑袋在一片霭气中频频摇摆,拨浪鼓一般。他说:合适,我与那馆长挺熟,这两天就找他。我亢奋起来,遂更加积极地提水、扫地、擦桌子,去开水房打开水,为老祁泡茶。原本我是一个懒惰愚钝之人,但为了妻子调动,我变得殷勤起来。鼓噪的热血击垮了我的自尊,曾经的矜持也早已化为灰烬。

老祁让我先把住房登记了,说矿建处正在大批盖楼房,抓紧时间提前登记,年底就能拿到新房。哈哈,老祁描述——你爱人调过来,住房拿到手,小孩再送第一幼儿园,那可是一流幼儿园,带出的小孩嘴舌灵巧,琴棋书画样样会,你全家马上就要幸福哩!烟霭中,老祁为我描摹着水光漫漫、秀色可餐的远景,我心里痒痒的,仿佛已触摸到那个波光激滟的美妙时刻,丝丝缕缕融入我干渴的肌体。老祁真好,我真幸运。

按照老祁指点,我找了管住房登记的老陈。老陈板着面孔说:单位已有二十多人申请住房,无房户就七八家,房产科说了,年底最多只能给我们解决四五套,登记了也没用,像你这样的小青年,多了去了!我惊了一跳,强词夺理说,我在市区无住房,可以照顾吧。老陈说,人家要先解决拆迁户,还要论资排辈!愤怒,我的双手在颤抖,但我只能忍。我说,那先登记总可以吧。于是就在一张表格上登记了。登记了就算完成了一项使命,年底人家总会答复你,总会看在你家住外探区的分上,动恻隐之心吧!其实那只是我自己为自己设置的一个虚拟幻象。事实是,自从我登记住房后,我就每年找老陈登记,连续登记了四年,年年见有大批新楼竣工,年年有比我更年轻的小青年住了进去,却始终没有我的住房。我傻眼了。——这是什么狗屁单位!我一个外探区无房户,怎么就拿不到住房?我问老陈,老陈已客气多了,说:老赵,我可是给你争取了,但人家房产科没分给你,也没办法。老陈把我拉到墙旮旯悄悄说,得找上面大领导批条子,这样排队,等到猴年马月也排不上!老陈给我说了实情。老陈或许觉得我老老实实等了四年,轮也该轮到我了,但老陈无能为力。第五年,我几经周折终于拿到一套旧楼房,但与老陈无关,与单位无关。是一位好心大姐帮的忙,那大姐拿着我的报告直接找了某位大领导。通过那张签字批条,我越过老陈直接找到房产科主管,才算有了眉目。设若没有老陈提醒,我肯定还在傻等。

静静等老祁回话。老祁说了,要找档案馆馆长,还把我写好的妻子简历,规规矩矩叠好,夹在他的"安全监察证"里。

于是天天盼老祁晚来。老祁一晚来,我就有了期待,就会默默祈祷。我想,老祁可能给我妻子办调动去了,心尖热乎乎的。我就更加兢兢业业地趴在桌子上写讲解词,编辑一本叫《有益的启示》书籍,在成堆的观后感与留言中,海选文章,修改编进书中。我想,老祁为我操劳着,我要厚道,要讲良心,不能逼人家。老祁不说我就不问。

老祁依旧海阔天空神侃。从老花镜后抬眼看我,他眉毛不时上挑着,有种"眉飞色舞"的欢悦。老祁用流行的软笔写字,密密麻麻写在方格稿纸上,笔墨简劲,干净爽利,有一股朴茂古风。以我对书法的肤浅理解,认为那是一种近似书圣王羲之的行楷,笔致圆融丰润,从容隽永,让人过目不忘。写着写着老祁还会冒出几个繁体字,显得活灵活现,幽玄而贵气。写一阵,他就会摘下老花镜,喝几口茶,抽几支烟,说几则趣闻轶事。

老祁说,知道吗?小囡她爸出事了,丢人丢大了,让人捉奸到床上,打得鼻青脸肿,光屁股蹲着,浑身发抖,那儿还滴水水哩!老祁形象地说着,嘴角有白色唾液,左手还做着滴水水的动作,仿佛他就在现场。唉,撇了,一个副院长,多不容易啊。当年,老匡也是和我一个火车皮拉来的,睡过上下铺哩,后来混上副院长,就不理人了,走路看天,碰上两回,装不认识。老祁腆着肚子,看天花板,样子可爱。你看小匡,这几天躲在班车最后,一句话也不说,眼泡子肿得大大的。老祁观察仔细,揣摩精准。几天后我碰到过小匡一次,见她老远低着头,不认识我一样。过去小匡见我总打招呼,是个活泼女孩。老祁感慨,平淡最好,不要钻营,不要耍小聪明,不要近美色,不要近钱财,不要溜须拍马,就不会有烦恼哩!

老祁说着,就是不说我妻子,让我永远处在提心吊胆中。我终于憋不住了,开口问:我、我爱人的事您问档案馆朋友了吗?老祁一愣,旋即说,你看我这人,这么大事都忘了告诉你,该打、该打板子哩!老祁脸色通红。

其实老祁多日前就找过那馆长了,因被一口回绝,很恼火,不知该怎么给我说。那馆长问我妻子什么学历?老祁就从安全监察证里取出妻子简历。馆长乜斜了一眼,迅速变了脸,高声说:学历太低,我们只要学档案的大学生!老祁语塞,只得腆着肚子赔笑说:哦,这样啊,通融一下么,多不容易,外探区的!回答更呛人,我们又不是收容所!回来后,老祁怕我伤心,就没告诉我,纠结着,强装欢颜,心情却郁闷悲愤。

老祁复述完,就破口大骂:什么狗屎馆长,什么酒肉哥们,当了个小弼马温就来这一套,我算不认他了,什么玩意儿!老祁义愤填膺。知道老祁是为我好,才故意说忘了告诉我,我很内疚。为我受别人白眼,还得自己承受。这社会怎么就如此冰凉如此冷漠呢?!我愈发笃信老祁传递给我的人生理念了。生活不只是潺潺流水和旖旎风光,还有世态炎凉和相互倾轧。

知道调动有多难了,我沉默着,整日郁郁寡欢。老祁见我窝心,就说:别灰心,这些天我一直给你打听呢,听说我们单位准备成立一个安全检测中心,你爱人不是搞化验的吗?工作性质接近,我找我们阎处长说说,先把名报上,处长总要给我这张老脸面子吧!老祁真挚,语重心长,让我熄灭的火苗渐渐复燃,心脏怦怦快跳着,宛若坐过山车,坠落,腾起,黎明的熹微重又复现在东方。

回家把新消息告诉妻子,我省略了档案馆细节,只说检测中心。妻子也兴奋起来,对我几多温存。做拉面,包饺子,晚上早早洗澡上床。我想,妻子真好。妻子说,这次咱不能木讷了,要给老祁送点东西,去家里看看。妻子提醒我,你个书呆子,求人办事,哪有不送礼的道理,傻呀!我恍然大悟。于是小两口在被窝精密合计,拟定了去老祁家的方案。周六下午,妻子向单位请了假,把女儿托给同学桂荣照看,就坐班车进市区,买了一堆东西。——两条"万宝路"(那时外烟时髦),两瓶泸州老窖(一瓶七十八元,正好是我一个月工资),两只活鸡,让人宰杀去毛。约定在大十字百花照相馆门口集合,然后提东西敲开了老祁家门。看到我妻子后,老祁不住地夸奖说,长得好,周正,大方,难怪小赵不往外领哩?!老祁对我妻子十分满意,说:我周一就去找我们阎处长。老祁热血沸腾,有点激动,说还带什么东西,拿回去,拿回去!推搡着不收。我和妻子尴尬不知所措。最后还是妻子机灵,待我与老祁推搡时,把东西放到厨房,拽我就走。

周一上班,老祁早早就坐在了办公室。他抽着烟,心事凝重的样子。见我后,掐了烟,郑重其事地说,你们心意我领了,两只鸡留下,但烟酒还你,不能收啊!我怔住了,不知该说什么。原来,那天早晨老祁天还没亮,就摸黑骑自行车来馆,后捎架上驮着烟酒。他平时不骑车,因距离太远,单趟就要近一个小时,为了还我烟酒,他破了一次例。老祁说,我左思右想整整两夜,可把我整苦了,咱俩是朋友,收东西多可耻,味道不对,良心不忍,必须退你!老祁还说,办你的事,我会赴汤蹈火,尽最大的努力。老祁的话镌刻在了我脑海里,闪闪烁烁,终生难忘。

期待中,没几天,老祁突然不来上班了。高大爷对我说,老祁被单位要回去了,说筹备一个大型会议,离不开他。高大爷拿一瓶奎屯佳酿,嘴对瓶口喝一下,对我说一句,然后再喝一下。高大爷说:老祁说了,小赵文笔厉害,人踏实,一个人完成任务绰绰有余,让我好好照顾你,说你是人才,不可多得。高大爷说着,满房间弥漫着酒气,有种飘忽在酒窖里的感觉。

云里雾里,我心中一派苍凉。老祁的抬举,让我泪眼婆娑,也让我无地自容。偌大的办公室,从此就空空荡荡,形单影只,茕茕孑立,孤寂而凄冷。

后来我和妻子又去过一次老祁家,照例是周六下班后,为了买不买东西我们发生了争执,几乎翻脸。我说不买,妻子坚持要买。过去总是我顺从她,但那次我态度粗暴,妻子伤感地哭了,簌簌落泪,但始终没有一点哭声……

结局你可能已经猜到,老祁最终没能给我妻子办成调动。

老祁找过他的顶头上司——阎处长,还是碰了壁。老祁告诉我时,脸色沉郁,眼窝深陷,语气绝望。老祁说,我兢兢业业干了一辈子,都说我重要,但当我求他们办事时,都一口回绝,失败呀,活得失败呀!说着,就老泪纵横。他掏出手帕不住地擦眼角,擦鼻子,难以自制。我与妻子也陪他掉泪,笼罩着一派凄凄切切。那天,老祁拿出一瓶茅台酒,让老伴弄了几个菜,贵宾一样招待我们。我和老祁都喝得酩酊大醉,烂醉如泥,悲催着,失控着,似笑非笑,似哭非哭,在缭绕的烟雾中,我们颓废,落寞,忧伤,心中滴着血……

不久,老祁就离休了。

数年后,退管中心组织老年团体操大赛,我看见老祁在指挥一个方阵,他舞动着小旗子,脖颈上吊一个大哨子,时不时把哨子放在嘴里,嘟嘟嘟,啾啾啾,声音嘹亮,节奏明快。那是一支数百人的大方阵。老祁腆着肚子,神态镇定,宛若指挥千军万马的将军。看着老祁,我又一次想到了父亲。

前些天在路上,偶尔碰到老祁的前儿媳小静,憋了半天才问,好久没见老祁了,他现在怎样?小静诧异地盯着我,半天才说,你是说我前公公呀,去世好几年了。小静表情幽怨,我像被猛击了一掌,激灵一下,再也不知该问什么。小静依旧白皙,漂亮,袅袅婷婷,楚楚生姿,只是与老祁儿子离婚后,一个人带孩子不易。当年,小静在馆里,老祁对她评价极高。老祁曾说,要是小静当我儿媳,我这辈子就烧高香了,睡梦中都会笑醒哩!

老祁看人很准。

没能见老祁最后一面,我沮丧了很久。想起老祁为我灌输的人生哲理与做人底线,觉得句句炫亮,字字朗灿。

(原载《西部》2015 年第 9 期)

世界的尽头（外一篇）

程　静

很多时候，我都相信这里就是世界的尽头：秋草连天，四野空旷，风源源不断地撞击在岩石上，夕阳低垂于西天的半空。一片没有尽头的尽头之地。这里虽然只是旷野的一个局部，可是任何一小片边疆，都弥漫着无法抵达的荒远与僻静。除此之外，边疆的旷野、世界的尽头还包括以下景象：大漠孤烟，黄沙滚滚，无垠戈壁，连绵冰川……不过，所有我去过的那些尽头，要经过一次次往返之后，才能逐渐说出它们的地名：夏特、塔里木吉尔尕郎、乔尔玛、库尔代峡谷、木扎尔特达坂……并且像知晓院子里的花朵一样，一一指认那些秋草、芨芨草、骆驼刺、梭梭、麻黄、沙蓬……

世间每个人经历不同，边地于我而言，生长于此是命定的道路和归宿。可是有人恰恰相反，比如《船讯》中的主人公奎尔的尽头，却是在一个他以前从未去过，也从未想过要去的地方，那就是纽芬兰海岸，他祖辈生活的那块礁石，他真正的生活，将在一片陌生之地展开……就是这样，世界虽然广阔，一个人可以见过经历过许多风景，但到最后，都是过眼云烟，只会在一个地方停下来。如同相信那片秋草就是世界的尽头，人生最终止步的地方，往往不过就是一片秋草的延伸之处。

刚刚看完安妮·普鲁的《船讯》，它蓝色的封皮已被不安的手指磨出了毛边。安妮·普鲁下笔用力，她掀起的粗犷之风，几乎刮断海面上船舶的桅杆，它们摇摇欲坠，发出吱吱嘎嘎的断裂声……与此同时,在北半球的这一端,回到自身现实,几个人一起过来叫我,说是去库尔德尔,伊犁东部的另一片草原,那里生长着世界上罕见的雪岭云杉。雪线之下,雪岭云杉浩浩荡荡,高大、冷峻,如同散发着寒气的青铜剑,笔直地插在天山山脊;而喀班巴依峰,即使艳阳高照,也是积雪皑皑,白发三千丈。永恒之物,永远在时间之外。尽管已经去过多次,我还是应承了下来。

时值草原上秋天的炉火正旺,整个河谷弥漫着草籽成熟的气息。树叶斑斓,闪闪发光,牲畜们却很安静,低头吃草,不作他想,它们体内燃烧的欲望已随夏天的逝去而熄灭。但我仍从环绕的风中感到人间的温度正在冷却,似乎看见,掌管秋季万物的诸神正拍打衣衫,准备起身离开,一切的灿烂,不过是逝去中的挣扎,不过是煤灰中突然爆出的火星。只有云杉不随季节改变,永远葱郁,它的生命意志超越了生命本身。

山顶上的云,不知什么时候越积越厚,不一会儿,下起了细雨。我们兴高采烈,冒雨前行,一路谈笑,可是没过多久,雨越下越大,再也无法镇定自若,脚步不由得加快,最后狼狈奔逃。待奔到山下,抬眼一看,右边的草坡上居然奇迹般地竖立着一座毡房。雨幕中,它是如此弱小,可是此刻,却成了天降的稻草与避风港。

毡房里光线昏暗,一个年轻的女人起身迎接,她像草原上大多哈萨克人那样,用不善言语的微笑表达内心的殷切,展开炕上的绣花被褥,铺好桌布,然后在挨着门边的铁皮炉中添了两根柴火,开始给我们煮奶茶。我们,其实不过三个人,却使她的毡房变得拥挤起来。坐定之后,我突然发现,毡毯的角落还趴着个小孩子哪。将他抱过来,小脸蛋皱得发红,手背黝黑,可见平日里,应是与他一样幼小的动物——春天出生的羊羔及牧羊犬,成天在草地上玩耍嬉闹的结果。毡房里弥漫着阵阵腥膻之气,连同身上的这个小孩子,也散发着腥膻味,不过是另一种如同乳牙般稚嫩的腥膻味,混合着羊毛、奶汁及阳光的气味。可是腥膻,我要说,如果不是生长于此,我怎么可能嗅出其中羊群、旷野、孤树、尘土与炊烟、庭院与花朵,以及稍纵即逝的欢乐和漫长的孤寂的气味？我已经说过了——人生到此为止。

因为语言的障碍，我们与她只能简单交谈，知道了她的名字阿瑟穆。孩子两岁半，夏天，她和丈夫在这水草丰美的牧场放牧，冬天来临以前，他们将赶着上百只羊去往冬牧场。仅此而已，了解无法深入。大多数时间我们自己聊天，而她，反倒成了局外人，安安静静，一件一件做着自己的事，后来，就像我们不存在一样，她完全沉静在自己的劳作中。

她拿过绣了一半的方巾，上面的花朵和羊角正在一点点生长，它们将从无到有中诞生；她开始准备晚饭，将面团和好之后，用一个小盆扣起来，让它自己慢慢发酵；她抱起孩子，在雨水稍小的空当去林间小路，看会不会出现丈夫的身影……始终都是不慌不忙，每件事情都做得像一片树叶般清晰、妥帖。

看得出，她每天都是这样度过。当然，生活本身比我们看到的更为艰辛，但寻常生活基本如此，如同一棵草的生长规律，奇迹从来不会发生。啊，不，天上的奇迹倒也见过几回：夏天一个傍晚，天空中突然出现了一颗拖着蓝尾巴的星星，它划出一条长长的弧线，璀璨、遥远，许多天之后，才渐渐消失于西天的夜空……是的，我承认，其实最使我感到慌张的，不是阿瑟穆正费力描述的奇迹，而是她的不慌不忙。

我见过多少不慌不忙的事情：喀赞其街道两边那些整日敲敲打打的手艺人，无论做刀、制壶，还是打造木箱和黄金饰物，每天只是做好一件事情——打磨或者雕琢；亚历山大·扎祖林修理了一辈子手风琴；阿不都拉在祖先留下的院子里，数十年如一日地做着冰激凌，他们心平气和；河水每天以同样的速度流淌，不疾不缓……或许你可以说，偏远之地，时代还没有完全展开。可是这些都不是主要的，无论多么喧嚣的时代，都会有内心如古井的人。他们相信，在不慌不忙的不远处，他们将会与那些匆忙奔波的人同时到达。

这是多么羞愧的事情。一直以为自己是个喜欢安静的人，多少回面对他人的责难与抱怨付之一笑，就是为了使自己获得安静。可是，这会不会如同《不存在的骑士》中那个女骑士布拉达曼泰,她对周围的男骑士深感失望,认为他们酗酒、武功不到家、对待高尚的事业敷衍塞责,而她自己,却是带着对严谨、严肃、循规蹈矩的道德生活的向往而走上骑士之路的。可事实上,她"其实与他们是大同小异,也许她心中念念不忘对简朴而严肃的生活的渴求,正是为了同她真正的性格相对抗。比方说,假若法兰克军队中有一个邋遢的人的话,那就是她"。事情往往如此,渴求与向往的,正是自己不具备的,只是为了同真正的性格相对抗……这才是令人悲伤的事实,以为自己委曲求全,到后来,喜欢安静,是因为不舍繁华。

一直以为,写作可以使我不慌不忙,可是写着写着,虚无与困顿产生了——世界的尽头分布于边疆任何一处。山水之奇境,我也总算见识过一些,可是一切都无法言说,面对奇境与造化,即使说出了什么,也莫名地成为一种诗意的遮蔽,掩盖了狂风、雪崩、暴力与伤口。生活的真相从来不是野花遍地、牛羊满坡,只有我们自己知道其中的寒冷和经历。我什么都没有写出来,或者说,写作之于我,成了比对生活的背叛更早的背叛。什么都绝无可能,所有的努力,最终却使自己回到最不情愿的老路上。

我还能够写下去吗?接过阿瑟穆递过来的一只碗,我几乎想要对她倾诉:我从来没有递给谁一只碗,我心不在焉,是因为心有所属,以致错过了多少需要静下心来体会的细节。这是多么的矛盾和好笑,追踪逃犯的人最后忘记了逃犯的样子,一个写作的人,忽略了生活中那些呼啸而来的、裹挟着温度的事件,不去洞悉幽微环节之处的人心,而成了养尊处优的看客——阿瑟穆,我能够像你一样吗?平和、温暖,内心翻涌,笑容清浅。一个人真正的安静,并不是淡漠与拒绝,而是因为了然于心,然后停止任何毫无意义的争论和声嘶力竭。当我像你一样伸出手,递过一只碗的时候,那只手,应该是越过了大雨中的困顿,以及尽头之处的孤独,对未来生活全部的信念,融入于每日安静与挚爱的所有细节中。

奎尔离开伤心地纽约以前,生活从未给他一个肯定的眼神,一个三流记者，一个愚钝的人，模样丑陋，不得不常常用手捂着他那巨大的下巴，三十多年来一直磕磕绊绊地活在这个世界上。他曾经以为的刻骨铭心的爱情，以笑话和嘲弄的形式回报了他。当新的爱情到来时，他不由得产生怀疑：这一定不是爱情，爱情使人扭曲、受伤，这一定不是爱情……但无论怎样失败、怀疑，经历一连串的冰雪、巨浪、飓风，有一点救了他，那就是他从没有从生活中退出，哪怕只是不断地妥协、妥协。啊，即使妥协这样的退让其实也并非易事，它需要内心的力量来承受，至少，这不能算是逃避。不必再感到不安和惧怕了，因为生活再不会比现在更糟，命运在他愚钝的身躯底下，埋藏了接纳和不慌不忙，他不指望任何事情，也就埋藏了转机与运气……

是的，阿瑟穆，如果我也能够做到这些，那么，我先要承认自己是一个失败的人，然后重新开始，像鱼一样找到合适的水源；如果我不能写下去，是因为我正在溯源而上，回归内守和克制的心灵，我可以做到的，不是去做什么，而是不去做什么；我可以不写作，但可以安静下来，不慌不忙，回到简朴的生活——而在这之后，救赎与重生才会因此到来。

这两个女人，都是我在今年深秋所遇，今生都要感激她们在人生的某一瞬间，给予我的观照。安妮·普鲁已经说出来了：既然杰克能从泡菜坛子里脱身，既然断了脖子的小鸟能够飞走，还有什么是不可能的呢？也许，水比光更古老，钻石在滚热的羊血里碎裂，山顶喷出冷火，大海中央出现了森林；也许，抓到的螃蟹背上有一只手的阴影；也许，一根打了结的绳子可以把风囚禁。也许，有时候，爱情也可以不再有痛苦和悲伤。

六月喀拉峻

我想跟你说说草原的样子。但是看到眼前的情景，自己也觉得有些意外：白雪覆盖了喀拉峻。但与冬日景象不同的是，白并不是这个世界唯一的颜色，碧草与野花奋力从雪里钻出来，它们与白雪相映生辉，草原上被摧残的美，斑斓而脆弱。乌云因为倾泻了一身重负,开始变得轻松,一团团涌动,如同波涛中海洋动物自由翻滚的脊背。阳光见缝插针,从云层的缝隙间透出来,密集的光芒好像秋天金色的麦芒。天空弥散安详之光,仿佛使人看到遥远教堂的大门已经敞开,云层遮住了它的尖顶。在突然到来的静穆中,草原上的人停止了手中的劳作——牧人将甩出去的鞭子收回来,河边提水的人放下铁皮桶,挤奶的人直起腰身——静静地看着这一切:四野空旷,草叶颤动,天地间似乎有一种奇迹降临之前而不同寻常的寂静与战栗。

但不会真有奇迹降临,人们世代在这里生活,天上掉下来的什么没见过?反正黑茶、馕、盐巴从没掉下来过,生活所需,全靠每天劳动获得,唉,相信什么也不如相信自己的双手。可是内心仍然有信,否则,无法解释布满森林的山脉是谁的旨意,生长牧草的大地与大地上蛛网一样纵横飘荡的河流又是谁的旨意;如果没有这个信,又怎能看见鸟儿翅膀上的天使,怎能看到星辰里的灵魂与死亡、一朵小花里的天堂与梦境……信与不信,现实与信仰,在人们的意识里有着直觉般的融合与分辨。当然,我也不晓得他们什么时候信,什么时候不信,什么时候面对现实,什么时候遵从信仰。我只是觉得,沙枣树下铺一块毡毯一个人的礼拜是信,拥向清真寺的众人的脚步是信,但更多时候,信不应只是某种仪式,而是因为内心的善,使得日常生活里每一个劳作姿势与给予皆包含信,才是信的真正要义。

但此时的你一定不信:白雪覆盖六月的喀拉峻。六月?白雪?就是这样,白雪停在那里,不以为然地降落在我们的经验和想象之外……可是想过以后,我觉得你的怀疑并非毫无缘由,现实与想象之间的空白令人张口结舌,不是所见,没有凭证,风在过于遥远的送信路上消散,而我置身于此,也从未清晰地表达出那些属于边地的矛盾:冰与火、单调与繁华、开放与禁忌、生与死……啊,我为无法描述的生活而感到难过,却不能产生丝毫怨言,因为我也有自己的不信——当你说到爱情的时候,我不相信那仅仅只是爱情,穿过如此漫长岁月和如此广袤地域的,难道只是爱情这个部分?就像雨水滋润过的夏牧场,草木葳蕤,生命复活,欢愉再次重现,这些,早已超越一场雨水的给予。可是一切无以言表,只能说,这是爱情。一朵紫花从雪中钻出来,露出冰冷的小脸。雪地洁白,在阳光的照耀下刺目闪烁,低头看了一会儿,眼泪就被蜇出来。雪在这个季节出现,原先要忍住的是什么,到底没忍住的又是什么?

我对距离的远近其实毫无概念,我只知道,喀拉峻群山起伏,广阔的高山草甸向南倾斜,绿草奔放,一直铺展到白雪皑皑的天山脚下。库尔代河大峡谷蜿蜒游走,峡谷内森林静谧,雪水冰凉彻骨,在喀拉峻大草原和琼库什台草原之间形成一道天然屏障,接下来展开的是琼库什台草原,它北望喀拉峻草原,南依博孜阿德尔山……一只候鸟从高空俯视,看见草原连着草原,没有穷尽,起伏的青草就像大海波涛向远方层叠推去……它决定提前南飞,草色无边,否则无法赶上秋季到来时迅疾而准时的迁徙队伍。而我们之间,至少隔着十个草原……啊,十个草原之外,已经是另一个世界。山上生长着不同植物,云杉高大挺拔,身上散发着寒气,如同无数幽暗的青铜剑插在山脊;红柳美丽而诡异,晚清学者萧雄称赞它"木之最艳者","每枝节处,花如人面,耳目皆具",它在旷野中追逐过往车辆,发出轻盈的笑声;鸟类性情孤僻而沉默,它们栖息在森林荒漠,与夜色中的怪石、枯木融为一体。猛禽在天空飞翔,鹰飞翔的姿势看起来就像贴在蓝天上,一动不动,山河在羽翅下缓缓移动。河流汇聚了千年积雪融化的雪水,不解释,不理睬,滚滚向西……十个草原之外,时间也以不同的时间流逝。在同一时间里,天山之内夜色正浓,天山之外已经看得见晨曦的薄雾。所谓阴差阳错,是永远无法踏入同一时间的河流,亲爱的,因为不能亲历彼此的人生,我一直在反悔……我其实想说的不是这些,我只是想指给你看我看到的那个峡谷,它深陷于大地,周围林木倾斜,峭壁直立,峡谷上方的那片天空比别处显得苍白,它的蓝正被一股引力一点点抽离……或许,我想指给你看的也不是峡谷,而是峡谷所显示的深渊——那时间与空间不可逾越的人间沟壑。

骑不骑马?一个骑着黑马的牧人高高俯视并发问。高原紫外线已将他的肤色完全改造，与沙地植物的紫红根茎极为相似。他一直跟着我们，每过一会儿就问：骑不骑马？得到的回答总是：不骑。翻一座山的时候，他突然不见了，等翻过了山，他又出现了，然后问：骑不骑马？他当然看得出我们并不想骑马，刚下过雪的草地湿滑，风又大，再说，到这里来也不是为骑马……所以他一点也不失望，自由自在，四处眺望。黑马配合着他在我们身边转身、踱步，鬃毛披散，身上散发着热气。我突然想起来：昨夜那么大风雪，它是怎么度过的？黑马双目湿润，说不出一句话。

只有风一遍遍地说着什么。

草原断断续续出现了——白雪逐渐变得晶莹透明，然后倏忽消失于大地，青草一大片一大片露出来，速度很快，就像一个人向前奔跑，留下渐渐远去的身影。我听到广阔而细微的嗞嗞声，蹲下来，发现整个草原都在汲取水分，声音越来越大，越来越清晰，澎湃而平静，好像看不见的汪洋漫溢在水草丰美的夏牧场。

我在地上看了一会儿，抬起头，天空送来的问候仍是那一句：骑不骑马？——我突然明白，他并不是真的要你骑他的马，他只是想说话，不在意和谁说话，也不管这句话是什么。

雪峰在云雾间隐现，牧人和他的马将影子停在大地西方，而在他们旁边，草原深处，另外两匹马交颈而立。风从空虚中来又到空虚中去，源源不绝，大地上的稀疏生命感到了孤独，又因彼此不能说出一句话，而更加孤独。

各种野花显露出来。我发现同类野花喜欢聚集在一起，它们像哈萨克人那样有着自己的部落和领地。勿忘我在河滩绽放，狭长的一片，它们举重若轻，蓝莹莹的小碎花不费丝毫力气就将夜晚的银河搬过来，于荒僻处独自璀璨。野郁金香的小黄花全部镶上了紫红边，一朵朵精巧如金杯，形态却是那样纤细，完全不像花园里的郁金香——那被放大了的美和尊贵。这是真实的郁金香，据说欧洲及中国许多城市的郁金香大部分以伊犁野郁金香为基础培育，可它仍回到起初之地，抛却文明世界的荣誊,回到砾石中间和牛羊的唇边,回到深居简出的日出与黄昏。啊,不晓得它是如何获得这些"随时间而来的真理"……但总是经历过什么,或许也吟咏过这样的诗句:虽然枝条很多,根却只有一条/穿过我青春所有说谎的日子,在阳光下抖掉我的树叶和花朵/现在我可以枯萎而进入真理……写到这里,我也为自己高兴,许多事情被过滤之后,终于获得与它同样的看法。

山坡上的木屋像木耳那样安静。它的前面草原辽阔,它的背后森林浩浩荡荡。如果你在这里,我们每天都会去森林散步,森林散发草木的清新,远处松涛喧哗,瀑布般响彻云霄,近处却寂静得可以听见松针上的露水坠落的声音,啪,地上枯叶若有所动……似乎有什么因我们的到来而逃遁,低处草叶上的一溜抖动快速消失于密林,树洞旁边的沙土簌簌而下,前面的光线越来越暗,似乎有眼睛藏在树叶背后……森林深不可测,担心惊扰了什么。我们从森林深处退出,牵手离开,返回夜晚亲切的灯火中。草原的夏天短暂,冬季到来之前,需要准备许多木柴,我们大部分时间都要用来砍柴、牧羊、收割牧草,头顶烈日,或者风雨夜归,不过幸运的是,我们总在一起……其实最艰辛的都不是最难的,最难的,是在此之前下一个决心:走,我们离开……

好像一直没有说到那个峡谷。峡谷就在那里,三只鹰在峡谷上方盘旋,或许用盘旋并不准确,盯着它们看一会儿,就会发现鹰并没有飞翔,而是停在天空某个点不动,有时候猛然直线下坠,好像峡谷强大的气流吸附着它们,或许不是气流,而是另一种引力。每个生命都在强烈挣脱,同时也被牢牢吸引。没有听到底下河流的声音,它太深,声音消失了,时间也消失了。站在悬崖边上会感到心脏剧烈跳动,并非恐高,而是担心不能克服要跳下去的念头,深渊令人兴奋、迷惘,有一种身不由己的贴近欲望,像拥抱幸福那样拥抱灾难,像迎接爱情一样迎接痛苦……可是那种情不自禁真的来自峡谷吗?

我到现在也没有从峡谷中走出来。

有人从远处走来。我站在山坡上等他走近。融化的雪水打湿了鞋,后来感觉袜子也湿了,我不知道为什么要等,或许他可以带来你的消息。他终于走到坡底,却停下来远远地朝我挥手,好像喊着什么,但是风将他的声音吹散,过了一会儿,他转身离开。我一直站在那里,好像那个人从没来过,或许他带来了你的消息,但风吹走他的声音,我一点也没听到。

雪完全融化,天空如透明的玻璃,薄如蝉翼的几缕白云,好像擦拭玻璃时掠过的呼吸,天空澄澈,大地温暖。六月,重返喀拉峻。

从海拔三千六百米的草原回到特克斯,县城里的热气和嘈杂,像温泉一样涌动,气息安逸。从山上下来的一群人开始喝酒,谈笑声、醉话、狂言和羊肉汤的气味一起升到俗世的屋顶。边地昼夜温差大,我到外面去找厕所,冷风迅速从打开的门闯进来,有人顺手扯过一件毛衣,递来人间的温暖与情义。

亲爱的,山下灯火阑珊处,是不用复述的,是我们都深知内情的俗世生活。

(原载《朔方》2015 年第 10 期)

土城乡鼓舞

雷 平 阳

一

在我有记忆之前,欧家营都是寂静的,仿佛有永远的暮色罩着。

记忆的来临,或说欧家营的景物、发生的事件开始进入我的身体,并无论怎么驱赶也赶不走的时候,是我四岁左右的一天。那一天,利济河两岸的白杨和核桃树的叶子,被密集的雨滴打得噼啪作响。有一条通往天边的利济河,就有一条通往天边的音响带。没有雷声,也没有闪电,利济河的狭窄的河床上,流水被一个滩涂所阻挠,也接受着一蓬蓬水草频频的弯腰致敬,作为矮处的景象,它们似乎没把雨滴的敲击当成一回事。雨滴打水溅起的水花圈,总是比最小的漩涡还小,至于那些落向滩涂的雨滴,它们的小躯体,一直都是沙砾的过客,一滑,小脚一滑,就隐身到了沙砾下的稀泥之中。它们也是通向天边的,它们组成的景象,就算连通了天庭,也不会轻易地解散。

那天,是我爷爷的出殡日。爷爷黑色的灵柩上站着一只鲜艳的公鸡,它们被人们高高地抬起,在利济河的河堤上朝着天边缓缓移动。灵柩的前面,是我们家族头顶孝帕的白色队伍,我大爹、二大爹、我爹、我姑妈及他们的配偶,包括他们已经能独立行走的儿女,低着头,泪流,泪流满面,步履沉重,人人都在内心的

315

苦痛的簇拥下,与脚下的泥泞搏斗。穿着的草鞋,手杵的饰有白纸条的芒杖,往泥泞中插去,好像付出的都是全身的力气和意志,反之,却仿佛要把整整的一条河堤提起来。我的大爹走在队伍的最前面,他双手捧着装满了五谷杂粮的宝瓶罐,那里面装着爷爷今后维系千千万万年生命时光的粮食。他小心翼翼,如果脚下打滑,便先收腹,肩前倾,头低垂,死死地护住。男人泪少,女人悲声最多,谁都想灵柩里的人,惊飞爬棺鸡,掀开棺材盖,像睡了一觉似的,翻身爬起来,继续统领这支白色的队伍,可一切都为时已晚,灵柩里的人,生命已走到了尽头。

在灵柩的后面,走着欧家营几乎所有的人,男的,女的;老的,少的;有的流泪,有的没流泪;有的是亲戚,有的不是;有的是爷爷生前的交好,有的不是。送葬的人群,心中永远没有是非标准,人已死,只剩下恩,没有怨,更没有诅咒。陪爷爷走人间的最后一程,这是每一个人的义务……

记住这一切,我后来分析,大抵是因为我看见了送葬队伍中忽前忽后,疯狂地跳着鼓舞的那几个青年男子。整个送葬的过程,因为岁数太小,我都一直被舅母抱着,开始时,舅母的泪水混合着雨滴,打在我脸上,再看着大妈、二大妈、姑妈和我的母亲及堂兄堂姐们大放悲声,不知是被阵势吓着,还是觉得别人都哭了自己不哭就不对,抑或真的对爷爷的离去感到悲痛,我也就跟着大哭不止,张得很大的嘴巴里,灌进了太多的泪水和雨水,呛得直打喷嚏。后来,看见了那十几个跳鼓舞的人,我的哭泣便告一段落。以至许多年后,我的舅母每每提及此事,都会笑着说:"小孩子不懂事,爷爷去了,他还笑个不断,像遇上什么喜事似的。"

二

我的老家欧家营,隶属于云南省昭通市昭阳区土城乡。它坐落在云贵高原向四川盆地倾斜的大斜坡上,是乌蒙山的腹地。但是,众山行到此处,仿佛累了,一一地伏下身子,可能的短暂的休息便成了永恒的长眠,这也就使得在山的眼皮子底下,有了一块难得的平地。大地怀中的弹丸,群山皮肤上的泥丸,小小的一点,却成了昭通市昭阳区和鲁甸县几十个乡镇几十万户人家的栖息地。欧家营就处在它的心脏旁边,像它的肺的一个组成部分。

难得的一马平川啊,山峦退到天边,成了太阳升起落下时的仪仗队,永远的黛青色,站在村子最高的地方看它们,它们也不是清晰的,似乎都没有几公里长的巨石和几十公里长的绝壁和峡谷,金沙江和牛栏江成了它们体内的肠道;一直往天上铺张的树木和荆棘,消失得无影无踪;飞鸟和狼,蛇和狐狸,蝴蝶和松鼠,更非肉眼所及。春天,人们只看见风暴从那儿吹来,把土地里的小生命、树枝中躲着的小胚芽,一一地召集在壁立的空气的广场上;夏天,那里是云朵的飞机场,同时又几乎天天都在举办雷霆和闪电的宏大盛宴;秋天,那里是寂静的,大雁的翅膀越扇越慢;冬天来临,那儿最先落雪,先是顶峰白了,接着是山腰,当山脚也白了的时候,欧家营的雪也下疯了。因此,在我的记忆中,山是被省略了的,在土城乡或欧家营生活的人们,抬起头来,是看天,不是看山;低下头去,是看田地,不是看深渊。每个人耕种的土地,田埂笔直,秧垄笔直,每一寸土地都没有坎坷和陷阱,白杨、苹果树、桃树、杏树、梨树、枣树、李树、核桃树、樱桃树、棕榈树,全都长在平地上,没有危岩上的青松,没有从石壁中吸收水分的竹子,最显示品格的植物,顶多也就是长在河堤上的白杨。如果说白杨有什么象征意义,那就是它们充当了防守河堤的工兵,落下的叶子,有一半被河水带走而不能魂归大地。

平地上的村落也因此像一幅建筑平面图。以欧家营为例,它无地势可借,就依着作为季节河的利济河,所有的房屋"井"字形排列,一律的土木结构,像泥土随意凸起的肉腺。假如说,一栋单独的房子,其形象酷似农民李雄心,那么,整个欧家营就是近八十个李雄心,静谧而又朴素地站在一起。它们绝少变化,用料、做工一致,结构、布局相同,体积、高下雷同,就连每年春节时家家户户张贴的门神,也一律的关羽和张飞,可能的差异就是辣椒串的多少,造饭时炊烟升起的早与迟,门洞里人数的多与少,面容的千变万化(但表情又差不多)……令人难以置信的是,这些房屋并非出自一人或一伙人之手,建造它们的永远是它们的主人。这些离地面最近的房屋的主人,仅仅在建筑学上被同一股神秘的力量掌控着?实用主义竟如此不可思议地服从于集体主义?审美观竟奇迹般地孕育了克隆术?

相同的心理定势,人们在村子四周的土地上耕种,田亩上使用同样的农具、种子和肥料,多少比例的田亩种稻子,又用多少去间种蚕豆,一概都是统一的。有限的旱地,如果种植高粱和红苕绝对可以获得不错的收成,可人们还是清一色地种植苞谷和土豆,谁也不会想起高粱和红苕。收获了,大米怎么存放、怎么煮吃,苞谷怎么处理,土豆的吃法,一日三餐的食谱,每个人的饭量(分男、女、老、少),也大抵相当。每户人家都有近一亩的菜地,没有多少意外,所种的均是白菜、青菜、菠菜、豌豆苗、蒜苗、葱、香菜、韭菜、青笋、西红柿、刀豆和南瓜。粮食除养人外,每家基本上都另养一头牛、两头猪、一条狗和一只猫,外加几只鸡……有些年,政策号召种烟草,人们就种烟草,塑料薄膜、复合肥、烟草品种及整个种植和收获过程,均毫无二致,村庄里多出来的烤烟房,家家都建得像古代的微型碉楼;再过些年,政策又号召种水果,苹果或水蜜桃,每户人家辟出的地面也没什么差别,在同一个农科员的指导下,育苗、嫁接、剪枝……也都是一样的,一样的金帅和红富士,一样的甜蜜度和一样的价钱。一样的,人们后来又铲除了烟草,连根刨掉了苹果树,在富裕之梦中列队行走的人们,最终又把家中富余的劳动力送上了进城打工的道路,一样的去落魄,一样的去往死里卖力,一样的去遭人冷眼并把最悲最贱的人生排练给人看,城市角落里的幽灵,生活沙场上的炮灰,犹如一堆碎玻璃,在古老的生存法则的字里行间,擦抹,来回地互相擦抹,发出刺耳的吱吱声。一样的,当他们返回欧家营时,差不多人人都身无分文,赖城市所赐,有的人还患上了性病……

差不多每年我都要回一趟欧家营,尽管它的线性的、看不见更多希望的变换,带给我的苦楚比欢快还多,可它还是像一个由蜂蜜营造出来的漩涡,其吸力也许引不回一只飞鸟,却能牢牢地把我卷回。我得探视父母,土地之慢,一再为他们的苍老提速;土地一直在向上升,他们一再地在矮下去。早些年,他们的脚边尽是青葱的苗圃,过去几年,他们的枕边就会多了许多落叶。就守着那几亩田地,目光从来不会离开看了一辈子的田垄、水渠、白杨,哪一寸土地有颗石头,这石头来自哪里;哪一条沟底埋着一个破碗,这破碗出自哪一户人家;哪一棵树干上有一道斧痕,这痕是谁留下的;哪一堵墙上有一片雨渍,这雨渍开始于农历何年何月何日的哪场暴雨;哪一条小路晚上行走,走几步要用脚探一下,才不会失足……他们从不要别人提醒。生活之细,细得能记住任何一个村里死去的人的死期,以及墙角上有几个蚂蚁打出的洞穴。他们的世界正一寸寸缩小,而模型中历练出来的呆板的人生,又体味不出妙至毫巅的超然乐趣,纯粹是生命之小,毫无回归可言。去看他们,是孝道,更是慈悲;是一代人在另一代人身上觉察孤独与无助,更是两代人在一块共同排演历久弥新的生死话剧。血液中潜藏了无数道别和相守,只有一次次地用行动去表达,它们才属于生命。我的头发都白了,父母的头发还会黑吗?

在父母的土地上,我有过沉醉的时光。1991年前后,在一篇题为《菜园》的散文中,我曾这么陈述:"我家的菜园在村子的西北角,胜天河(欧家营旁边的一条人工小河)在那儿日夜流淌,水声中长大的杏子树远远地将它围着。然后才是几棵老棕树,一棵核桃,三棵苹果和一棵樱桃。迎春花的藤子年年新生,年年蔓延,年年也都被编织,结结实实地将那一片葱茏在杏子树的圈子里又围了一圈。马桑树扎成的小门上,铁丝早已生锈;各种树底下的菜蔬年年无收,只有树荫遮不着的地方,才有菠菜摇动着扇叶,才有青菜高傲得脆嫩,才有蜻蜓栖在萝卜缨子上像一个个小巧的风筝,也才有蚱蜢的长须扫过白菜的脸,才有蜜蜂躲在油菜的花蕊里誓死不出来,也才有雨前的蚂蚁搬家,小小的背脊上托着一团团白色的卵蛋往树底下跑,也才有花蜘蛛的小网子一次次被风吹散,或者一次次被锄头捣毁,又一次次重新拉起,捕捉一只只乱撞的水蚊子,也才有奇懒的菜虫把屎一坨坨地拉在菜脉上,也才有这个不同于凡尘的世界总是在有趣地组合着、变化着,消逝或新生着。”

我承认,我是一个生活的旁观者,从童年到现在,也许还得继续下去。

三

地势平缓之所,集体主义掌控的灵肉之地,小生命贴着地表喘息的小舞台,可食的植物变幻人间美景的角落,欧家营抑或土城乡,作为它的养子,我也感到有些费解:它凭什么孕育出了以乐致哀的疯狂鼓舞?

给爷爷送葬的那天,总共有十六个跳鼓人,四人一队,共四队。一队是“座堂鼓”,即我爹那辈人三兄弟花钱雇来的;一队是“后家鼓”,是我奶奶后家的人带来的;一队是“亲家鼓”,是我远嫁他乡的姑妈带来的;最后一队是“家祭鼓”,则是由家族的人们凑钱雇来的。它们体现了鼓舞的四种拜祭方式和家族史中四支血缘的流向。尽管每支鼓队跳出的舞蹈内容上没什么差异,也一律的是男人之舞,男人悲到极致的身体炼金术,但因来历多异而有着不同的性质。本家无鼓,悲何以幻变为乐?且在全村人心中就会有诸多的家族品德被抽掉;后家无鼓,铁打的一世婚姻,其质量就会遭到怀疑;亲家无鼓,繁衍史中的小小一环,极有可能出了问题;家族无鼓,则意味着一个家族丢掉了向心力,不能同悲,哪来同喜?不痛悼死,哪会有沸腾的生?反之,四支鼓队汇聚,昭示的则是一个家族集团的亲密与兴旺,大家都有信心在剧悲之中以乐致哀,以哀为契机,进一步打造出一个人人倾慕的黄金家族。

四支鼓队照例以鼓为步,行进在送葬队伍的最前面。如果变一个视角,我们不是从送葬队伍中翘起头去看他们,而是站在利济河两边的田野上去看,四支鼓队,他们是在以最癫狂的肉体方式,引领着一支心胸激荡而肉身又定格在零度以下的白色人队。摄影术从来都是一门删繁就简的艺术,假如这时我们以它切起两个画面,一个只有四支鼓队,一个只收留送葬的人,我想,以我贫乏、空泛的想象,是绝对难以将它们联系在一起的。十六个男人的舞蹈,十六只筒鼓(不是铜鼓),十六个人,在2/4拍"咚才/咚才/咚咚/咚才"反反复复的节奏中,在利济河的河埕上,在滂沱的大雨里,直跳得泥泞往天上飞,把两边的树叶打得噼啪作响,以至于让走在送葬队伍最前面的我的大爹,彻彻底底地变成了一个泥人。他白色的孝衣、孝帕,再也看不见一丝白色,手中的宝瓶罐也溅了厚厚一层泥浆。同样,十六个人,十六只筒鼓,一次次地被泥浆糊住,又一次次地在狂野的动作中把泥浆甩掉,节奏单一,舞步重复,情绪却非常饱满,鼓人一体。十六个人分四队,相互之间,或舞老牛擦痒,或舞双龙抱柱,或舞喜鹊登枝,或舞仙鹅抱蛋,或舞狗舔骚,或舞鲤鱼跃龙门,或舞大猴背小猴,或舞苦竹盘根,或舞蛇蜕皮,或舞童子拜观音,或舞猫拿耗子,或舞小牛拜四方,或舞公鸡啄架,或舞蛤蟆晒肚,或舞雪花盖顶,或舞蚂蚱亮翅,或舞黄莺度食,或舞猴子捞月亮,或舞耗子抠油缸,或舞狮子滚绣球,或舞新人上轿,或舞老鹰叼鸡,或舞花鱼抢水……咚才/咚才/咚咚/咚才;咚才/咚才/咚咚/咚才;咚才/咚才/咚咚/咚才;咚才/咚才/咚咚/咚才……

每一个舞者的身体中,仿佛都关着成百上千的野兽,它们一再地发力,暴跳如雷,一刻都忍不住了,前仆后继地决心冲破这皮肉栅栏;它们把舞者的每一根毛发、毛孔,每一块肌肉,每一寸皮肤,每根手指、脚趾,眼睛、鼻子,嘴(包括舌头、牙齿、牙龈),屁眼,生殖器,耳朵、脚底,手纹……全都当成了突破口,狠命地冲击。这涌起于内部的力量,均匀地、强势地鼓荡着舞者,欲炸,欲裂,欲飞,唯有舞,唯有跳,唯有不停地释放,源源不断地把野兽放出来,抢食遍地的悲和飘满空中的哀。身体的高潮是恒定的,就像永不熄火的炼钢炉。只有当我爷爷的棺木落入地中,一切才戛然而止,一切又将回归原有的现场和秩序。

舞者身后的队伍,依然缓缓流动,人们说,它像一条白色的河，白色的，夹杂着黑色的哭。雨水没有停下来的意思，使每一刻时光都布满了暮色。队伍行到通天的半路，孝子孝孙们一条线似的跪下，让灵柩在头上来回移动三次，是为招灵。所有的祈望，只愿亡人有皈依，灵位高矗，不要漂泊。之后，送葬的队伍就地解散，大路上只剩鼓队和加快了步伐的抬棺人，颠颠簸簸中渐行渐远，直到雨幕徐徐拉上。

四

没有丧事，土城乡的筒鼓是哑巴。

但似乎又没人视它们为禁忌之物，那些打破了的筒鼓，人们稍事修补，或作凳子用，或作米桶，也有人将鼓面的牛皮清理干净，将木箍子往屋后的地下一插，修起个不起眼的小水井。有鼓破了，就得做新鼓，一支鼓队四只鼓，缺一不可。做新的筒鼓，梧桐树的材质最好，重量轻，音色响，取一截，先解成板，再刨削成长约四十公分，宽约五公分，厚约一公分的木片，用木楔或竹楔串箍为直径二十八公分左右的圆筒，筒里放几粒铁粒子，两头用最好的牛皮绷上。制作工艺更考究一些的，当木筒箍起，还要像法国波尔多的木匠制作葡萄酒桶一样，在筒中点一堆火，收尽木材中的湿气，然后又将其用酒水泡浸，让木缝死死地结合，然后再晒之以阳光。阳光晒过，才用木胶精心填缝，最后上几道木漆，使之可作镜子。当然，为了以防舞者忘我地大力击打而导致鼓身炸开，通常人们还会在鼓身上箍几道细钢筋或8号铁丝。但事实上，再坚固的筒鼓也一一被打炸，正如再优秀的舞者也避不开另外的舞者为他跳鼓的那一天。

鼓是好鼓，却不常跳。为此，当我四岁时迷上它，我就成了欧家营之后的岁月中每一个亡失者年龄最小的守灵人。孝歌沉沉，悲声苍茫，白色的纸幡令人意志变薄，纷飞的纸钱冷冰冰地明灭不休，特别是那暗夜里摆放棺木的灵堂，棺木下那盏蓝焰的过桥灯，它照亮的并非阳关大道而是黄泉路……这样的场景往往令人避之不及，可我始终拒绝不了那上祭时分的鼓舞、招灵时分的鼓舞、发丧时分的鼓舞。咚才/咚才/咚咚/咚才……鼓舞一起，土城乡所有的苹果树上马上就落满了尘土，土城乡所有的悲马上就得到了化解。没悲，真的没悲，当跳鼓人的肉腱子鼓起一团团火，当他们躬腰抱鼓，双脚右横移一步，左横移一步，向前跨一步；当牛形、虎形、鸟形、龟形、蛇形……轮番呈现，哪儿还有悲？乐，没命地乐，以死的方式乐，以葬礼的仪式乐，乐得心如槁木，乐得痛感全失。咚才/咚才/咚咚/咚才……

有一回，一户曹姓人家发丧，时间选在拂晓，土城乡一片漆黑，欧家营也只有曹家的门前亮着一盏汽灯。为了看鼓舞，我在曹家的草垛里候了一夜，可是，当鼓舞跳起来，我却什么也看不见，尾随着一个个送葬的黑影，只听见黑暗处传来一阵阵鼓声和舞者跺地的响声。觉得无聊，靠在利济河边的一棵核桃树上就睡着了。醒来时，阳光照亮了大地，利济河的河堤上一个人影也没有。

（原载《钟山》2015 年第 5 期）

日子是一种了却

何 士 光

　　我们来到这个人世间，一个人所携带的因果，自然要在能够相遇的人们之间表现出来。每逢我想起自己一生的因果的时候，往往会想起来的便是我的岳母。我想我们原来都没有想到过，我们今生今世会生活在一起。所以不能不说，我们之间的遭遇，也自然是由冰山藏在水面之下的因果来决定的。我常常觉得，在我的一生的因果之中，这一段因果就是最平常的和最持久的，也是最深刻的和最尖锐的，以至于从这样的一段因果之中，就更让你能够去体会了因果和修菩提的含义。

　　当年你去到琊川以后，是住在岳母家里，按照人们通常的说法，就是上门女婿。你对此自然一点也不在意，但尤其是在乡村里，这却是人们都不愿意去做的。这里的核心，是在一个门字上，即一个家字上。人们不是一直在说，家是一个小家，社会是一个大家？所以我们的历史和文化的卷帙虽然浩如烟海，但就其形而下的部分来说，自然也就是源于一个家字的历史和文化。我们成千年来的生活，一直是一种传统的农耕生活，所以这历史和文化，又还是在这样的乡土生活之中凝结起来的。那么你和岳母的多年的相处，你的这许多年的乡村生活，也就能够帮助你去体会这历史和文化与一个人的因果之间的联系。
　　你当年去到琊川的时候，你所看见的琊川的景象，就既是一片现世的景象，也是一片历史的景象。有多少年过去了呢？一

324

千年？两千年？它的瓦檐和炊烟，它的耕牛和铁器，它的啭着黄鹂的阴阴夏木，还有飞着白鹭的漠漠水田，就一直也没有改变。这说的是山川和风物，现在我们接着往深处看，自然就要说到人情了。那水田旁边，竹林后面，一处处的瓦檐底下，也就是一户户的人家，便有主人、房舍和土地，还有猪、耕牛和鸡鸭。所以家是什么呢？家就是一个主人的家，是血缘和财产。

我们的土地，前人一再地说过了，是普天之下莫非王土，这是历史的天花板。而一家一户的土地，则是在不同的文治武功之中，一个当家人依照不同的方式得到的居住和耕作的土地。以至于古往今来地，无尽沧桑地，人们忙碌着，也就是要让自己有一个家，或者是依附着一个当家人，或者是让自己成为一个当家人，乃至更大的当家人。那时候岳母的家，就在小街后面的一片瓦檐底下。那房舍还是民国时代一位姓杨的区长修建的，还没有修建好，也还没有来得及住进去，那些旧时的堂前燕就散入寻常百姓家了。岳母便住着其中的一间，房舍有陈旧的楼廊，有残留的石阶，还有一处零落着青石板的土院。土院的前面便是一坝水田，水田的对面有一道坡土，那里有岳母家的自留地。更远的地方就是扁担山了，在灰白的雾岚之中，时时地现出来大山青黛的山脊。

夏天的夜晚，一片炎热笼罩，深厚的夜色和柴草燃烧过后的气息凝结在一起，时光也仿佛停住了似的，邻居们就会来到石阶上乘凉，一边点燃着自家种植的烟叶，一边说一些陈年旧事。岳母家的邻居，有妻子的三位堂兄，有一位马车夫，有一对在乡场上摆小摊的中年夫妇，还有一位当年从重庆流落过来的陈大娘。那时候你留在楼上的房间里，在油灯下阅读或是写作，便也能听见大家的谈话。邻居们说起来的往事，也就像夏夜的蚊蚋一样的稠密，或者是像蝙蝠一样地划过来了，又像流萤一样地隐落下去。从大家零零星星的话语之中，也从岳母自己的断断续续的言说之中，你也就渐渐地得知了岳母的一些身世。

岳母曾经养育过好几个子女，都没有能够长大成人，后来就只剩下了一个女儿。岳父是在1959年饿死的，说起来也让后来的人们难以明白和相信。那时候这乡村里的日子,是用人民公社这样一个大家来治理的,不允许一户户的小家贮存粮食,乃至锅瓢碗盏等炊具,全体乡亲都必须到集体的食堂去吃饭。但田地里生产出来的粮食,又按照在"大跃进"之中夸大过后的产量,那是亩产一千斤、一万斤乃至十万斤,由上面把数量分派下来,上缴到粮库里去了。所以不久以后,有三个多月的时间里,集体食堂和乡亲们的手里都没有粮食,就开始饥饿和死亡了。岳父快要饿死的时候,岳母设法用自家的布票向别人换了一斤粮票,就让年少的女儿去粮库买这一斤粮食,但粮库不允许,粮食没有买回来,岳父就已经饿死了。岳母勉力地安埋了丈夫以后,就独自地抚养着女儿,从饥饿和死亡之中走过来。我们的文化传统,是以忠孝来要求人们的,忠是对大家而言的,孝是对小家而言的,两者是同义的,应该说岳母的一生,就尽到了自己的本分。她后来接替丈夫苦苦地支撑着这个家,还对族间的晚辈多有照料,也得到了乡亲们的认同和尊重。夫子当年说,礼失而求诸野,其实诚实的礼义,向来也只是存在于民间。而礼崩乐坏,则必然与忠孝节义是一体两面,作为一种历史的因果,却是在我们的漫长的岁月之中轮回和交替着的。

你去到岳母家里,是 1968 年冬天,不妨说也是一种礼崩乐坏的时候,是"文化大革命"期间。岳母家里只有她和女儿两个人,在乡里的人们看来,也正是孤儿寡母,你住到她们家里去,于你来说就是应有之义。鲁迅先生说,以过去和现在铁一般的事实以测将来,洞若观火,那时候你还年轻,有足够的时间可以等待。而那时日也已经指日可待,都不需要哲人一般的眼光才能看出来。你带去的那盏油灯,有好几只备用的灯罩。你还有一匣一百枚装的笔头,直到后来你离开的时候也多数还没有用完。你和妻子打扫了楼上的那个房间,把窗子用竹条和白纸糊好,就住下来了。

许多年了,你始终都能够清楚地记得起来,你第一次见到岳母的时候,在从窗棂上透过来的有些暗淡的光线之中,岳母用来看你的那种眼光。不能不照直说的话,岳母的眼光就不仅是锐利而坚定的,并且在那眼光的深处,便还是凶冷的和严厉的。那一半是出于她的倔强的个性,一半则是出于她的艰难的经历。应该说,岳母是历史地和被迫地成了一个当家人,她也就不得不模仿着男人,来让自己成为一个当家人。所以她会握起扁担来打骂人,也是不止一次两次地发生过的事情。但是尽管如此,岳母住在楼下的房间里,夜深人静的时候,又还是会去到自家的门槛那儿无声地坐着,那时候她点燃的叶子烟,便会在夜里长久地闪烁着明明灭灭的火星。岳母平时在饭桌上不喝酒,但为了让自己能够入睡,在夜里也会独自地喝一杯。从岳母瘦小而悄然的身影里,也就让人能够窥见到她的孤寂而艰难的心境。

在琊川的那些日子里,你自然想到了要和岳母好好地相处。你无意让自己成为当家人,也是很自然的事情。那时候你总在想到的一首诗,是"白日依山尽,黄河入海流。欲穷千里目,更上一层楼"。太阳快要落山了,一个白昼就要过去了,日子在一天天地流淌,你如果不能够让自己上一层楼的话,也就看不到那远方的景象。或许你不能说,岳母也打算像对待一个上门女婿那样,把你也纳入她的掌管之内。她多半也看出来了,这恐怕是她做不到的。但是当家人的意识,包括由当家人衍生出来的上门女婿的意识,却像我们的历史的血液一样,也是流淌在岳母的血脉之中的,会让一个人自觉和不自觉地,去作宿命一般的演绎。所以在琊川的那些日子里,你和岳母之间的潜在的冲突,也就是不可避免的。

庄稼人说,冬天里风会吹水下树,所以树叶就零落了,而到了春天,风则会吹水上树,所以树叶就发芽了。常言也说,一年之计在于春,一日之计在于晨。这些便都是生活在田野之间的人们才会有的感悟,而不是灯红酒绿的高楼大厦之中能够有的对日子的描述。那么春天来临了,一个白天开始了,庄稼人也就要安排自家的活路了。

这时候你就看到了,乡邻间的一家一户的生计,便是由当家人来安排的。哪一块地该种什么,儿子、媳妇和姑娘会分派到什么活路,就全都由当家人做主。比如大儿子已经成亲了,今年要添盖一间房舍;小儿子还算机灵,就供他继续读书;至于姑娘,书就不必多读了,早晚也是别人家的媳妇;乃至细微到米饭里要不要添加苞谷,添加多少苞谷;年底杀了猪要留下几刀肉,留下什么部位,要送给什么人户……所有这一切,便都是由当家人来计划、决策和执行的。这就让人不能不想到,人们向来说的计划经济,那源头和来历应该就在这里。所以这时候,一个当家人站在自家的场院里,大声地分派着什么的时候,便也有王者的风范。若是一个当家人赌博或酗酒,喜好斗鸡或者彩票,子女就没有办法能够阻止他,一家人也就要受苦了。

你家里的活路,自然是由岳母来做主的。早春你要做的第一件事情,就是和妻子一起,后来还要带上女儿,跟随岳母到自留地里去挖土,然后种上苞谷。在那一片已经生出来了春草的斜坡上,你就深切地看到了岳母的坚忍。那时候人们不是一直在说,农村是一片广阔的天地,在那里是大有作为的?但能够说这样的话的人们,是不会到这片广阔的天地里来的,而置身在这片天地之中的人们,则不会说这样的话。土地是要一锄头一锄头地翻起来的,一个白天过去,到了鸡栖于埘、牛羊下来的时候,你以为会挖出来一大片土地,但暮色四合之中你回过身一看,却只有短短的几行而已。那时候你就不能不感觉到,即便只是这一片小小的坡土,也实在是太广阔了。但岳母却能够不紧不慢地使着锄头,不赶紧也不停歇,一连好几天,把那片坡土挖完。你后来在《种苞谷的老人》里,写过秧苗在火辣辣的太阳之下烤炙的情景,说"秧苗要是能够像大雁一样迁徙,也就会退到浓荫里去,但是它们不能,只得留在原地,或者被蒸溶,或者挣得自己的籽粒,把生命延续下去"。其实你写下这些句子的时候,心里想着的便正是岳母的形象。你还写过庄稼人的衣衫,那衣衫有汗水浸渍的"银灰色的仿佛带着咸味的晕圈,像一块瘀血的伤痕",那也就是岳母的衣衫。

夫子当年曾经和弟子在一起,讨论过各自的人生志向,他赞同的人生志向,是在春天里穿上新缝制好的衣裳,由一行人跟随着，到河边去沐浴和唱歌。夫子的这种志向很有些让人意外，他不是一直都在寻找一个能够依附的当家人？但说到一个庄稼人的志向，却是很实在，就是自己做一个当家人。在春天里，岳母能够带领着一家人到坡上去种苞谷，让乡亲们能够看见她把这个家管得住，统率得好，子女都孝顺，这就不仅是她的社会理想，也是她的审美理想。石板的小路从坝子上的水田之中蜿蜒地穿过，你家的坡土就在离小路不远的地方，春光明媚、布谷声声之中，乡邻们从小路上走过的时候，也会拉长声音和岳母喊一喊话，虽然说的也只是一些家常，岳母便也有一种尊严和荣光。但也正是在这之中，岳母就开始对你看不惯，不满意。

仍然是到了夜晚，田野里有蛙声和虫吟传过来了，邻居们便又来到石阶上闲谈。邻居们的谈话听上去很热烈，但也很像我们的研讨会，是自说自话的。一个人在说话，旁边的人也未必在听，等到第一个缝隙到来的时候，便有人抢过话头，把自家的事情兀自地说下去。这时候你就听见岳母在说："哪样是真的？要谷黄米熟才是真的。"换了一天晚上，又听见岳母说："这家里的一根柴、一颗米，哪一样不是靠我一手一脚地搬进家来的？"开始的时候，你也不是很在意。但渐渐地你也就听出来了，岳母的这些话，不是说给邻居们听的，她知道你夜晚都在楼上的房间里写着什么，她的话是说给你听的。

于是你不由得停下笔来，顺便也歇一会儿，在油灯的光影里体会着岳母的话。她说谷黄米熟才是真的，这是在说你做的事情是无用的。又说一饮一啄都是她搬回家来的，则是说这一家人是全靠她养活的。你更细心一些地体会岳母的心意，那更深一层的意思，便是说你不服从她，不感恩她，不孝顺她。你从她的语气之中，乃至都能够看到她冷冷的和不屑的神情，那不仅是对你看不惯和不满意，更还有几分蔑视和瞧不起。你这样来体会岳母的心意，一点也不是多疑或者过虑。一个人在怎样构建自己的内心，就连这个人自己也未必知情，便往往是会出乎人们的意料的。所以先哲才说，知人者智，自知者明。

你知道理论家们固然也说过，从种下一粒种子开始，到秋天收获了粮食,再到把粮食做成食品,这整个的过程,都是由庄稼人独立和闭合地完成的,这就是自给自足了,便容易让庄稼人产生出来一种固执的自信。但即便如此,这个家也不是由岳母来养活的,岳母这样说乃至都让人诧异。每一个人都在用自己的劳动来支持着这个家,岳母怎么就看不见呢?于是你就看到,作为一家之主,岳母便只会这样想,不会不这样想,想象重复一百遍就会成为真相,如同谎言重复一百遍就会成为真理,如其不然,一家之主就不成其为一家之主了。尤其岳母一生多有不幸,也渐渐地老了,也就只能生活在这样的描绘之中,并用这样的描绘来支撑着自己了。

夜深了,邻居们也散去了。有阳雀的"桂桂阳"的啼叫传过来,那声音是从夜的深处传过来的,特别轻柔,特别温情,因此也特别动人。你的心思牵连起来,就想到了我们的一个孝字,是从怎样的源头上流淌出来的。依照一个当家人的眼光和心意看来,从血缘上说,子女就是自己的一种附属,从财产上说,子女也是财产的一部分。若是有爱的话,便也不免是当作一种希望来寄托的,或者是当作一种回报来关注的。那么反过来,既然子女的一切,包括生命和衣食,都是父母给的,子女对父母也就必须感恩、顺从和奉承,这也就是孝字的含义。乃至到了我们的《二十四孝图》里,有王祥卧冰,有老莱子娱亲,就把这一切推到了不近情理的地步,以至于鲁迅先生要说,这是以不情为纪伦。其实亲人之间,自然有一种真实而亲切的感情,本来是不必加上这样的一个孝字来扭曲它的。这就不免会伤害别人,又反过来伤害自己。设若反过来,依照子女的眼光和心意看来,也找出一个什么字来加在父母的身上,那又会怎么样呢?

在琊川的那些日子里,你每天要去的那间学校,就在小街边上,是一间只有几个班级的初级中学。半截挂在柳树上的铁管敲响起来,就是上课的钟声了。那时候除了一种小小的、被称为红宝书的语录之外,不允许学别的什么,所以也不用教别的什么。从教室的窗户里,就能看见四下里的田野。于是你就看见,春天秧苗长起来的时候,田畴就变得平坦了。夏天太阳西斜的时候,碧绿的田野上就会映出来长长的日影。深秋了,晴朗的早晨,鸭子一半留在田埂上,一半浮在水田里,便有一些冷清。而冬天的树林和田土,在卸去了春之粉黛和夏之铅华以后,只有白颈鸦还在褐色的泥块间跳蹦着,则呈现出来一种质朴和素净。

琊川有一句俚语,用来描绘一个人很懒惰,叫"懒得烧蛇吃"。为什么一个人懒惰了,就会去烧蛇吃,或者是不去烧蛇吃呢? 这是有些费解的。但这句话的意思倒很清楚,也就可以不去追究了。一个下午,你从学校回来的时候,乡邻们也正好回来歇晌,仍然用俚语来说,就叫"吃少午"。你顺着石阶走过去,远远地就听见岳母在对邻居们说:"懒啊,懒啊,一得空就躲到那楼上去,懒得烧蛇吃。"

岳母的这些话,自然就是在骂你。在岳母的眼里,你就是一个没用的人,一个懒惰的人,做的也是一些无用的事情。什么才是勤快呢? 你也不止一次两次地,听见岳母赞美过别人家的女婿,那就是要刚一放下这件活路,便又拿起那件活路。勤快的定义,就是指体力劳动,而不包含体力劳动之外的一切劳动。岳母对你的指责,就和当时人们对知识分子的指责是一样的。在"文化大革命"之中,知识分子就被描绘为一群四肢不勤、五谷不分的人。所以教育要和生产劳动相结合,知识分子要到工厂和农村去参加生产劳动,学校里也要办工厂和农场,要学工和学农。自从你去到岳母家里以后,也已经体会到事情的源头和来历在哪里了。

西斜的阳光正映照在石阶上,土院里有柴草的烟缕在飘散。你悄悄地走过去,只能佯装没有听见岳母在骂你,并且还要佯装得没有一点痕迹,你只要有一点辩解,就会把岳母心里的怨尤和委屈点燃得更厉害。如果那样的话,岳母就不仅会以别人家的女婿为榜样,把你说到无地自容,并且还会把碗筷摔得很响,扭过头去不屑看你一眼,一连几天也停息不下来。你不能这样耗费自己,你已经感觉到了时间的紧迫,但岳母却能够用她的全部时间和精力,像她在斜坡上挖土一样,或者说像发动一场家庭的

"文化大革命"一样,把对你的斗争进行到底。我们的世道和生活,是在这家庭的格局之中展开来的,所以我们的矛盾、冲突和斗争,也是年深月久地,在我们的一片片的瓦檐之下展开来的,这就是人们通常所说的内斗或窝里斗。我们也正是在这样的纠缠之中,激发和耗散着我们的智慧、力量和热情。要是岳母不把她的目光投放在你的身上,也就没有别的地方可以投放了。你如果也让自己的手掌和岳母拍响起来,在她满心的孤寂和怨尤之中,又还是求之不得的事情,那样一来,岳母倒反而会让自己的日子得到一种强有力的支撑。所以你只能躲到楼上的房间里去,不准自己陷落进去。

楼下说话的声音轻敛下去了,应该是邻居们在对岳母说,恐怕你已经听见了他们刚才的谈话。于是稍一停,你又听见岳母放开了声音,说了一句掷地有声的话:"怕哪样?我跟你们讲,自古有老话说,官横没奈何,父母横没奈何。"

常言不是说,听君一席话,胜读十年书?你不能不说,那时候你在你唯有的那一张藤椅上坐下来,就由衷地和深切地觉得,岳母的这一句话,就不仅要胜过我们的浩如烟海的卷帙,乃至就是我们的历史。即以我们那一段无产阶级文化大革命的历史看来,虽然有人也天天在说,要摆事实,讲道理,大辩论,真理越辩越明,但有谁能指给我们看看,什么时候,什么地方,曾经讲过什么道理?倒不如岳母看得真切,官是父母官,民则是子民,她若是强横起来,你就一点办法也没有,并且不管有了什么后果,还一点也不用承担什么责任。这就让你更清醒地拿定了一个主意,在岳母的面前要佯装不知,不多言语。你这样想,也是为了不去误导岳母伤害她自己,反过来也打扰你自己。

其实那一段时间,应该说在你的一生之中,不用说勤快了,还正是你最忙碌的时候。不久你们的女儿出生了,自然就有了更多的事情。女儿是在1971年出生的,农历二月十九,是传说中的观音菩萨的生日,女儿来到了被柴草的烟火熏得灰黑的瓦檐底下。女儿出生的时候你不在,你正在八十华里之外的县城,在半山上的那间中学里,经受同志们以革命的名义对你的批判。

三天以后你看见她了,她柔弱地躺在那里,风雨如磐暗故园,她却是一点也不知情的。从看见她的第一眼起,你就无法不深深地觉得,你对她永远是有罪的。一缕深重的悲悯,就紧紧地抓住了你的心。人们在使用父亲这个字眼的时候,通常会包含着一种俨然而欢欣的意蕴,但幸还是不幸呢,你却一直没有能够体会到这样的心境。从那以后,你就始终无法不带着一种负疚的内心,注视着这个因为你而来到这个人世上受苦的生命。你后来曾经把这样的意思,写在了一篇散文里,并说父亲对子女只有责任,没有权利。那时候你就明白,你往后再面对着这人世的时候,也就不能够一如既往了,有的时候你不能不更倔强一些,而有的时候呢,你也将无法不后退一步。所以你只有一个独生的女儿,这就不是人们要求你的,而是你自己拿定的主意。

不久到了 1977 年,"文化大革命"过去了,在废止了十多年以后,大学的升学考试恢复了,你也不能不更加忙碌一些,帮助妻子去完成上大学的心愿。那一年妻子报考的是理科,没有被录取。第二年在你的建议之下,妻子便报考了文科。那时候琊川中学也有了高中班,被称为"戴帽高中"。在校方的要求之下,你索性担任了毕业班的政治、语文、历史、地理的全部课程。你在这之中的一点用意,就是要为妻子和同学们编写一份试题。你对她说,就用这一份试题去参加考试吧,考上了是她的成绩,考不上则是你的失误和责任。考试是要到县城里去的,你们去到县城的时候,那城里的灯火已经稀稀疏疏地亮了,在无声而庞大的暮色里,那昏黄而零落的灯火,是让人禁不住要肝胆俱伤的。你们借住在一位亲戚家里,上午妻子去考试的时候,你便留下来为她准备下午的试题。等到她回来吃午饭了,她一边吃饭,你就一边给她讲解那些试题。这也是不得已而为之吧,有人辞官归故里,有人星夜赶科场,也是古往今来皆如此的。以至于妻子在考场里又拿到试卷的时候,还觉得能够回答出来,等到要做那一道题目的时候,却怎么也想不起来了。那一年妻子已经三十岁了,女儿也已经八岁了,你们希望的只是考上一所专科学校,你们考上了。

琊川的小街虽然还是原来的模样,阳光映照的时候,远山岑寂地横陈,田野索寞而无声;细雨落起来了,瓦檐被雨水浸透得湿漉漉的,路上也一片泥泞;但是人们的日子,却渐渐地在发生变化。妻子到遵义上学去了,你就更忙碌了。白天你要做完学校里的工作,要照料女儿和做一些自留地。只有到了夜里,你才能在油灯下把写作继续下去。你是从1973年开始文学写作的,那时候你写下来的第一个短篇小说,叫《梨花屯客店一夜》。74年你写完了中篇小说《草青青》,75年你开始写长篇小说《某城纪事》。这些稿子当时都还只能匿藏起来,但你知道它们以后会出版的。77年你开始在《贵州日报》发表了第一篇散文,叫《飞吧,兰雁》。不过为了避开发表作品时的个人审查,那篇散文还是用妻子的名字署名的。之后你给《山花》杂志寄去了一篇小说,也仍然署的是妻子的名字,但杂志社要求妻子去对小说进行修改,妻子做不到,你就只好去了。从那以后,你就开始用自己的名字发表和出版作品了。

日子终究是要流淌的,你和岳母之间的冲突也就注定会继续下去。日子发生的这些变化,你不能说岳母会不接受,她有什么理由要不接受呢?两年以后,1980年,妻子从学校毕业之后回到了琊川,也成为了琊川中学的一名教师。原来在双重的户籍制度之中,除了你之外,你们一家都是农业户籍,现在除了岳母一个人而外,便都转入了居民户籍。你还有了让岳母不明白来源的经济收入,并且常常会出门去参加会议,据说不仅去了北京,还去了国外。这些就都是岳母想见不到的,有些看不清楚的。那么在岳母的心里,也自然要对日子的这些改变加以猜测。岳母的社会理想和审美理想,不是要让她这个当家人带领着,一家人到坡上去种苞谷?现在却不能不说,日子的这些改变,却与岳母的心愿有些渐行渐远。有道是邻之厚君之薄也,你依旧从岳母深夜里点燃的烟叶的火星之中,从岳母悄然而孤寂的身影之中,便觉察到岳母的神情里有了一种原来不曾有过的暗淡。

仍然是在夏天的夜晚,蛙声如潮虫声如雨,邻居们又来到石阶上聊天，一如诗人所说，也仿佛是在稻花香里说丰年。或许我们可以把岳母说的话，也视作一种语录吧。那么在这些夜晚里，岳母有这样的三句话，连同那说话的语气，也就是可以让你去窥见岳母的心思的。岳母在邻居们谈话的缝隙中透出来的第一句话，也仍然是"要谷黄米熟才是真的"。这是个纲，岳母作为一个庄户人家的当家人的希望，就建立在这句话上。不过这时候听上去，就不像是在针对你，岳母更像在用这句话来抚慰自己。一只特别大和美丽的蜻蜓，这里的人们称为"夜点"，飞到你的油灯下来的时候，你听见岳母说的第二句话就是："等他们走嘛，等他们走嘛。我倒巴不得他们都走了，我一个人的生活倒好过了。"这是说，你们真要是能够远走了的话，她就不用再养活你们了，倒反而轻松了。但这句话背面的意思则是，岳母在担心你们要离开她了，忧虑她要老无所依了。至于岳母的第三句话，便依然保留着她对你的那种蔑视："你怕那外面的花花世界是当得了真的？那是要到后来才晓得的。"你不能说岳母这是在盼望着你们到后来都失败，但恐怕连岳母自己都不会承认和不会明白，她那内心最深处的心念，就是希望你们失败。你们若是失败了，就会退回来了，依旧回到她的这片瓦檐底下来了。

在你们家的邻居之中，有一位当年从重庆流落到这小街上来的陈大娘，高高的，胖胖的，常常哼着几句歌谣，"才忆当年骑竹马，转眼就是白头翁"，冬天她拎着一只灰笼，顺着石阶走过来了，就是来找岳母聊天了。这位陈大娘有一件让上了年纪的人们都羡慕不已的事情，是她早早地就为自己准备好了一盒棺木，看上去还很宽大，隔上一段时间还会用油漆涂一次，就停放在一间空闲着的猪圈里。所以你听见她和岳母聊天的时候，她们就往往会说到棺木，说到人生的这种最后的归宿。陈大娘会列举出好些人家下葬时候的棺木，把它们一一地加以评论和比较，岳母也会说起她当年安葬婆婆的时候，是那样的体面和风光。然后她们又会叹息起来，说59年死去的那些人就连一口棺木也没有。冬日的白昼是寂静的，寂静得让人能听见田野的清冷。这时候你在楼上的房间里，又不由得要停下笔来，去推测岳

335

母的心思。你以为怎么样呢？棺木也被人们称为"老家"，人们一生忙忙碌碌，就不仅是为了在活着的时候有个家，又即便是死了，也还想把一个家、一座宫殿，带到泥土里去。那么以岳母的倔强和好胜，这就应该还是她的一块心病。

于是你和妻子商量了一回，为了安稳岳母的有些失落的内心，也为了向岳母传递你们的心意，便打算也为岳母准备一个"老家"。一次你收到了一本集子的稿酬以后，就托人从乡里买回来了足够的杉木。不久又请来了一位会做木活的老表，在土院里安放了马凳，用了几天的时间，把木料打造成了一盒寿木，依然用油漆涂了，在房檐下安放起来。岳母有一种神情，就是阴沉着脸，微微瞅着眼睛，显现出来一种藐视，但也不说话，依旧坐在门槛上点燃自己的烟草，便算是默许了。那一段时间，岳母似乎也就安宁一些了。

但你们的这一点点努力，也自然是不能够动摇岳母的心思的。春天又来临了，布谷鸟又叫了，尤其让你感动的阳雀的啼叫，也在夜晚的深处向人们殷勤地问候着了。但妻子要上课，女儿要上学，你也要完成一件件的稿约，你们是不大能够像往日里那样，有更多的时间跟随着岳母去挖土了。而除了种苞谷之外，你们便有一件要和岳母发生冲突的事情，就是还要不要继续喂一头猪，以便到了年底的时候，仍然杀一头年猪。

其实庄稼人都能够看得出来，喂一头年猪，是一件十分不合算的、费时费力又费钱的事情。尤其是你们家，这饲料、猪草和柴火，往往都要在赶场的时候买回来。要是猪病了，这一带的乡里就只有一位姓邱的兽医，你们还得四处去找他。所以这些年来，你还准备了一只大的针筒，学会了给猪打针，一边搔着猪的脊背，一边尽快地把青霉素注射到猪的脖颈里去。原来到了年底的时候，一户人家要杀一头年猪，就必须先低价上缴给食品站一头猪，才能换回来一张屠宰许可证，不然这杀年猪就是非法的，是要被没收和处罚的。那时候城市里的人们能够买到的猪肉，就是这样强制地从庄稼人的手里收购来的。庄稼人的时间和精力就不必说了，把这一切费用加起来，成本就要远远地超出收益。但庄稼人也没有办法,食品站是既不向庄稼人供应肉食,也不允许庄稼人经营肉食买卖的,所以庄稼人也只有忍气吞声地把猪饲养下去。那么现在,世道发生改变之后,肉食买卖开放了,你们家其实就不必喂猪了。即便过年的时候还想杀一头年猪,便买一头回来宰杀也可以。再说岳母年纪也大了,你们也想让她歇下来安享晚年了。所以你和妻子商量以后,就向岳母建议不再喂猪了。

"不喂猪,一家人吃哪样?"那是晚饭过后,岳母正在床头的柜子那儿翻拣着烟叶,正要出门去和人聊天,妻子试着向她说了你们的建议之后,岳母就回过头来质问妻子,不管是神情或者语气,便都是断然的,不容商量的,说完就照直地出门去了。妻子还想追上去说服她,但这些年来你已经明白了,那就无异于与虎谋皮。这样说固然有些不敬,却也苦于找不到别的词语,会比这更贴切。你们要说服岳母,就意味着是岳母错了,但在岳母那儿,却是永远不会错的,她作为一家之主,怎么还会错、还能错呢?岳母是不会就事论事地和你们说什么道理的,她立即就会把头扭到一边去,跟着就会拖长声音说:"我晓得呀,我咋个不晓得?我们这些挖泥巴的,有哪个会看得起?"你们如果再要说什么,就只会惹恼她,那时候她就会控诉一般地说:"我晓得呀,我这日子是过不下去了,要饿死了。"这许多年来,不是有一种说法叫上纲上线?就事论事就没有事,一上纲上线就有大事。这就仿佛你们的家里,也有两条路线的斗争似的。所以凡是岳母认定的,凡是岳母不屑的,便理解的要执行,不理解的也要执行。诗人说:"醉翁之意不在酒,在乎山水之间也。"其实岳母的心意也不在于一头年猪,岳母所在意的是到了杀年猪的时候,当家人的那种体面和风光。那时候家家户户的猪,都会嘶叫着被拖到土院里来,让乡邻们看见大小、肥瘦和斤两。不妨说那就是一种无言的荣耀,要是岳母不能站在石阶上,吩咐屠户把猪吆喝出来,也就脸上无光,算不得一个当家人了。

你们和岳母之间的冲突,自然不止是在养猪这一件事情上。这些年来,岳母一直在说你们一家人是靠她养活的,一件事情固然指的是每年养的这一头年猪,你看那家字下面,不就是一个豕字?但除了猪而外,另一件事情就是粮食了,就是岳母一直在说的"谷黄米熟"。历来有一种说法,叫粮猪安天下,这便也是岳母的两大凭据。那么继续往前走的时候,你们与岳母之间要出现的分歧,自然就是粮食了,好比说你们家的日子的改变,也就要进入深水区了。

"田家少闲月,五月人倍忙",这是一位唐代诗人为乡村生活写下的句子,情景确实如此。这时候好些农活都碰在一起了,庄稼人要收麦子,要种菜籽,要到坡上给苞谷薅草,还要在水田里栽完秧苗。用庄稼人自己的话来形容,人们就会忙碌到在路上遇到亲家也不说话。乡村里的核心的事情,就是土地的事情。自从近年来把土地划分给一家一户耕种以后,庄稼人便焕发出来了莫大的耕种的热情。公元20世纪80年代开头的乡村生活的景象,即使是放到我们的历史的长河之中去考量,也称得上是一片最兴旺的和最火热的景象。但你也不能不说,对于你们家来说,继续到田地里去种油菜和粮食,就既是力不胜任的,也是没有必要的了。原来庄稼人要集体做活路的时候,岳母和妻子挣下来的工分,就往往不够用来换回生产队分给的那一点粮食,还需要用你的工资去向生产队购买;现在要种好岳母分到的那些田土,就完全要依靠请乡亲们来帮忙;而现在你们一家除了岳母一个人的口粮之外,便都可以到粮库去购买,其实就是可以放弃田土里的活路的了。但对于岳母来说,就更是说不通的,做不到的。

天空里忽晴忽雨,但不管是晴是雨,蓝天和白云都是那样明亮,从扁担山过来的雨丝也是那样明亮。快快布谷,快快布谷,鸟儿们不知在哪儿欢快地叫着,人们的情怀似乎也像那些风和阳光一样晴朗。你曾经以你们的琊川为背景,打算编年一般地写一些小说,来记录那一段时间乡村生活的变迁,在那些小说里,你就把琊川称为梨花屯乡场。其中有一篇《将进酒》,写的就是你们家约请乡邻来帮忙栽秧和种菜籽的情景。田土划分到一家一户以后,一户人家的农活,其实也是由乡邻们轮流帮忙来耕作的,那情景就像早年的互助组。在那样的互相帮助之中,你就深切地感受到了乡村生活中的富有人情味的乡情和人情。

栽秧时节,临近晚饭时分,回过头一望,水田里已经奇迹般地浮现出来一大片新绿,那便是任何绘画都绘制不出来的生命的绿色。远远的田埂上,邻家的小姑娘正赶过来,一条黄狗在她的身边蹦跳着,就是岳母叫她来呼唤乡邻们回去吃栽秧酒了。于是大家相邀着,用水田里微微发烫的水洗去了手和脚上的泥水,也上到细草青青的田埂上,便陆陆续续地往回走了。这样的情景,就让人禁不住想起来《诗经》里的诗意:"十亩之间兮,桑者闲闲兮,行与子还兮。"说大家都劳作一天了,现在走吧,一起回去吧。来到了土院里,岳母已经带领着妻子和女儿,在石阶上等候大家了。那么不用说,作为一家之主,作为一个当家人,这也便是岳母最体面和风光的时候。

酒菜已经准备好了,那是大清早才从小街上买回来的刚宰杀的猪肉,火大油多锅辣,炒成乡亲们所说的"灯盏窝",你一生也叨光过好些宾馆和饭店,都不如这栽完秧苗过后的饭食香甜。还有烟酒茶也摆放在桌子上了,酒是你从外面带回来的瓶装酒,烟也是好烟,茶也是小苦微甘的好茶。主人家的接待自然要丰盛、热情、细致,并且礼数如仪。这也很像我们的会议,即便只是小小的单位里的一次通常的会议,便也要参照和模仿着最高的会议规格,乃至总结出来,说接待也是软实力,接待也是生产力,或许这也就是源于生活、高于生活吧。黄昏里下起雨来了,雨水像一道帘子一样挂在房檐下,此时何事最相宜?便最宜于推杯换盏地话家常了。那么开头的几杯酒喝过之后,乡邻们的话也就多起来了,热烈的言语和缠绵的雨声融合在一起,也就是如切如磋、如琢如磨的。世道不一样了,人们的心扉也敞开来了。先是说到58年的"反瞒产",曹支书打死人,说他的那件军大衣和那只长烟管,都是从别的庄稼人手里拿过来的。不久又说到当年的工作组,说从城里来的那个处长,还有从农学院来的那个女人,不仅对庄稼人十分凶狠,而且两人的关系还很暧昧。跟着又说到生产队私分粮食,在座的有好几位乡邻就承认了自己也有份。最后有一位乡邻还承认了，当年生产队丢了一包化肥，一直没查出来是谁拿走了，那便是他偷的。虽然说往事不堪回首，但现在把话都说出来了，大家也一致都认为是话明气散了，从此就把疙瘩解开了。古之诗人曾写诗说："桑柘影斜春社散，家家扶得醉人归。"这时候移过来说乡邻之间的栽秧酒，一时间便也是一种好写照。这也是你在这人间的生活之中，曾经看到过的一种最美好的景象。

但是当然了，事情尽管如此，这一切对于岳母来说，也只是一种形象工程。你愿意支持岳母打造这样的形象工程，就像出资方和承办方似的，这正是你能够体会到这乡情和人情的好机会。但你要是在外地赶不回来，或者是回来晚了，岳母便又会冷着脸，瞅着眼睛，蔑视地把头扭到一边去，一连好几天也不看你一眼，并在夜深的时候坐在门槛上说，她要饿死了。而形象工程也只能用来哄一哄别人，却不大能够哄骗自己。比如这一年到了秋天，你们家收获的油菜籽，在经过晒干簸净之后，就只有一背篓。岳母把它背到粮库去卖，粮库的人又还刁难她，不肯收购。后来你托了人去询问，粮库又才把岳母的那一背篓油菜籽收购了，卖了十八元钱，还抵不上你们用来款待乡亲们的一瓶酒。岳母从中拿了两元钱给女儿买零食，女儿知道岳母的钱来得不容易，还不肯收下。又是你对女儿说，外婆给的钱有另外的意义，女儿又才把钱接在了手里。

不管怎样说吧，虽然也拖延了一些时候，仍然是随着日子的流淌，你们又还是要放下年猪和庄稼，从那一片被柴草的烟火熏得灰黑的瓦檐下离开了。不久琊川中学给教师们修建起来了新的宿舍，给你和妻子也分配了几个房间，你们便要搬到新的房舍里去居住了。《诗经》云："伐木丁丁，鸟鸣嘤嘤，出自幽谷，迁于乔木。"此乔迁之谓也，众人皆可以，妻子和女儿又为什么不可以呢？你们为岳母准备了房间，劝岳母和你们一起住到新房子里去，岳母仍然是阴沉着脸，但也默许了。

不过岳母在新房舍里住了不久，很快又改变了主意，还是要回到她的老房子里去。原因是什么呢？岳母把原因明白地告诉了妻子，是因为这个家她做不了主。但是在你们的家里，本来就没有什么人在做主，事情都是商量着去做的，岳母为什么要这样说呢？她有什么凭据呢？妻子告诉你说，这凭据岳母也是明白地说出来了的，就是你们没有把这个家的钥匙都交给她。你们家进出家门的钥匙是一人一把，房间的钥匙是挂在墙壁上的，一个个的房间其实也从来不曾锁上过，此外就没有什么钥匙了，岳母又为什么要这样说呢？莫不是岳母要一家人把钥匙都交给她，就好比是要把一枚公章或者什么大印交给她，由她一个人掌管着？这不仅没有必要，又怎么可能呢？

这些年来，在各种不同的境况之中，你都在试着去体察和了解岳母的内心，你一边在试着看到岳母的内心的同时，一边也在反过来问自己，问你的这些感受和看法，是不是恰如其分，是不是夸大了或者偏差了，那样的话，就不免会误导自己和伤害别人；你常常会觉得，岳母那样偏执的内心，乃至都让你难以置信，但岳母的内心又竟然是这样的苦难深重，她瘦小的身躯里又竟然承载着这样专横和巨大的欲望，又还是让你要又一次地感到吃惊，并且在惊愕过后生出来一种深深的悲悯。有一首歌不是唱道，在人们的心里，会烙上一种深深的烙印？这时候你就看到了，岳母心里的烙印又竟然是这样的深沉，由于她一直想成为一个称心如意的当家人，最后就成为了一个活在自己心中的当家人。这样的烙印，就使得她不能去开启和拥有更宽阔的生活，而扭曲和伤害了她的一生。

你们住进了新的校舍里，日子自然又还没有结束。不久女儿要升入高中读书，但那时候琊川中学又已经没有了高中班，只能到凤岗县城去上学，你们一家就不得不迁到贵阳了。你在1982年就已经调入到省作家协会工作，但你并没有回到贵阳去，还想仍旧留在琊川，跟随那一段日子的变迁，跟随那时候还让你那样系心着的乡村生活，所以有关部门便安排你在琊川担任了三年副区长。你是1964年从贵州大学中文系毕业以后，去到凤岗生活的，到你1985年一家人回到贵阳，经过的时间便有二十一年。你们去贵阳的时候,岳母就没有和你们一道去。

但你后来还是决定要去把岳母接到贵阳来。原来你们是一家四口,现在你们三个人住在贵阳,岳母却一个人留在琊川,衣食虽说是无忧了,但不管怎样,又还是让人牵挂着的。春天来了,那阳雀的"桂桂阳"的声音,应该又从夜的深处传过来了吧?秋天来了,那连绵的秋雨又会把你家的瓦檐淋湿了吧?或者白日里阳光明亮,车在原野上行驶,你看见田土里越过冬天的麦苗了;又或者暮色四合,一个个黝黑的山丘在车窗外往后移动过去,你看见有灯火在黄昏里亮起来了;这样的一些时候,你都会不由得想到,岳母还留在琊川,她在做什么呢?

你回到贵阳不久,因了机缘的牵引,你便沿着我们的传统文化的路径,往我们的岁月的深处,往自己的生命和人生的深处,渐渐地走了下去。这样你就看到了,在我们的人世生活里,不仅有忠孝节义和礼崩乐坏,也还有佛法和道义。同时在我们的心灵里,不仅有历史烙印在心上的种种意识,也还有永恒不变的智慧而圆满的本性。你明白了我们身上携带着因果,是随着我们的心识流转着的,所以也明白了要了因果和修菩提的含义。你的心里不是还有牵挂?那就是一种因果还没有了却。那么趁日子还来得及,你就要去把岳母接过来,在今生今世了却这段因果的。

你知道,当年你去到琊川,像人们说的那样做上门女婿,你一点都不在意,是因为你的心里完全烙印不上那样的意识;但现在你们要去把岳母接到这个家里来,岳母的心里就有一道沟壑是过不去的。家是什么,不就是血缘和财产,岳母如果是跟着自己的儿子,这就是名正而言顺的。但如果岳母反过来是跟着女婿,这不仅就名不正而言不顺,并且还无异于一种人生的失败。所以说,人是一种文化的符号,乃至都不是自己的主人,而是自己的心意的奴隶。不过你也知道,岳母如果是一个人留在乡下,又会像是你们把她丢下的,岳母也不会觉得很有脸面,也不愿意乡邻们在人前人后窃窃私语。所以你们如果去接她,为了以正视听,岳母应该也是会来的。但有一点很要紧,就必须是你去接她,让乡邻们都目睹是你去接她来的。如果仅仅只是妻子一个人去接她,岳母就未必会来,这两者的人文伦理的含义是大不一样的。

于是在一个秋天里,你特地找了一辆漂亮的轿车,和妻子一起去琊川接她了。你们在凤岗县城停留了一个晚上,到了第二天中午,才把车开到了琊川的小街上,即是你的梨花屯乡场上。那正是午饭过后不久,乡邻们都还在小街上逗留着,便看见是你去接岳母了。你还听见有人在街对面说:"嗨,你们看何士光,还像原来那样。"那么,望乡岩也还像原来那样地默不作语,扁担山也还像原来那样横着青黛的山梁,只是人世间的芸芸众生还怀着自己的重重心事,在这样的路途上来来往往。岳母也没有多说话,便和妻子一起坐到了车上。

仍然是诗人在追问,这人生的路途长亭连着短亭,何处才是归程?就你的心境来说,这时候你已经明白了,一个人若是已经明心见性,明白了自己怀着的是一颗随因缘而生灭的假心,见到了自己的永恒不变的真如本性,那么你就从来也没有出发过,所以也就不用再有什么归程;但对于岳母来说,车沙沙地在黔北的大地上行驶,过了余庆,过了湄潭,过了遵义,驶向贵阳,而过不了多久,她又还是要返回过来,再回到琊川来的,所以这也就是她的人生的最后一段行程了。

随着岁月的推移,这些年来,岳母已经不再责难你了。在贵阳的这一段日子里,岳母反而把自己的怨尤,移到了妻子的身上。不久她发现,妻子有一只小小的箱子始终是锁着的,而钥匙也始终是在妻子的身上,就以为这个家是妻子在当家做主,却不肯把钥匙交给她,于是便又烦躁起来,坚决地说她要回琊川去。妻子也是在作家协会工作,那时候正代管着一些零星的财务,其实那箱子里装着的不过就是一些单据一类的东西,这和当家做主又有什么相干呢?不过你也看出来了,岳母也知道自己已经老了,既惦记着她的棺木,也实在不习惯这城市里的生活,在经过了这最后一次的博弈之后,一颗心最终又才有些冷下来了,决定要回琊川去过完自己最后的日子了。岳母一再地催促妻子送她回去，你们也一直没有答应。你们是要让岳母再想一想，是不是真正地和完全地拿定了主意。后来岳母就向妻子发出了最后通牒，说你们要是再不送她回去，她就要去跳南明河。那么是了，天若有情天亦老，你们最终也不能不尊重岳母的心愿。你和妻子一时走不开，又只好找车和托人，送岳母回琊川去。在一个白天又到来的时候，车便在院子里发动起来了。

岳母站在车的那一边说：

"士光，我走了。"

你站在车的这一边答应说：

"好，妈你慢走。"

就在这一刻，你便觉得心里有什么断开来了。要是你往生往世曾经在琊川生活过，曾经得到过他们的布施，那么在今生今世的这一段长长的岁月里，你也就把该为她做的事情做完了。你知道她回到琊川，生活上是不会有什么缺失的，亲族之间的人们会照料她，那是她多年来习惯了的日子，也会自在而安适；她去世了，寿木是早就安放在房檐下了，也会有一个在那小街上算得上是隆重的葬礼，然后安葬在自家的自留地里，你去参与就是不合适的。你知道这是你们之间的最后一面了，除了往后你还会去为她整理一次坟墓而外，你们是不会再见面了。

那么现在，把这一段因果写在这里，自然不是要说，在你和岳母的这一段因果之中，谁是对的，谁是错的，因果本身没有对和错，只不过是在此时此地、此情此景之下，以这样的方式了却的因果。我们已经知道了，我们的生命的存在，包括我们的身躯和心灵的存在，归根结底都是一种物质的和自然的存在，所以因果归根结底也是一种物理现象和自然现象，只具有一种相应性和必然性，而不存在是非和得失的判断。你看风起了，云涌了，花开了，花落了，有什么对和错呢？至于是非和得失，则只是你的心识的计较和考虑，则是另当别论的。

依照道义和佛法的发现，你的今生今世的因果，是经由心灵的流转，从往生往世之中传递和延续下来的，这就意味着你人生一世的含义,便是经受和了却因果,并从中修习和求取菩提。这就不是要让东风压倒西风,或者西风压倒东风,你要管控我,我要改造你,那又还能了却什么因果呢?我们一生所经受的事情,到头来都是会风流云散的,只有因果会留在心里,这就是佛法所说的,"万般将不去,唯有业缠身",只有到来生继续去经受了,那又何苦呢?

佛法说要在了因果之中修菩提,在修菩提之中了因果,这诚然是一而二、二而一的。修菩提就是修戒定慧,有了慧,一个人才能知己知彼,才不会只照见别人,不照见自己。有了慧力又才会有定力,一个人又才不会让自己在因果之中陷落下去。而有了慧力和定力,一个人又才会有戒,才会是有所为和有所不为的。到了因果了却的时候,情形就有些像开悟,心里的那一点牵连一时间就断开了,人也就释然了,心灵也就回归到圆满而宁静的状态了。

末了我想说,我现在之所以把这些写下来,也还有一个原因,是为了放下自己当初的一点心意。我当初从事文学写作的时候,虽然也写下了一些小说,但我用来写下那些文字的,又还只是一些零星的材料,至于那些成年累月的积淀,那些切肤之痛的领受,却还是尘封着的。我后来准备要动笔写一部长篇小说了,并拟好了一个题目,就叫《一家一户》,其中要涉及的,就有关于岳母的内容。但正在那个时候,我就接触到了道义和佛法,便有好些经典要去阅读,有好些法门要去体验,我就把那部长篇小说搁置了,后来有的时候,也不免是牵挂着的。现在我把其中的线索写在这里,也算是了却自己当初留下来的这一点点心念。不过如今回想起来,也幸好我当初没有去写,如果写了,大抵也是在形而下的是非得失和悲欢离合的窠臼之中,便也不会是了义的。

(原载《人民文学》2015 年第 10 期)

昨天的太阳当头照

完玛央金

一

黄土的绕山梁的路,拓宽了许多。原先,路的两旁,菜园、纵横的小巷、一个挨着一个的院落,都被黄土的墙隔开。墙上,尺余宽木板印痕层层落落,那是筑墙的时候农人们在固定好的木板当中填上土,唱着号子,扯起夯,一下一下砸出来的。墙头茅草随风东摇西摆,落着些麻雀和百灵,常常一只对着一只鸣叫,并飞快地扇动翅膀,跳舞,献殷勤。放眼望去,即使不见一个人影,但有那敦厚的墙抚慰视线,便感觉格外踏实。那是些有故事,会讲话的土墙。

墙上方,常见一些树伸出枝来,春天,挑着白色、粉色和黄色的花朵,秋天,缀满金黄或鲜红的果实。那些树下,通常都拴着一只狗,没等路人靠近,警告的狂吠就会由墙的里面传出来。自由的是蝴蝶和蜜蜂们,它们起飞、降落在任何一堵墙的这边或是那边,采花粉,酿花蜜,特别是蜜蜂,频频举行阵容庞大的飞婚仪式,黑压压一片,嗡嗡飞过头顶,狗无奈地在树下望着它们。

巷道里的墙往往被顽皮的小孩用利器划出一道道深浅不一的沟槽。他们拿木棍或者碎瓷片对准墙面飞快地跑过,纷纷掉落的土粒让他们快活得咯咯大笑。这时,有年长的人呵斥一声,他们放慢脚步,贴立在墙根,低下头抬眼偷偷观察面前人的脸。

看到他或她语气稍稍缓和下来,立马扭身一溜烟跑开。村里,几乎没有墙是完好的。一户外墙有些低矮,常见一些孩子骑在墙头一手拿块青稞面贴饼子,一手举棵葱,晃着腿大嚼大咽。

黄土的墙,熟视无睹,关乎它,却隐藏着一些秘密。

北山山脚有一家盖新房,在崖上取土筑墙的时候挖出了一个青花瓷碗。女主人不识字,用它舀粮食。一次,家里来了个教书先生,她拿出碗给教书先生看。教书先生拿到碗先是一愣,转来转去一看,接着告诉她这只碗是个宝贝,是五百年前的古董。女主人嘴里哦哦着,拿围裙一遍又一遍擦碗。次日之后,巨大的粮食储柜里换了只缺了口的黑粗瓷碗,家里再没有谁见到过那青花瓷碗的影儿了。

养了五个儿女的贾老四家改建老房,邻人听到整夜传来嘭嘭的挖掘声。一夜,听到轰隆一声巨响,自己的房屋被震得抖了几抖,猜想大约是隔壁的后墙倒塌了,早上赶过来看热闹,却不见星点土圪垃,地面收拾得光光堂堂。不多时日,村子里疯传贾老四拆后墙的时候挖到了砌在墙里的一坛银元,足足有七八百个。贾老四的大哥贾老大住隔壁院子,贾老大刚一听说就跑过院来探虚实。虽然贾老大认为是祖上遗产,贾家弟兄四人,贾老二早年病逝,贾老三远在三百公里外的省城,眼下无人知晓,他们两个偷偷分掉再合适不过。无奈贾老四矢口否认,说没挖到什么银元,捶着胸口仰首赌誓:真是天大的冤枉,我连坛子的毛都没有见到!贾老大狠狠盯了盯已经消失了的后墙,冲那里空荡荡的一地阳光吐了口唾沫,反剪双臂走了。贾老大再也不搭理每到饭口不是借醋就是借盐的贾老四或他的老婆,摸准时辰,一家子早早吃过饭刷净锅碗,大开院门,与老婆子坐在炕上,老婆子纳鞋底,自己咕噜咕噜抽水烟,冷眼等待他们进来,再看他们灰溜溜地出去。

每家家里的墙都被长年累月的烟火熏得黑乎乎,油亮亮的。黄泥掺和麦草的朴素形象早已被改观,火盆里红红的火苗和油灯的光焰在墙面舞蹈,活脱脱是阿婆故事里的鬼怪精灵,小孩子是不敢多看一眼的。遗腹女戎弟和表姐躺在炕上,做各种手影,在墙面上让兔子摇动长耳朵,狼狗张合大嘴巴,老头颤巍巍走路,老鹰振翅飞翔。再往后,过了三十多年,家家的墙面装饰奢侈了一些,报纸糊满了整个房间,戎弟和表姐的孩子像她们当年一般大,躺在当年那盘大炕上,一个人念报纸上的一条标题,一个人来寻找,夜夜重复,百玩不厌。

小孩子们完全不知道身边时时有各种事情发生。村头东智妈这年秋天在外院靠近崖边的空场地簸粮食的时候,突然间左半边身子疼痛难忍,接着全身不能动弹,村里人都说着了风了。东智妈躺了两个月,终于能下炕到檐下晒晒太阳。一日,坐着的她慌慌站起来,急切地朝屋里的东智喊:快! 墙倒了! 墙倒了! 东智十八岁,高中毕业,趴在炕桌上看书,准备参加刚刚恢复的高考。东智三脚两步蹦出来,顺着母亲手指的卧房山墙看去,并没有什么动静,一切都是原来的模样。他对母亲说:没倒,墙好好的啊! 母亲说:是我不成了! 我不成了! 说着,东智妈倒在了地上。东智妈再也没能站起来,躺了一个多月,去世了。墙竟还有这般严峻冷酷的神性,兆演未来,实在不敢怠慢,老人小孩每每走过,感到一种无形的恐惧,不由加快脚步避开。

二

黄土碾就的平坦屋顶,看得见木梯的顶端由房檐边伸上来。屋顶摊开晾晒着刚刚收割的麦子,浓郁的香味里面,头顶白手帕的妇人拿木叉子翻搅麦草。有些人家已开始脱粒,挥舞连枷拍打粮食。这边房顶和那边房顶上啪啪的响声交相呼应,组成美妙的和声奏唱。浮上每个人心壁的歌词都是不一样的。木梯常靠在厨房一边,下了木梯见一溜上房,上房两边坐着厢房。

殷实人家盖着小楼,底层圈牲口,上层居人。房间隔墙均使用木板,装有壁柜,铜制锁扣。铜锁的钥匙常常挂在一家之长的爷爷或是奶奶的腰间,孙子们眼巴巴望着他们能跪上炕沿,两只脚交叉蹭掉鞋上炕,然后撩起衣襟摸钥匙。那多半是要分发给他们糖果或是葡萄干、核桃之类的稀罕物了。楼房楼梯逼仄,仅一人可通过,楼道无灯,早晚间光线昏暗时上下,必以一手扶着旁边的墙壁,一手按腿保持平衡。有极淘气的年少男子,往往在全家熄了油灯准备睡觉时躲在楼梯上等待晚归的人。听见大门声响,他立即站起来,口衔燃烧的木炭,双手撑住两边的墙,一呼一吸。一呼一吸间木炭一明一灭,明时红光耀在咧开的大嘴里,脸上高高低低阴影毕现,进来的人见此情状大叫一声急忙转身,往往提防不住,从楼梯上翻滚下来。随后,就听见家长的破口大骂了:把你妈×的,不睡干啥着呢!

二楼有一块二十多平方米的黄土平台,太阳红火的时候老人搬个小木凳,坐在那里晒太阳。脸被晒得赤红赤红。农历八月十五,新麦打碾出来,新麦面磨好了,小二楼女主人联络几家邻居或亲戚,烧好鏊子,烙饼子。那些饼子不是通常的饼子,它们被梳子和小铁夹压上或夹出各种图案,沿边被主妇们的巧手捏出各种造型,焦黄的皮里包裹着翠绿的葱花或艳红的玫瑰,它们是八月十五专有的美食。平台上烟火缭绕,小孩子们跑来跑去,断不肯离开锅边,为的是第一时间得到饼子,咬一口讨到满口的香脆。而他们得到的多半不是最好的,那些火候把握不准,烤焦了的被大人们放进手中,还被叮嘱:走路往地下看,吃了能捡到钱! 真真有一天捡到钱,是每个孩子执着牵念的美好梦想。

平常百姓家盖不起楼,一院房还是要立起的。三间或五间、七间上房,宽宽的房檐下种几棵李子苹果树,牡丹和芍药花,左右各有厢房,一边住人,一边是牛羊圈、猪圈。住人的几乎间间盘一铺大炕,睡觉时老老小小一字排开。母亲或奶奶睡在靠窗台的地方,为晚上起夜的人一遍遍划火柴点油灯。

灶间连接灶台也是一盘大炕,中间用木板隔开,叫作洒栏子。人人抢着挨洒栏子睡,那里刚刚熄了做饭的火,躺在竹席上还是热乎乎的。孩子们躺在炕上不能马上入睡,你捅我,我捅你,有哭的,有叫的,烦劳了一天的母亲得不到清静,拿起烧火的竹条挨个抽打过去。

房屋的窗户都是纸糊的,分上下两扇,以木条隔成大小方格,中间的大方格镶玻璃,其余地方用白纸或是红纸、绿纸糊上。

纸每年换一次,那是腊月里的事情。巧手的村里乡亲被请过来,好茶好烟招待,他或她盘腿坐在炕上,喝一口茶,拿起剪刀在各色纸上剪出花草果实、牛羊猪狗、鱼虫鸟兽,一夜之隔,它们就活生生地欢腾在洁白的窗户上了。

阳光初照,早饭的炊烟在家家屋顶升起,柴草的香气弥漫整个村落,狗也叫起来了,使劲刨地,它们听见了锅碗瓢盆的碰撞声,认定到了吃饭时间,冲厨房里的人撒娇、乞求,还带些小心翼翼的威吓。讨食。

吃过早饭,老弱的妇女收拾碗筷,年壮的劳力们扛起锄头走出院子,下地。三三两两在狭长弯曲的土巷道里遇上,相互问:喝啦?对方说喝了。而后笑笑,各自向自家的庄稼地走去。只有这里的人听得明白,那"喝"就是"吃"的意思。祖祖辈辈汤面条是这里餐桌上的主打,吃饭时必然连吃带喝,喝的意义还要大于吃,久而久之,"吃"便等同于"喝"了。

腊月一过开始忙碌,话题自然也就多了起来。

一天早饭后某家的婆婆扛着锄头上到了半山上,老不见儿媳妇跟来,回望山下村庄里的家,见厨房上空炊烟重又冒起,料定是媳妇背着家人多放油,多放面,偷做好吃了。回去抓现行又怕来不及,气得一屁股坐在塄坎上。晚饭过后,婆婆破天荒要给全家人讲古今(故事),看着身旁围坐的老少三代,她讲了个偷嘴媳妇的古今。儿媳妇红着脸低头不语,最后一把抱起婆婆怀里的儿子回自己屋了。偷嘴媳妇的古今流传开了,而且成了每家婆婆伺机要讲给新进门的儿媳妇听的一个古今。

三

晚上进巷道,不由人头皮一紧一麻。巷道弯曲再弯曲,向里边伸延,好像没有尽头。家家大门紧闭,门洞黑乎乎的,每走一步,都感到有人跟随。那人默不作声,忽而出现在身后,忽而好像又现在眼前,甩不掉。其实,是风在掀动那些伸出墙外的树枝。树枝上叶子密密匝匝,落在地上的影子就是黑乎乎的一个滚动的球团。冬天,特别是冬至一过,巷道里祭过家祖神佛的烧纸,被流窜的风裹挟,绕脚边走,更是冷汗冒出脊背,心也咚咚直跳。

巷道口堆一草堆,每家门口也堆一草堆,旁边站着人。不多时,从里面一家院子传出哭声,随即,听见一声瓦盆摔碎的声响,哭声更大了,哭声中还加有号子,一人呼:起灵!就见七八个人抬一棺木从那家院子里出来,后面跟随着披麻戴孝的孝子们。棺木路过的人家,大门上堆起的草堆早被点燃,青烟阵阵,袅袅娜娜缠绕每个路过人的裤脚。

巷子中间是水路,家家院子和房顶上雨水雪水滴落下来,流出自己挖出的小渠,在院外汇集一起,便成了涓涓细流,路人须得贴墙而行。阳光灿烂的时候,常见老年男人披件外衣,嘴里衔着羊腿骨做的烟锅,蹲在墙根晒太阳。头发斑白的女人们已经老眼昏花,做不得针线,坐在小木凳上,任凭小孙子在膝边绕来绕去,把自己拉扯得东倒西歪。老奶奶们头顶白手帕,手里拿一块看不出颜色的布,擦那笑出来的泪滴。她们满口没有几颗完整的牙齿,凹陷的嘴角口水不时淌下来。狗也来凑热闹,热了躺在老人们腿下,伸出红红的舌头喘气。狗没有忘记自己的职责,眼睛四处巡视,见有陌生人进巷口,立时箭一般射出,汪汪狂叫。它是有十足底气的,它的老少主人都在身后。

小孩子用木棍掏出墙洞里的蜗牛,摆在石板上比大小。他们不理会身后走过去的邻家那个长辫子姐姐,她有意挺着胸脯,站直腰身,让乌油油的一对麻花辫在脊背上甩来甩去,还扭一下圆圆的屁股。巷道里的人停止说笑,都把眼光投向她,待她走过去,一句憋不住的骂声先蹦出来:妖精!那是紧挨着住在姑娘家南面的闹哥曼她妈。闹哥曼二十七了,个矮相貌丑陋,往媒婆那里送过三回鞋了,还没能被说定一家,把她嫁出去。接下来老汉们中间有一个人发言:要给她阿大说一下,管管!像啥话!大辫子姑娘不理会,屁股又多扭了两下,走出巷道。

夕阳一抹金色涂上墙头,老人们起身拍拍屁股腿上的土,拉上孙子各回各的家了。

四

太阳直射,黄土地热气腾腾,最先是青葱的味道蹿出来,仔细嗅,可以分辨出韭菜、芫荽、蒜苗,还有白菜、菠菜、芹菜的清香。那是每家房前或是房后欣欣向荣的菜园。向日葵守在地垄,它不加入这一番热闹的场景,慢慢地发芽,慢慢地抽秆,慢慢地开花,最后,在秋天肃杀的冷霜中美美地鼓起一腔饱满的子实,幸福地摇晃。

孩童的顽劣中,多次遭殃的是青葱,它们刚刚探出水嫩的叶子便被他们揪下来,填塞馋透的嘴巴。常见一名妇女追在后面,手指其背大声斥骂:再揪我的葱,把手指剁下来!吃葱的孩子跑得远远的,挤眉弄眼。

雨下了一天又一天,菜园里的菜叶舒展开身体,绿得没法说清。已经十多天没见水分了,泥土干得裂开了口,这时候只听见甜蜜又贪婪的吞咽声。雨中夹杂着菜蔬们哗哗的欢笑。

一日,叫康珠妈的女人在菜园间菜,听到一墙之隔邻家菜园有人说话,仔细听听是刘老汉儿媳妇在跟自己的妹妹说话,她吩咐道:酥油在韭菜底下,韭菜我拔得多,盖得严,看不见。一路把背筿背好。邻家刘老汉早年丧妻,患严重的哮喘病,有两个儿子,大儿子在百里外的牧区做事,常带来酥油、牛羊肉,让四邻羡慕。小儿子才十一二岁,不去上学,在家当羊倌。大儿子三个月前由老汉托媒成亲,新媳妇矮小伶俐,口甜如蜜,很讨公公喜欢。公公不管事,每天有吃有喝就行,家道交儿媳妇掌管。康珠妈故意咳嗽一声,墙那边顿时静悄悄的了。后来传说那媳妇的妹妹回家,途中,在一座山坡上休息,她解下背筿往地上放时没放稳,背筿翻倒了,里面的菜一下泼出来,一坨酥油也顺坡翻滚而下。一同还有伴,事情很快就传到村子里,人人皆晓,可能只有那媳妇的公公不知道,他常年出不了门,盘腿坐在炕上,靠着被垛喝浓酽的砖茶。康珠妈倚在院门上,看着邻家大门叹口气说:男人是耙耙,女人是匣匣,匣匣漏了,耙得再多也要漏掉。

菜园子不仅仅种菜,各种果树、鲜花也置身其中。李子、杏子、苹果,春季便性急地开出了繁盛的花朵,菜苗还在安静地等待身体一分一分长高,地边上牡丹芍药到了春末夏初才不慌不忙地一朵接一朵绽开,豆角,不知何时起,一条条挂在了它们的上方。

　　果子熟了,摘下来,按大小、成熟度分等次堆放。有疤痕、青涩小一点的自然是自家人首先要吃掉的,好的送亲邻或是摆上街卖掉,一同上街卖的还有时令蔬菜。卖水果蔬菜的活通常由妇女干,她们一大早起来摘果子、拔菜,在园子边精心"打扮"那些李子杏子苹果和萝卜青菜,一个个擦得干净透亮,梳理得整齐有序,像打扮自己的儿孙那样,不留一丝缺憾,然后放进背篓、提在竹笼里,拿到街上去卖。有果树多几棵的一户人家,老两口,果子堆放了半间房,外地工作的孙子刚娶了媳妇带回老家认亲,奶奶端出半盆子长把梨招待他们。新媳妇看到梨子几乎个个腐烂掉半边,很感动,她心里说奶奶爷爷真是可怜,梨子烂成这样了还舍不得扔掉,她忍着喉头涌上的酸涩,仔细削好梨子,认真地吃了两个。下午,她拉着丈夫要上街给爷爷奶奶买新鲜的水果,丈夫支支吾吾说不用买,说他们吃不了。新媳妇说不动丈夫,独自走出屋子到院子里转悠,她转到屋后,看到有个柴草房,好奇地进去一看,发现一大堆摘下来的果子,苹果、梨都有,一个个全是鲜亮完好无损的。她又气又恼,觉得奶奶心里没自己,回去便闹着丈夫要走。丈夫无奈地笑着对她说:你看看,都是果子惹的祸!丈夫解释不清,在老家,老人们习惯于存放任何一种食物,哪怕那种食物再多再好。常常是腐了好的吃霉的,他们在对各种物品的存放中满足并快乐着。

　　快到冬天的时候,最后一茬菠菜一寸来高,被挨地皮铲下,在有些凉意的阳光里抓紧晒干,放到硕大的簸箕和笸箩里保存下来,进入冬季,抓几把放在三餐汤面里,绿茵茵的,享受在四季中轮转的踏实。

五

爬上山坡看,一个个院子组成了一方小小的棋盘。好多人家分里院外院两个,外院由半截土墙、半截木栅栏围起,有厕所、粪堆什么的,里院住人。手腕粗的树干扎成外院简易大门,门的旁边拴一条狗,狗汪汪大叫的时候,里院就出来人了。家家大门柱子跟前有两块大石头,上面常坐些老人和小孩。

漫长的冬季,堂屋高深的大躺柜里麦粒丰足得就要顶起盖子,满满一菜窖的洋芋、胡萝卜,还有白菜,压实了男男女女、老老少少的心,男人们没日没夜喝酒、摇色子赌钱,女人们做针线,为一家老小赶制过年的新衣。

那年,城里风行蜂窝围巾,一个十三四岁的小女孩围着粉红的蜂窝围巾跟哥哥回老家探亲戚。兄妹俩手拉手走进凸凹不平的村道,哥哥把沉沉的旅行包扛在肩上,腾出一只手拉着妹妹。先是有一两个闲人看见了两兄妹,很快,有不少人出来了,他们站在自家大门口,还有更多的人爬上房顶,一些腿快的甚至登到了更高处的崖边上,静无声息地观看。小女孩也看着他们,两只眼睛先是好奇,后来显得慌乱不自在,最终有些气恼了,低头不看他们,快步跟哥哥往前赶。小女孩也感觉到了哥哥心情的紧张,哥哥握着自己的手,越来越紧,拉扯自己越来越用力了,脚步也快得自己几乎要小跑步才能跟得上。过一家大门小女孩听见站在柱子旁的一个大妈说:这个新媳妇这么尕的! 长得心疼得很! 小女孩抬头看了看哥哥,哥哥正好也在看自己,他们相视一笑,心坦然了。兄妹俩到了亲戚家,舅妈才急匆匆从外面小跑进来,嘴里嚷道:说是外面来了一对新人,戴红头巾的新媳妇尕得很,我跑出去看了,人家说进你家了,我又赶上回来了,原来是你们俩啊!

舅妈性急了些,村子里第二天果然是有婚事。

一户人家迎娶在县上坐办公室的儿媳妇。凌晨三四点,巷子里就有咚咚咚的脚步声和妇女的说笑声。哥哥还睡着,小姑娘起了床，舅妈不在家，灶头上用碗扣着四只荷包蛋。小姑娘吃了两只，留给哥哥两只，扎好小辫出了门。

村子东头一扇院门里人出人进好不热闹，抬眼望进去，院子里摆上了方圆不一，高矮不同的十几张木桌，厨房门里腾腾白色蒸汽一团团涌出，只闻女人银铃般笑声不见其人。一伙男人围着其中一张桌子猜拳喝酒。日头照满整个院子的时候，有人喊叫：新媳妇来了！屋里屋外的男男女女往外奔，几个被算着是属相犯冲的人躲进厨房一角。新媳妇被人搀扶着进院门了，小脚碎步，一方大红绸巾遮盖住面庞，新郎对襟黑袄，身披交叉大红绸带，脸露疲惫而幸福的笑容。婚宴席是流水席，现来现吃，直到黄昏。

这一天，家家院门大开，空无一人，老半天有女人进来烫一盆豆衣和舀一碗剩饭端给猪和狗，又忙着出去，老人小孩都在办喜事的那家院里。有陌生人进村也不贸然走进谁家院子，站在大门口喊上两嗓子，引来狗叫，才会有这家主人匆匆赶来看究竟。静悄悄的院子静悄悄的房间，流浪的狗和猫蹿出蹿进，大肆偷情。

那个办了喜事的院子几十年后由一堵土墙从当中隔开。家里两位老人先后离世，两个儿子分家单过。小儿子两口子虽在县上，男的经营茶馆，女的拿公家薪水，却是毫不退让，生生把老家分了一半出去。分出去的那一半院子没有人照管，几年后房屋倒塌，

院子里荒草齐膝高，积水成潭，成了地鼠、青蛙们的乐园。

荒掉的院落相继多了起来，黄土将村子涂抹得一片混沌，菜园及耸立的树，褪尽了颜色。仅留存的几个院子，散发着畜粪合着柴草烟火的味道，偶尔听得见老人唱"什巴"（当地节庆或婚丧嫁娶时的歌舞）的苍哑的声音，孩子的欢笑声也飘出来，四巷空无一人。

伸向村外的土路多年后被柏油覆盖，一个个院落也消失在森林般竖起的高楼之下，你来我往的人少了，防盗门隔离了烟火的味道，封锁住了村里乡亲一日三餐客套却是从不曾缺少的问

候。单元房要装载许多新的内容了,脚踏水泥地仰头看天,还是昨天的太阳,昨天的云彩。

(原载《民族文学》2015 年第 10 期)

生活与时间不欺骗你

王　蒙

不知道是命苦还是幸运,我的两部较有影响的长篇小说,都是命途多蹇,难产几十年。第一部是《青春万岁》,动笔于1953年,定稿于1956年,初版于1979年。它在胎中冷冻了近四分之一个世纪。1957年排好了清样封存起来,原因是政治运动中作者晃晃荡荡,终于落水。1962年再次被否定,理由是书中没有写知识分子与工农结合。

第二部是《这边风景》,动笔于1973年,定稿于1978年,最后出版于2013年,难产达四十年。原因是书里突出了阶级斗争、个人迷信、反修等"文革"命题。

前一部,不够革命;后一部,革得太大发了。噫吁嚱,危乎高哉!

然而,两部作品都没有"有疾而终"。《青春万岁》自1979年至今,一直不停地重印,六十多年前的迟到作品,仍然活得好好的,仍然获得如今青年人的阅读与青睐,而不仅是研究人员中的历史性重视。似乎是找不到如此幸运的上世纪50年代作品了。

《这边风景》,经过了那么长的丢弃,偶然发现,突然发亮,不但有不俗的发行,而且被评为 2013 年的中国好书、获 2014 年五个一工程奖、2015 年茅盾文学奖。

时间是严酷的也是多情的。写《青》时王蒙十九岁,写《这》时王蒙三十九岁,现在王蒙已经八十一岁,鼓励王蒙写《这》的妻子已经离世,但两部书反而欢蹦乱跳起来。能够经得住时间的冲刷与考验,这是大幸。它恰恰吻合于我当初冒冒失失动起笔来的初衷,我太爱生活了,我希望挽留我的生命经验与体会,挽留那个热火朝天的时代,我想为那难忘的美丽而又短促的一切宝贵与天真、坚决与热烈的日子编织锦绣,开始是用青春的金线与幸福的璎珞,后来是用塞外的风沙与别样的风景。

政治标签是重要的,政治的魅力在于它的明快的概括性与行动性。政治对于生活的把握表现为对各种社会现象的命名、命题。例如对于坏人,古代可能命名为乱臣贼子忤逆,好莱坞喜欢命名为人渣变态,另一种背景下被命名为魔鬼、妖孽附体,我们则会称之为地主汉奸与叛徒间谍。

在一个高度政治化的年代,一部小说的命名与命题,如果不合时宜,会造成敏感与混乱,会导致悲剧性的灾难。但命名与命题又包含着爱憎情仇拼搏打斗,命名命题或真或伪,命运却是完全真实。在文学作品当中,自有它的资源价值。同时文学绝对不仅仅是某种命名与命题的举例与图解。文学是,必须是:充满生机、爱情、人性,充满艺术的感受、想象、迷醉,充满精神能力的飞舞与激扬,并且它需要构成的是充满语言符号千姿百态的活体。

尤其是长篇小说,它不能没有生气贯注的人间烟火,不能没有动人心魄的悲欢离合,不能没有作者的神思妙想,不能没有雕刻般的凸凹实感,不能没有悲天悯人的慈悲或者愤世嫉俗的火焰,不能没有写作的投入与献身,深情与痴诚,哪怕在一时不无矫情的命名与命题标签下面。富有体量的长篇小说,可以帮助你在不得不迁就于命名命题的清规戒律的同时,展开翅膀,展开胸襟,展现广阔,展现深邃,展现某种命名命题的光影下的伟大世界。

所以说,真正的文学有免疫力、生命力、消化力、置之死地而后生的能力。

免疫,是说它体现了、保持了经久不变人生与文学的要素:生活、细节、正直、人道、善良、忠贞、大地、祖国、沟通、智慧,爱与理解,它就可以哪怕是戴着镣铐跳起酣畅淋漓的舞蹈。

生命,就是说它永远栩栩如生,永远如见其人如闻其声,永远用扑面的生活气息吸引你挑逗你趣味你,以审美世界的各种鲜活浸润你抚摸你,使你忘记了针对那时确有的偏颇而做出的简单与浅薄的归零,那其实是同样偏颇蛮横的呆傻总结。

消化,就是说,即使对于强横、矫情也有足够的通透能力,千万不要以为只有仁爱与温良是人性,暴烈的反人性常常是特定情景下的人性的可能。你有可能找到最大公约数,在摇头与顿足之中仍然有两行热泪由衷。"而那过去了的,便是亲切的怀恋",哪怕它包含着荒唐与遗恨,从而成就为文学的升华与跨越。

艰难是艺术的杀手却更是艺术的催生力量。扎上靠杆靠旗,武生的表演尤其气概绝伦;小一个竹圈再一个竹圈,"钻圈"杂技的软功令人欢呼观止;忍痛用足尖残酷地吃重,芭蕾才显现了迷人的绰约仙姿;定性丑祸,花旦演员仍然在《杀嫂祭兄》里把潘金莲演得勾魂夺魄、死去活来地美丽,血腥而又绞肠刮肚地痛苦。

死而后生,因为它具有的不仅是合时的与避祸的闪转腾挪,更有永远的人性与人生,有自己的绝活与绝知,有货真价实的货色:称得上学问的历史、地理、民族、宗教、人类、文化学、语言学、西域学与边疆学上的钻研、深扎,接通地气与书气,还有独特的发现。

《这边风景》的命运令我向往上述境界。我应该做到,我应该更加努力。我的一切不幸都在成全着我,曲折坎坷乃至失败对于文学创作来说,是莫大的资源。

假如生活欺骗(?)了你,不要心急。毕竟是生活再加上时间感动了你,生活感动了你,也就照耀了你拯救了你与你的文学。

是为《这边风景》精装典藏版序。

（原载 2015 年 11 月 26 日《文汇报·笔会》）

说书先生

干 亚 群

以前,说书先生愿意到村里来。他们是穿长衫的。

说书先生用自己的声音表演着一个个故事,把台下的听众带进前尘往事,在别人的悲欢离合里体会着各自的人生。

村民找来四只"稻桶",口朝下,拼成一个简易的台子,上面放一张桌。这是说书先生的舞台。说书先生的行头非常简单,一把扇子,一块惊堂木,还加一块手帕。

说书先生一脚站到竹椅上,再抬起一脚,站到了台子中间的桌前。这个动作是敏捷的。虽然旁边有人叉着手,想去扶他,但说书先生手一摆,脚一踩,身子早已到了台上。

墙壁上顿时晃动起被放大了的奇形怪状的头影,底下还有一阵压抑着声响的骚动。

说书人右手捏住长衫下摆,轻轻一甩,稳稳坐到椅子上。

他目光炯炯,从台下的左角扫到右角,又由右角拉过来,一行一行地扫,似乎用镰刀割着一垄垄的麦子。

底下的"麦子"一接触他的目光无不立起了腰,神情专注地迎合着台上说书人的目光。忽然,啪的一声,底下立刻静了下来,墙壁上的头影静立不动;又啪的一声,全场没有了一丁点儿杂音。如果谁不小心咳嗽一下,准会弄出一大堆声响,似乎咳嗽声东碰西撞。

说书人挽了挽长衫的袖口,拿目光再次扫了一下全场,那神情有种清场的感觉,然后打开扇子,清清嗓子,张口说来。

说书人是村里请来的。春种刚结束,夏耕还只是零零星星,村里派副队长、会计请说书人到村里说几场书,除了好酒好饭招待,还有一天二元的工钱。副队长与会计七弯八拐才请到说书人,然后欢天喜地地回村,那份自豪不亚于去县城拉回一车尿素。

偶尔也有自己找上门来的。他在村口逮住我们中的一个,问队长家在哪里。我们自然很兴奋,外村人打听队长家在哪里,村里肯定会有大事,自然一个个抢着指点。抢不过的,赶紧领着他往队长家奔。那时,他穿的是四个兜的中山装,神情有些疲乏,声音也有些粗,似乎赶了五十多里路。

很快,我们知道了那个人是说书先生。我们雀跃着赶到队长家,伸长脖子,躲在门外偷看说书先生。许是说书先生听到了我们的喊喊喳喳,回过头来,我们似乎被说书先生的目光刺了一下,整齐地缩回身子,然后,嘻嘻哈哈跑了。

队长出来,手一挥,让我们回家告诉父母,晚上听说书。我们像领了圣旨一样,欢天喜地奔向家里,顺带还跟邻居传达消息。我们除了发布消息,还有一个任务,傍晚去仓库占位置。

说书人一上台,还没开口,已有非凡的气场。老葛凑过去,悄悄对老周说,那气势比我们的领导大多了。老周跟着也凑过去,悄悄地说,没法比,我们领导跟他比,那是屁放在了屎船里。他们俩说的领导是村里的王书记,此刻他正巴巴地坐台下第三排正中。这是王书记自己挑的,旁边自然是队长。王书记是个有心人,尤其模仿起领导来,入木三分。说话拿腔拿调,可以把一个屁大的通知念得跟讲话一样。坐位置也一样,上面领导来了他要坐在哪里,心里一清二楚。

说书的时间、说书的内容都是跟队长一个人商量好的。白天不行,只能在晚上,借一间最大的仓库。犬牙交错的檩条上面悬挂两盏一百支光的灯,那可是最奢侈的光,十分耀眼,如同白昼。几乎是倾村而去,一村人全挤在仓库里听说书。

说书人有一段引子,许是开场白的由来。说的是跟所在地方有关的一些话,都是好话,民风淳朴、村风敦厚,诸如此类。然后,他再啪的一声,说"余不一一"。接下来,他便开始说书。下面的人不由再次挺直了腰,墙上的头影再次轻轻摇晃,像插队一样。

说书先生在大家眼里自然是识字断文的文化人,大部头的书一部部看下来,再一部部说出来,这对底下高密度的"亮眼睛子"而言,无疑是大知识分子。他用眼睛看过的书,再用嘴巴讲出来。那些讲出来的书又跑到听众的耳朵里,于是,书中的故事,书中的人物在村庄人脑海里演绎成一个个场景,人物的悲欢离合影响着他们对人生的看法,也滋养着他们的精神生活。

说书人的语言是书面语夹口语,又带着地方口音,对下面坐着的村庄人来说这是最容易接受的语言。村庄人喜欢用"搪口"清爽与否来评价说书人的口齿,同时也顺带点评了说书人的技艺。要达到"搪口"清爽是不容易的,尤其是前面加上"交关"一词,就更加难。除了说书的功底,还要具备一颦一笑、一问一答等传神的功夫。

一个个忠臣义士、名将贤相在他嘴里粉墨登场,也有才子佳人、王侯将相在他声音里次第上场。说书人时而轻声低语,时而声急如潮,高兴时抚额大笑,闻者无不快心,伤心时呜呜咽咽,戚戚哀鸣,听者心生悲凉。如遇到书中人物蒙冤入狱,说书人的神情便蒙上了无限哀恸,声音也变得嘶哑,一字一句直钻入下面村民的泪腺。

突然峰回路转,说书人抓起醒堂木,啪地一下,"格辰光,只听得……"他略一停顿,习惯性地拿目光睃了一下,全场的情绪早已高度集中,不同的脸不同的表情,有张大嘴巴,露出猩红的牙床;有紧抿嘴唇,眼睛突灵灵的;也有半闭半开的嘴,似乎含着灯光,又像在吞吐灯光;各异的嘴巴,却有一样的眼神,直勾勾地盯着说书人,正等待着他把"咣咣"后面的故事说出来。

说书人拿起手帕擦擦嘴,挽了挽长衫袖口,不急不慢,然后一捏长衫,一甩,坐到了竹椅上,把扇子打开,斯文十足。待完成一切相公仪后,他才缓缓道出来,原来包大人巡按到此。一听包大人来了,下面微微骚动,有节奏合一的舒气声,还有轻轻的交头接耳,大家的心情如解倒悬。大家全沉浸到了说书人的故事里,一天的疲劳早已忘得一干二净。

老葛曾有一句中肯的话,他说,听说书解热解冷解肚饥。队长表示同意,副队长也同意。于是,一村人都表示没有比老葛说得再好的话了。老葛的总结比王书记念通知强多了。只有老周觉得此话不妥,原因是这句话本来是说打麻将的。但老周最后也认为听说书确实解热解冷解肚饥。

常言道外来和尚好念经,说书的大多是外村人。但后来我们村还真出了一个说书的。他是我叔的老师,姓吕,已经在村小代了十多年的课。我们喊他老师,上了年纪的人称他先生,因为他是村里最有文化的人。许是他听了几回书后,觉得这事他也能干。于是,他弄来了几本书,学校回来就关进门看书。

他老娘让他去自留地担水,他说忙着。他老爹喊他去挑谷,他答没空。晚上别人纳凉聊天,他提来一桶井水,两脚浸泡在里面,穿一件白色的背心,一手拿书,一手摇蒲扇。忽然,啪的一声,他不知何来此声,茫然地抬起头。原来,他老娘看到一只蚊子正欢快地叮咬着他。一只拖着肠子、肠子沾着血迹的蚊子正躺在老娘的手心里。老娘把手在他鼻子底下一晃,似乎验明正身。验毕,啪,手指一弹,死蚊子掉到了地上。吕老师此时正酣畅于书中的武林决斗,老娘那弹蚊之果断、敏捷,犹如内功高超的武林之人。他不由拿书中一句"来如雷霆收震怒,罢如江海凝清光"来赞美他老娘。他老娘眼睛一白,扔下一句:"文不像读书人,武不像救火兵,你饭有的吃哉!"

很快,村里有人知道吕老师准备说书,而且正"闭关修炼",把一部部书装进脑袋。队长亲自到他家,说如果吕老师给大家说书,别人给多少钱,也给你多少钱。吕老师一边谦虚地推托,一边悄悄问队长能不能管酒。队长非常爽快地答应下来。

那天,吕老师在队长家喝了一斤半黄酒,在众人簇拥下走向他人生第二次高峰。据他自己说,第一次是走上讲台,第二次,也就是这次,将走向舞台。队长一边搀扶着吕老师,一边问:"吕老师,你还能不能说书?"吕老师几乎是嫣然一笑,伸出兰花指,答:"能!"到了仓库,村民们早挤在那儿,一看吕老师像一只醉虾公,不禁大失所望,但也有一些起哄,向吕老师稀里哗啦鼓掌。吕老师眯缝着眼睛,跌跌撞撞从人群闪出来的一条缝中间走过。四只稻桶早覆盖在地上,上面摆放着一只搪瓷杯。吕老师想爬上去,队长一把拖住他,说:"吕老师,你还是坐在下面说吧。"吕老师悬着一只脚,说:"非也,非也。"言毕,一骨碌爬上了台。大家一看吕老师站到了台上,有的抿着嘴偷偷地乐,有的咧着嘴直呵呵。

吕老师从口袋里摸出一块小木块,啪啪啪,连啪三声,场下顿时一片安静。吕老师煞有介事地掸了掸衣服,然后一屁股坐到了竹椅上,此时已没有了刚才的醉态。吕老师并不拿目光扫下面的观众,而是停留在檩条上,一场书说下来,目光始终在老地方,似乎檩条上有一块宽银幕,里面演什么,他就说什么。吕老师最绝的是会模仿各种各样的声音,如马叫、鸟啼、虎啸,惟妙惟肖,入木三分。吕老师还会制造各种声音,说到兵器相击,来个"噌——";说及大雨,用"哗啦哗啦";如果书中人物有痛哭的,他便表演哭,用袖口擦眼,哭得台下人忍不住陪着他哭;假如,书中有狂笑,他就仰天大笑,旁若无人。

总之,吕老师是装猫像猫装狗像狗,一个人在台上唱了一出大戏。

吕老师大约说了一个星期的书,最后一次因为喝高跌入了沟里。吕老师被人架到家里换了衣服,再被人架到仓库。

吕老师自那次鼻青眼肿地说完书后,再也没上过稻桶。

他是我见到的最后一个穿着长衫露醉态的人。

后来,我看越剧《孔乙己》,总觉得台上的那个孔乙己离真实的孔乙己隔着距离。尽管茅威涛是一个优秀的越剧表演艺术家,可我很清楚地知道这仅仅是舞台表演。因为,我想起了吕老师。

(原载 2015 年 11 月 23 日《人民日报·大地》)

长安陌上无穷树

李 修 文

很长一段时间了,每天后半夜,我从陪护的小医院出来,都能看见有人在医院门口打架。这并不奇怪,在这城乡接合部,贫困的生计,连日的阴雨,喝了过多的酒,都可以成为打架的理由。无论是谁,总要找到一种行径,一种方式,来证明自己的存在,可能是喝酒,恋爱,也可能就是纯粹的暴力。

今晚的斗殴和平日里也没有两样:喊打喊杀,警察迟迟没有来,最后,又以有人流血而告终,这都不奇怪。举目所见:一条黯淡的、常年渍水横流的长街,农贸市场终日飘荡着腐烂瓜果的气息,夹杂着粗暴怨气的对话不绝于耳,人人都神色慌张,王顾左右而言他,唯有彩票站的门口,到了开奖的时刻,还挤满了一脸厌倦又相信各种神话的人。难免有打架、将小偷绑起来游街、姐夫杀了小舅子等稍显奇怪和兴奋之事发生,但是很快,这诸多奇怪都将消失于铺天盖地的不奇怪之中,最终汇成一条匮乏的河流,流到哪里算哪里。

实际上,当我经过斗殴现场的时候,架已经打完了,只剩下被打得浑身是血的人正趔趄着从地上爬起来,我看了一眼,就赶紧奔上前去,搀住他,因为他不是别人,而是我熟得不能再熟的人。这个不满二十岁的小伙子,是医院里的清洁工,打江西来,热心快肠到匪夷所思的地步,许多次,我在搬不动病人的时候,忘记了打饭的时候,他都帮过我。

而现在,他已经不再是我平日里认识的他:脸上除了悲愤之

366

色再无其他,狠狠推开了我,径自而去,身上还淌着血,但那血就好像不是他身上流出来的,他连擦都不擦一下。我只能眼睁睁地看他离开,但心里全然知道,这个小伙子受到了生平最大的欺侮,他一定不会就此罢休。

果然,没过多久,等他再从医院里出来的时候,左手右手各拿着一把刀,就算进了医院,他也没去包扎一下,愤怒已经让他几乎歇斯底里,在这愤怒面前,之前围观的人群都纷纷闪避,莫不如说,人们对接下来要发生的事情其实更加期待——殴打小伙子的人几乎都住在这条街上,只要他找,他就一定能找得见他们。

这时候,一声尖厉的叫喊在小伙子背后响起来,紧接着,一个老妇人狂奔上前,紧紧地抱住了他,再也不肯让他往前多走一步。但我知道,那并不是他的母亲。那只是他的工友,跟他一样,也是清洁工。这个老妇人,平日里见人就是怯懦地笑,也不肯多说话,我印象里似乎从来就没听见过她说一句话,没想到,在如此紧要的时刻,她却使出了全身的力气,抱住小伙子,再用一口几乎谁都听不懂的方言央求小伙子,要他不做傻事,要他赶紧回去缝伤口,自始至终,双手从来都没有从小伙子的腰上松开。

我一阵眼热:在儿子受了欺负的时刻,在需要一个母亲出现的时刻,老妇人出现了,当此之际,谁能否认她其实就是他的母亲?

她矮,也瘦,所以,终究被小伙子推开了,但是,小伙子还没走出去几步,老妇人又追上前来,仍要抱住他的腰,小伙子闪躲,但她还是抱住了他的腿,顿时,小伙子翻脸了,高喊着要她松手,甚至开始咒骂她,终究没有用,她好歹就是不松手。这反倒刺激了小伙子的怒气,就拖着她,生硬地、缓慢地朝前走,走过水果摊,走过卤肉店,再走过一家小超市,终于挪不动步子了。只好停下来,低下头,两眼里似乎喷出火来,就那么直盯盯地看着老妇人,大口大口喘着粗气。

看了一会儿,小伙子丢下了手中的刀,颓然坐在地上,号啕大哭;那老妇人一开始并没有搂住他,却是赶紧从口袋里掏出碘酒,先擦他的脸,再去擦他的手;然后,才将他拉过来,拍着他的肩膀,轻声对他说话,还是一口全然听不懂的方言。小伙子根本没听她在说什么,只是哭——哭泣虽然丢脸,但却是度过丢脸之时的唯一办法。他的身上还在淌着血,所以,老妇人再没有停留,强迫着,几乎是命令般将他从地上拉扯起来,再跌跌撞撞地朝医院走去。

看着他们离去,我的身体里突然涌起一阵哽咽之感:究竟是什么样的机缘,将两个在今夜之前并不亲切的人共同捆绑在了此时此地,并且亲若母子? 由此及远,夜幕下,还有多少条穷街陋巷里,清洁工认了母子,发廊女认了姐妹,装卸工认了兄弟? 还有更多的洗衣工,小裁缝,看门人;厨师,泥瓦匠,快递员;容我狂想:不管多么不堪多么贫贱,是不是人人都有机会迎来如此一场福分? 上帝造人之后,将一个个的扔到这世上,孤零零的,各自朝着死而活,各自去遭逢疾病,别离,背叛,死亡,这自是一出生就已注定的大不幸,但好在,眼前也并不全都是绝路,上帝又用这些遭逢,让我们一点点朝外部世界奔去,类似溺水者,死命都要往更远一点的水域里挣扎,最终,命中注定的人便会来到我们的眼前;如此,那些疾病和别离,那些背叛和死亡,反倒成了一根蜡烛,蜡烛点亮之后,渐渐就会有人聚拢过来,他们和你一样,既有惊恐的喘息,又有一张更加惊恐的脸。

我常常想:就像月老手中的红线,如此福分和机缘,也应当有一条线绳,穿过了幽冥乃至黑暗,从一个人的手中抵达了另外一个人的手中,其实,这条线绳比月老的红线更加准确和救命,它既不让你们仅仅是陌路人,也不给你们添加更多迷障纠缠,爱与恨,情和义,画眉深浅,添花送炭,都是刚刚好,刚刚准确和救命。

就像病房里的岳老师。还有那个七岁的小病号。在住进同一间病房之前,两人互不相识,我只知道:他们一个是一家矿山子弟小学的语文老师,但是,由于那家小学已经关闭多年,岳老师事实上好多年都没再当过老师了;一个是只有七岁的小男孩,从三岁起就生了骨病,自此便在父母带领下,踏破了河山,到处求医问药,于他来说,医院就是学校,而真正的学校,他一天都没踏足过。

在病房里,他们首先是病人,其次,他们竟然重新变作了老师和学生。除了在这家医院,几年下来,我已经几度和岳老师在别的医院遇见,一个四十多岁的中年女子,早已经被疾病、被疾病带来的诸多争吵、伤心、背弃折磨得满头白发,可是,当她将病房当作课堂以后,某种奇异的喜悦降临了她,终年苍白的脸容上竟然现出了一丝红晕;每一天,只要两个人的输液都结束了,一刻也不能等,她马上就要开始给小病号上课,虽说从前她只是语文老师,但在这里她却什么都教,古诗词,加减乘除,英文单词,为了教好小病号,她甚至要她妹妹每次看她时都带了一堆书来。

中午时分,病人和陪护者挤满了病房之时,便是岳老师一天中最是神采奕奕的时候,有意无意地,她就要拎出许多问题,故意来考小病号,古诗词,加减乘除,英文单词,什么都考,最后,如果小病号能在众人的赞叹中结束考试,那简直就像是有一道神赐之光破空而来,照得她通体发亮。但小病号毕竟生性顽劣,病情只要稍好,就在病房里奔来跑去,所以,岳老师的问题他便经常答不上来,比如那句古诗词,上句是"长安陌上无穷树",下一句,小病号一连三天都没背下来。

这可伤了岳老师的心,她罚他背三百遍,也是奇怪,无论背多少遍,就像是那句诗活生生地在小病号的身体里打了结,一到了考试的时候,他死活就背不出来,到了最后,连他自己都愤怒了,他愤怒地问岳老师:"医生都说了,我反正再活几年就要死了,背这些干什么?"

说起来,前前后后,我目睹过岳老师的两次哭泣,这两场泪水其实都是为小病号流的。这天中午,小病号愤怒地问完,岳老师借口去打开水,出了走廊,就号啕大哭,说是号啕,但其实没有发出声音,她用嘴巴紧紧地咬住了袖子,一边走,一边哭,走到开水房前面,她没进去,而是扑倒在潮湿的墙壁上,继续哭。

哭泣的结果,不是罢手,反倒是要教他更多。甚至,跟他在

369

一起的时间也要更多。她自己的骨病本就不轻,但自此之后,我却经常能看见她跛着脚,跟在小病号的后面,喂给他饭吃,递给他水喝,还陪他去院子里,采了一朵叫不出名字的花回来。但是,不管是送君千里,还是教你单词,她和他还是终有一别——小病号的病更重了,他的父母已经决定,要带他转院,去北京,闻听这个消息之后的差不多一个星期,她几乎每天晚上都耿耿难眠。

深夜,她悄悄离开了病房,借着走廊上的微光,坐在长条椅上写写画画,她跟我说过,她要在小病号离开之前,给他编一本教材,这个教材上什么内容都有,有古诗词,有加减乘除,也有英文单词。

这一晚,不知何故,当我看见微光映照下的她,难以自禁地,身体里再度涌起了剧烈的哽咽之感:无论如何,这一场人世,终究值得一过——蜡烛点亮了,惊恐和更加惊恐的人们聚拢了,但这聚也好散也好,都还只是一副名相,一场开端;生为弃儿,对,人人都是弃儿,在被开除工作时是生计的弃儿,在离婚登记处是婚姻的弃儿,在终年蛰居的病房是身体的弃儿,同为弃儿,迟早相见,再迟早分散,但是,就在你我的聚散之间,背了单词,再背诗词,采了花朵,又编教材,这丝丝缕缕,它们不光是点滴的生趣,更是真真切切的反抗。

其实,是反抗将我们连接在了一起。在贫困里,去认真地听窗子外的风声;在孤独中,干脆自己给自己造一座非要坐穿不可的牢房;这都叫作反抗。在反抗中,我们会变得可笑,无稽,甚至令人憎恶,但这就是人人都不能推卸的命,就像一只鹦鹉,既然已经被关在笼子里了,我能怎么办? 也唯有先认了这笼子,再去说人的话,唱人的歌,哪怕到了最后,我也没有逃离樊笼,直至死亡降临,我仍然只是一个玩物,可是且慢,世间众生,谁不都是在一生里上下颠簸,到了最后,才明白自己不过是个玩物,不过是被造物者当作傀儡,在一波未平一波又起的徒劳中度过,直至肉体与魂魄全都灰飞烟灭?

但是,有一桩事情足以告慰自己:你并不是什么东西都没有剩下。你至少而且必须留下过反抗的痕迹。在这世上走过一遭,反抗,唯有反抗二字,才能匹配最后时刻的尊严。就像此刻,黯淡的灯光反抗漆黑的后半夜;岳老师又在用如入无人之境的写写画画反抗着黯淡的灯光,她要编一本教材,使它充当线绳,一头放在小病号的手中,一头往外伸展,伸展到哪里算哪里,最终,总会有人握住它,到了那时候,躲在暗处的人定会现形,隐秘的情感定会显露,再如河水,涌向手握线头的人;果真到了那时候,疾病,别离,背叛,死亡,不过都是自取其辱。

后半夜快要结束的时候,岳老师睡着了,但是我并没有去叫醒她,护士过路时也没有叫醒,她迟早会醒来——稍晚一点,天上要起风,大风撞击窗户,窗玻璃会在她的脚边碎裂一地,她会醒来;再晚一点,骨病会发作,疼痛使她惊叫了一声,再抽搐着身体睁开眼睛,她会醒来;醒来即是命运。这命运里也包含着突然的离别:一大早,小病号的父母就接到北京的消息,要他们赶紧去北京,如此,他们赶紧忙碌起来,收拾行李,补交拖欠的医药费,再去买来火车上要吃的食物,最后才叫醒小病号,当小病号醒来,他还懵懂不知,一个小时之后,他就要离开这家医院了。

九点钟,小病号跟着父母离开了,离开之前,他跟病房里的人一一道别,自然也跟岳老师道别了,可是,那本教材,虽说只差了一点点就要编完,终究还是没编完,岳老师将它放在了小病号的行李中,然后捏了他的脸,跟他挥手,如此,告别便潦草地结束了。

哪知道,几分钟之后,有人在楼下呼喊着岳老师的名字,一开始,她全然没有注意,只是呆呆地坐在病房上不发一语,突然,她跳下病床,跛着脚,狂奔到窗户前,打开窗子,这样,全病房的人都听到了小病号在院子里的叫喊,那竟然是一句诗,正在被他扯破了嗓子叫喊出来:"唯有垂杨管别离!"可能是怕岳老师没听清楚,他便继续喊:"长安陌上无穷树,唯有垂杨管别离!"喊了一遍,又再喊一遍:"长安陌上无穷树,唯有垂杨管别离!"

离别的时候,小病号终于完整地背诵出了那两句诗,但岳老师却并没有应答,她正在号啕大哭,一如既往,她没有哭出声来,而是用嘴巴紧紧咬住了袖子。除了隐约而号啕的哭声,病房里只剩下巨大的沉默,没有一个人上前劝说她,全都陷于沉默之中,听凭她哭下去,似乎是,人人都知道:此时此地,哭泣,就是她唯一的垂杨。

（选自 2015 年 11 月 21 日微信公众号"李修文小站"）

残阳,祖母（外二篇）

肖 亚 豪

　　远处天边,太阳发着微弱的残光,正缓缓地向山后滑落。绵延起伏的远山,被笼罩在一股隐隐浮动着的薄纱似的暮霭之中。在远山与斜阳的交汇处,是一片金光灿然的落日余晖。一会儿,那片金光宛若荡漾的漪沦一般,逐渐地从天边向四周弥散开来,顷刻间,便染红了整个天边。在那绯红的天幕下,几只归巢的鸟儿披着火红的晚霞,远远地飞过来,掠过我家前院那个高高的陡坡。一回神,猛然惊觉,在那一方土坡上,在那一株已枯黄的杜梨树下,我那已近耄耋之年的老祖母,正孤零地静坐着,神情落寞地望着远处天边那些燃烧着的火红的夕阳。

　　我的心涌过一阵莫名的酸涩。

　　祖母出生于三十年代初。据说,她的祖上颇有些田产,因此,幼年时家境殷实,吃穿总是不愁的。她藉此无忧无虑地度过了自己金色的童年。待她及笄之后便顺从父母之命与我祖父一起满怀希望地建立起了一个小小的家。从此,她放下了所有的娇贵,把一生都奉献给了自己的家庭。在大跃进和人民公社化的年代,她将所有的粮食都给了孩子们,自己以树皮草根充饥,坚强地活了下来。在那些艰难的岁月里,她曾节衣缩食,毅然用她那柔弱的肩膀担负起了整个家庭的重担。她一生勤劳,年轻时,不论干什么农活,都是能手。直到已过耳顺之年时,她做起农活来,依然毫不含糊。

　　倘若我的故乡兴盛佛教,我相信,祖母一定是一个忠实的佛教徒。她这一生都以平和慈善的心对待着所有周围的人。在我所能忆及的日子里,我从未见过她与任何人发生过争执,也从未见过她发怒的样子。她甚至从未打骂过任何一个经她亲手抱大的儿孙。她一生都相信"善有善报"的古谚。这是一种最简单,最质朴的信仰,但她却信守了一生。我坚信,在所有的品质中,"善良"始终是人类最可贵的品质。一个人,若丢弃了善良,便丢弃了自己的灵魂。无论你是帝王将相还是凡夫俗子,没有什么比丢弃灵魂更可悲的事了。我想,我应当庆幸,庆幸自己能有一位这样善良的祖母,她让我更早地明白了只有宽以待人,与人为善,才能在这世间获得真正的快乐。

如今,在我正当年轻的时候,祖母却已然苍老。

我蓦然记起几年前,祖母在屋内偷偷照镜子时的情景。那一天,我无意间窥见那一幕后,生怕她难为情,窃笑之余,装作若无其事的样子悄悄地躲开了。那时,我还不能理解她的心境。不过,现在,我似乎已经隐隐约约地明白了,一个已近垂暮之年的老人,当她临鉴自照,见到"鸾镜朱颜惊暗换"时,不会再有年轻人顾影自媚,窥镜自怜的心情,恐怕只会徒增"临晚镜,伤流景,往事后期空记省"的哀叹。在她临镜自照的短暂的瞬间,看着镜中不再年轻的自己,我的祖母,我不知道她会不会想起些什么。她或许会记起她曾经走过的那些人生路,以及在路途中所经历过的那些人事哀乐。她曾经有过幸福的童年,她或许也曾做过少女的缤纷斑斓的美梦,转眼已为人妇,已为人母。在这之后的漫漫的人生路途中,她含辛茹苦,为儿孙们倾尽了所有的心力直至人生的暮年。当她回首来时的路,是会觉得,这一切已恍如隔世,还是仿佛就在昨日呢?

几年前,每次我周末返校时,她总拿出一张皱巴巴的小额纸币并硬塞给我——她总是怕我在学校吃不饱饭。那时,她还很健朗,短短不过几年的时间,她已经苍老不堪,眼花耳聋,她总是把我误认成我的堂弟。每次对她讲话时,总得附在她耳边,大声叫喊。她也越发的孩子气,每次我们编造一些不着边际的谎言哄她时,她总是信以为真,并乐得合不拢嘴。有一回,小妹带外甥回家小住,她见到外甥那个有趣的电子玩具后,爱不释手,但她又怕被人发现后难为情,于是便偷偷地按着玩,最后居然将玩具的电池玩尽了。"老小孩,老小孩",或许,人到暮年之后,总要返本归真,丢弃成长过程中逐渐积习的那些人性的阴暗面,恢复到纯真烂漫的童年岁月。或许,每个人,在临近生命的大限时,都会在无意间自然地让自己的灵魂接受最后的洗礼吧。

祖母已陪伴我走过了二十几个春秋。我知道我开始记事的时候,她不过五十出头的年纪,那时的她,应该没有如今这般苍老。可为什么,当我努力回忆祖母年轻时的模样时,脑中却始终无法浮现出更多关于她的清晰的影像了呢?更遗憾的是,祖母没有给我们留下任何关于她年轻时的照片。或许,多年以后,当我回想祖母时,只能记住她那张苍老的面颊了。又或许,日子一久,便连她那张苍老的面颊也一并忘却了。

是不是,朝夕相处的人常常容易在不知不觉间忽略发生在彼此身上的那些细微的变化呢?譬如,时间总是昼夜不停地在我们的生命中悄然流逝着,岁月每天都在我们的身上留下许多细小的痕迹。但对我们身边的人,我们总不易察觉他们身上所发生的那些点点滴滴的变化。一天天,一年年,直至岁月流逝很久以后,我们才猛然意识到身边的人已不复旧时的模样了。很多时候,在时间的滚滚车轮面前,人类的记忆显得那么苍白无力。因此,我们常常只能在泛黄的旧相册里去追忆自己早已逝去的人生光阴。

我们是不是应该尽早懂得去珍惜身边的人呢?"子欲孝而亲不在"该是一种怎样的悔痛呵!

今日,一个岑寂的黄昏,我的祖母,她坐在我家前院那个高高的陡坡上,孤独地迎着沉沉的暮色,正静静地注视着天边的晚霞。她瘦小的身影在落日余晖的残照下,被拉扯得好长,好长……

"我也许活不过年终了"。我突然记起几天前母亲对我转述的祖母的话。据祖母自己说,她今年总感觉四肢无力,举足行走,多有不便,大约离大限之期不远了。

是的,祖母陪伴我们的日子大概不多了,我应该在她的有生之年里,好好孝敬她。

小　妹

我们兄弟俩相继出生后,父亲说他喜欢女孩,希望家里再添一个丫头。两年后,母亲生下了小妹。

小妹一出生便受到了父亲极大的宠爱。每回父母出远门,总会捎带上她。特别是每年火把节和彝族过年时,父母总要去外祖父母处拜年。我们兄弟俩常常被弃置在家里,但小妹每次都被带上。我们那时对母亲的故乡异常神往,总觉得那儿有数不清的新鲜有趣的人和事儿。和表兄弟们聚首,每年也只有这两次机会。因此,去拜年的前一晚上,我们总是兴奋得难以入眠,心里甜滋滋的。第二天一早醒来时,才发现父母已经带上小妹趁早悄悄地开溜了。有那么几次,他们刚离开一小会儿,我就觉醒了,在村口被我赶上,我拽着母亲的裙子哭闹着,死活不肯松手。最终,父母总会连哄带骗兼恫吓地硬把我留下。我那时常常羡慕小妹,不论到哪儿都不会被父母抛却。都说女儿是爸爸的"小情人",这话不假。父亲对小妹极偏爱,他痛揍过我们兄弟俩,有一次还用绳索把我俩捆绑在一起。但他从未对小妹动过一根手指头。他对自己的俩儿子总是一副不苟言笑,满脸严肃的模样,但面对小妹时就换成了一副满面春风的慈父模样了。他出门时,总不忘给他的"小情人"带一点新鲜的玩意儿,有时是一袭碎花小裙子,或一双火红的小皮鞋。饼干,糖果之类自然不必说,倘若他能够,天上的星星,月亮,父亲大约也乐意摘下来送给小妹。

父亲到乡林业工作站上班的那一年,小妹满三岁。他回村带了母亲和小妹到他的新单位小住。那时正是仲夏,有一天午后,父亲去街上办事,母亲去方便,叮嘱小妹在屋里待一会儿,不要乱跑。等母亲回屋时,发现小妹已不知去向。母亲慌忙通知了父亲,父亲请了几位同事如无头苍蝇一般在街上乱窜。找遍整条街也没见到小妹的影子,只好去乡镇的外围寻找。后来下了暴雨,天阴沉沉的,路边的白杨树被风摇撼得前俯后仰,左右欹斜。这下可急坏了我的父母,他们分头纵跑在乡镇的户外,边跑边喊小妹的乳名。正当母亲绝望时,隐约传来了小妹的哭声。母亲定了定神,只见不远处的一道田垄上,小妹不断努力地往上爬,又不断掉下来,同时呜呜哇哇地哭着。母亲喜出望外,高兴得哭了起来。听说那天户外涨了洪水,若非及时找到小妹,后果不堪设想。尝到了此次失而复得的滋味以后,父亲更是把他的"小情人"捧为掌上明珠,生怕她再受一点伤害。

我的父母很恩爱,在我的记忆中,他们从未有过什么激烈的争执。但我们兄妹三人幼年时却极不和睦。"不是冤家不聚头",我们三人上辈子定有世仇。我们常常互相争执,兄长无兄长的派头,弟妹无弟妹的模样,常常把整个家搞得鸡飞狗跳,哭喊连天。大哥爱搞点发明创造,手推玩具车,滑轮玩具车,木头手枪,他都做得有模有样。祖父对他大有寄望,认为他的长孙将来定成大发明家无疑。由于妒恨,我会趁大哥不在的时候,将他的得意之作踩得个稀巴烂,真是大快人心。大哥偷母亲小卖部的零钱时,有时会搪塞给我一点,企图收买我。可我的阶级立场极其坚定,宁折不弯。当面收下他的贿金,一转身便向母亲和盘抖出大哥"肮脏"的行为和勾当。我和小妹玩"过家家"的游戏时,我们的玩具也难逃他的魔掌。我们兄弟俩破坏家庭和谐的能力很强,小妹的破坏性较小,但她爱使小性子,爱告状。导致我俩在父母面前"失宠"。因此,有那么一段日子,我们结成了坚不可摧的两人联盟,一致对外,共同对付小妹。有一回,我们抢夺了小妹的一块荞饼,小妹向父母告状后一副幸灾乐祸的模样,在我们面前摆出小人得志的嘴脸,我俩就把荞饼嚼烂后喷了她满脸。母亲知道后严厉地批评了我们俩。我们那时已认识到自己做得过火了,真心悔过。但我们的联盟并未就此瓦解,直到父亲将我和小妹送往县城读书的那一年。

那一年,父亲将我和小妹送到县城读书。那个阴雨连绵的傍晚,当父亲把我们兄妹俩送上一辆摩的,转身走入朦朦胧胧的烟雨中,渐行渐远的时候,望着父亲的背影,我突然意识到,在那个陌生的小城中,陪伴我的只有小妹一个亲人了。那一刻,我突然产生了一种和小妹相依为命的感觉。以前种种年幼时的打闹恐怕将一去不返了。人生最欢快,最漫长的日子大约是成年前的童年和少年时期。过了这一段时期后,人生即如白驹过隙一般。现在想来,宁蒗民族小学求学那两年是我过得最幸福的两年。那时的我们不懂生活的艰辛,总以为一直可以那样无忧无虑地生活。父亲每个月总会来县城出差两次,每次总会来学校看望我和小妹。若碰到周末,他还会领着我俩上街吃馆子。那个时候,父亲的到来成了我俩最期盼的事儿。那时,民族小学的伙食真不好,一个周两顿肉,平时总是难以下咽的洋芋片片。我饭量大,小妹常把自己节约下来的饭票和肉票塞给我。我们那时刚十岁出头,此前从未出过家门。我比小妹大两岁且较独立,尽管如此,最初那段时间,我总是想家。

小妹从小被惯着,她大概比我更可怜吧。我清楚地记得,上县城读书后的第一个周末,我和小妹错过了唯一的一辆开往烂泥箐的中巴车,家住县城的亲戚劝我们留下,下个周末再回家。我不知道,那个时候,为什么家对我们有那么大的吸引力。那一天,我居然领着小妹徒步走了一天的山路,天黑时才赶到了家。快到家时淋了雨,小妹额前的刘海被雨水淋湿后紧紧地沾在了额头上。她大约又累又饿又怕天黑,几度哽咽。我有些自责,真不应该带着她受罪。

我从民族小学毕业后的第二年,小妹也从那儿毕业了。那一年我父亲下岗,家庭一下子陷入了困境。父亲花了所有积蓄把家迁至新营盘后,我们家的日子就更困难了。那段日子,我们三兄妹的学费甚至家里的柴米油盐都成了问题。为了补贴家用,母亲常常帮邻村的普米人做短工。每次周末回家,我总会异常辛酸。我幼年时曾是一个极其活泼开朗的孩子。遭遇父亲下岗,家道中落的变故后,一下子变沉默了。苦难是一笔财富,但不管你愿不愿意,所有的苦难终将会成为过往。我们总得向前走,因此,我们能做的只有记住苦难留给我们的经验与教训之后,便将苦难本身毅然忘却。我不愿背着沉重的负担去面对自己剩下的漫漫人生路。

小妹就这么辍学了。她不忍心看到父母活得那么劳累。她选择了自主退学。父亲开始不同意,后来妥协了。多少年后的今天,他还常常为当年小妹的辍学而自责。那时,迫于经济压力,我也从县城中学退回新营盘中学就读。小妹在家闲了两个月就跟着本村的一班亲友外出务工了。她那时未满十六岁。她外出务工后,第一次回家时,带我到县城给我买了一套衣裤和一双崭新的皮鞋。那天,我们逛了一天的街,但彼此间话已经很少。那天傍晚我回校时,夕阳早已染红了远处的小山坡,大风扬起满街的尘土。送她进了一辆面包车后,看着渐渐模糊的车影,我怅然若失。那一晚,在明亮的教室内,同桌见我怅然的样子,问我原因,我说我今天傍晚跟曾经为了我们一家而退学的小妹道别,刚回到学校。她劝慰我好好读书才对得起她。我一阵默然……

我的整个中学期间的学费都是由小妹一力承担的。在外这么多年,她没有给自己留下一点儿积蓄。她毫无保留地把自己最为宝贵的青春都先后奉献给了我们那个一贫如洗的家以及她的二哥。这么多年来,某个夜阑人静的晚上,当她想到自己曾经的那些同学都上了大学时,心里会不会有一丝疼痛与寒冷。这我不得而知。但她从未抱怨过父母,抱怨过她的二哥。

我参加工作的那一晚,家里办了一顿丰盛的晚宴,聊以庆祝。小妹和妹夫很高兴,他们说那一顿晚宴由他们两口子来承担。父母执意不肯,终究拗不过小妹,只好遂了她的心意。

小妹供我读了那么多年书。母亲曾叮咛我,要我永远记住小妹对我的情谊。这我知道。只是,有时我想,除了记住,我恐怕很难报答尽她对我的情谊了。毕竟,有些东西并不是用物质就能够轻易偿还的。我的心只能装着亏欠与歉疚,装着我们兄妹俩一同经历过的那些人事哀乐,沉坠着,沉坠着……我只能永远珍藏着这些沉甸甸的记忆,提醒自己,不要忘了自己的亲人,自己的根。

怀念和荣贵老师

多年以后,我时常记起初见和荣贵老师的那个遥远的秋日午后。

那一年,父亲下岗后,迫于经济压力,他决定将我从县城转回新营盘中学就读。报到前,我们托邻村的一位熟人向学校疏通好了关系。等一切疏通妥当时,已是午后,我收拾好行李,跨入了校门。这是一所简洁僻静的初级中学,几栋素白平顶的楼房兼一块篮球场,便构成了整个校园。见此景况,心中顿觉怅然若有所失。此处即是我将要学习和生活的地方么?然而事已至此,难过也于事无补。只好安下心来。那位腿稍有恙的沙校长拐着脚领我至教学楼下。他立住身喊了一声"老和"。只见二楼一间教室内闪出一个身影。他没应声,直接走下楼来。到近旁时我才窥见其全貌。那是一个身材魁梧的中年汉子。一身浅灰色的西服,头戴一顶鬖黑圆帽。上唇留有一排浓密的"一"字髭须。他冲我咧嘴一笑,同时揽住我的右肩,向我询问了一些有关转学的情况。接着,领我进了教室。

同桌告诉我,他是本班的班主任,兼任本班语文和历史老师。叫和荣贵,纳西人。我出于好奇,问及他为何在如此大热天还头戴黑帽。原来他的头顶需要"退耕还林"。学生私下里称他为"和秃顶"。他为人和善,从不轻易动手教训学生,生气时也只是"雷声大,雨点小"。他上课时爱瞎扯,一堂语文课,他可以左右闲扯进许多"风马牛不相及"的课外知识。一堂中国近代史课,他也可以旁征博引许多当时我们闻所未闻的趣事。或许是博学而幽默的缘故,那时我们爱听他的课。他熟读《三国演义》并推崇鲁迅,他给我们详细介绍过《阿Q正传》。由于受其影响,那几年,我通过各种途径收集并先后阅读完了鲁迅的小说集《彷徨》、《呐喊》和《故事新编》,散文集《朝花夕拾》和散文诗集《野草》,杂文集《而已集》、《二心集》、《南腔北调集》、《且介亭杂文》、《且介亭杂文二集》等。我从未对一个作家如此痴迷过,鲁迅是例外。当然引导者是和荣贵老师。或许,他从未想过要将自己的喜好强加于我们,但至少对我而言,在那个少不更事的懵懂的年龄,由于和老师的出现,使我开始认识了鲁迅,开始朦朦胧胧地认识了文人风骨与文人的精神标杆。直至大学时期,我还读了一点鲁迅的《中国小说史略》与《汉文学史纲要》。尽管那时我已经认识到鲁迅的政治色彩太过浓烈。他头上的光环也没有当初和老师所推崇或者我所认为的那般神圣。但那是我在人生某个阶段曾迷恋过的唯一的作家。和老师无疑是到目前为止在学习上对我最有影响的人。他引导我爱上了阅读,尽管我在文学上并没有什么成就。但阅读启迪了我的心智,它成了我生命中不可缺失的一部分。我由此收获了生活的乐趣,并从中感受着生命存在的意义与价值。新营盘中学校刊《梦苑》开办的第一期,我连续投了三篇稿子。结果三篇都被征用并发表了出来。翌日,和老师在班上将我那三篇文章点评了一番。大致是说,若中考考场上能临时写出如此作文,应该可以打满分。时到如今,我始终认为,他的话中鼓励多于实际。不过在当时对我的触动却很大。

我以为,我会在新营盘中学平稳地度过初中生活。岂料一场突如其来的疾病击碎了我的美梦。初二一整年,我的学习成绩稳居全年级第一,年终统考时甚至进入了全县前三名。初三上学期,我始终断断续续地往来于家与学校之间,半自学半听讲地坚持着。那段时间,每到周末,和老师总会托过路的同学问候我的近况。并催促我身体恢复后尽快回校。我常托同学带给他一张字条:"身体已无大碍,尚在恢复之中,望勿念。"回校后,他常用电饭锅帮我熬煎药品。毕业前夕,父母打算外出务工。临行前,父亲去拜访了和老师。那个年龄的孩子呵!心中总有那么一些难以启齿的小小的虚荣心。家里的一点小困难也羞于让外人知晓。那天晚自习下课后,和老师在我旁边坐了下来,对我咧了咧嘴,轻声道:"爸妈走了?坚强点。"只此一句,我竟哽咽住了。为这一句话,那一晚,我竟在被褥底下莫名地啜泣了好久。或许,这只是一句无心的问候,但它曾在寒夜里温暖和浸润过我的心灵,使我至今都不能忘却!

中考结束后,我曾打电话问候过他几次。他说以后有什么事也可以联系他。只可惜进入高中后再也无暇亦无心记起他。

大二上学期,猛然听同学说,和荣贵老师不久前离世了。听说是酒后摔倒,脑血管破裂导致猝死!

噢,原来如此……

那一天,闻此噩耗,我失落了好久……

近日,心血来潮之余,去新营盘中学闲逛。学校变化不大,只是多了几幢楼房而已。校园内芳草蔓蔓,几株杨柳正垂着柳条迎风摇曳着。

我蓦然又记起多少年前,当我初见和荣贵老师的那个遥远的秋日的午后。

那个身材魁梧,头戴黑帽的中年汉子,他咧开嘴冲我笑了笑。他还是和荣贵老师吗?然而,他不依然是和荣贵老师吗?

葛洪《勤求》中说:"明师之恩,诚为过于天地,重于父母多矣。"

(原载《壹读》2015 年第 11 期)